クラシックシリーズ8

ヘーメラーの千里眼　完全版 上

松岡圭祐

角川文庫
15478

〈おもな登場人物〉

岬《みさき》美《み》由《ゆ》紀《き》　（航空自衛隊元二等空尉・現臨床心理士）
伊《い》吹《ぶき》直《なお》哉《や》　（航空自衛隊一等空尉・第七航空団第305飛行隊パイロット）
早《はや》園《ぞの》鮎《あゆ》香《か》　（航空自衛隊三等空尉）
上《うえ》坂《さか》孝《たか》行《ゆき》　（航空自衛隊准空尉）
見《み》鏡《かがみ》季《き》代《よ》美《み》　（アルタミラ製薬グループ・アルタミラ精神衛生株式会社・第一秘書）
崎《さき》谷《たに》洋《よう》二《じ》郎《ろう》　（アルタミラ製薬グループ・アルタミラ精神衛生株式会社・代表取締役）
濱《はま》松《まつ》重《しげ》正《まさ》　（航空自衛隊空将・航空方面隊司令官）
亀《かめ》岡《おか》湯《ゆ》生《う》地《じ》　（防衛省書記官）
二《にの》宮《みや》長《なが》治《はる》　（防衛大臣政務官）
矢《や》中《なか》隆《たか》光《みつ》　（防衛参事官・人事教育局長）
錦《にしき》織《おり》三《みつ》良《よし》　（防衛事務次官）
長《なが》穂《ほ》庸《よう》子《こ》　（防衛大学校体育教官）

屋代《やしろ》和也《かずや》　（防衛大学校防衛学教官）
西郷《さいごう》勝成《かつなり》　（航空自衛隊一等空尉）
宮島《みやじま》忠博《ただひろ》　（航空自衛隊三等空尉・第七航空団第３０５飛行隊コ・パイロット）
篠海《しのみ》昌宏《まさひろ》　（被害者少年の父）
篠海《しのみ》悠平《ゆうへい》　（被害者少年）
篠海《しのみ》千賀子《ちかこ》　（被害者少年の母）
峯尾《みねお》光蔵《こうぞう》　（被害者少年の祖父・篠海千賀子の父）
梁暁濱《リヤンシヤオピン》　（元中国人民解放軍空軍パイロット）
羽角《うづの》幸雄《ゆきお》　（美由紀のお見合い相手）
津野田《つのだ》愛美《まなみ》　（横須賀駅前のカウンセラー）
岸元《きしもと》涼平《りようへい》　（航空自衛隊一等空尉・第七航空団第３０５飛行隊コ・パイロット）
橘《たちばな》邦彦《くにひこ》　（海上自衛隊一等海尉・護衛艦むらさめ対潜ヘリパイロット）
篭目《かごめ》武雄《たけお》　（厚生局麻薬取締部・取締官）

今回の作品をとりわけ現実的なものにするため、ご協力いただいた以下の方々に深く感謝申しあげる（敬称略、順不同）。

岡本利信、海老原泰輔、大床秀典、天野由美子、森本寛之、武田茂樹、神庭毅、安永宏、宮田礼子、角谷幸嗣、梶原清彦、中島泰秀、三宅匡樹、平松千晴、河本久美、川畑訓康、榎本吉輝、松本真弥、阪田智子、岩田哲佳、朝田雅登、國澤美紀子、加藤貴史、直木晃一、草川千尋、竹内晃一、中川里実、テレサ・ハロラーン、押部敦紀、奥薗匡介、成相尚吾、石田将之、前河桂、加田良平、久保田与、比後明史、柳原大児、森雄一郎、飛松卓、井関雄一、崔揚元、滝沢頼陽、服部崇、老崎伸一郎、冨田龍三、藤本祐考、丸川仁志、平松俊一、岩本真人、瀧田陽介、副島久仁香、厳宏真吾、延近祐三、才田譲治、鈴木匡介、森谷英人、アリソン・T・バーマン、横井修平、渡部人志、小塚哲、森田直弘、浜岡新、井関祐輔、猪日活樹、磯和竜史、中西行治、田坂直利、飯田典子、栄井誠士、西本弘子、松村賢次、萬田裕史、岩桐一裕、坂本弘、端場勝也、小出聡、草野康雄、吉川徹也、西村憲二、宮崎昌次、竹歳修、松田宗紀、平田誠司、宮崎正也、井上将広、増本晋治、山岸信子、田中敬弘、桶谷邦彦、シンディ・R・ケニー、李文錫、守安佐恵、藤泰、福田雄一郎、徳高真好、冨岡佐枝、赤松正一、真島牧人、茶谷博紀、大村潤一、玉岡克宣、坂口成信、辻政義。

なおこちらの質問に快く御答え下さった航空自衛隊第七航空団監理部渉外室広報班、岐阜基地第二補給処総務課渉外室広報班、山梨大学医学部附属病院精神科神経科の関係者の皆様方に、特段の感謝の意を表すものである。

目次

遠雷

八月の炎天下の日、雲ひとつない青空がひろがっていた。

七十を過ぎると、日射もたいして応《こた》えなくなる。見渡すかぎりの広大な田地、よく育った稲が微風になびいて黄金いろの穏やかな波をかたちづくる。そのさわさわとした音が心地いい。胸のなかを風が駆けぬけていくかのようだった。目に沁《し》みる空の青さ。蝉の合唱は耳障りどころか、収穫を祝う宴のようだった。麦わら帽子を脱いで、肩にかけたタオルで額の汗をぬぐう。額の生えぎわがどのあたりにあるのか、このところ考えてみたこともない。長年連れ添った妻が亡くなってから、鏡もまともにみたことがない。家のなかにいるのは苦痛だった。こんな日には陽射しのなかにたたずむのがいちばんだ、そう実感していた。農業ひとすじに生きてきた、収穫の時期には田地以外、居場所はない。

辺りにひとけはなかった。娘の千賀子《ちかこ》があぜ道で田のモミ袋を仕分け、その夫の篠海《しのみ》昌《まさ》宏《ひろ》が、田地のはるか彼方《かなた》にコンバインを走らせている。そのエンジン音だけが、蝉の声に紛れてかすかに耳に届く。まるで海原を走るモーターボートのようだった。三人で切り盛りするには、不相応に広い田地。娘ももう四十近い。娘は孫に、農業は継がせたくないといっている。するとこの土地も、いずれは人の手に渡るのだろう。それもいいと思った。土づくりには長年、充分に手間をかけてきた。この岐阜のはずれにある平野のなかでも、きわめて条件の悪い場所に位置しながら、そこそこの値がつくだろう。そう、自衛隊基地に近くても、田地として使うぶんにはなんら問題はない。

峯尾《みねお》光蔵《こうぞう》はあぜ道にゆっくりと歩を進めていった。こんな暑さだというのに、蜃気楼《しんきろう》はなかった。秋のように空気が澄んでいた。透明な光のなか、風にそよぐ稲が平穏な世界の肌ざわりをかもしだす。平和そのものだ、この場にたたずむことがあるなら、誰でもそう思うだろう。炎天下なのにやわらかい陽射し。午後一時すぎの光が降り注いでいた。

しゃがみこんで作業をつづける千賀子に近づき、その手もとを見つめる。小柄な身体に不釣合いの大きな麦わら帽子の下から、腕まくりした真っ黒に日焼けした腕が二本突きだして、モミ袋に印をつけている。とりわけよくできていた田地の袋には三角のマークが書きこまれる。今年は、そんな袋が多かった。これらは低温乾燥機でていねいに乾かし、翌年の種モミにする。千賀子も母親に似て、細かい作業が得意だった。どこをとっても立派な農家の跡継ぎだった。これから水選で未熟米を浮かせて取りのぞく仕事が待っている。たびたび水を換えながら催芽させ、苗箱一枚に少しばかり多めに蒔《ま》く。一・八合ぐらいが適当だろう。

どうだ、と峯尾は娘の千賀子に話しかけた。「ずいぶんいっぱい種モミがあるな。こりゃ来年も豊作かな」

「まだわからんね」と千賀子は手を休めることなくいった。「育ててみないと。春になってバカ苗がでてくるかもしれないし」

「そうだな」

千賀子がちらと顔をあげた。麦わら帽子のつばの下に、化粧をしていない千賀子の顔がのぞいた。「お父さん、去年とおんなじこといってるね」

「そうだったか？　ああ、そうかもしれんな」娘がいうからにはたぶんそうなのだろう。さっぱり記憶にはない。いちいち思いだそうという気力も湧かない。

「ねえ、お父さん」千賀子はつぶやいた。「これ、いつまでつづけようか」

「いつまでって、そりゃぜんぶ仕分けが終わるまでだろ」

「そういう意味じゃなくてさ」ため息がきこえた。「あと何年、稲作りやるのかなと思って」

わずかに冷ややかに感じられる風が、峯尾のなかを通りすぎていった。さあ、と峯尾はつぶやきを漏らした。「とりあえず、悠平《ゆうへい》が大きくなるまでかな」

千賀子は峯尾をじっと見つめ、それから物憂げな顔で後ろを振りかえった。「大きくなるって、いくつぐらい？　あの子、農家は継がないっていってるし、わたしも継がせたくないし」

峯尾は千賀子の視線の向いた先を見やった。トラクターに身体をもたせかけて、手にした携帯ゲーム機にひとり興じる、孫の悠平の姿があった。小学五年の男の子のわりには、痩《や》せ細った身体つきだった。峯尾の子供のころなら、もっと麦米を食えといわれただろう。いまは、痩せぎすなほうが好まれるらしい。世の中も変わった。着ているものも艶やかで洒落《しゃれ》ている。峯尾の時代の、擦りきれたつぎはぎだらけのお下がりとは、あきらかな距離がある。

「きょうはどんなゲーム、やっとるんだ」峯尾は孫に話しかけた。

篠海悠平は母ゆずりのぼんやりとした目をこちらに向け、またゲーム機に目を落とした。

「育ててる」

「なにを育ててる？　お祖父《じい》ちゃんたちも育てた米を収穫してるところだけどな」

農業に結びつけられるのは、悠平にとって好ましいことではないらしかった。会話を阻むようにゲーム機を顔の前に立てて、その向こうでつぶやいた。「モンスターを牧場で育ててる。太りすぎてるから運動させてる」

そうか。峯尾はつぶやきのように漏れた自分の声をきいた。画面をこちらに向けてくれないのは、いまは邪魔をしてくれるなという意思表示だろう。ゲームをみせてくれるときもある。もっと弾んだ声で応じてくれるときもある。孫の心の変化について、どんなふうに差異を感じとればいいか、いまだに明白ではない。身内といえど、わからないこともある。

孫のもとを離れて、田地を眺めた。陽射しはあいかわらず透きとおり、蟬たちもその音を奏でつづける。穏やかな昼下がり。周辺に民家はなかった。彼方に雑木林がみえる、そのほかは見渡すかぎりの田地だった。子供のころ見た風景となにもかわらない。時間がとまっているかのようだった。実際、静止とまではいかなくとも、月日の進みぐあいはきわめて遅いのだろう。この一帯には、ゆっくりとした時間が流れている。急《せ》かすことも、急かされることもない。そんな自然との共存がある。

しばらくその場にたたずんだ。自然が少しずつ破られる、轟音《ごうおん》が響きわたった。遠雷のようにきこえるが、その音は人工のものだった。

悠平がふいに身体を起こし、顔をあげた。トラクターにゲーム機を残し、悠平はあぜ道に駆けだした。上空を横ぎっていくふたつの銀いろの機体、飛行機雲をたなびかせながら一直線に飛ぶその姿を追って、悠平は走った。機体はたちまち、基地のほうへと飛び去っていく。悠平は歩を緩めた。その肩が満足げに弾んでいる。

峯尾は悠平にゆっくりと歩み寄りながら声をかけた。「いまの、F15ってやつか?」

「ちがう。F4EJ改」はしゃいだ挙動にはそぐわない、ひどく落ち着いた声で悠平はいった。「ファントムってやつ」

会話はそれ以上つづかなかった。峯尾が近づいた、その脇を擦りぬけて、悠平はトラクターへと駆け戻っていった。

あぜ道に取り残された峯尾に、そのようすを眺めていた千賀子がいった。「最近さあ、悠平って基地にまで飛行機見にいくんよ」

峯尾は高度をさげていく二機の機体を、しばらくのあいだ眺めていた。点のように小さくなったふたつの機体が、霞《かすみ》のなかに消えていく。それを見届けてから、千賀子を振りかえった。

「ほう」峯尾はいった。「べつに、いいんじゃないのか。男の子なら、戦闘機に興味もあるだろ」

千賀子はまたため息をつき、モミ袋に視線を落とした。「あんな騒々しいだけのもの、わたしにはなにがいいのかわからんわね」

峯尾は思わず笑った。妻も同じことをいっていた。千賀子はやはり母親似だった。自分の感性を譲らないところなど、そっくりだった。

「お父さんってさ」千賀子の愚痴っぽい声が、蟬の合唱のなかにきこえた。「戦時中からずっとこのへんに住んでたんでしょ? 悠平にそのころの話、してくれない?」

「そのころの話って、どんな話だ」

「だからさ、ああいう飛行機とか基地とか、危険だって話」

危険か。峯尾は妙な感覚にとらわれた。自衛隊の航空機が危険。まるで自分のなかになかった、そんなふうに思える発想だ。たしかに子供のころの記憶はある。この空を横ぎっていくB29のずんぐりした機体、その飛行音、昼夜を問わず防空壕《ごう》に逃げこんで、近所の友達とひしめきあっていたのも覚えている。だが、自衛隊とは重ならなかった。娘の世代には、戦時中に生まれた世代はそういう心の傷をひきずっていると思えるのだろう。

峯尾にはそんな発想はなかった。ある意味で、陳腐な想像に思えた。かつて自分たちがどう生きていたか、共通経験のない千賀子に伝えるのはむずかしい。いってみれば、いまとそれほどの違いはなかった。人として生きることに、なんら変わりはなかった。千賀子にそういったら、どんな顔をするだろう。おぼろげにでも理解してくれるだろうか。いや、おそらくは、まるでわかるまい。あれは、実体験がなければわかりえないことだろう。

また轟音がきこえた。悠平がふたたび身体を起こし、空を見まわした。峯尾もつられて、頭上をみあげた。

しかし、青い空に飛行機の姿はなかった。ただ眩《まばゆ》い夏の太陽が激しい光と熱をもって、その存在を誇示するばかりだった。

西の空に目を転じた。山沿いに雲がひろがっている。晴天だったはずの空は変容しつつあった。轟音は飛行機の音ではなく、本物の遠雷だった。

「こりゃひと雨くるかな」峯尾はつぶやいた。

飛行機でないと知って、悠平は興味を失っただろう。そう思って孫に目を向けてみると、意外にも悠平は、なおもあぜ道に立ちつくしていた。ひたすら西の空に向かって目を凝らしていた。

峯尾は悠平に歩み寄っていき、たずねた。「なにを眺めとるのかね?」

さあ。悠平はささやくようにいった。「見たことがないもの。ただそれだけ」

沈黙が降りてきた。悠平は不可解な言葉を残し、トラクターへと去っていった。

擦れちがう心に、峯尾は胸にぽっかりとあいた空虚さを覚えていた。あの遠雷を奏でる暗雲を見つめれば、孫に少しでも共感できるだろうか。そう思って、しばし眺めた。

まるでわからない、と峯尾はため息を漏らした。間もなく嵐がやってくること、感じうるのはそれだけだった。

無秩序

航空自衛隊機が演習中に少年を死に至らしめた。

その第一報が府中《ふちゅう》の航空総隊司令部に届いたのは、事故発生から間もない昨日の午後二時二十六分のことだった。

事実関係の把握に手間どり、公式の発表を遅らせるうちに、防衛省広報課は発表のタイミングを失ったときいている。事故発生時の中心人物とみられる空自パイロットに対し、事情聴取を兼ねた臨時の査問会議が開かれることが決定したのが、同日の午後九時。実際の会議はそれからさらに十二時間後、きょうの午前九時から開かれる。もはやどのように公表しようとも、対応のまずさと以前からささやかれていた内部事故に関する隠蔽《いんぺい》体質への批判はまぬがれない状況と相成った。

厄介な事態だ。防衛参事官・人事教育局長の矢中隆光《やなかたかみつ》は黒塗りの日産プレジデントの後部座席でネクタイを締めなおしながら、どんよりと曇った灰色の空におぼろげに浮かぶ入間《いるま》基地のシルエットを眺めた。

今年の秋は晴れつづきと思われたが、けさは未明のうちから小雨がぱらつき、基地周辺の一帯は土が水を含んで黒ずんでいた。収穫前には無数の稲穂が揺れる田園も、いまは荒涼とした大地でしかない。理想と現実。この光景にもその明暗の落差が溶けこんでいるかのようだ。防衛組織の理念は無論のこと貴高《けだか》い。だが一方で、それに伴わない現実がある。

アスファルトの上を滑るように走るプレジデントが、基地の横滑り式のゲート用に敷かれたレールを乗り越える一瞬だけ、軽い振動を背筋に伝えてきた。緩やかに停車し、運転手が警備員に通行証を提示する。矢中は手もとのファイルをひらき、事故のあらましが記載された書面に目を落とした。思考は、文章を読むことに費やされてはいなかった。早朝から何度となく読みかえした文書だ、内容は頭に入っている。ただ基地に入る前に、自分の置くべき立場をはっきりさせておきたい、それだけでしかない。

中部航空方面隊司令部であっても戦闘機の配備もなく、今回の事故と直接関係のないこの基地で査問をおこなうことは、事実上マスコミに勘付かれることを恐れての疎開に等しい。隠蔽体質は陰口や揚げ足取りのみならず、現実に存在している。そう、昭和四十八年に東大の法学部を卒業して防衛庁勤務となった矢中が、仕事を始めてみて真っ先に気づいたのが、職場のそうした閉鎖的気質だった。連帯と機密の名のもとに、世論の目と介入を拒む稚拙な絆《きずな》。忌まわしいこととは誰もが思っている。それでも実態は変わらない。そもそも、防衛省＝自衛隊は特殊な組織だ。軍隊であって軍隊ではない。国民が全幅の信頼を置くべき組織のはずでありながら、常に存在そのものが論議の対象となってきた。そんな戦後の歴史にあって、自衛隊組織が世論に対しみずから開かれた組織に変革していこうとするはずもない。

何年か前に発生した誤射事故においてもそうだった。航空自衛隊のF4EJ改戦闘機が射撃訓練中に発射した二百発のうち、十二発が演習場の北十キロに位置する社会福祉施設に着弾した。幸いけが人はいなかったものの、経緯や原因について詳細を公表しなかったことから野党の反発を招いた。防衛上の機密といえば国会での論戦にはまず決着がつく。いかなる批判も非難も突っぱねてしまえばいい。そうした強引さが、組織の一見頑《かたく》なで、じつは問題解決に対し脆弱《ぜいじゃく》さを内包した体質を助長してきたように思う。

今回の対応の遅れは、そんな隠蔽体質の肥大化の果てに生じた、ある意味で必至の事態だった。そして、今度こそは自衛隊の情報公開に対する理念そのものが根底から見直されるかもしれない。俯《うつむ》いて無言を貫けば時とともに非難の声も和らぐ、そういう甘い考えが通用しない状況であることは明白だからだ。

わが組織の重要性を知る身である矢中は、その体質に改善の余地ありと感じながらも、否定的見解を述べる自由を与えられていなかった。そもそも内部部局で人事教育局長を務める防衛参事官は、防衛省の広報について云々《うんぬん》する立場にはない。人事教育局は、その名の通り自衛官の人事や職員の補充、福利厚生、給与制度などに関する事務処理を担当する部局にすぎない。今度の事故についての矢中の役割も、当事者のパイロットの今後の処遇についての吟味と、航空自衛隊のパイロット全般に対する管理システムの見直しにある。

だが、と矢中は思った。ことは事務的に処理できるものではない。問題が大きすぎる。

事故の当事者は、きわめて優秀なパイロットだった。優秀すぎるくらいだった。矢中も、かねてからの評判は聞き及んでいた。中部航空方面隊、第七航空団所属、主力戦闘機F15DJを操縦。すなわち百里《ひゃくり》基地に存在する実戦部隊に身を置き、首都防衛の任務に当たっている精鋭中の精鋭。防衛大学校を首席卒業、幹部候補生学校および教育飛行隊で当該年度に最優秀の成績をおさめ、幹部候補生のなかでも最速の出世を期待されていたエリート、その存在自体が国防の要とまで評された若者。伊吹直哉《いぶきなおや》一等空尉、三十二歳。

演習中に子供を死なせたのは、ほかならぬ彼だった。

基地の敷地内にある修武台《しゅうぶだい》記念館は、かつての旧陸軍航空士官学校本部を改築したものだった。その由緒ある木造建築のたたずまいとはまるでそぐわぬドーム状の建築物が、つい最近になって記念館に隣接する位置に建てられた。0号会議なる、一般職員には詳細不明の会合が催されることで知られるこの建物は、つまりは今回のような緊急時に幕僚監部らが極秘の会議を持ち、早急になんらかの結論をだすために建設された、いわば防衛省の駆けこみ寺のひとつだった。統合幕僚会議で議題を公にする前に、あらかじめ責任の所在をはっきりさせておくためにトップクラスが内通しあう場所、互いを貶《おとし》めず、一致団結して問題を組織内に介在させまいと結束をたしかめあう隠れ家。誉められたものではないが、ここが建設されてから表向きには防衛省の不祥事は減少する傾向にある。皮肉なものだと矢中は思った。国の防衛を担うはずの組織が、組織の防衛のための秘策をあれこれ講じなければならないとは。

正方形の床に据え置かれた会議テーブル、その周りを囲むように四方の壁には雛壇《ひな》がつづき、どの席からも会議の進行を見据えることができる。諸外国の軍人なら、一見して軍法会議場と結論づけることだろう。いちおう査問の制度のない自衛隊においては、ここはあくまでも会議場のひとつでしかない。査問会議であることは明白であっても、誰もそう呼ぶことはない。

階段状の通路を会議テーブルへと降りていきながら、矢中は同様に集まりつつある列席者に軽く頭をさげた。誰も言葉を交わさなかった。ここでも、査問か否かがはっきりとしない不明瞭《めいりょう》な制度は、戸惑いがちに腰をおろす出席者の顔ぶれに反映されていた。国務大臣の姿はなく、副大臣さえも見当たらない。最も位の高い出席者は二宮長治《にのみやながはる》・大臣政務官だった。それもふたり存在する大臣政務官のうち、衆議院議員ではなく参議院議員のほうだ。肝心の面々はすでに問題の中核から遠ざかろうとする構えをみせはじめている。

次いで役職の高い出席者は錦織三良《にしきおりみつよし》・防衛事務次官だった。彼は付け焼刃で大臣政務官の座をあてがわれた国会議員よりも問題の重要度を認識しているらしい。口をへの字に結んだまま、テーブル上の文書に目を落として微動だにしない。

矢中が防衛庁に入ったとき、彼は人事教育局人事第三課の防衛庁部員として勤務していた。厳格かつ正確な彼の指導は矢中の新入り時代の記憶にしっかりと刻みこまれている。ほんの数か月後に錦織は大阪防衛施設局の施設部長として関西方面に転勤となり、以後は顔を合わせてはいなかった。聞けばその後も防衛局運用課長、大臣官房防衛審議官、防衛局長と順当に出世の道を歩んだらしい。いまだ人事教育局に留《とど》まりつづけている私とは雲泥の差だ、矢中はひそかにそう感じた。

議題の重さを厳粛に受けとめている感のある錦織に比べ、その隣りに座る亀岡湯生地《かめおかゆうじ》書記官の態度はこのうえなく飄々《ひょうひょう》としたものだった。持参した扇子を開いて煽《あお》ぎ、その肥満しきった身体と球体同然に膨れあがった頭部の隙間に埋もれた短い首に向かってしきりに風を送っている。年配者の多いこの会議場に穏やかな涼風を送る空調では、彼の体温は下がりきらないらしい。ときおりため息を響かせながら、気になるのはこの蒸し暑さだけだ、そういいたげな表情を浮かべて天井を仰いでいる。

この亀岡という男が出席していることに、矢中は内心いらだちを覚えていた。防衛省の会議では何度か顔を合わせたことがあるが、いつも会議の進行を意に介さず、感情にまかせてがみがみと口うるさく発言したと思えば、役職の上の者に対してはちゃっかり取りいることを忘れない、いうなれば尊敬すべき点がどこにも見当たらない種類の役人にほかならなかった。大臣および副大臣不在のこの会議も、亀岡に振りまわされることは必至だろう。矢中はにわかに、この会議そのものを嫌悪しはじめた。来なければよかったか。だが、自分と同じく内部部局に身を置く防衛参事官たち——大臣官房長、防衛局長、運用局長、管理局長らが揃って出席している以上、私だけ席をはずすわけにもいかないだろう。

会議が有意義なものになることを願うばかりだ、矢中はじれったさを噛《か》みしめながらそう思った。たとえ亀岡が見当違いな発言を繰りかえそうとも。

より当事者の立場に近い空自の制服組の表情は、背広組にくらべてずっと硬いものだった。なかでも航空方面隊司令官に昇格したばかりの濱松重正《はままつしげまさ》空将の眉間《みけん》には、深い縦皺《じわ》が刻みこまれている。笑いを浮かべたところをまるで想像できないほどの深刻な面持ちが一瞬たりとも緩むことを知らず、背筋を伸ばし、ただひたすら前方の虚空を見据えつづけている。

彼らが対処に苦慮しているのは明白だった。事実、送られてきた文書を読んだかぎりでは、まるで信じがたい、非現実的な事故の発生が仮定のごとく報告されているにすぎない、そんなふうに感じられる。あの文書どおりのことが現実に起きたというのなら、是が非でも当事者の口から報告を聞かねばならない。それだけこの事故は、ありえない要素に満ちている。

「司令官」将補の階級章をつけた男が濱松に告げた。「伊吹一尉が出頭しました」

濱松は硬い顔のまま列席者を眺め渡し、それからふたたび将補をみかえした。「通せ」

将補が敬礼して立ち去り、会議場の奥にある観音開きの扉が静かに開いた。

入ってきた制服はふたりだった。一見して、先に立って歩いてくるのが問題の男とわかる。だが矢中は、面食らわざるをえなかった。ありえないと信じた事故の報告前に、すでに常識を外れた光景に出くわしてしまっている。

痩《や》せた体型だが、鍛えて引き締まった身体の持ち主であることはわかる。百八十センチは超えているだろう背丈のわりには細くみえるが、無駄な肉がついていない証《あかし》でもある。防衛大では入学時にも肥満者は合格対象者から外される。肉体そのものは基準外どころか、適格そのものだ。が、問題は身だしなみにある。

いちおう空自の制服を着ているものの、ワイシャツは皺だらけで、ネクタイも歪《ゆが》んでいる。猫背の姿勢で、両腕を前方に垂らしぶらぶらさせながら階段を降りてくるその若者は、伸びほうだいに伸ばしたパーマのかかった長髪に不精ひげ、焦点のさだまらないとろんとした目つきで、列席者に敬意のかけらもしめさない。現役自衛隊幹部にあるまじき態度、いや幹部候補生、ひいては一般航空学生の日常生活よりはるかにだらしのない挙動に思えた。

あまりにも常軌を逸したその男の態度に、場内はしんと静まりかえった。手もとの書類から顔をあげた濱松空将も、目を丸くし、かつては精鋭だったはずの部下の醜態を眺めている。

これでは小言を発する気にもなれまい、矢中は唖然《あぜん》としながらそう思った。大臣や副大臣が欠席していることは、この場にいるわれわれにとって幸いかもしれなかった。空将や幕僚監部のみならず、大臣政務官や防衛参事官でさえも責任を免れうるとは断言できないものがあるからだ。

わずかに茶色に染まった長髪の若者は会議テーブルの前で立ちどまり、力なく片手を額にあてて敬礼した。ぼそぼそと告げる声が場内に響く。「伊吹直哉一尉、出頭しました」

錦織事務次官が困惑ぎみに濱松空将を見た。「制帽を着用していないときに、あの敬礼はなかったと思うが」

苦虫を噛み潰《つぶ》したような顔の濱松ににらみつけられた伊吹一等空尉は、無表情のままあっさりとした口調で告げた。「あ、すみません。ただ頭をさげればよかったんでしたっけ。四六時中、装備品をつけてたもんですから、癖になっちゃって」

自衛隊幹部にしてエリート・パイロットとは思えぬ腰砕けな弁明だった。三十二という年齢すらも実状と一致していないように感じられてくる。まるで二十歳か、十代の無責任な言動そのものだ。

亀岡書記官がさっそく皮肉めかせた。「これからは迷うこともないだろ。敬礼は忘れるがいい。装備品とも制服とも無縁の人生を歩むだろうからな」

伊吹の表情がわずかに硬いものになった。まだ目に光を宿らせている、矢中はそう感じたが、一瞬のちには思いすごしと断じた。伊吹が口もとを歪ませたからだった。列席者たちから咳《せき》払いが響いた。場内の沈黙はもはや呆気《あっけ》を通りこして、にわかに怒りを帯びてきたようだった。

だらしなさを絵に描いたような伊吹一尉に比べると、もうひとりの男はまだ良識が感じられる面持ちをしていた。頼りなさという点では伊吹とさほど変わりばえしないが、少なくとも身だしなみはきちんとしていて、髪も短く刈りあげている。伊吹よりいくつか若いと思えるその顔には、あからさまに当惑のいろが浮かんでいた。われわれ同様に伊吹一尉に戸惑いを覚える心境を抱いているのなら、そちらのほうがまだ話の通じる可能性があるというものだ、と矢中は思った。

「きみ」錦織がじれったそうに、若いほうの隊員に声をかけた。「自己紹介を」

はっとした顔でかしこまったその男は、伊吹とは対照的な張りのある声でいった。「申し遅れました。宮島忠博《みやじまただひろ》三等空尉であります」

亀岡がじろりと宮島をみた。「きみも彼と一緒に訓練に参加していたのか、宮島三尉？」

はい、と宮島が応じた。「二名一組で訓練に参加した六組のうち、第四組のコ・パイロットに任命され、伊吹一尉と一緒に飛びました」

複座式の戦闘機で後部座席におさまっていたわけだ。米軍では後席のレーダー要員は操縦資格のない者が担当することがあるが、空自の場合、複座は前後ともパイロットが座る。すなわち宮島も操縦については知識も経験も有していることになる。伊吹一尉がどのような操縦をおこなったかはまだわからないが、伊吹の操縦に致命的なミスがあったのだとしたら、宮島が見過ごすはずもないだろう。宮島の証言は、きわめて重要な意味を持つことになる。

「では」と亀岡は肩をすくめた。「宮島三尉の口から報告をきこう。そのほうが会議が円滑に進行しそうだ」

亀岡書記官に反感を抱く矢中も、その提案には賛同の意をしめすことにした。依然としてだらしのない姿勢でたたずむ伊吹にくらべれば、直立不動の宮島のほうが証人として尊重できるだろう。

宮島は緊張のせいか額に脂汗をかきながら、うわずりがちな口調で喋《しゃべ》りだした。「伊吹一尉と私は昨日、正午より岐阜基地にておこなわれた演習に参加いたしました。演習はK空域内に限ったもので、訓練機はＦ４ＥＪ改。演習の目的は、新型空対地ミサイルの発射実験および射撃訓練でした」

矢中は手もとの資料のページを繰った。Ｆ４ＥＪ改の機体と装備をしめした図面のコピーが折りこまれている。Ｆ４ファントムⅡＥ型を国内ライセンス生産、それで日本のＪがつく。

図面とともに、編隊飛行中のＦ４ＥＪの写真が何枚か挿入されていた。矢中が防衛庁に入ったころに最新鋭の超音速戦闘機として国家防衛の主力に採用されていた、馴染《なじ》みの深い機影だった。防衛庁によるＦ４ＥＪの臨時第３０１飛行隊編制は、たしか田中角栄の訪中や浅間山荘事件と時を同じくしていた。その後、わずか数年で主力戦闘機はＦ15に変更され、いまに至る。三菱重工がライセンス生産したＦ４ＥＪは百四十機にものぼったため、それらを一気にスクラップにするわけにもいかず、電子戦に対応させるためにヘッドアップディスプレイ《HUD》などの装備を加えてコックピットをほとんど別物のごとく改造、改の一文字がつくようになった。

二宮大臣政務官が老眼鏡をかけ、書類に目を走らせながらいった。「とっくに現役を退いた機種と思ったが、訓練専用機かね」

「いいえ」濱松は渋い顔をしていった。「F4EJのコンピュータはアナログでしたが、一九八〇年代の改装後はF15DJと同じJ／AYK—1デジタル・コンピュータです。兵装システムの統合およびレーダー性能が向上し、空対艦ミサイルも装備できるようになりました。実のところ、次期支援戦闘機FSX計画における機種決定が遅れ、F1の退役とともにF2を配備というわけにはいかなくなりまして、小松《こまつ》基地の第306飛行隊に配備されていたF4EJ改を三沢《みさわ》基地の第8飛行隊にまわすなどしています。よって、F4EJ改に関しては現在も二個の要撃戦闘飛行隊と一個の支援戦闘飛行隊を有しています。もっとも、訓練に用いられることが多いのですが」

F4EJ改の全長は十九メートル強でF15とほとんど変わらないが、幅のほうは一メートル半短く、若干小振りだがアフターバーナー式ターボジェット・エンジンでマッハ二・二の最高速度を叩《たた》きだす。訓練機としては最適の性能および諸元といえるだろう。実戦と訓練を兼ねての配備。装備に無駄金を使わない防衛省らしいやりくりだと矢中は思った。岐阜基地での演習ではおそらく、那覇の302飛行隊あたりから借り受けたのだろう。

「空将」錦織が眉間を指先でかきながらつぶやいた。「空対地ミサイルといったが、F4EJ改にはすでに十分な対地爆撃能力が備わっていたと思うが。自衛隊の要撃戦闘機がなぜ空対空以外の装備を強化する必要があるんだね」

亀岡が顔をしかめ、椅子の背もたれに身をあずけた。「上陸部隊が本土を侵攻したときのためでしょう。爆弾を落とすだけじゃ、どこに落ちるかいまひとつ正確じゃないですからな。よって対地攻撃用ミサイルが必要と、そんなとこでしょう」

書記官の憶測まがいの断言に、濱松空将は答えにくそうにいった。「いえ、そうではありません。F4EJ改は爆撃について高い照準計算能力を有しております。弾着点連続計算《CCIP》、単発投下《シングル》も投下点連続計算《CCRP》、直接投下《ダイレクト》、手動投下《マニュアル》の四つのモード切り替えが可能ですし、連続投下《リップル》も可能です。ただ昨今の戦術分析によりますと、地対空の攻撃兵器の精度向上がめざましく、戦闘機が標的上空を通過する前に撃墜される可能性が高くなっております。よって、より遠方からの射撃で標的を確実に破壊することが急務となっております」

ふん。亀岡が鼻を鳴らした。自説が否定されたことに対するあからさまな反発だった。

濱松は気にしたようすもなく、宮島三尉に目を戻した。「つづけろ」

「はい」依然として緊張の面持ちのまま、宮島はいった。「新型空対地ミサイルASE206を、通常はAAM3を装備するステーションに装着、森林内を低空飛行し、移動標的に対し発射、破壊するための訓練に参加しました」

しだいに具体的な事故の状況が語られようとしている。錦織がひそめた声でたずねた。

「その移動標的とはどんなものだった？」

「一辺一・五メートル、立方体の形状でありました。材質は段ボール、なかには不燃性の綿などが詰めこまれていたときいております。訓練施設に常備されている高架線のレール上を、自走式で移動する貨車の上に備え付けてありました。移動速度は、初速は時速八十キロ前後、F4EJ改のアタック時は時速二百キロ前後と思われます」

「よろしい。どうやってその標的に接近、破壊したかを聞こうか」

「伊吹一尉は」宮島はいっそうこわばった顔で、一瞬伊吹に視線を走らせた。すぐにその目は虚空を見つめなおし、乾いた声が辺りに響いた。「予定どおり岐阜基地の滑走路を離陸、演習場敷地内の森林上空を飛行しました。高架線を移動する標的を目視にて確認、空中戦的に申しあげれば時間差追尾ロールをかけて標的を追い、照準をロックする命令を受けていましたが……」

そのときふいに、ふっ、伊吹が鼻で笑った。ぼそぼそとした声が場内に響く。「冗談いうなよ。そんなお決まりの追撃方法、地上の敵に見抜かれたら撃ち落とされちまうだろうが」

濱松空将が伊吹をにらみつけ、低い声でたずねた。「指示された訓練の手順に従わなかったというのか」

「ええ、まあ」司令官を前にして、伊吹はまるで担任教師の小言をきく少年のような態度で頭をかきむしった。「自分の判断ですけど、どうも腑《ふ》に落ちなかったもんで。もし標的を追いかけている最中に、ロックオンを受けて警報が鳴ったらどうします。敵は地上かもしれないし、空中、背後にいるのかもしれない。どっちにしても敵のミサイルが自分の機を追いかけてきます」

「言い逃れだ」亀岡がうんざりしたようにいった。「ミサイルの発射テストに、そこまでの警戒を払う必要がどこにある」

「いえ」伊吹は控えめな口調ながら、険しい顔で亀岡をみかえした。「お言葉ですけど、操縦桿《かん》握ったらあとは生きるか死ぬかしかないんで。訓練とか、そういうの関係ないって教わったもんで」

亀岡は面食らった顔で伊吹を見つめ、それから視線を濱松に向けた。

濱松空将は、伊吹が空自の教育どおりに実践したことについては咎《とが》め立てができないと感じたらしい。否定の言葉ではなく質問を繰りだしてきた。「標的への接近飛行について、そこまで警戒心を働かせた理由は？」

伊吹はまた笑いを浮かべた。「だって、そりゃ怪しいでしょう。あんな森のなかを、高架線の上をとろとろと横移動する標的なんて、囮《おとり》にきまってますよ。気をとられている隙にどこからか撃たれる、そう思うのが筋ってもんです」

「それできみは、どう対処した」

「時間差追尾ロールじゃやばいと思ったんで、そのう、高速ヨーヨーで」

「なに？」制服組から声があがり、場内がざわついた。

「静粛に」錦織は周囲にそう告げてから、濱松にきいた。「高速ヨーヨーとはなんだ」

濱松はため息をついてから、錦織を見つめていった。「高速ヨーヨーも時間差追尾ロールも、本来は空中戦の技術です。敵機の移動と逆方向にロールをうって、一拍おいて敵機との距離を稼いでから旋回するのが時間差追尾ロールです。ただし、このロールは必要以上に自機の運動エネルギーを低下させます。速度が減少するため狙い撃ちされる可能性が高まるのです。そこで、運動エネルギーではなく位置エネルギーを利用するのが高速ヨーヨーです」

亀岡が苦い顔をした。「よくわからんな」

「そうですかね」伊吹は真顔になった。「翼で仮想の斜面を人工的につくりだし、そこを昇ることによって時間を稼いで、一挙に滑り降りて運動エネルギーを吸収するんです。ごく簡単なことですよ」

宮島があわてたようすで補足した。「標的の進行方向と同じ向きに直角のロールをかけると同時に、機首を引き起こして上昇する。ロールしつづけると上昇しきった時点で機体は背面の姿勢になってますから、この姿勢で頭上、っていうか自分たちから見て頭上、実際には下方なんですけど、そこにある標的を目でとらえる。そして即座に背面降下、左に旋回、標的を零時方向すなわち腹の側にとらえるんです。これによって、きわめて短い水平半径での旋回が可能になるため、敵に追われる確率が低くなります」

その説明で理解できた背広組が存在したかどうか疑わしかった。制服組のほうは、宮島の伝えんとするところの意味を理解したようだった。が、彼らの反応をみるかぎり、演習中に伊吹のとった行動は常識外のことのようだった。

しばしの沈黙ののち、濱松空将がぼそりと告げた。「アクロバットとしては見ものだが、無意味だ。ベトナム戦争で米軍は特殊な場合を除いて高速ヨーヨーの使用を禁じた。理由はミグが……」

伊吹は司令官の言葉をひったくった。「ミグがきわめて小さな旋回半径で回りこんだため、米軍のファントムはせっかく高速ヨーヨーを使ってもミグを振り切ることはできなかったから。でも僕の場合は、そんなへまはしません」

濱松の顔はしだいに怒りのいろを帯びてきた。その目が宮島に向けられる。無言のうちに意見を求めているらしい。

宮島は濱松の指示を察したように口を開いた。「伊吹一尉の発言内容は事実であります。伊吹一尉の操縦は的確かつ正確なもので、高速ヨーヨーによる旋回にはいささかのオーバーシュートもみられず、地対空、あるいは空対空のいかなる攻撃からも身を守る効果があったと自分は認識しております」

場内がふたたびざわめいた。宮島の顔はわずかに紅潮していた。伊吹は無表情のままだった。

妙な感触が矢中をよぎった。宮島は間違いなく、伊吹に信頼を寄せている。空将ばかりでなく、防衛省の高級幹部までをも前にして、飄々《ひょうひょう》と振る舞うばかりか反抗心さえのぞかせている伊吹一等空尉をかばう姿勢をみせている。それが宮島自身の立場をどれだけ危ういものにするか、認識していないはずがない。彼も幹部自衛官なのだ。

しだいに矢中は、このきわめて自然体でたたずむ伊吹直哉という一等空尉に対する当初の嫌悪感を薄らがせつつあった。むしろ、ふしぎな人間的魅力を感じはじめている自分がいた。会議場に列席しているのはいずれも肩書きに縛られ、キャリアの仮面をつけた役割《ロール》演技者《プレイヤー》にすぎない。ただ独りの例外が伊吹一尉だった。彼はみずからを偽らない。感情も隠さない。群れることとも、媚《こ》びることとも無縁に思える。たとえ訓練だろうと手を抜かず、周囲の誰も信用しない。たとえ上官でも。孤立無援をむしろ心地よく感じるタイプなのか。よく目を凝らすと、その浅黒いが端整な顔だちには相当の自信が備わっているようだった。彼には迷いがない。パイロットとしてのみならず、ひとりの人間として、男として決して揺らぎようのない信念を抱いているようにみえる。

とはいえ、と矢中は思った。心のなかが冷えていくのを感じる。それならば、この書類に記された事故はいったいなんなのだ。

矢中はページを繰った。けさ読んだ報告内容が絵空事だったかのように感じられてくるこの状況下で、思わず事故の記載を探したい衝動に駆られた。無論のこと、それは夢や記憶違いではなかった。問題の箇所は、矢中の覚えていたものと一行の違いもなくそこに記載されていた。

岐阜県久那《くな》山《やま》市智田《ともだ》町二ノ三ノ九在住、自営業（農業）篠海昌宏さん（44）の長男、篠海悠平君（11）は岐阜県久那山市立小学校から下校途中、岐阜基地演習場に立ち寄った。同級生の田《た》村昭人《むらあきひと》君（11）、新原隆香《にいはらゆうか》さん（11）も行動を共にしていた。森林奥深くに位置する演習場フェンスに接近した理由については、悠平君が演習中のF４EJ改戦闘機が高度を下げて飛ぶのを目撃、関心を持ち、見物にでかけようとしたことに端を発すると同級生二名は証言している。

事故の報告を読みふける矢中の耳に、錦織の声が届いた。「伊吹一尉。当日の天候は？」

「良好です」伊吹が淡々と告げた。「晴天で風もなく、雲も低い位置にはありませんでした」

「というと、訓練で飛んだコースは天候によって視界が遮られることはなかったということか」

「はい。まるでありません」

篠海悠平君は無口な性格で、友達も少なく、これまでも授業を抜けだして山中をうろついているところを補導されたこともあり、同級生の二名は演習場に向かった悠平君の身を案じ、後を追うことにした。

同級生二名がフェンスに到着したところ、すでにフェンスを越えて演習場の敷地内に侵入している悠平君の姿をみとめ、声をかけた。悠平君は同級生らに気づき、車両が敷地に入る際に開いたゲートから侵入したと告げた。

補足3―A・同日午後一時四十七分、広報館と第二補給処本部庁舎の間に位置する第十七ゲートから、第四高射群への補給物資を搬入するトラック三台が進入。この際、第十七ゲートの監視カメラが徐行するトラックの陰に潜みつつ無断でゲートに侵入した少年の姿を捕らえている。少年はトラックの陰からアンテナマスト装置の背後に身を移し、警備の隊員も侵入には気づかなかったと証言している。

補足3—B・監視カメラ映像を篠海昌宏さん夫妻、および久那山小学校長に見せ確認を求めたところ、映像の少年は篠海悠平君に間違いないとの証言が得られた。

亀岡書記官がボールペンをもてあそびながら声を荒らげた。「標的を目視で確認しておきながら、子供が潜んでいたことにまったく気づかなかったわけか。いもしない敵に対して高速ヨーヨーとやらで過剰な警戒心を発揮していたわりには、ずさんな話だな」

伊吹が視線をあげ、亀岡をにらんだ。が、その目はまたすぐに床におちた。一瞬のことだったが、敵愾《てきがい》心がこめられていたように矢中は感じた。

宮島三尉が咳《せ》きこみながらいった。「標的に対してはいったん接近して位置を確認し、それから遠ざかって照準をロック、ミサイルを発射という命令を受けていました。標的に最も接近したときでも距離は二百メートル以上、自機の速度は音速を超えていました。たとえ子供の身体の一部が外にでていたとしても、目視での確認は困難です」

同級生二名はフェンス越しに悠平君を説得し、速やかに基地の敷地から出るよう警告したが、悠平君は聞こえないような素振りで背を向け走り去ろうとした。このとき、陸上自衛隊第六施設群第三四八施設中隊（岐阜基地所在）の車両が接近したため、悠平君は発見されまいと身を潜められるものを求めて辺りをさまよった。フェンス付近に、自走式貨車のレールの起点が存在し、訓練用移動標的が貨車上に設置されていた。されていた。貨車はリモート操作のため付近に警備等の隊員はいなかった。悠平君はこの段ボール製・箱状の標的の側面に空いた穴を破り、穴を大きくして身をねじこませ隠れたと、同級生二名は証言している。

補足4―A・岐阜管制隊の管制塔からの望遠監視カメラのうち一台が、右記の状況を録画している。悠平君は同級生二名の証言どおり移動標的のなかに隠れた。十四分後、移動標的が自走を開始するまでのあいだ、悠平君が標的から外に出たようすはない。

補足4―B・悠平君を乗せたまま標的が自走を開始したため、同級生二名は動揺し基地の広報館を訪れるが、担当職員は昼休みのため不在だった。同級生二名は小学校に戻り、担任教諭に事情を説明したという。

「伊吹直哉一等空尉」濱松空将が静かにきいた。「発射前、標的に対し規定の確認はおこなわなかったのか」

ふいに場内に沈黙が下りてきた。

気のない素振りをしながら、なにごとにも即答をしてきた伊吹が、今度ばかりは黙りこくった。

無表情を装いつづけているが、顔いろには変化があった。だが、どんな感情の変異が生じたのか、矢中の目にはまだあきらかではなかった。

沈黙はしばらくつづいた。耐えかねたかのように亀岡が声をあげた。「規定の確認とはなんだね？」

伊吹は依然として口を閉ざしている。

宮島はそれを見てとりながら、焦燥のいろを浮かべつついった。「Ｆ４ＥＪ改は従来の光学照準機をカイザー製ＨＵＤに変更しています。このＨＵＤには自機シンボル、マッハ数、対気速度、気圧高度、磁方位、航法モード、Ｇ荷重、ベロシティ・ベクター、脚下げ時の迎え角、バンク・ステアリング指示、ＩＮＳのベアリングなどが表示されるのですが、追加された装備のおかげで、兵装システムの使用時にセンサーの読みとった標的の情報も表示します。今回テストする空対地ミサイルについては、標的の材質、移動速度、表面積、内部温度分布を瞬時に判断し表示することが……」

「それだよ」濱松が冷ややかにいった。「サーモグラフィの温度分布の数値を確認することで、なかに人がいるかどうかは判断できる。今回の訓練では発射寸前にかならず確認することと念が押されていたはずだ」

張り詰めた静寂が場内にひろがった。宮島の慌てた声が響いた。「あのう、司令官。自分が思うに、標的を捕捉《ほそく》してから発射までの時間はきわめて短く……」

「きみには聞いてない」と濱松はぴしゃりといった。「コ・パイロットはそのあいだ、決められたオペレーションをおこなっているはずだ。それに標的に関する情報はそのときコ・パイロットに知るすべはない。パイロットがHUDの表示数値を確認したか否か。それだけだ」

どことなくそわそわと落ち着きのなかった伊吹が、いまはじっと身じろぎもせずたたずんでいる。硬い顔をしているが、遠方に向けられているかのような目をしていた。空を見つめているような表情。コックピットのなかにいたときのことを想起しているのか。だとすれば、事故の記憶にどのような感情が伴っているのだろう。

だが、伊吹はなんの感情もしめさず、ただつぶやきのようにその言葉を漏らした。「確認しませんでした」

ため息とざわめきが一斉に湧き起こった。場内の誰もが表情を険しくし、伊吹を射るような目つきで見つめた。

ふたたび空将の厳しい声が飛んだ。「確認を怠った理由は?」

伊吹はしばし黙りこくったあと、ぼそりといった。「忘れてたんだと思います。すみません」

宮島が頭を殴られたような顔をして伊吹をみた。「そんな。まさか。先輩……」

「しょうがねえだろ」伊吹は宮島をみかえした。「段取りをまるっきり忘れてた。それだけのことだ」

一瞬の間をおいて、場内のほぼ全員が一斉に発言した。ほとんどが怒声、罵声《ばせい》の類《たぐ》いだった。亀岡書記官はひときわ甲高い声をあげていた。こんな無責任かつ不謹慎きわまりない若者がエースパイロットとは。空自は恥を知るべきだ。これは幕僚監部の責任問題だぞ。
喧騒《けんそう》のなか、矢中はため息を漏らした。矢中はいま、声を発していない数少ない列席者のうちのひとりだった。怒る気力もなかった。ただ、書類の報告文に目を落とした。

午後二時十六分、F4EJ改訓練機第四組（パイロット・伊吹直哉一等空尉／コ・パイロット・宮島忠博三等空尉）は、内部に篠海悠平君が潜んでいると思われる移動標的を照準に捕捉、悠平君の存在に気づかずミサイルを発射。標的は爆破された。
補足5―A・人体がASE206空対地ミサイルの弾頭に使用された小型微粒子ベルティック・プラズマ爆弾の直撃を受けた場合、まず衣服に関しては数秒で燃え尽き、爆発時に発生する高温により体内の水分の蒸発、及び体内の細胞を連結するヒアルロン酸の崩壊により身体の構成要素が細胞単位で分解、気化すると考えられる。このため遺体は残らないが、微量の蛋白質《たんぱく》と塩化ナトリウムが残されると報告されている（フィリップ・E・ドロワー米国オハイオ州立大学名誉教授・国防分析研究所主任研究員によるレポート参照）。
補足5―B・警視庁科学研究所の分析によれば、破壊された移動標的の残骸《ざんがい》から蛋白質および塩化ナトリウム、ミネラル等の成分が検出された。
補足5―C・法的にみて現状では篠海悠平君は行方不明とするべき公算が大きい。
矢中は生理的な嫌悪を感じて、書類を遠くに押しやった。ため息が漏れる。なにが行方不明だ。過失致死であることは明白ではないか。

事実の公表が控えられているいま、この少年の両親も行方不明という言葉を信じて待つしかないのだろう。いや、もう事実には気づいているのかもしれない。ただ受けいれられないだけかもしれない。突然、我が子を失った。文字どおり、この世から消えてしまった。おとなしく防衛省からの報告を待っているのも、いまのうちだけに違いない。機密の名のもとに事故を封印しようにも、少年の両親はマスコミを率いての抗議に訴えるだろう。防衛省への信頼の失墜は、もはや免れぬところではないか。

亀岡が興奮で顔を真っ赤に染めながら、立ちあがってまくしたてた。「伊吹一等空尉といったな。きみはわかっているのか。きみはわれわれのあらゆる努力を台無しにした。自衛隊に対する国民の信頼を裏切った、ある意味で最も罪深い人間だ。そこのところ、どうとらえてるんだね。ぜひ聞かせてもらおう」

「さあ。どうって」伊吹はうつむき、ぶつぶつと口ごもった。「責任とるっていったら、それで終わりますかね。辞職しますよ、ええ」

「それで済む問題か。きみは人を死なせたんだぞ。子供を殺した」

伊吹の目線があがった。歩を踏みだし、亀岡に向かってつかつかと近づいていった。宮島が慌てたようすで制したが、伊吹はそれを振りきり、亀岡の前に立った。

「そうですよ」伊吹は押し殺した低い声でいった。「いつかは人を殺す運命だったんです。それが仕事ですから。過失は、殺した子が日本人だったという点のみです」

なんだと。亀岡が血相を変えて怒鳴った。それを制止しようとする者、さらなる罵声をあげる者、伊吹につかみかかろうとする者。場内は混乱状態に陥った。

紛糾する会議場で、矢中はただひとり椅子におさまり、会議テーブルの周辺にひろがる喧騒を失意とともに眺めた。

これが人生のほとんどを捧《ささ》げた防衛省の現状か。矢中は落胆とともに、なんともやりきれない気分を噛《か》み締めた。途方に暮れる以外、すべきことはなにもなかった。

心理学

外にでると、雨はあがっていた。湿ったコンクリートの覆う地面のそこかしこに水溜《みずたま》りができて、鏡のように薄日のさす淡い青空を映しだす。辺り一帯が薄暗くなったかと思うと、陽射しを遮ったその物体を無数の鏡があきらかにする。C130輸送機のずんぐりとした機体が大気のなかを横切っていく。矢中はただ、水溜りのなかにしかその機影を認められなかった。すなわち、視線がさがっていた。頭上をみあげる気にはならない。肩を落とし、うな垂れて歩くしかない。散会後、ともに駐車場まで歩を進める面々も同様だった。誰もが無言のまま、ただ歩きつづけている。周囲に響くのは輸送機の爆音、もの音はそれだけだった。

「異常だ」亀岡書記官がその静寂を破り、歩を進めながら吐き捨てた。「性格破綻《はたん》者にして、なんらかの精神病理に蝕《むしば》まれている。即刻、解雇すべきだ」

「しかし」濱松空将はあとにつづきながら、苦渋のいろを浮かべていった。「優秀なパイロットであることは間違いありません」

「優秀だと」亀岡は振りかえり、呆《あき》れたような顔を濱松に向けた。「あの礼儀知らずの若造のどこが優秀だというんだね。一等空尉まで出世できたのが奇跡というものだ。いったいどんな役職にある人物の息子だというんだ、彼は？」

錦織事務次官は低く冷静な物言いで告げた。「親の七光りではないよ。彼は本当に優秀だった。防衛大でも幹部候補生学校でも抜群の成績だったし、在日米軍との合同訓練でも向こうのパイロットと互角に渡りあったほどだ。第七艦隊の司令官が彼を名指しで評価したことから、総理も関心をお持ちになり、航空観閲式ではわざわざ伊吹一尉と面会されている」

亀岡は一瞬目を丸くしたあと、しかめっ面を進行方向に戻して歩きつづけた。「総理もさぞかし不快な思いをされたことだろう。あのような無作法な振る舞いではな」

「そうでもない」錦織はあっさりといった。「たしかに物怖《ものお》じしない態度が誤解を生むケースはみられたが、以前の彼はいたって控えめで謙虚かつ献身的だった。総理は感銘を受けられ、伊吹一尉をイラク復興支援の派遣部隊できわめて重要な役割に就かせるよう、直接私に指示してきたほどだ。そうだったな、濱松君？」

ええ、と濱松はうなずいた。「空自のパイロットとして最高の名誉を受けるにふさわしい隊員でした。それは間違いありません」

「なら」亀岡は憤りを覚えたらしく、鼻息も荒くまくしたてた。「きょうのあの態度はなんだ。性格の突然変異とでもいうのかね。それに彼は子供を死に追いやったのだぞ」

二宮大臣政務官が咎《とが》めるようにいった。「行方不明だ。現段階ではな」

亀岡は苦い顔をして押し黙ったが、その目が矢中のほうに向いた。歩を進めながらその肥満した身体を矢中に接近させつつ、亀岡はささやいた。「矢中局長、きみはどう思うかね。防衛参事官として、なかんずく人事教育局長としての意見を伺いたい」

意見もなにも、いまこの場で騒ぎたてたところでどんな進展をみられるというのだ。亀岡はただ、感情の捌《は》け口を求めているにすぎないのだろう。

「現時点では判断のしようがありません」矢中は慎重に言葉を選びながらいった。「ただし、警察の捜査がおこなわれている以上、このまま主力戦闘機パイロットの任に就かせるのは賢明ではないと考えられます。事実が明らかになるまで、一時的であっても地上勤務にまわしたほうが……」

「そらみろ」亀岡は矢中の言葉を遮って一同に向き直った。「人事教育局長も彼を解任すべきという意見だ」

矢中はため息をついた。一時的に、という言葉は亀岡の聴覚の検閲を受け、削《そ》ぎ落とされてしまったらしい。こんな男に仲間とみなされたところで、防衛省内ではなんのプラスにもならない。ところが亀岡のほうは、矢中と同盟関係を結び得たと考えているようだ。これでは私も亀岡同様、組織のなかで浮いた存在になってしまう。部下の信頼も薄らいでしまうだろう。

「気持ちはわかるがね」と二宮が苛立《いらだ》たしげにいった。「伊吹一尉にはできるだけ早い復職を願いたいところだ。防空作戦はただでさえ人員が不足している。優秀な人材となればなおさらだ」

「なぜですか」亀岡が意外そうにたずねた。「旧ソ連の崩壊後、ミグ機の領空侵犯も激減しスクランブル発進の回数もかつての半分以下にまで減ったときいてますが」

それは北部航空方面隊、千歳《ちとせ》基地の状況だろう。矢中は亀岡の見識不足にうんざりした気分を覚えた。この男はおそらく、普段から資料を拾い読みする癖が備わっているのだろう。世界情勢が刻一刻変化するものだという認識は、亀岡の頭には存在していないらしい。

錦織もじれったそうにいった。「いつの時代の話だね。冷戦は終わってもわが国は次から次へと新たな脅威にさらされている。一昨年からは、日本海に出没する不審船が問題視されている」

「不審船？」亀岡は眉《まゆ》をひそめた。「というと、北朝鮮の？」

「中国だよ。例の麝香片《じゃこうへん》麻薬の密輸船だ。このところ、週に一度は姿をみせている」

ああ、と亀岡はうなずいた。「中国人マフィアが運航しているとみられる、あれか。しかし、空自の要撃管制はあくまで防空に限ってのことじゃないのかね。密輸船の拿捕《だほ》は海自か、海上保安庁の仕事だろう」

「いえ」と濱松空将が首を振った。「密輸組織には中国の大規模な闇資本が絡んでいるらしく、密輸船には常に空からの護衛を伴わせています。これら護衛機が領空侵犯行為を働いて防衛網を攪乱《かくらん》し、その隙をついて密輸船がどこかの港に侵入します。事実、海自の艦船はこれら護衛機の威嚇《いかく》射撃を受け回避行動をとらざるを得ず、そのため密輸船を取り逃がしたという事態も起きています」

ようやく亀岡も事の重大さを認識しはじめたらしい。緊張の面持ちでつぶやいた。「威嚇射撃というと、その護衛機も武装しているということか」

「そうです」濱松はいった。「機体を黒塗りにしたF8戦闘機二機の存在を確認しています。中国空軍からの払い下げでしょう。パイロットも熟練者らしく、人民解放軍出身者ではないかとみられます」

錦織があとをひきとった。「性能ではF15DJの敵ではないが、いつもレーダー網を掻《か》い潜《くぐ》って低高度侵入を試みては、わが国の領空内で密輸船を助け、無傷で脱出というサーカスを繰りかえす連中が相手だ。こちらも腕が立つパイロットが必要になる。それも、敵が周辺国の正規空軍なら国際法上の駆け引きによってあるていどの安全が保てるが、マフィアの護衛機とあってはな。いつ本格的な交戦に入ってもふしぎではない。まさに一触即発の状況といえるだろう」

亀岡が黙りこんだせいで、ふいに辺りには静けさが漂った。ヘリコプター空輸隊のCH47Jの奏でる爆音が遠くで沸いている。せかせかと歩きつづける一同の靴音がこだまする。矢中は、その静寂にこそ耳を傾けたいと感じていた。

密輸船は過去に二度、拿捕されている。海上保安庁の立ち入り検査で発見されたのは、日本や西欧諸国がまだ存在を認識していなかった新種の麻薬だった。それら麻薬は粉状に加工され、純度百パーセントの状態で約六十キロずつ木箱におさめられていたという。木箱の搭載数は一隻あたり三十。すなわち密輸船がひとたび姿を現せば、二トン近い新種麻薬が国内に運びこまれる算段になる。

警視庁のその後の調べで、中国マフィアはこの新種麻薬を麝香片と呼んでいることがわかった。雄の麝香鹿の麝香腺《せん》分泌物を乾燥させてつくる麝香のうち、強烈な香気を放つ良品を原材料とし、遺伝子操作によってムスコンの含有量を二パーセントから六パーセント以上に、〇・五パーセントのC19ステロイドを十五パーセントに増加、水溶性分画のムスクライドA1という強心活性を示す成分を脳の中枢神経に作用する未知の薬物へと変異させている。この薬物は人体に摂取されると、ドーパミンを枯渇させて神経伝達物質を放出《エキトサイトシス》不可能な状態に置くことが確認されていて、鬱《うつ》状態に陥り悲観的になったり、幻覚や被害妄想などさまざまな状態を引き起こす。

すなわち、麝香片は覚せい剤やコカインなどの興奮作用をもたらす麻薬とは異なり、むしろヘロインなどの阿片《あへん》系麻薬やマリファナ、シンナーなどの幻覚作用・抑制作用の麻薬に分類されるが、問題は麝香片の成分がまだ充分に解き明かされておらず、従来の方法では体内からの検出も困難で立証も難しいという点だった。科学と法の両面で対策が講じられる前に次々と麝香片が運びこまれたのでは、この国は対策不可能な麻薬作用に溺《おぼ》れる人間を徒《いたずら》に増加させるばかりになる。なんとしても水際で密輸を食いとめねばならない。空自も、その重要な一役を担う立場であることは確固たる事実だった。

「とにかく」亀岡は歩きながらため息まじりにいった。「あの伊吹一尉が防空作戦に必要不可欠な人材であることは疑いがなく、是が非でも復職してほしいということか。子供についても、あくまで現状下では行方不明であって過失が問われる段階ではないと」

錦織がつぶやくようにいう。「空対地ミサイルＡＳＥ２０６に関しても威力その他を公表する段階に至っていない。現時点では機密に属する兵装だ」

亀岡は、妙にさばさばした表情で何度となくうなずいた。「なるほど、理解できた。そういうことなら話は別だな。国家のための防衛は個のための必要を上まわる。われわれとしても、その立場をとらざるをえん」

一同、誰ひとりとして声をあげなかった。無言の同意、矢中にはそう感じられた。あれだけ伊吹一尉への批判をつのらせていた亀岡が、あっさりと錦織らに同調した。己れの意見を持たず、ただ感情と情勢だけに流され振りまわされる小役人の典型的な姿だった。もっとも、亀岡はそもそもそういう男だ、いまさら憤慨するようなことでもない。ただ、矢中は錦織に対しては意外な一面を垣間《かいま》見た気がした。出世街道をひた走ったこの男も、所詮《しょせん》は国家第一主義者なのか。子供が犠牲になったことが動かぬ事実と知りながら、証拠がないがゆえにすべてを隠蔽《いんぺい》しようと考えている。矢中には、伊吹一尉が国防のために必要な存在だという彼らの意見さえ詭弁《きべん》に思えた。防衛省の上層部にとって最も重要なのは、防衛省すなわち自衛隊自身の体裁を保つことだった。エースパイロットが前代未聞の不祥事を引き起こし、マスコミの餌食《えじき》になる。世論の自衛隊への反発を招き、野党がまたぞろ憲法九条の問題を持ちだして堂々めぐりの議論をはじめる。それを時代の逆行とみなし、阻止したいと考えているのだろう。

重い空気が自分たちを包みこんでいる、それが足取りまでをも重くする。そんなふうに感じられる。駐車場のゲートがみえてきた。基地を去ることができるというだけで、少しばかりの安堵《あんど》を感じる自分がいた。小役人か。矢中は思った。私も同様だ。気が小さく、群れをなすことばかりを覚え、独りではなにもいいだせない。あの軽蔑《けいべつ》していた亀岡とどこが違うというのか。まさに同じ穴の狢《むじな》ではないか。

ゲートをくぐろうとしたとき、ひとりの女が近づいてきた。細身で長身の女だった。上質なグレーのスーツにタイトスカート、ハイヒールのその女は、一見して古びた基地の施設のなかで異彩を放っていた。サングラスをはずすと、褐色の長い髪に縁取られた小さな顔がこちらに向けられる。女はつかつかとこちらに近づいてきた。

「二宮大臣政務官、はじめまして」女は愛想笑いを浮かべていった。「伊吹一等空尉の処遇については決まりましたか」

この場で最も地位の高い人間に真っ先に挨拶《あいさつ》するとは抜け目なかった。新聞記者だろうか。年齢は三十すぎ、寸前にメイクに直しを施したのか、顔だちは知的で端整そのものにみえる。計算された出会いだと矢中は思った。

「はて」と二宮はいった。「どなたかな。伊吹君のことは、どこでお聞き及びで？」

「申し遅れました」と女はにっこり笑った。「アルタミラ精神衛生、代表取締役秘書の見《み》鏡季代美《かがみきよみ》と申します」

ああ、と錦織が声をあげた。「すると、大臣が御社に協力の要請を？」

「そうです」見鏡季代美はうなずいた。「安全保障会議で総理が防衛大臣に、わが社の顧問に助言を求めるよう指示されたそうです。問題となっている伊吹一等空尉の精神鑑定および、回復のための療法や指導につきましては、わが社が責任を持って……」

濱松空将がいかめしい顔で遮った。「お話はよくわかりました。申し訳ないが、まだ会議が終わったばかりで詳細については十分に吟味がなされていません。この場ではお手を煩わせることはないと考えられます」

見鏡は二宮に尋ねるような視線を送った。司令官ではなく、大臣政務官の意見を聞いているのだ。そういいたげな振る舞いだった。二宮がうなずいて同意をしめすと、ようやく見鏡は引きさがる姿勢をみせた。

「そうでしたか」見鏡は大仰なほどの笑いを浮かべた。美人には違いないが、どこかアンバランスなつくりの顔だった。「わが社としましても今回の事態の重要度は認識しているつもりですので、是非とも協力させていただきたいと考えております。精神鑑定についてはいつでも即開始できるよう状況を整えておりますので、ご連絡をお待ちしております」

ええ、よくわかりました。二宮が気のない返事をかえすと、見鏡は深々とおじぎをして踵《きびす》をかえし、その場を立ち去っていった。

駐車場の端に停めてあるフェラーリ575Mマラネロの赤い流線型の車体に向けて、颯《さっ》爽《そう》と歩き去っていく見鏡季代美を、矢中はどこか醒《さ》めた気分で見送った。ほかの面々も同様の心境なのか、半ば呆《あき》れ顔で女秘書の背を見つめている。

アルタミラ精神衛生株式会社といえば、すなわち製薬会社の老舗《しにせ》アルタミラ製薬グループに属する比較的新しい会社であり、このところ株価の高騰で投資家の注目を集めている株式市場の花形でもあった。欧米に比べ、精神衛生面の研究が遅れているとされる日本において、先進的な精神病理の分析、治療技術を研究する唯一の商社で、研究所からリハビリセンターまで多様な施設を全国に展開させている。国や地方自治体との結びつきも深く、第三セクターの形態をとる高齢者施設のほとんどに出資協力し、病院の精神科や心療内科の設備向上にも力を貸している。警視庁も、増加する異常犯罪の容疑者に関する精神鑑定について、幅広いデータを蓄積し臨床のノウハウを有する同社に依頼をおこなうことが増えているときく。同社による精神鑑定は、警察が従来どおり嘱託の精神科医に依頼した場合に比べて二十から三十パーセント以上も証拠としての重要性が向上し、裁判でもおおいに役立てられている。その信頼度の高さから、とりわけ政府閣僚など重要な地位にある人物が同社の精神鑑定に重きを置こうとする傾向があり、同社に協力を要請する直接指示をおこなうことが少なくない。大臣が防衛省内の調整を待たずして同社に連絡をとったのも、昨今のそうした風潮があればこそだった。

だが、比較的現場に近い職員にそのような状況を喜ばしいと受け取るムードがないことは、この場にいる面々の顔いろを見れば一目瞭然《りょうぜん》だった。

「アルタミラ精神衛生」二宮が苦々しくいった。「いくら信頼が置けるといっても民間企業の耳にいれるとは」

ええ。錦織がうなずいた。「予断を許さない状況になってきましたね」

まさしくその通りだと矢中は思った。情報は防衛省の一部に制限されず、すでに敷地のフェンスを越えて外部に漏れた。アルタミラ精神衛生という企業があれだけの信頼度を得ているからには、それなりの守秘義務について堅持する姿勢を持っているのだろう。それでも、人の口に戸は立てられない。情報があらゆる国内機関の隅々にまで行き渡るまで、もはや数日とかからないだろう。対処を急がねばならない。いまやわれわれは、迅速かつ的確な対処を迫られている。判断ミスは許されない。伊吹一尉の起こした過ちが甚大なものだったがゆえに、われわれは一片たりとも判断を曇らせてはならない。

編隊飛行する支援飛行隊機の轟音《ごうおん》を掻《か》き消すように、真紅のフェラーリが誇らしげにV型12気筒のエンジン音を響かせた。ゲートを抜けて公道に駆けだしていくその車体とともに、なにか重要なものが基地から運びだされていく、そんな危うさを矢中は感じとっていた。

エネルギー

百里基地は、茨城県中部、東茨城郡の太平洋沿いに位置している。正午を過ぎたこの時刻、百三十万坪の広大な敷地はひっそりと静まりかえっていた。第七航空団や救難隊の緊急発進の気配もない、ひとまずは平和が保たれているとみていいだろう。

が、静寂は一時的なものにすぎないことを宮島忠博三等空尉は知っていた。そもそも正午からの三十分ほどは離着陸はおこなわれない決まりになっている。幅四十五メートル、長さ三キロ近くに及ぶ滑走路の彼方《かなた》、アーミングエリアには、すでに偵察航空隊のRF4EJの迷彩色の機体がかすかにみえていた。間もなく定時の偵察任務があるのだろう。満ち潮で波も高いこんな日には、浅瀬に座礁した船や転覆しかけた船の姿を海上にみとめることも多い。ほどなく、救難隊のUH60J救助ヘリコプターがあわただしく発進することになるだろう。それに、雨があがったとはいえまだ雲がかなり低い位置にひろがっている。領空侵犯には絶好の機会ともいえる。領空侵犯措置としてF15DJイーグル戦闘機にスクランブルの命が下る可能性もある。ここ百里基地では、そんな日常が繰りかえされている。F15DJのパイロットは数組が常時アラート待機についている。救急用具と緊急用無線内蔵の保命ジャケットにパラシュート・ハーネス、重い装備品を全身に装着したまま、二十四時間の待機が原則となっている。きょうの深夜から明日にかけては、宮島もコ・パイロットとして任務に就くことになっていた。だが問題は、パイロットのほうだった。

宮島はジープを運転し、滑走路に平行して延びる私道をエプロンに向かって走った。滑走路の端に赤い消防車が停車している。離着陸の際の警戒および、滑走路端の目印として用いられているものだ。偵察航空隊の離陸時刻が迫っているからだろう。わが主力戦闘機部隊はどうだろう。アラートハンガーの扉が開き、二機のＦ15ＤＪが駐機している。それでもキャノピーが閉じられていることから、やはり急を要する事態にはほど遠いことがわかる。スクランブル発進の命が下って五分で飛び立てる、いわゆる五分待機の定番のポジションといえた。

タワーに接近する。第七航空団第３０５飛行隊の蒼《あお》い旗が微風に揺らいでいる。宮島はジープを停めて飛行隊事務所の扉に向かった。顔馴染《なじ》みの飯塚《いいづか》准空尉が敬礼する。ご苦労さまです。伊吹一尉は、すでに待機室に入られております。

「伊吹一尉が？」宮島は驚きの声をあげた。「いつ？」

入間での事実上の査問会議のことなど、まるで知るよしもない准空尉はきょとんとした顔で宮島を見かえした。「通常どおり、正午前に入られましたが」

早いな。宮島は舌を巻いた。入間基地の会議のあと、どこへともなく姿を消したため不安を覚えたが、どうやら取り越し苦労だったらしい。愛車のブガッティ・ヴェイロンを飛ばして、宮島の先まわりをして基地に帰還していたのだろう。あの伊吹一等空尉のことだ。重要なアラート待機のローテーションを無視するはずもあるまい。

　宮島は事務所から待機室につづく長い廊下を歩いていった。宮島より三つ年上の伊吹一尉は、宮島が防衛大に入ったとき、第四学年に在籍していた。卒業を間近に控えた学生のなかにすごい奴がいる、夏の定期訓練で教官は目を輝かせてそういった。首席で卒業を迎えるのはまず間違いなく、幹部候補生学校でも最高に将来を嘱望される存在だ、この定期訓練中に一度は顔を合わせることになるだろう、と教官はいっていた。その時点ではまだ、宮島は教官が興奮ぎみに語る理由を呑《の》みこめずにいた。そもそも防衛大においてどんな人間を優秀な者とみなすのか、将来には具体的にどのような期待が寄せられるのか、いまひとつ理解できていなかったからだった。

　八キロの遠泳訓練をこなした翌日、空自の研修を兼ねて航空要員訓練を見学することになった。その訓練は正式には第二学年以降に受けるもので、第四学年の面々が小型機の搭乗訓練を受けていた。

　そのとき宮島は、軽快にロールを打って飛ぶF4EJ改を目にした。安定した、まったく危なげない着陸をみたとき、現役パイロットによる模範演技なのだろうと思った。ところが、そのわりには教官以下全員が注視する目の輝きが違っていた。キャノピーが開き、パイロットが滑走路に降り立ったとたん、拍手が湧いた。こちらにゆっくりと歩いてきたパイロットが、ヘルメットを脱いだ。そのとたん、宮島は息を呑んだ。

褐色に染め、パーマのかかった長髪はいまと変わらないが、あのときの伊吹直哉の顔はまだ少年のあどけなさを残していた。年上ながら、そんなふうに記憶している。当時二十二歳、すでに鍛えあげられた身体の持ち主だったが、いまよりも華奢《きゃしゃ》な印象があった。こんなに若く、細身の人間にあれだけ華麗な飛行がこなせるものなのか。そのとき受けた衝撃は、いまでも生々しく宮島の脳裏に刻みこまれている。

ふつう防衛大の第四学年は戦闘機の搭乗訓練を受けるだけで、操縦を習うのはずっと後のはずだ。ところが伊吹は防衛大の在籍中にF4ファントムを飛ばしていた。当時の防衛庁にとって、まさに驚異的な才能を秘めた逸材にちがいなかった。

伊吹は周囲から口々に賞賛の言葉を投げかけられながら、終始クールな振る舞いを崩さなかった。あのころから彼は、感情というものをあまり表にださず、飄々《ひょうひょう》とした態度をとりつづけていたように思う。まだ教育飛行隊に足を踏みいれてもいない、防衛大在籍の若者が空自パイロットに匹敵する飛行を成功させたのだ、周りは一様に興奮していた。それでも当人だけは、それが自分のあるべき姿なのだ、そういいたげな醒《さ》めた顔を浮かべていた。

ふとなにかに気づいたように、伊吹は宮島の前で立ちどまった。なぜ彼が宮島に目をとめたのかはわからない。ひとりだけ、ぽかんと口を開けていたからかもしれない。事実、宮島は呆気《あっけ》にとられていた。見惚《みと》れていたという感覚に近かったような気もする。こんな完璧《かんぺき》な人間がいたのか。どんな少年時代を歩み、防衛大に入るに至ったのだろう。俺とはまるで異なる家庭環境に生まれ、育ってきたにちがいない。別世界の住人だ。伊吹に対する第一印象は、そんなものだった。

伊吹の澄んだ目がじっと宮島を見つめた。防衛大に入ってから、無骨を絵に描いたような顔つきの上級生は数多くみてきた。が、この伊吹はそれら体育会系の強面《こわもて》とは一線を画していた。ともすれば女性的な整った顔だち、それでいて浅黒い肌には男性的な荒々しさを介在させている。つまりは中性的、男女いずれからも好感を持たれる顔のつくりをしていた。

ただ唖然《あぜん》と伊吹の顔を見つめる宮島を、伊吹は見かえした。そして低い声で、ぼそりと告げた。「昼はハヤシライス？」

一瞬、意味がわからなかった。だが伊吹の視線が宮島の胸もとを見つめていることに、宮島は気づいた。その視線を追って、ようやく問いかけを理解した。そのとき宮島ら第一学年は白の制服を身につけていたのだが、昼食のハヤシライスをこぼしたせいで跡が残っていたのだ。

どう応じたのか、よくは覚えていない。ただ、周囲の笑い声のなかで、しどろもどろに言葉を発した、それだけはたしかだった。

「よくやるんだよな」伊吹はにやっと笑い、控えめな口調でいった。「そこの管制塔の地下にある食堂だろ？　カレーは拭《ふ》けばとれるんだけどハヤシライスは気をつけないと。漂白剤使ったほうがいいけど、丸洗いするとワッペンも白くなっちゃうから、部分洗いがいいな」

「ご指導ありがとうございます。そう返事したのは、よく覚えている。伊吹はそれ以上、なにもいわずに歩き去っていった。

　ふしぎな男だった。嫌味はまるで感じられず、からかわれたという後味の悪さも残さない。ただ会話を交わしたことで、それまでまるで映像のようにみえていた視界が現実感を伴うようになった。別世界の住人のごとく思えていた伊吹直哉は、俺と同じこの世界に生きているのだ、そう肌身に感じた。

　以来、伊吹は宮島にとっての目指すべき男の姿となった。具体的には彼のどのようなところに憧《あこが》れを抱いたのか、さだかではない。たいていの学生は伊吹直哉の成績の優秀さや実技の素晴らしさに敬意を抱いているようだったが、少なくとも宮島にとってはそれは二の次だった。彼には俺が持ち得ない、それでいてどうしても持ちたいと欲するなにかがある。この縦社会で自分という存在の周囲に障壁を張り巡らし、自分を守りつつ世間と付き合っていくのが当たり前の世の中で、彼は障壁を意に介さず、ずっとどこにでも踏みこんでくる。それも、言葉では言い表すことのできないような爽《さわ》やかさを伴ってくる。

　やがて防衛大をでた宮島は、伊吹と同じ進路、航空自衛隊員になる道を突き進んだ。入隊と同時に、幹部候補生学校と教育飛行隊でより専門的な教育と訓練を受けることになった。浜松《はままつ》の第一術科学校で機体の整備に関する実務訓練を受けていたとき、なんと伊吹が教官の補佐としてやってきた。何年も経ったというのに、彼は宮島の顔を覚えていて、彼のほうから声をかけてきてくれた。やあ、きみか。部分洗いはどうだった。きれいに落ちたかい？

以前よりも男らしく、骨太な印象に変わった伊吹は、すでに二等空尉として百里の第七航空団で任務に就いていた。宮島はその後も熱心に伊吹の指導を受け、伊吹のほうも宮島の真剣さを感じとったのか、会って個人的なアドバイスを送ることが多くなっていった。宮島は伊吹とのあいだに、理想的な先輩と後輩の関係が築かれていくことを望み、また、事実としてそうなっていった。彼はそのうちプライベートの場でも宮島と行動を共にするようになり、休暇中は一緒に登山やスキーに出かけたりもした。

いま、そんな憧れの存在だった伊吹直哉一等空尉はＦ15ＤＪのパイロットとなり、宮島はそのパートナーとしてコ・パイロットを務めている。宮島はふと、俺はなぜ過去に思いを馳《は》せたのだろうかと訝《いぶか》しがった。理由はすぐに思い当たった。伊吹とのこれまでの関係を思い起こすことで、彼との絆《きずな》がいかに固く結ばれているかをあらためて感じとろうとしたのだ。彼はいま試練に立たされている。俺も同様だ。しかし、苦難は乗り越えられる。彼は俺を鍛え、強くなることを教えてくれた。彼が困難に直面したのなら、俺も同じ組のパートナーとして力を貸し、共に進むべき道を切り開いていかねばならない。

待機室の扉に行き当たった。その扉を開けようとしたとき、室内から男の怒鳴る声がきこえてきた。「ふざけるな。そんな勝手が許されると思うのか」

岸元涼平《きしもとりょうへい》一尉の声だと宮島は気づいた。あわてて扉を開けると、待機室にはただならぬ空気が蔓延《まんえん》していた。

怒声を発した岸元は、ダークグリーンのフライトスーツに装備品を身につけたいでたちで、部屋の中央に立っていた。憤りのいろを浮かべた彼のほかにも、馴染《なじ》みの隊員たちが一様に困惑顔でたたずんでいる。制服姿の上坂孝行《うえさかたかゆき》准空尉、女性の早園鮎香《はやぞのあゆか》三等空尉もいた。パイロットではない隊員たちまでもが途方に暮れて視線を向ける先には、皆に背を向けて専用ロッカーのなかに制服をしまいこむ、伊吹直哉一尉の姿があった。

着替えをおこなうには順当な時刻だが、伊吹が着こんだのはフライトスーツではなかった。私服のジャンパーにジーパン、スニーカーという服装の伊吹は、この時間の待機室では異様に場違いにみえた。

ブリーフィングの雰囲気にはほど遠い。宮島は啞然としてたずねた。「どうしたんですか、伊吹一尉」

「どうしたかって?」伊吹は宮島に視線を向けることもなく、ふんと鼻で笑って衣類をスポーツバッグにしまいこんだ。「見りゃわかるだろ。帰るんだよ」

「帰るって」宮島は慌てて伊吹に歩み寄った。「任務はどうするんですか。今夜から丸一日、アラート待機に就かなきゃならないんですよ」

伊吹は音をたててロッカーの扉を叩《たた》きつけ、深くため息をついた。あのな、そうつぶやきながら、伊吹は宮島を振りかえった。「俺はもうパイロットじゃねえ」

「そんな。どうしてですか。いまのところ、なんの処遇もきまってないのに」

そのとき、岸元が声高に口をはさんだ。「そいつの話によるとだな、人殺しはパイロットじゃねえんだと」

宮島は伊吹を見つめた。伊吹は硬い顔のまま、わずかに視線を落としていた。

「変ですよ」宮島はいった。「伊吹さんはまだ、正式に過失を問われたわけじゃありません。解任されたわけでもなければ、謹慎を命じられたわけでもありません。ならば、予定どおりの任務に就くことが隊員としての義務じゃないですか。あの男の子も現時点では行方不明であって……」

「現時点では？」伊吹の鋭い目が宮島に言葉を呑《の》みこませた。伊吹は宮島に詰め寄りながら、怒りのいろを漂わせていった。「現時点では、ってどういうことだよ。え？ 移動標的を破壊したのはきのうの話だぞ。篠海悠平って子が標的もろとも吹き飛んだのもきのうの話だ」

「伊吹」岸元が怒鳴った。「まだなんの確認もとれていないんだぞ。勝手な憶測はよせ」

「どこが憶測だよ」伊吹は吐き捨てた。「子供が隠れているのに気づかず、俺は標的を撃った。サーモグラフィの数値を確かめりゃ気づけたかもしれないのに、その安全確認の義務も怠った。俺のせいだってことは明白だろうが」

岸元はいっそう声を張りあげた。「それで全部投げだして、ここを出ていって終わりにするってのか。責任ってものを痛感してるなら、むしろここに残るべきだろうが」

怒りを表出させていた伊吹が、ふいに醒めた顔つきに戻った。また手もとに目を落とし、スポーツバッグのジッパーを閉めながらぶつぶつといった。「不注意で子供を死なせたような奴が、首都防衛の重要な任務に就けるかってんだよ」

室内に沈黙が降りてきた。伊吹はスポーツバッグを肩にかけ、そろそろ出かけるとばかりに髪をかきあげた。

「ああ、そうか」岸元が嫌味な口調を室内に響かせた。「訓練の最中、うっかりミスで子供を殺しちまって、お偉方の面目を潰《つぶ》したうえに、待機任務のローテーションを無視して、俺たちにまで迷惑をかけるってのか。一般航空学生の落ちこぼれにもおまえみたいな無責任な奴はいないぜ。トラブルの元凶のくせに、すべてを他人に押しつけて逃げだす卑怯者《ひきょうもの》。たんなる腰抜けだよ、おまえみたいな男はな」

それが挑発であることは明白だった。伊吹をふたたび怒らせることによって議論に持ちこもうとする狙いが、岸元一尉にはあったのだろう。そう宮島は思った。

だが、伊吹はその誘いに乗らなかった。醒《さ》めた表情がいっそう冷ややかなものに変わっていった。伊吹はつぶやくようにいった。「その通りだよ、岸元。よくわかってるじゃん」

唖然とした顔の岸元らを残し、伊吹はぶらりと戸口に向かった。呼びとめられるのを待っている素振りもみせず、伊吹は部屋をでていってしまった。

「伊吹一尉」宮島は焦燥とともに駆けだした。

廊下で伊吹に追いつき、その腕をつかんだ。宮島は伊吹を見つめていった。「待ってくださいよ、伊吹さん」

ふさがった。「待てっていってるだろ」

「放せよ」伊吹はそういって宮島の手を強引に振りほどき、また歩きだした。

その態度に、宮島は怒りを覚えはじめた。ふたたび伊吹を追い、前にまわりこんで立ちふさがった。「待てっていってるだろ」

伊吹は立ちどまり、敵愾心《てきがい》のこもった目で宮島をにらんだ。「どけよ」

こうして向かい合ってみると、伊吹の殺気が熱風のように押し寄せるのを感じる。思わず腰がひけそうになる自分を感じながら、宮島は伊吹にいった。「考えてもみてください。ここまでくるのに、どれだけの年月をかけて訓練を重ねてきたと思ってるんです。なぜすべてを放棄しようとするんですか」

「だからいったろ」伊吹は怒りを漂わせたままいった。「子供を殺しちまった。俺には自衛官の資格はない」

「それはあなたの独断にすぎません。それに」宮島は真意を伝えようとした。「僕は、あなたが安全確認を怠ったとは思えない。あなたほどの人が」

伊吹はしばし宮島をにらみつけていたが、やがてその顔から怒りのいろが消え、ただ無表情になった。視線をそらし、世間話でもするかのような口調で伊吹はいった。「まあ、そういってくれるのもありがたいんだけどさ。実際に俺、サーモグラフィの数値とか見た覚えねえし」

その言葉は、宮島にとって意外な返答にほかならなかった。宮島は驚きを感じながらいった。「そんな馬鹿な。常にHUDの表示に視線を走らせることはパイロットにとって常識のはずでしょう。まして、今回のようにマスターアームスイッチをオンにしたあとは、条件反射的に視線があらゆる表示の確認に走る。シミュレータでのテストでも、あなたは一度たりともその種の確認を怠ったことはなかった」

「それがやっちまったんだよな。おまえのいうように、凡ミスなのはたしかだ。猿も木から落ちる。いや、所詮《しょせん》俺はそこまでの男だったってことだ」

「嘘ですよ」宮島は忍耐づよく食いさがった。「動体視力にせよ瞬時の判断にせよ、あなたはいつもナンバーワンだった。教育飛行隊の記録でも抜群の成績をしめしていたはずです。凡ミスなんかするはずがない」

「以前はな。俺も歳ってことかな」

なにをいっているのだろう。自衛官の定年は階級ごとに変わるが、一等空尉の定年は五十四歳だ。ずっと年上のベテランパイロットが大勢活躍しているというのに、三十二歳の伊吹が初歩的な過ちを犯すほど能力を衰えさせているはずがない。

伊吹がまた歩きだそうとした。宮島はそれを押しとどめて、早口にまくしたてた。「仮にそれが事実だとしても、いま職務を放棄すべきじゃありません。事故に巻きこまれた少年のことを思うのなら、自衛隊に留《とど》まって最後まで責務を果たすべきですよ」

「それが」伊吹は強引に宮島を押し退けると、その脇をすり抜けて歩きはじめた。「そうじゃねんだな。俺は犠牲になった子のことを思ってるわけじゃない」

そんなはずはあるまい。宮島はあきらめず、伊吹の背に向かって問いかけた。「じゃあ、いったいなんだというんです。どうして逃げようとするんですか」

「ショックを受けた」伊吹は歩を緩めることなくいった。「子供死なせちまったし、やべえことになっちまった。で、怯《おび》えてる。びくついて、どうしたらいいかわからず、ただ混乱してる。ま、そんな状況だな」

宮島は声を張りあげた。「あなたはそんな人じゃない」

ふいに、伊吹が足をとめた。ゆっくりと振りかえり、低い声でささやいた。

「ああ、前はそうだったかもな。でもいまはちがう。変わったのは目や腕じゃない。ここだよ」そういって伊吹は、自分の頭を指差した。「ここだ、ここ。ここがおかしくなっちまった」

宮島はなにもいえず、立ちすくんだ。ただ呆然《ぼうぜん》と伊吹を眺めるしかなかった。

伊吹が怯えたり、弱腰になったり、混乱を覚えているようすは微塵《みじん》も感じられない。それでも彼が発した言葉は、宮島に衝撃をあたえた。おかしくなった、彼はそういった。たしかにそうだ。おかしい。あの伊吹直哉が凡ミスで子供を死なせ、しかも我儘《わがまま》勝手に任務を放棄するとは。考えられない。彼の強靭《きょうじん》さはいまも全身から溢れんばかりに迸《ほとばし》っている。そうみえる。それでも彼は逃げ腰になっている。

なぜそんなに、現実から逃げようとするのだろう。どうして周りのすべてを遠ざけ、みずからを孤独に追いこもうとする。

伊吹は黙って宮島を見つめていたが、やがて踵《きびす》をかえすと、廊下を歩きだした。

宮島はしばしその背を見送っていた。しかし、焦燥感や責任感、あらゆる感情が入り混じって混沌《こんとん》としたエネルギーに変異し、宮島の足を突き動かした。宮島は伊吹を追いはじめた。

伊吹一等空尉をほうっておくことは、俺にはできない。少なくとも彼の真意を聞くまでは、引きさがることはできない。彼は長いこと、俺にとっての目標だった。いまでもそうだ。その彼が道を踏み外したら、俺はどんな人生を歩めばいいというのだ。

統制《コントロール》

陽がおちた。まだ黄昏《たそがれ》を残した藍《あい》いろの空の下、首都高沿いには無数のネオンがたなびき、小宇宙のごとく幻想的な光景をつくりだしている。ただし、その息を呑《の》むような美しい都心部の風景も、見鏡季代美にとってはただ見飽きた車窓の眺めにすぎなかった。いちいち注意を向けるまでもない。しょせん人の創りだした光の羅列など、注視したところで幸せを得られるものではない。安らぎや癒しを感じるという人間はいるだろう。だがそれは、幻想にすぎない。

キセノンヘッドライトを点灯し、アクセルを踏みこんだ。この時刻になると首都高は混み合うが、それゆえに車間を擦り抜けるには多少のテクニックと高性能のクルマが必要になる。フェラーリが最新テクノロジーの粋を集めた575Mマラネロに過不足があろうはずもない。すると残るは、自分の腕前だけということになる。

走行モードをコンフォートからスポーティに切り替え、ステアリングを切って右側車線の狭い車間に強引に車体を滑りこませた。後方のトラックが慌ててブレーキを踏んだらしく、どんどん遠ざかっていくのがミラーのなかに確認できる。季代美はF1のようにステアリング後方に収められたギアのパドルに手を伸ばし、シフトチェンジをおこなって速度をあげ、前方のセルシオとの車間を詰めて煽《あお》り立てた。セルシオはびくつきながらブレーキランプを点滅させていたが、やがてたまりかねて左の車線へと逃げていった。

季代美はアクセルを踏みこみ加速させた。面倒なクラッチワークを必要としないパドルのシフトチェンジによって、細かな変速を自在にやってのける。また前を走るBMWと車間ぎりぎりまで詰めて煽った。今度は意固地なドライバーらしく、頑として右車線を譲らない。馬鹿な奴。追突の危険を顧みないのだろうか。

ふとミラーを見ると、トラックが必死に追いあげてきて車間距離を短くしてきている。割りこまれた仕返しに、こちらにプレッシャーを与えようというのだろう。その老朽化した車体で勝負にでるからには、よほどの腕なのだろう。季代美は皮肉にそう思った。では、腕前を拝見。

季代美はステアリングを切った。浜崎橋《はまざきばし》ジャンクションに差し掛かる寸前、わずかに左に生じる路肩に鼻先を突っこませ、瞬時に加速してBMWを追い抜く。路肩の終焉《しゅうえん》寸前にBMWの鼻先に割りこんで車線に復帰した。

BMWは慌てたらしく減速、そのブレーキ音はフェラーリの車内まで響いてくるほどだった。が、それとは別にひときわ甲高く鳴ったブレーキ音がある。さっきまで季代美のフェラーリを煽っていたトラックだった。減速したBMWへの追突を必死で免れようとするトラック。二台は追い越し車線で仲良く減速しつづけ、季代美の見つめるバックミラーのなかで小さく遠ざかっていく。しかし、BMWのブレーキの利きにくらべてトラックのそれは若干鈍かったらしい。かなり速度が落ちてから、ずしんという音とともに、BMWの車体がわずかに揺れたのが見てとれた。

季代美はステアリングを握りながら、はじけるような自分の笑い声をきいた。哀れ愚か者ども、しゃかりきになってフェラーリと競った先にはパラドックスが待っていた。フェラーリを追っていたはずのトラックが突っこんだのはBMWの尻《しり》だった。

浜崎橋ジャンクションを通過してレインボーブリッジに差し掛かったとき、携帯電話の呼び出し音が鳴った。季代美は舌打ちした。首都高でのフェラーリの運転は忙しくて片手では厳しい。いちおう電装品にハンズフリー機能はついているのだが、日本の携帯電話の規格には合わず使えない。高級外車はなにかと不便がでる。イタリア車ともなればなおさらだ。

季代美はフェラーリをレインボーブリッジ上で路肩に寄せ、ハザードランプを点灯して停車させた。これから渋滞になるのはさっきの事故地点から後方、つまり都心環状線だ。ここでしばらく停まったからといって混雑に巻きこまれることはあるまい。

高速道路上での路肩駐車では、左ハンドルはおおいに役立つ。危険のない側にドアを開けて降り立つことができるからだ。道路交通法違反行為とはいえ、このクルマにクラクションを浴びせて通り過ぎるような愚か者はいなかった。もしいれば、ただちに追跡して路上のスクラップと化すまで追いまわしてやるだけのことだった。

液晶に表示された番号は、アルタミラ精神衛生本社社長室のものだった。季代美は車外に出ると、フェラーリに身体をもたせかけて電話にでた。愛想のよい声をつとめる。「見鏡です」

代表取締役の崎谷洋二郎《さきたにようじろう》からの直接の電話かと思ったが、そうではなかった。第二秘書の岩山《いわやま》の野太い声がたずねてきた。「崎谷社長が報告を待っておいでですが」

季代美は遠慮なく舌打ちした。格下のこの男に敬意など必要ない。「いま社に戻るところよ。伊吹直哉一等空尉が起こしたっていう過失事故については、社長が防衛大臣から伝えられたとおりだった。会議も紛糾してたみたいだし、当人の精神鑑定が必要になることは火をみるより明らかかね」

そうですか、と岩山の口調は明るいものに転じた。「それで、精神鑑定やその後のケアについても、わが社が請け負うことになりそうですか」

「当然でしょ、そのためにわざわざ埼玉の片田舎まで出向いて売りこんできたんだから。この国に政府筋が頼りにできるような精神衛生の公的機関がないうえに、わが社の業績と社会的評価の高さを考慮すれば、今回もわが社に依頼が来ることは間違いないわね。そして、またそれが新たな需要につながる」

岩山の声も同意をしめした。「自衛隊幹部クラスのパイロットがクライアントとなるのは、わが社の実績にとっておおいにプラスですからね」

「そういうことよ」季代美は、ルビーのような赤い光沢を放つフェラーリの滑らかなボディに指を這《は》わせながらいった。「人が心を病めば病むほど、わが社への需要は増える。現代社会の無尽蔵な資源、それはトラブルとストレスね」

「社長にも、ただちに報告しておきます」

「頼むわ。ああ、それと」季代美は冷ややかな感情を表出させた。「社長には今度から、自分で報告を聞くようにいってちょうだい。それじゃ」

電話を切り、エルメスのハンドバッグのなかにおさめる。車内に戻ろうとして、ふと足がとまった。微風が頬をなでる。

レインボーブリッジの上から眺める東京の夜景は格別だった。無限に広がる光点の集合と、暗闇が織り成す絶妙なコントラスト。きれいだ、と季代美はつぶやいた。そう、夜景を眺めるのもいい。ここは駐車禁止区域か。なるほど、たしかに特等席にふさわしい。所帯じみた生活臭を漂わせた、辛気臭い悩みを抱いた凡人どもに拝ませる風景ではない。それら俗世間のしがらみを超越し、統制《コントロール》する側に立ち、同時に富と権力を得る存在。それこそが美を鑑賞する片時の喜びを味わいうるのだろう。そう、ちょうどいまのわたしのように。

混乱

国家公務員にはいくつかの制限事項がある。たとえば、たとえプライベートであっても共産圏への渡航については現在でも全面的に解禁されているわけではない。もっとも、政治家や警察官僚ならいざ知らず、自衛官幹部には仮想敵国への旅行を好む輩《やから》は少ない。よって、これについてはさほど不自由さを強いられているとは感じない。しかし、もっと身近なところでの制限は山ほど存在する。たとえ規則で禁じられていなくても、自主的にそうならざるをえないという類《たぐ》いのものだ。

勤務時間後、外食する場所もそのひとつだった。

JR横須賀《よこすか》駅にほど近い〝フラッグシップ〟なる深夜営業の飲食店。巨大な倉庫を改築したその店は、広大な床面積のいたるところにバーカウンターが設けられているほか、ビリヤード台やピンボールマシン、ボウリング用のレーンまでが設置された大人のための娯楽施設だった。内装はアメリカン・ポップカルチャーの艶《あで》やかな原色の色彩と丸みを帯びたデザインが多用され、年代もののジュークボックスがひび割れたプレスリーの歌声を大音量で奏でている。いかにも渋谷系ファッションの気取った若者が好みそうな店舗であるにもかかわらず、その種の客層はまるで見当たらない。夜九時をまわると、長身にして巨漢がほとんどの在日米軍兵士が店内を埋め尽くすため、一般客はたとえ足を踏みいれても、気後れしてすぐにそそくさと帰ってしまうからだ。

英語の怒鳴り声がにぎやかに飛び交うなか、海上自衛隊の制服姿もちらほらと見かける。横須賀基地に勤める自衛官たちだった。横須賀線はもともと旧海軍の物資輸送用に建設された線路のため、基地は駅に隣接している。彼らにとっては、米軍兵士以上に足を運びやすい馴染《なじ》みの店舗だった。ほかに、久里浜《くりはま》駐屯地の陸上自衛隊員らも常連組に加わっているらしい。こうした客層のせいで、関東一円の自衛官幹部クラスが勤務を終えたあと飲みに出かけるのなら、〝フラッグシップ〞が最も推奨される店という図式ができあがった。客が〝業界人〞で埋め尽くされているからには、同僚と仕事の話をするのに声をひそめることも、制服姿でも人目をはばかることもなく、安心して酒が飲める。

宮島忠博三等空尉はしかし、そんな周りの楽しげな喧騒《けんそう》とは無縁の状態にあった。窮屈さを感じるのは私服に着替えているせいではない。カウンターに腰を下ろしていても、隣りにいる伊吹直哉一等空尉とはいっさい言葉を交わしてはいない、その沈黙にこそ耐えがたい苦痛を感じている。手もとのグラスに注がれたジンジャーエールも減っていない。氷が溶けて、かえって水量が増えたぐらいだ。いっそのことアルコールを呷《あお》りたい衝動に駆られるが、帰りの運転のことを考えるとそうもいかない。

宮島の心労とは裏腹に、伊吹一尉のほうは表に停めた自分のクルマのことなどまるで意に介さず、ウォッカを水のように喉《のど》に流しこんでは、すぐにウェイターにグラスを突きかえしてお代わりを要求する、その動作を飽きることなく繰りかえしている。宮島なら一杯で足もとがふらつくであろうその強烈な酒を浴びるように飲んでも、伊吹の顔いろはいっこうに変わらなかった。頰づえをついて少しばかり眠たげな表情を浮かべるようになった、変化といえばそのくらいだ。ふだんから伊吹の酒の強さには舌を巻いていたが、それにしてもこんなに速いペースでウォッカをがぶ飲みしつづけるとは。ロシア人にもここまでの酒豪はなかなかいまい。

感心してばかりもいられなかった。宮島は堪《たま》りかねて伊吹に声をかけた。「それぐらいにしておいたほうがいいんじゃないですか。アラート待機のローテーションを飛ばしたといっても、次の任務がいつ命じられるかわからないんですよ」

「うるせえな」伊吹はそっぽを向いたまま、グラスを口に運んで一気に呷った。「任務なんか関係ねえよ。俺はもう基地には戻らない」

さすがに呂律《ろれつ》がまわらなくなっている。見た目に表れにくいというだけで、深酒の事実に変わりはないのだ。早く切りあげさせねばならない。

そう思いながら宮島は冗談めかせていった。「そんなことといって、明日になったらけろりと忘れて、いつもどおり制服姿で基地に姿を現して……」

「あるわけねえだろ、そんなこと」伊吹は身体を起こして、据わった目つきで宮島をみた。「なにもかも酒のせいにして、忘れたっていえばそれで済む。そんなふうに考える俺だと思うか？　見損なうなよ」

宮島はため息をついた。数時間前、あれだけ自分自身を老けただの腰抜けだのと貶《おとし》めておきながら、今度は見損なうなとは。主張に一貫性が感じられない。

「とにかく」宮島はいった。「帰りましょう。ここにいても、なんの解決にもなりませんよ」

「俺に指図すんな」伊吹は怒鳴った。「だいたい、おまえこそ帰ったらどうなんだよ。待機に就かなきゃならないんだろ」

「とっくに伊本《いもと》・吉山《よしやま》組に代わってもらいましたよ。定岡《さだおか》二佐にあなたのことを報告したら、急にコンビを変えるのも好ましくないといわれて、僕も今回に限りローテーションから外されることになって」

伊吹はじっと宮島を見つめていたが、やがて鼻を鳴らすとまたカウンターにうずくまり、グラスを取りあげた。「よかったじゃねえか。俺のおかげでおまえも休みがとれたな」

宮島は怒りがこみあげるのを感じ、思わず語気を強めた。「複座のF15DJに乗るコンビはふたりでひとりだという自覚を持てと、定岡二佐が……」

「二佐がどういおうが関係ねえよ」伊吹は声高に宮島を制した。「それに、なんだって、ふたりでひとりだと？　気持ち悪いな。俺はおまえと合体するつもりなんかねえからな」

酒が入っているとはいえ、伊吹がこんな下衆《げす》なジョークを口にするのは初めてだった。宮島は憤りとともに落胆を感じつつあった。「二年半も組んできて、こんなふうに終わりを迎えるなんて。とても耐えられません」

「ま、もっといいパイロットと組むことだな」伊吹はグラスを置くと、タバコをくわえて火をつけた。煙を吹かしながら伊吹はいった。「じゃ、達者でな」

露骨に宮島を追い払おうとする伊吹に、宮島は反抗心が燃えあがるのを感じた。「あなたを置いてはいけませんよ、伊吹一尉」

「あ？　なにいってんだよ。おまえはもう俺の相棒じゃねえ」

「たとえそうでも、ほうってはおけません。ひとりで運転して帰るつもりですか？　飲酒で捕まりますよ。僕が送っていきます」

伊吹は苦笑しながら、指先のタバコを灰皿に運んだ。「おまえのクルマに乗れって？　俺のブガッティはどうする。牽引《けんいん》でもしてくのか？」

「ここに置いといて、僕があとでタクシーで取りに……」

「馬鹿こけってんだ。最高時速四百キロ、世界に三百台しかないヴェイロンのステアリングを、おまえに握らせられるかよ」

ずいぶん嫌味な台詞《せりふ》を吐くようになったものだ。宮島は負けじといいかえした。「最高速度マッハ二・五、世界最強の要撃戦闘機で何度も一緒に飛んだ僕を信用できないってんですか」

「さあな。コ・パイロットとしちゃ腕が立つほうだ。だが有事に操縦桿《かん》を握れる立場じゃねえ」

腹立たしさが、感じまいとしていた嫌悪を伴ってくる。宮島は顔をそむけ、カウンターに片肘《ひじ》をついた。「最低ですね、あなたは」

「やっとわかったかよ」伊吹はいった。それっきり黙りこみ、またウォッカのグラスに手を伸ばした。

いっそのこと、彼の申し出を甘受するか。それもいい。コンビを解消して、新しいパイロットと組む。いや、現状のままいけばそのような人事が待っていることだろう。なるにまかせて、流れに逆らわぬほうが利口ではないか。二十四時間のアラート待機任務を放棄し、ここで不毛な対立をつづけている自分と伊吹。その存在価値はいったいなんなのだろう。首都防衛という重大かつ究極の責務に従事する、誇り高い存在。これまでの俺にはそんなプライドがあった。それこそがすべてだったかもしれない。いま、神話は崩れた。伊吹直哉という尊敬すべき先輩の背を追いつづけた十年に、いとも簡単に区切りは打たれた。彼をどんなに説得しようとも、それは無駄な努力にすぎない。彼は性根から腐ってしまった。もはや自分には理解もできなければ手にも負えないほどの堕落をしめしたのだ、これ以上の関わりを持つべきではないのかもしれない。

だが、と宮島のなかで反証の声があがる。これまでも彼は味方をつくらず、一匹狼の道を選んで歩んできた。唯一の例外は、相棒の宮島だけだった。いま苦境に立たされた伊吹を信じて支えられるのは、俺以外に誰がいるというのだろう。少なくとも、俺には彼と苦労を分かち合う権利がある。俺も、少年を死に至らしめた機体に同乗していたのだ。

「伊吹一尉」宮島は辛抱づよく説得をつづけるべく、穏やかに声をかけた。「自分にとっては、今回の件は……」

そのとき、宮島を圧倒するほどの声量で、伊吹に呼びかける男の声があった。「おう、こいつは珍しいな。空自のパイロット殿がおいでだぜ」

宮島は振りかえった。海自の制服を着た大柄の男が、ジョッキ片手に赤ら顔で立っている。その肩越しに、同じ制服の一団がみえる。男の声を聞きつけて、ひとりの痩《や》せた男がゆっくりとこちらに近づいてきた。

背は低めだが、肩幅はさっきの大柄の男より広かった。それでいて顔はほっそりとした優男風で、髪を短く刈りあげている。年齢は三十すぎ、どことなく気取った印象を漂わせた自衛官だった。宮島は階級章をみた。一等海尉だった。男は宮島には目もくれず、伊吹をじっと見つめている。

「めずらしい人間がきたもんだな」控えめだが、挑発的な響きのこもった口調で男はいった。「名前はたしか伊吹、だったたな。一等空尉か。横須賀にようこそ。茨城からあぜ道を飛ばしてきたのか？」

伊吹は表情を変えず、無言で男を見かえしていた。やがてその口が開き、あっさりとした口調で伊吹はたずねた。「あんた誰？」

男は眉間《みけん》に皺《しわ》を寄せたが、すぐに笑い声をあげた。「失礼。橘邦彦《たちばなくにひこ》一等海尉だ。所属は……」

「第一護衛隊群第一護衛隊〝むらさめ〟の乗組員だろ。搭載されてる対潜ヘリコプターのパイロット。イラク復興支援で活躍したってな、米軍の輸送船の護衛で」

橘一尉はかすかな驚きのいろを浮かべた。「詳しいな」

伊吹はそれ以上の関心をみせず、カウンターのほうに向き直った。「俺もイラクにいってたからな、名前と噂はきいた」

この人物が橘一等海尉か。宮島は思わず姿勢を正した。防衛省の広報誌『セキュリタリアン』でその経歴と功績を読んだことがある。父親も防衛省勤務という筋金入りのキャリアだったはずだ。

そうか、と橘はいった。「こっちがきみの顔と名前を知ったのはついさっきのことだ。おかげで制服を着てなくてもきみだとわかった」

含みのある物言いが気になったらしい、伊吹は橘に背を向けながらも表情を硬くした。「どういうことだよ、そりゃ」

橘は口もとを歪《ゆが》めていた。「ネット版スポーツ新聞のサイトで記事になってたぞ。演習中に誤射。たいへんなことだったな」

宮島は頭を殴られたような衝撃を受けた。まさか、情報がマスコミに漏れたのか。

伊吹もさすがに無関心を装えなくなったらしい、顔をあげて橘を振りかえった。伊吹の視線が戻ったとき、橘の顔から微笑は消えていた。

「記事だと?」伊吹は橘をにらみつけた。「初耳だな、そいつは」

「おや、そうか」橘はさも気の毒そうな顔で伊吹を見かえした。「標的に子供が潜んでいたんだってな。可哀そうに。こんなことになるとは、夢にも思わなかっただろう」

宮島は焦りに駆られていった。「まだ事実が確認されたわけじゃありません」

橘の目が宮島に向けられた。誰だこいつは、そう問いかけたがっている目つきだった。

「きみは？」と橘はきいた。

一尉の肩書きを前にして腰を下ろしているわけにもいかない。宮島は慌てて立ちあがり、自己紹介した。「宮島忠博三等空尉であります」

と、伊吹が咎《とが》めるように怒鳴った。「座れよ」

宮島が戸惑いを覚えて橘を見ると、橘は伊吹をちらと見てから、ふっと笑いをこぼし、うなずいた。「座っていい、宮島三尉。いまはプライベートだろう」

ありがとうございます。当惑しながらそういって、腰を下ろす。伊吹が舌打ちするのがきこえた。宮島が一等海尉相手にへりくだった態度をみせたのが、気に入らなかったらしい。

「事実は未確認、か」橘は額を指先でかいた。「たしかにおかしいな。父も内部部局に勤めているが、なにもいってない。あくまで噂話ということにしておこう。いまのところはな」

橘はにやついた顔で伊吹をしばし眺めると、背を向けて立ち去ろうとした。ほかの海自の隊員たちの目も伊吹に向けられていることに、宮島は気づいた。誰もが一様に口もとを歪ませているのが見てとれる。嘲《あざけ》りに似た笑い。女性自衛官までもが、軽蔑《けいべつ》のいろを浮かべて伊吹を見やっている。

彼らの視線を伊吹も感じたらしい。跳ね起きるように立ちあがると、つかつかと橘の後を追いつつ、吐き捨てた。「ちょっとまてよ、むらさめ」

橘は足をとめ、振り向いた。その顔にはすでに笑いはなく、敵愾心《てきがい》に満ちた険しさだけがあった。「艦名で呼ぶな。階級は同じでも礼儀はわきまえろ、たとえプライベートでもな」

伊吹は橘と向かい合わせに立ち、顔をくっつけんばかりにしてにらみつけた。「プライベートを邪魔したのはおまえらのほうだろうが」

海自の隊員たちの顔に緊張のいろが浮かんだ。だが、橘のほうもひるむ気配はみせなかった。

「邪魔?」かすかに頬の筋肉を痙攣《けいれん》させながら、橘は低くつぶやいた。「悪いが、この店は横須賀基地のお膝元《ひざもと》にあってね。非番のときはいつもここに立ち寄る。きみはいったいなんだ。百里の周りには田んぼや畑しかないからといって、こんな遠くまで足を運ぶ必要がなぜあった? それとも、空自の連中がたむろする店じゃいたたまれないのか。迷惑をかけた同僚の厳しい視線にさらされるのが耐えられなくて、ここまで逃げてきたのか」

伊吹は視線をそらし、小馬鹿にしたような笑いを一瞬だけ浮かべた。次の瞬間、怒りの形相とともに橘の胸倉をつかんで引き寄せた。「ここはおまえらの店かよ。ガキみたいに縄張り気どっていきがってんじゃねえぞ」

「いきがってるのは」橘は胸倉をつかまれたまま、挑発の目つきで伊吹を見かえした。「おまえのほうだろ。ガキね。ガキは死んでもかまわない、か。防衛省の面汚しだな。この人殺しが」

「ふん」伊吹は鼻で笑ったが、表情は少しも和んではいなかった。「人道支援に国際貢献、上っ面の名目で本分を隠蔽《いんぺい》する気かよ？　護衛艦といっても高性能二十ミリ機関砲二基、六十二口径七十六ミリ速射砲一基、三連装短魚雷発射管にMｋ41垂直発射装置二基、ようするに軍艦だろうが。ボタンひとつで大勢の人間の命を奪いうる兵装で戦地に繰りだしておいて、自分はなにもしてませんって偽善者ぶるなよ。おまえもいつでも人殺しになる可能性を含んでんだぞ」

「国益と平和を守るためのやむなき防衛と、おまえの過失致死罪が同じか？　よく聞け、伊吹一等空尉。ここ数年で自衛隊の必要性を国民が認識し、野党ですら存在を支持するようになった。イラクで日本人人質事件が起きても、総理は自衛隊を撤収しなかった。人道支援がいかに重要であるか、世論に理解が深まったと判断したうえでの措置だろう。批判と逆境に耐えつづけてきた防衛省の努力が報われようとしている、ようやくそこまで漕ぎ着けた矢先に、おまえのような人間がでて、すべてをぶち壊しにする。わかってるのか？　おまえのせいで、ふたたびわれわれは日陰者扱いになる可能性すらあるんだぞ」

「海自ってのはずいぶん喋《しゃべ》り好きなんだな」伊吹は皮肉っぽい口調でいいかえした。「自衛隊ってのはな、存在意義を問われてるぐらいがちょうどいいんだよ。平和だって証拠だからな。世論の支持率があがったのは世の中が物騒なせいで、おまえのおかげじゃなかろうが」

「たしかにな」橘は動じなかった。「だが明日以降の支持率の低下は、ほかならぬおまえのせいさ。おまえは小学校に乗りこんで児童を殺傷する異常犯罪者と変わらん」

伊吹の形相が変化した。殺気に満ちた目が橘を凝視する。「この船乗り野郎。もういちどいってみろ!」

防衛大以来、十年にわたって伊吹の挙動を注視してきた宮島には、彼が沸点に達する瞬間を寸前に予期することができた。まずい、そう思った宮島は駆けだした。伊吹を制止しようと、背後から抱きつこうとした。が、宮島の動きさえも伊吹は予期していたらしい。ボクシングのフットワークで側面に逃れ、宮島のタックルを躱《かわ》した伊吹は、固めた拳《こぶし》で橘の頰を殴った。

橘は一歩、後ずさった。その一瞬、店内は静寂に包まれた。傘に叩《たた》きつける雨音のようなレコードの傷の音、オールディーズの奏でる陽気な伴奏だけが辺りに響いていた。

海自の隊員たちは凍りつき、立ちつくしていた。彼らの見守る前で、橘一等海尉はすぐさま体勢を立て直し、伊吹の腹部に反撃の一打を浴びせた。伊吹がよろめき、身をかがめたところに、橘はもう一発を振りおろした。

やめろ、宮島は叫び声を耳にした。自分の声だった。宮島は橘に突進した。伊吹にもう一発、パンチを浴びせようと振りあげた腕をつかんだ。ところがその直後、後頭部に耳鳴りを伴う激しい痛みが走った。

海自の隊員が加勢し、宮島に襲い掛かったのだ。床に引き倒された宮島の視界に、殴りあう伊吹と橘の姿がみえた。周辺はもはや大混乱となっていた。海自の怒声、罵声《ばせい》、そして野次馬たちの歓声。英語も飛び交っている。米軍兵士が喧嘩《けんか》を煽《あお》り立てるような声援を送っているのがきこえる。

宮島は頭を蹴《け》られていた。海自の靴のつま先が、自分の頭に執拗《しつよう》に打撃を加えつづける。宮島のなかに残留していた忍耐はついに尽き果てた。宮島はその足首をつかんで相手を倒し、馬乗りになった。若い男だった。階級章を一瞥《いちべつ》し、三等海尉とわかる。階級が同じと知って、手心を加える気は完全に失《う》せた。宮島はその顔を何発も殴った。別の隊員が襲いかかってくると、そちらにも遠慮なく拳を浴びせた。

乱闘と喧騒はしばらくつづいた。永遠とも思える時間、そして、思考が停止したかのような時間に身を委《ゆだ》ねつづけた。

ふと我にかえり、宮島は打撃の拳を制止させた。相手がふいに動きをとめたからだった。顔をあげると、周りの全員がそうしていた。埃《ほこり》まみれの身体で立ちすくむ海自の制服のなかに、黒い制服が流れこんできていた。警官だった。

精神鑑定

防衛大十三期生として昭和四十四年に空自に入隊以来、自衛官ひとすじの濱松重正空将にとっては、神奈川県警察本部に足を踏みいれることは初めての経験だった。平成六年に空将補として、海外からの要人警護に関するミーティングで警視庁を訪れたことはあるが、その警視庁と神奈川県警は犬猿の仲だった。ゆえに、知り合いになった警察官僚は誰ひとりとして神奈川県警とはつながりを持たず、警護のための人員を紹介されることもなかった。よもや自分が神奈川県警を訪ねることは一生あるまいと思っていたのだが、いま濱松は、思いもかけない理由でその建物に招かれることとなった。

地階の留置場は、資料写真でみた旧日本軍の営倉を思わせる。自衛隊にはむろん営倉は存在しないが、それゆえに不祥事を犯した者は即座に行政処分や解雇などの決定を下される。自衛隊内にくらべると、世間一般における刑法の適用はかなり慎重におこなわれている印象があった。飲食店で暴れまわっておきながら、厳重注意で済まされるとは。民主主義の平等精神だろうか。いや、その逆だろうと濱松は思った。取り調べで喧嘩の当事者が国家公務員と判明し、ただでさえ複雑な警察庁・防衛省間の関係をいっそうややこしいものにする危険があると判断し、穏便に済ますことにしたのだろう。果たして賢明な考えだろうか。濱松は困惑とともにそう感じた。いっそのこと検挙されたほうが当人のためだったのではないか。

制服警官につづいて、鉄格子の隙間に延びる通路を進んでいった。無人の留置室ばかりだった。行く手にぼそぼそと話す声がする。扉のひとつが半開きになっていて、数人の男たちが檻《おり》のなかに立ち、なにごとか話し合っていた。一等海尉の制服を着た若者を、背広姿の三人が囲んでいる。背広のうちひとりは、濱松も顔見知りの内部部局の人間で、橘という名だった。一等海尉は彼の息子、あとの背広ふたりは刑事だろう。こちらの靴音を聞きつけたらしく、橘一尉の視線が濱松に向いた。顔は痣《あざ》だらけで、右頰は腫《は》れあがっている。

ずいぶん派手に殴りあったな。濱松は気まずさに似た苦味を感じながらその場を通りすぎた。

もうひとりの一尉は、ずっと奥の留置室にいた。檻はがらがらだというのに、双方の留置場所はかなり引き離されている。隣り合わせにすると吼《ほ》えて暴れるので遠ざけられる、動物園の猛獣と同じ扱いだろうか。それとも、海空の自衛官それぞれの事情に配慮してのことだろうか。前者にちがいないと濱松は思った。人の迷惑を顧みず無節操な暴力事件を引き起こす者たちなど、動物同然とみなしているだけのことでしかない。空将という立場にありながら、濱松も警察と考えを同じくしていた。まさに飼い犬に手を嚙《か》まれた気分だった。

その留置室の前で、濱松は足をとめた。鉄格子の向こう、簡易ベッドの上に腰かけ、うな垂れているひとりの若い男の姿をみた。さっきの一等海尉とは違い、彼は私服姿だった。

「伊吹」と濱松は低く声をかけた。

顔があがり、虚《うつ》ろな目がこちらに向けられる。橘一尉ほどダメージを受けてはいないが、顔のいたるところに内出血の跡があり、額にも切り傷がみとめられる。

濱松を見つめた伊吹の顔に、当惑のいろがかすかに浮かんだ。だが伊吹はなにもいわず、また自分の靴に目を落とした。

制服警官が開錠し、扉をあけた。濱松は狭く陰気な留置室に足を踏みいれた。

「思ったよりも綺麗《きれい》なところだな」第一印象が濱松の口をついてでた。実際、床は丁寧に磨かれ光沢を放っている。受刑者と格差を与えるため、わざとそうしているのかもしれない。

「あの」と、伊吹がまた顔をあげた。濱松をしばし見つめたあと、つぶやきを漏らしながらふたたび俯《うつむ》く。「ご迷惑をおかけして、申し訳ありません」

濱松はふんと鼻を鳴らした。一瞬の苦笑、それは自分自身に向けられているかのように感じていた。すぐにまた表情を険しくし、濱松は伊吹にいった。「これぐらいのことはなんでもない。演習での出来事にくらべればだがな」

伊吹の表情がこわばった。上目づかいに濱松をにらむように見ながら、伊吹は低い声でいった。「司令官、あのう、お尋ねしていいですか」

「なんだ」と濱松は腕組みした。

「濱松司令官は、あの演習で起きた一部始終に関して、どのようにお考えですか」

立場をわきまえず、単刀直入に問いかけてくる。この期に及んでも弱腰にならない、ある部分では自衛官としての資質の高さをうかがわせる。が、このような状況からすれば本来、航空方面隊司令官である濱松が問題児の一尉の質問に答える義理はないといえる。

それでも濱松は口を開いた。私の考えか、と濱松はつぶやいた。「まだわからん。だから事実確認のために会議を開いた。だがきみは、その会議で自衛官としての自覚に欠ける態度をしめし、みずからの誇りを貶《おとし》めるばかりか、命を懸《か》けてこの職務に従事する大勢の隊員たちの名誉も傷つけるような発言をおこなった。私にいわせれば、演習での過失の真偽より、そちらのほうが残念でならない」

伊吹はうつむいたまま、ぼそりとこぼした。「すみません」

濱松は苛立《いらだ》ちを覚えはじめていた。遠まわしな質疑はもうたくさんだ、核心に迫りたい。濱松はきいた。「いったいなにがあった。会議といい、今晩の出来事といい、どうもへんだ。聞けば国家防衛の任務も放棄したそうじゃないか。ひとり勝手に荒れて同僚および民間人に迷惑をかけるぐらいなら、主張したいことは主張しろ。申し開きがあるならいま聞こう」

「いえ」と伊吹はささやくようにいった。「特に、なにもありません」

「なにもないだと？　会議では過失を認めるような言い草をし、酒に酔って橘一等海尉に暴力を振るった。居合わせた海自隊員によると先に手をだしたのはきみだといっている。それらについて、弁明はいっさいないというのか」

しばしの沈黙のあと、伊吹はつぶやいた。「はい」

濱松のなかで、じわじわと怒りの炎が燃えあがりつつあった。「すべて認めるというのか」

「はい。認めます」

「だめだ」濱松は怒鳴った。「おまえはわが空自の一等空尉、それもF15DJイーグル主力戦闘機のパイロットだぞ。おまえの発言は空自全体の方針と受け取られる。もっと誠意を示せ」

ふいに伊吹が顔をあげ、声を張りあげてまくしたてた。「じゃあどうしろっていうんです。嘘をつけってんですか。全部事実なんですよ。俺は安全確認義務を怠って子供を死なせたし、横須賀の店でも殴り合いました。自衛官としての資質に欠けるのも十分に承知しています。除隊処分にでも、なんとでもしてください。これで満足ですか」

伊吹が口をつぐむと、留置室は沈黙に包まれた。伊吹はじっと濱松を見つめていた。濱松も、伊吹を見かえしていた。

満足などいくはずもない。可能ならばこの場で伊吹の胸倉をつかんで捻《ねじ》りあげてやりたいぐらいだ。だが、空将ともあろうものがそんな方法で対話の糸口を見失うなど言語道断だった。

濱松がなにもいわないのを見てとった伊吹は、いらだたしげに視線を床に向けた。

静寂のなか、背を丸めて座る伊吹を見下ろすうちに、濱松のなかに失望が広がっていった。将来を期待された一等空尉が、こんなに簡単に挫折《ざせつ》してしまうものなのか。これが彼の本来の姿だとしたら、防衛大や幹部候補生学校、教育飛行隊の厳しい訓練に耐え、ライバルの犇《ひしめ》くなかを勝ちあがってきた彼のいままでの人生は、いったいなんだというのだ。

時間が止まったような静けさは、しばらくのあいだつづいた。ふと濱松は、近づいてくる靴音に気づいた。振り返ると、ふたりの背広姿の男が通路を歩いてきて立ちどまった。

「濱松さん」背広のひとり、髪を短く刈りあげた中年男がいった。「私は捜査一課の相馬《そうま》、こいつは小川《おがわ》です。ちょっとお話があるんですが」

留置室から出てくれと促しているようだった。濱松は伊吹を指差した。「彼は？」

「書類が整いしだい、すぐに釈放しますよ。その前に、ちょっと」

濱松は扉をでる寸前、ちらと伊吹を振り返った。伊吹は身じろぎひとつせず、ただ静かにうな垂れていた。

制服警官が扉を閉め、施錠する。相馬、小川の両刑事が先に立って、通路を戻りはじめた。濱松はそのあとにつづいていった。橘一尉がいた辺りまで戻ったが、その留置室はすでに無人になっていた。父親ともども、すでに退室したようだ。なぜ伊吹のほうは残されたのだろうか。

訝《いぶか》しく思いながら、警備室を兼ねた前室にまで引きかえした。防衛省事務次官の錦織と、書記官の亀岡が椅子に腰かけて待っていた。濱松が入室すると、ふたりとも待ちかねたようすで立ちあがった。

「伊吹一尉は？」と錦織がきいた。

「まだ留置室です」濱松はそういってから、背広の刑事ふたりに目を向けた。理由はこの男たちに尋ねねばわからない。

「ええと」相馬がファイルを開き、調書に目を落としながらいった。「さっき橘自衛官のほうにも申しあげたことですけど、店側は器物損壊、営業妨害の両方について被害届を提出しないとのことです。よって検挙には至らず、伊吹・橘両自衛官について処分は厳重注意のみということになります」

亀岡が満足そうにうなずいた。「それはなにより」

相馬は不服そうな目で亀岡を一瞥《いちべつ》した。無理もあるまいと濱松は思った。容疑者が検挙を免れたのではこの件の担当者の業績はゼロも同然になる。まして、防衛省の圧力で被害届が取りさげられたとあってはなおさらだろう。

ペラッと音をたてて調書のページをめくり、相馬はいった。「ま、それで橘自衛官にはすでにご帰宅いただいたんですが、伊吹自衛官については少々、問題が複雑でしてね」

嫌な予感を抱きながら濱松はきいた。「どういうことですか」

相馬はファイルを閉じた。「伊吹自衛官が精神鑑定を受けたいとみずから申しでてるんです。喧嘩《けんか》の動機について、彼は自分の頭がおかしいからだと答えています」

「なんだと」亀岡が面食らったようすでいった。「無罪放免が下ったというのに精神鑑定を受けようというのか。いったいなぜだ」

錦織が相馬にきいた。「頭がおかしいから、というのはすなわち、喧嘩に及んだのがアルコールのせいだという意味で、伊吹はそれを証明したがっているのではないか」

「いえ」ともうひとりの刑事、小川が口をさしはさんだ。「アルコールの酩酊《めいてい》は三つに分類されます。単純酩酊、複雑酩酊、病的酩酊です。単純酩酊は正常な意識状態と同様に完全な責任能力があるとされ、複雑酩酊は、その単純酩酊からの量的異常が発生した状態を指します。この場合は激しい興奮を生じ、ときに人格異質的な暴力的運動発散が生じます。これは刑事責任に関しては限定責任能力とされることが多いのです。最後に病的酩酊ですが、これに関しては前二者とは質的に異なる意識障害を生じるもので、幻覚、朦朧《もうろう》、せん妄などを伴います。刑事責任に関しては無能力とされます」

相馬があとをひきとった。「専門家が調べたわけではないのでまだなんともいえませんが、われわれの経験上、彼は犯行時には複雑酩酊状態だったと思われます。つまり限定責任能力ということになりますな」

「しかし」亀岡が苛立ったようすでいった。「伊吹は無罪放免だとおっしゃったじゃないか」

そうなんですよ、と相馬も困惑ぎみにつぶやいた。「そもそも刑事責任能力の有無など問われていないのに、伊吹自衛官のほうが食いさがってきたんです。ふだんからおかしいところがあり、アルコールでさらに助長されたとね。それが事実とするなら、病的酩酊状態に至って暴力を振るったと考えられます」

錦織が硬い顔をして首を振った。「そうだとしても、無能力と判断されて無罪だろう」

「でも、入院治療を受けることになるかもしれません。少なくとも、精神医学の専門家に意見を求めることは必要になります。われわれ警察としてはそこまで介入すべきことじゃありませんが、留置場に入った人間が精神鑑定の請求をしている以上、無視することもできませんでね」

相馬の顔には、自衛官幹部がらみの捜査で人権についての煩雑な責任を負わされるのはまっぴらだ、そう書いてあるように濱松には思えた。面倒はここを去ってからおこなってくれ、ただし警察側は説明責任を充分に果たした。そう念を押しているようにも聞こえた。

錦織は冷静な口調でいった。「よくわかった。伊吹の要請で来た弁護士とは、私が話そう。そのうえで彼を速やかに釈放してくれ」

わかりました、そういった相馬の顔には安堵《あんど》のいろさえ漂っていた。相馬は小川にきいた。「弁護士の先生は？」

「三階の接客室でお待ちです」小川が答えた。

「じゃ、すぐにお連れします」相馬は防衛省の面々に一礼すると、小川を促してそそくさと部屋をでていった。

直後に亀岡が吼《ほ》えた。「伊吹め。治療施設にでも逃げこんで、演習での過失についても不問に付させる気だな」

濱松は腑《ふ》に落ちないものを感じた。「恐縮ですが、私には、伊吹がそれほど無責任な考えを抱いているとは……」

ふたりの言い争いが始まる気配を察したのか、錦織が遮って口を開いた。「問題は、弁護士にどう説明するかだ。防衛省として、責任を持って彼に精神鑑定を受けさせる。そう確約しない限り、あれこれ難癖をつけて妨害してくるだろう」

亀岡が苦い顔をして、頭をかきむしった。「裁判にでもなれば弁護団のひとりとして、多額の弁護料を税金からせしめることができるからな。警察署から呼びだしがかかった時点で弁護士はやる気満々だろう。まして現役自衛隊幹部となれば、なおさらだ」

「すると」濱松はいった。「大臣の推薦でもあるアルタミラ精神衛生に、伊吹の精神鑑定を委任することになるわけか」

「馬鹿な」亀岡が唾《つば》を飛ばしながら叫んだ。「演習中の過失について、スポーツ紙に情報を漏らしたとおぼしき団体にまかせられるか」

錦織は眉間《みけん》に皺《しわ》を寄せ、首を横に振った。「彼らがマスコミに情報を提供した証拠はない。それに大臣のみならず政府閣僚の信望も厚い同社の精神鑑定なら、弁護士も納得してくれるだろう」

亀岡は断じて受けいれられないというように、激しく首を振りながら室内をうろついた。

「伊吹が精神鑑定を受けたら、世間は当然、過失事故と結びつける。精神鑑定の結果を待つまでもなく、マスコミは彼を異常者扱いするだろう。伊吹を隊員として採用した空自のみならず防衛省すべての組織に非難の声があがるだろうし、わが子について行方不明とだけ報告されている篠海悠平君の両親も、黙ってはおらんだろう」

「それでも」と錦織。「このまま伊吹に精神鑑定を受けさせず、弁護士と論争に入ったら、防衛省はいっそう叩《たた》かれることになる。どちらを進んでも棘《いばら》の道なら、少なくとも組織としての責任を全うする道を選ぶべきだ」

亀岡は錦織に反論する素振りをみせたが、すぐに口を閉ざした。錦織の意見が正当なものであると認めざるをえなかったらしい。それでも亀岡は諦《あきら》めきれないようすで、狭い部屋のなかをせかせかと往来し、愚痴をこぼしつづけた。「これは奴らの罠《わな》だ。あのアルタミラ精神衛生のな。女秘書が入間基地にきて、わずか半日足らずで連中の世話になることが確定しつつある。弁護士同様、アルタミラ精神衛生もハイエナの一種だよ。金儲《もう》け主義の経営方針丸だしだ。あんな連中に重要事項の相談を持ちかけるとは……」

議論にうんざりしたようすで、錦織はうつむいてため息をついた。「大臣にそういえるか？」

その言葉に、亀岡は口ごもり、ついには押し黙った。そうせざるをえなかったのだろう。

「それにしても、だ」錦織は後頭部に手をあてて視線を床に落とした。「精神鑑定の結果、正常あるいは異常のどちらに転んでも、防衛省は非難を免れないことになる。その二者の結論のいずれでもない、こちらに火の粉のかからないような判断をアルタミラ精神衛生が下してくれることを祈るしかないな」

「判断？」濱松は疑念を抱いた。「事務次官は、精神鑑定の結果が組織にとって都合のいいものであってくれればいいとお考えですか？　伊吹についての真実を明らかにしたいとは、お思いではないですか」

苦い顔で黙りこむ錦織に代わって、亀岡が大声で応じた。「当然だろう。伊吹はすでに問題を頻出させ、自衛官としての権限も自覚も失っている。インフルエンザにかかった鶏が養鶏場全体に菌を撒《ま》き散らす前に、われわれは養鶏場を守らねばならん」

濱松は錦織に目を向けた。錦織は無言のまま腕組みし、床を見つめている。亀岡の意見を否定する素振りはみせなかった。

たいせつなのは組織であって、腐敗した構成要素のひとつはいつでも切り離してかまわない。官僚特有の思考がここまで明確にされるのも、ある意味でめずらしかった。奥歯にものが挟まったような物言いでは埒《らち》があかない、そんなところにまで問題が深刻化しているということだろう。

複雑な思いが濱松のなかに渦巻いた。伊吹はたしかに変わってしまったが、彼は命を懸《か》けて防空の任務に当たっていた有能な隊員だったのだ。その彼がひとたび理解しがたい挙動と行為をしめしたからといって、すべての責任を彼に押しつけ、組織の安泰を優先するという方針にはとても賛同できない。が、否定もできない。そこが組織の歯車のひとつを務めることの弱さでもあった。私は、ほかにも大勢の空自隊員たちの命をあずかる立場にある。そして、彼らは国防のために働いている。伊吹直哉ひとりだけのために、他の隊員たちを、そして任務を犠牲にはできない。

錦織はぶつぶつと独りごとのようにつぶやいた。「せめてアルタミラ精神衛生が、政府閣僚の圧力でもってコントロールできればいいんだが」

「それはないだろう」亀岡はため息まじりにそういって、苦笑を浮かべた。「あの企業は裏ではいろいろ工作を働いているようだが、他者の介入はいっさい許さない。贈賄にも買収にも応じないし、資金調達のために政治的あるいは宗教的思想を持った集団に投資を募ることもない。顧客の信頼を損なうことを経営陣が極度に恐れているせいだな。カネで動かないがゆえに、かえって政府閣僚らの信用も深まるとは皮肉な話だ」

「そんなに公平なのか、アルタミラ精神衛生の精神鑑定結果は？」

いや、と亀岡は肩をすくめた。「社にとって今後の利益が大きくなると予想される結果をだす。つまりは、事実を故意に曲げることもあるわけだ。信用を失わないていどにな。いわゆる一般企業のマーケティングと同じだな。世間のあらゆる動向に目を光らせ、結果がどう転ぶかをシミュレーションし、利潤を算出するわけだ」

錦織の表情がいよいよ険しくなった。「駒を動かす権限はアルタミラ精神衛生側に独占されているというわけか。同社に対し、防衛省の擁護を前提に依頼をおこなうことは不可能というわけだな」

「アルタミラ精神衛生には防衛大出身者も元自衛官もいないだろうからな。完全に畑違いの分野だ、人脈もなにもない」

その亀岡のぼやきに似たひとことが、濱松のなかにひとつの思考を生じさせた。そのおぼろげな思考が、ひとつのかたちをとりはじめる。

そうだ、彼女だ。彼女なら、この複雑な状況を打開できるかもしれない。亀岡のいう畑違いの分野に足を踏みいれた人物、それは彼女をおいてほかにない。

「あの、事務次官」濱松は咳《せ》きこみながらいった。「アルタミラ精神衛生ではなく、ほかの専門家に任せてみてはどうでしょう。弁護士の了承は得られませんか」

錦織はしばし押し黙っていたが、やがてつぶやきを漏らした。「たしかに、可能性はありうる。一般のカウンセラーでは無理だろうが、精神科医か臨床心理士であれば……」

「それなら」濱松は語気を強めた。「適任と思われる人間がいます」

亀岡が目を丸くした。「たんに買収に応じやすいというだけでは駄目だぞ。わが防衛省サイドの実情を踏まえ、あらゆる組織構造や人的バランスを崩さず、最良の結果をだしてくれる人間でなくてはならない。それも他の専門家の異論をすべて退け、法的にも問題のないことと解釈され、すべてを穏便に収めうる報告を提出してくれる人間だ」

「ただ一箇所だけ該当しません」と濱松は亀岡を見つめ、きっぱりといった。「彼女は、買収には応じません。たとえ天地が逆転しようとも不可能です」

亀岡はぽかんと口を開けたまま、濱松を見かえしていた。鈍い男だと濱松は思った。これだけいってまだわからないとは。

「ああ」錦織は気づいたようだった。その表情がかすかに和らぐ。何度もうなずきながら、錦織は濱松にいった。「たしかに、彼女なら可能性はありうる」

臨床心理士

文京区は、都内二十三区のなかでも最も静かな環境の一帯を有している。広々とした森林のそこかしこに、公園、学校、病院が点在する千代田線千駄木《せんだぎ》駅周辺区域。きょうのように穏やかな陽射しが降りそそぐ晴天の日には、その眺めは灰色の都会に突如として出現したオアシスのように幻想的にみえた。約三十五年前、ここからさほど遠くない場所にある東京大学本郷《ほんごう》キャンパスに通った日々を、矢中隆光防衛参事官は思い起こしていた。この辺りにもよく足を運んだ。あのとき、私はいつもひとりだった。弁護士への道を目指し法学部に身を投じた私の将来に、ふとした疑問を覚えた時期でもあった。日本は激動の時期を迎え、名門大学はその闘争の舞台となった。いつ果てるとも知れない過激派と公安の熾烈《しれつ》な争い。大学生だった矢中は戦場と化した安田講堂の混乱と無秩序を眺めながら、それまでふたしかな存在だった将来というものが、使命感を伴って急速にかたちを取りはじめるのを感じていた。どこに向かっているのかさだかではなかった、あの時代のなかで抱いた決意。いまもって、それは変わらない。

「矢中局長」濱松空将の声がした。「こちらですよ」

無意識のうちに足をとめていたらしい。ふと我にかえり、振り向いた。いま、私はひとりではなかった。きょうは背広を着こんだ濱松が、立ちどまって矢中を待っている。ほかの防衛省の役人たちは、足をとめるようすもなくさっさと歩き去っていく。錦織事務次官、亀岡書記官、そして二宮大臣政務官。そういえば、彼らはいずれも地方大学の出身者だった。東大に対する特別な思い入れもあろうはずがない。警備を兼ねて行動を共にする防衛省の若い職員たちも、風景には無関心のようすで歩調を緩めていない。

どうやら感慨に耽《ふけ》っていたのは自分ひとりらしい。矢中は困惑ぎみに歩きだし、足を速めた。

濱松は、矢中が追いつくのを待って並んで歩きだした。「矢中局長は、岬美由紀《みさきみゆき》元二等空尉についてはご存じで？」

「名前だけは聞いていたよ」矢中は、まだ亡霊のように脳裏にまとわりつく大学闘争の喧《けん》騒《そう》の記憶を、頭から閉めだそうとした。「空自の幹部採用のなかでも特異な人事だったからな、よく覚えている」

先に立って歩いていた亀岡が、背を向けたまま甲高い声でいった。「特異というより、呆《あき》れたのを覚えているよ。防衛大が女を受けいれるようになったのも時代の流れと考えるしかなかったが、税金で遊びほうけて、海外留学をちゃっかり楽しんだ挙句、任官拒否が続出とはな。なんのために防衛大に入ったのやら」

錦織が歩きながら、咎《とが》めるようにいった。「たしかに女性の任官拒否が多かったとはいえ、全体としてみればごく一部だ。防衛省に入り、自衛官幹部となった者も数多くいる」

亀岡は不服そうに首を振った。「女性自衛官といっても、事務職が大半だろう。みずからの生命を危険にさらして国防の任務に就く自衛官の本分は、彼女たちにあるわけじゃないと思うがね」

相も変わらず的外れな議論を展開する男だ。矢中は密《ひそ》かにそう思った。亀岡の脳がイメージする女性自衛官とは、自衛隊が看護職に関してのみ女性に門戸を開いていたころのままなのだろう。岬美由紀が空自でどこに配属されていたかを知らないとは、よほど不勉強にちがいない。

濱松は渋い顔をして、亀岡の背に声をかけた。「女性自衛官は陸海空あわせて一万人以上おります。隊員数全体の四・一パーセントに過ぎませんが、十年前に全職域が開放されて以来、重要な職務に就いた者も少なくありません。わが空自の救難部隊にも現職の女性パイロットがおりますし、陸自には戦車に乗る一佐もおります」

「そのとおりだ」二宮がうなずいた。「三年前、海自のほうで将補に昇進した女性がいたな？　いまのところ、あれが女性自衛官の最上位階級だったと記憶しているが」

こんな穏やかな暖気のなかでも、亀岡は暑さを感じているらしかった。猪首《いくび》の汗をハンカチでぬぐいながら、亀岡は鬱陶《うっとう》しそうにいった。「でも、いずれの職務も女でなければならない役割ではあるまい」

「いや」錦織がいった。「女性自衛官にしかできない仕事もある。たとえばイラクだ。イスラム教国の女性を身体検査するには女性でないと」

亀岡は下品な笑い声をあげた。「なるほど、たしかに女が必要とされる局面もあるわけだ。失礼。私は想像力が欠落していたようだ。自衛隊員ときいて、防衛の要《かなめ》である精鋭の部隊にしか思いが及ばないのでね。つまるところ、陸自の普通科中隊に身を置く女性自衛官が皆無である以上、私は女性自衛官の存在をさほど評価しない。それだけのことだ」

一同にしらけた空気が漂った。木漏れ日のなか、光と影の織り成す明暗のなかを、背広の男たちはただ黙々と歩きつづけた。

大臣政務官以下、誰もが亀岡の認識不足を冷ややかな思いで聞き流していたことはあきらかだった。矢中も亀岡に対し、軽蔑《けいべつ》以上の嫌悪を感じはじめていた。

亀岡が口にしたとおり、彼自身の想像力は欠如している。陸自の普通科中隊に肩を並べる自衛隊のもうひとつの精鋭部隊、空自の主力戦闘機部隊が頭に浮かばないとは。濱松は航空方面隊司令官として、防衛省の上層部にこのような人間がいることをどう思っているのだろう。矢中は濱松に目を向けた。濱松は硬い顔をしたまま、ただ歩を進めていた。

「その岬何某《なにがし》というのも」亀岡はハンカチをさらに小さくたたんで額の汗をぬぐった。「よりによってカウンセラーに転向してしまうとは、よほど自衛隊が肌に合わなかったのだろうな。あるいは体力不足か。ええと、たしか精神科医ではなくて、なんといったかな、その資格……」

「臨床心理士」矢中はたまりかねて発言した。情報はさっさと与えて、無能者の取り留めのないお喋《しゃべ》りに一刻も早く終止符を打つべきと判断したからだった。「日本臨床心理士資格認定協会が認定する、心の専門家の認定資格です。文部科学省実施のスクールカウンセラーの任用など、このところ目立った活躍をしています」

亀岡が茶化した口調でいった。「防衛大から幹部候補生学校、そして入隊という狭き門をくぐっておきながら、あっさり転職して畑違いの資格取得か。よほど容易な資格試験なんだろうな」

錦織が咳《せき》払いした。「臨床心理士養成に関する指定大学院の臨床心理学専攻を修了後、一定期間以上の心理臨床経験を有する者など、受験資格はきわめて厳しい。現職の臨床心理士はわずか一万人強で、うち四百人弱は医師を兼任している。狭き門というのなら臨床心理士も同じだ」

ようやく亀岡は、不勉強を憶測で補おうとしている自分とは異なり、周囲の誰もが情報の詳細を学びえていることに気づきはじめたようだった。汗を拭《ぬぐ》う動作がせかせかしたものに変わっていく。やっと人並みに体裁の悪さを感じたのだろう。

矢中は、亀岡がしどろもどろに己れの認識不足を詫《わ》びる言葉でも口にするかと思ったが、その予想は外れていた。亀岡が発したのは精一杯の皮肉だった。

「指定大学院？」と亀岡はへらへらと笑った。「指定大学院をでていないと受験資格はないだと？　なら、どうやって防衛大を卒業しただけの元自衛官が資格取得できたんだね。転職したのはほんの数年前のことだろう？」

亀岡は、錦織の説明に間違いがあると感じ、そこを責めることで窮地を脱しようと思ったにちがいない。だがその疑問の提示は、亀岡にとってさらなる墓穴を掘ることにほかならなかった。

二宮が静かにいった。「当時は指定大学院制度が徹底する前だった。四年生大学を卒業後、数年の心理臨床経験を有することで受験資格を得られた。岬元二尉は防衛大で人文社会科学専攻だったし、防衛大も現在は普通の大学と同じく、卒業時に学位が認められることになっているからな」

ついに大臣政務官にまで知識の疎さを見抜かれてしまったと知り、亀岡は観念せざるをえないようすだった。それでも負け犬の遠吠《とおぼ》えのように、捨て台詞《ぜりふ》を吐くことは忘れてはいないらしかった。亀岡はぼそりといった。「防衛大に学位など。自衛官以外の道に進めとほのめかしているようなものだ」

矢中は亀岡の負け惜しみには関心がなかったが、それでも自衛官幹部の転職をなげかわしいこととみなしている点では、亀岡と同意見かもしれないと感じていた。まして彼女は、伊吹直哉と同様に防衛大を首席卒業した経歴を持つ、まさしく彼に匹敵するほどの有能かつ優秀な自衛官であったはずだ。いったいなにが彼女の人生の行方を変えてしまったのだろう。あらましは仙堂芳則《せんどうよしのり》・前空将の報告書を読んで理解したが、それでも腑《ふ》に落ちない点は多々ある。

岬美由紀元二等空尉、二十八歳。いったいどんな女なのだろう。矢中は思考をめぐらしたが、まるで想像がつかなかった。私の想像力も、亀岡同様に錆《さ》びついているのだろうか。いや、いままで会ったことのない類《たぐ》いの女性ゆえに、データが頭のなかに揃っていない、だからなにも浮かばないのだ。そうに違いないと矢中は思った。

「その白い建物だな」と、錦織が行く手を指差した。

微風に揺らぎ、枝葉をすり合わせる木々の向こう、淡いベージュの外壁がみえている。広大な敷地を有する関東医科大付属病院、その病棟の一部だった。

関東医科大付属病院はきわめて規模が大きかった。ロビーはまるでホテルのエントランスの様相を呈し、診療科目ごとに中規模の病院に匹敵する数の医師や設備、職員が配属されている。組織の複雑さは防衛省さながらだと矢中は思った。内科は五科、外科は四科にそれぞれ分かれ、脳神経外科、小児科、産婦人科、耳鼻咽喉《いんこう》科、眼科、皮膚科にとどまらず、老人科、リウマチ外科、遺伝診療科などというものもある。ほかに集中治療室や人工透析室、放射線安全管理室などの診療支援設備を含めると、市谷《いちがや》にある防衛省舎、当時の庁舎に初めて足を踏みいれた日の記憶が蘇《よみがえ》るほどの壮大さだった。たしか、自分の勤務先である内部部局を探してあちこち歩きまわった。いまもその状況に似ていた。この巨大な建物のなかで、ある特定の科を見つけだすのは容易なことではない。

どこで倒れても医師だらけのこの建物なら安心だ、と亀岡が皮肉をこぼすなか、一行は精神科への道標《みちしるべ》を追い求めて建物内を蛇行する長い通路を行ったり来たりした。三十分ほどを費やして、ようやく西館の八階にある精神科にたどり着き、話を通してあった精神科医長に面会することができた。

彼の話では、臨床心理士の岬美由紀は面接室に詰めていて、精神科医が必要に応じて患者を彼女のもとに赴かせる仕組みなのだという。臨床心理士は医師ではないため、診療行為はいっさいできない。ゆえに、あくまで精神科医の要請に従って心理カウンセリングや心理テストを実施し、その結果を精神科医に伝えることが仕事になっている。医師のような診察をおこなっていない以上、患者だと偽って受診を装い接見するというわけにもいかない。防衛省の面々は精神科の待合室にたたずみ、腕組みして唸《うな》ることになった。

「なぜだ」亀岡はひとり状況を飲みこめないようすで、面接室の扉を指差しながら声を張りあげた。「どうしてこそこそと患者のふりをして会う必要がある？　あのドアを開けて入ればいい。除隊したとはいえ、防衛省の上層部が足を運んでいるんだ、後まわしにされることなどありえん」

「静かに」錦織が顔をしかめていった。「声が大きい」

二宮が白髪頭をかきながらつぶやいた。「彼女は自衛隊関係者と会うことを極度に嫌っている。まともに踏みこんでいったのでは、叩《たた》きだされて終わりだ」

「われわれが叩きだされる？」亀岡は妙な顔をした。「あの伊吹直哉も礼儀知らずだったが、岬というのもそうなのか？」

濱松は険しい目つきで亀岡をみた。「じつは、これまでにも何度か除隊後の彼女の手を借りたことがありましてね。その都度、彼女はなんというか、われわれの体制というか官僚そのものに対する嫌悪を募らせていったようです。もはや彼女が民間人である以上、強制はできません」

「そんな身勝手な。だいたい、ここに来るのに岬にアポをとっていないのか」

「彼女には」と錦織。「知らせていない。もし彼女の耳に入れば、別の病院に転勤されてしまう恐れがある。彼女が現在この病院に勤めていることも、大臣官房長がじきじきに臨床心理士資格認定協会に照会して、ようやく突きとめたことだからな」

錦織の推論は間違っていないと矢中は思った。岬美由紀はつい先ごろまでは茅場《かやば》精神科という開業医の小さな病院に勤めていたが、あの全世界を震撼《しんかん》させたマリオン・ベロガニア事件の発端になった〝ディフェンダー〟をめぐる一連の謎の解明について、防衛省は彼女の助力を必要とした。結論からいえば、岬美由紀は防衛省に対し調査その他のあらゆる協力を惜しまなかった。だが、それは元自衛隊幹部としての義務というより、事態の深刻さを考慮してのことだった。事件が収束すると、岬美由紀は仙堂前空将にいったという。わたしはもう除隊した身です。今後は、いっさい構わないでください。もちろん、復帰の意思もありません。

二宮がため息まじりにつぶやいた。「ともかく、誰かが会わねばならん」

「私は」と濱松は深刻そうな顔で頭をさげた。「申し訳ありませんが、不可能です。彼女の現役時代、私は将補として百里基地に勤務していました。何度も任務を共にしています」

錦織もぶっきらぼうな表情を浮かべていった。「私も海自の〝やましお〟事件の後始末で、岬元二尉と顔を合わせている。むろんのこと、二宮大臣政務官にお願いすることはできない」

自分はどうだろうかと思索しているようすの亀岡を無視し、ほぼ全員の目がいっせいに矢中に注がれた。

「私か」矢中はつぶやきのように漏れる自分の声をきいた。「どのように会えばいい」

錦織の目が精神科医長に向けられた。医長は脇に挟んでいたクリップボードを矢中に手渡した。「空欄に氏名、住所、電話番号を書きこんでください。それを持って入室すれば、担当医師からの紹介で来たことになります」

「偽名を使え」錦織がいった。「現役時代に内部部局の名簿ぐらい、みたことがあるかもしれん」

やはりこの男も、嘘をつくことに迷いを持たない官僚気質か。そう思いながら、矢中は老眼鏡をとりだした。それをかけて、クリップボードの書類を凝視する。ドイツ語の走り書きがあった。なんらかの診断結果がでっちあげられているらしい。

ボールペンで書きこみをしながら、矢中は医長にたずねた。「私は、どんな病気ということになっているのかね」

「躁鬱《そううつ》病です」と医長はいった。「躁と鬱が交互にやってくる症状だと思ってください。具合はどうかと聞かれたら、眠れないとか、いらいらして仕事が手につかないと答えてください」

「なるほど」矢中はうなずいた。「そういうストレスなら、常々感じていることでもあるし、言うに憚《はばか》られることでもないと思う」

診断書の捏造《ねつぞう》など、医師としては気乗りすることではないはずだ。にもかかわらず、精神科医長はずいぶん協力的だった。防衛省の危機についてあるていど関心があるのか。いや、濱松らと同じく岬美由紀の扱いにくさを心得ているのだろう。そうにちがいないと矢中は思った。いつも上司を手こずらせる部下。それでいて優秀な人材。ますます想像がつかない。矢中は首をひねりながら、書類の書きこみを終えた。

錦織がうながした。「行ってくれ。ころあいをみて、うまく話をきりだすんだぞ」

ええ、と矢中は力なく返事をした。扉に向かう足が重く感じられる。情けない話だ、防衛省の高給取りたちががん首を揃えていて、全員の腰がひけているとは。

扉をノックした。どうぞ、という女の声がした。矢中は扉を開けた。

一見して、地味だが機能的なオフィスという雰囲気の部屋だった。窓を覆うブラインドの隙間から差しこむ陽の光が、薄暗い室内をおぼろげに照らしだしている。大きめのデスクと、向かい合わせに置かれた肘掛《ひじかけ》椅子。壁ぎわには静物画がおさめられた小さな額縁もあるが、装飾といえばそのていどで、あとは書棚とパソコンが据え置かれているだけだった。

デスクの向こうで、不相応に大きな黒革張りの椅子に座っていた小柄な女が立ちあがった。「こんにちは」

「ああ、どうも」矢中は会釈しながら近づいた。

拍子抜けだと矢中は思った。防衛省のトップ官僚が恐れをなす元二等空尉の女性自衛官とはいったいどんな存在なのかと思いきや、目の前にいるのは趣味のいいスーツに身を包んだ、女子大生か新人OL風のやせた若い女だった。ただ、小柄という第一印象は錯覚だったらしい。頭部が小さいのと、均等なプロポーションのせいでそうみえるのだろう。実際には、背丈は百六十五センチはあるようだった。もちろん、それでも自衛隊幹部のなかでは小さいほうだし、いまもデスクや椅子の大きさに釣り合いがとれていない印象があるのだが。

「どうぞおかけください」岬美由紀は向かいの椅子を指し示した。「それから、診断書をお願いします」

矢中は椅子に腰を下ろしながら、診断書を美由紀に渡した。美由紀はそれを受け取り、書面を見つめた。

わずかに褐色に染めたヘアをアップにまとめ、色白の小顔に大きな瞳《ひとみ》とすっきりと通った鼻筋、薄く小さな唇がみごとなバランスでおさまっている。端整には違いないが、知性溢《あふ》れる美人というよりはまだあどけなさの残る、少女を卒業したばかりの新社会人という形容がぴったりにも思える。肌の色つやのよさと、そもそも童顔なせいだろうか。二十八歳にはみえないし、なにより防衛大と幹部候補生学校の厳しい訓練を耐え抜いたようには、とても思えない。

「あの」矢中は不安を覚えてたずねた。「岬美由紀……先生ですか？」

美由紀は顔をあげた。きょとんとした顔で矢中を見つめていたが、やがてその顔に微笑が浮かんだ。「ええ、そうですよ。少しお待ちください。いま、診断書を読んでますから」

張りのある声ではあるが、音程が高く子供が喋《しゃべ》っているようにも聞こえる。電話なら中学生以下と思えるかもしれない。人事教育局長として数多くの自衛官を見てきたが、これほど経歴と本人の印象が異なっているのは初めてだった。やはり人違いではないのか、そんな戸惑いが頭から離れずにいる。

椅子に身をしずめた美由紀は、診断書をデスクの上に置いてから矢中を見た。背筋を伸ばし、少し身を乗りだすようにして矢中にいった。「最近、なにか困られていることはありますか」

動揺が一瞬、矢中のなかを駆け抜けた。美由紀の顔つきはふいに大人びたようにみえた。声も高さは変わらないが、喋り方が落ち着いたものに変化している。いま向かい合っている女は、あいかわらず元自衛官にはみえないものの、たしかに学識のある臨床心理士らしい権威性を漂わせていた。

沈黙する美由紀をしばらく見かえすうちに、矢中は自分が返答を待たれていることを悟った。なにを答えればいいだろう。そうだ、症状だ。彼女は矢中の感じる症状についてたずねているのだ。

矢中はおずおずといった。「そのう、夜眠れなくて、仕事も手につかずにイライラすることが……」

「よろしいですか」美由紀はふいに矢中をさえぎった。言葉は穏やかだが、矢中を制するなにかがその声の響きにあった。「躁鬱とはどんな病なのか、ご存じですか」

厳しい目つきではないのに、なぜか射るような視線を発するふしぎな虹彩《こうさい》を矢中は見つめた。同時に、矢中は焦燥感を覚えはじめた。疑われているのだろうか。早くも、仮病が発覚してしまったのだろうか。

「そのう」矢中は思いつくままにいった。「落ちこんだり、また妙に気分が大きくなったりの繰りかえしで……、躁鬱とはそういうことだと思いましたが」

「それだけのことなら誰でもあります。病とみなされる症状になると、躁または鬱状態が二か月以上にもわたって持続し、心の回復が極端に遅れます。それから現実がさほど切迫した状態になくとも、それを殊更に重く考えがちになるという、鬱感情と現実との不一致が表れます。睡眠障害や社会恐怖も生じることがあり、公私の両面において日々を過ごすことがひどく苦痛に感じられるんです。その悩みは他人に理解されにくいため、さらに苦痛が増大します。おわかりですか」

「ええ、それは。たしかに、私もそんなふうに感じることがしばしば……」

「わたしが申しあげたいのは」美由紀はまた矢中を遮った。今度の口調は険しかった。「本物の躁鬱病で苦しんでいる人々が世の中にたくさんいて、この部屋はそういう人たちの助力になるために存在するのだということです。病を患っているふりをしてわたしに会って、古巣に引き戻そうとする試みは、実際に面接を受けたがっている多くの相談者《クライアント》の方々にとって妨げ以外のなにものでもありません。廊下にはたぶん、ほかにも防衛省の方々がおいでですよね？　たとえ一時的であっても、復職はお断りだとお伝えください」

美由紀は椅子を回して棚からファイルを引き抜き、別の書類を眺めはじめた。それはすなわち、これ以上の対話を拒絶するという姿勢にほかならなかった。岬美由紀は、矢中に退室するよう促しているのだった。

矢中は圧倒されていた。背筋を悪寒が走りぬける。いつしか美由紀のなかに、若き日にみた上司のような威厳を感じている自分に気づいた。娘のような年頃の女性にこのような仕打ちに遭うとは。予想できなかったが、憤りは感じなかった。ただ呆然《ぼうぜん》と眺めるしかなかった。すべてを瞬時に見抜いたうえに、毅然《きぜん》たる態度を崩さない。現職の幹部にこれだけ筋の通った言動を貫ける人間がいるだろうか。人事教育局長の矢中が知るかぎり、一名も存在しない。

濱松空将が熱心に薦めたわけが、やっとわかった。矢中は舌を巻いた。

しばらくして、矢中が椅子から立とうとしないことを訝《いぶか》しく感じたらしい。美由紀は上目づかいにこちらをみると、咎《とが》めるようにたずねた。「まだなにか？」

「その」矢中は、自分の声が喉《のど》にからんでいることに気づいた。得体の知れない緊張感が全身を包みこんでいる。矢中は咳払《せきばら》いしていった。「どうして気づいたんだね。差し支えなければ、教えてほしいんだが」

美由紀は身じろぎせず、面白くもなさそうな顔で矢中を眺めていたが、やがてファイルを置いて診断書を取りあげた。矢中の手渡した診断書だった。

「あなたがお書きになったこの氏名や住所。たぶんでたらめだと思いますけど」美由紀は診断書の文面を指差した。「あなたが記入した位置に注目してください。ドイツ語の症名の下の空欄に書いておられますが、一行空けてあるでしょう。このように、前の行とは一行空けたところに小さな文字で書くという特徴からも、ふだんのパーソナリティは読みとれます。周囲の目を気にする慎重派であるのは間違いないですが、自分の感情や意見を素直に表せないタイプの場合は一行空けたりはしません。つまり、周囲に波風を立てない範囲でそれなりに自己主張するタイプと考えられます」

矢中は剝《む》きだしの脳を殴りつけられたかのような衝撃を覚えた。

的確だった。矢中が長年のキャリア人生のなかで培ってきた己れの性格は、いま岬美由紀によって端的な一行にまとめられた。周囲に波風を立てず、それなりに自己主張。そのとおりだ、まさしくそれが組織における自分という存在だった。私は、それ以外の何者でもない、そう感じた。

唖然《あぜん》として言葉を失っている矢中に、美由紀がつづけた。「とても古色蒼然《そうぜん》とした分析ですけど、フロイトは人間の心をイド、超自我、自我の三つの要素に分けています。イドは快楽の追求。超自我はルールやモラルの強要。そして自我はそれらふたつの調整を担います。自我による両者の調整がうまくいかないと精神疾患やノイローゼを発症することになります。あなたは超自我について優位ですが、イドも皆無というわけではないのでバランスがとれているはずです。こうした人は、精神科にやってくるはずがありません。つまり一見して場違いだということです。冬のモスクワ空港にアロハシャツ一枚で降り立つぐらい、周りから浮いています」

矢中は美由紀の喩《たと》えを具体的に思い浮かべ、思わず当惑した。「そんなに？」

ええ、と美由紀はうなずいた。「もし本当にそんな人がいたら精神科を受診するべきですけど、あくまで喩え話です。ドイツの精神医学者クレッチマーの分析では、人の性格は分裂気質、粘着気質、躁鬱《そううつ》気質に分かれますが、あなたは躁鬱気質に当てはまると考えられます」

戸惑いがさらに深まる。躁鬱という言葉が美由紀の口からでた。まだ芝居をつづける余地も残されているのだろうか。矢中は口ごもりながらいった。「その通りだと思う。私は、躁鬱病の相談でここに来たのだから」

美由紀は額を指先でかいてから、ため息まじりにいった。「躁鬱病と、クレッチマー性格分類上の躁鬱気質とはまるで意味がちがいます。躁鬱気質は高揚と沈鬱の気分が相互あるいはどちらかが優先的に表れますが、総じて善良かつ社交的です。まあ、最近の臨床心理学では性格は一元的なものでなく多面的とみるべきなのですが、少なくともこの場においてはあなたはそういう人だということです」

善良で社交的、そのように賛辞に等しい言葉を並べられたせいだろう、矢中は思わず大きくうなずいてしまった。「なるほど」

すると、美由紀は冷ややかな目つきを矢中に向けた。「ご納得いただいたということは、あなたは病ではないと同時に、ここでの用もお済みになったということですね」

矢中はまた困惑して凍りついた。自分が健全であると認めてしまったのだ、もはやぐうの音もでない。そんな心境だった。

途方に暮れていると、扉が開いた。濱松空将がばつの悪そうな顔で入室してきた。「失礼した、岬元二尉。つまらぬ工作をして申し訳ない。こうでもしないと、会ってもらえないと思ってな」

どうやら聞き耳を立てていたらしい。進退窮まったと判断して入室する決意を固めたのだろう。濱松につづいて、二宮大臣政務官、錦織事務次官、亀岡書記官がぞろぞろと部屋に入ってきた。

美由紀は驚きのいろも浮かべず、椅子から身体を起こし、デスクの向こうに立った。

濱松は矢中に近づいてきて見下ろした。「岬元二尉、こちらは防衛参事官の矢中人事教育局長だ」

紹介を受け、矢中は慌てて椅子から立ちあがり美由紀に頭をさげた。偽名を使った後ろめたさのせいで、美由紀とは目もろくに合わせることができない。

が、美由紀はためらうようすもなく、きびきびとした動作で矢中に一礼した。「初めまして、局長」

矢中は驚いた。礼儀を欠いているなどとんでもない。美由紀は制服こそ着てはいないが、規律正しい自衛官の見本のような挙動をみせている。まるで姿かたちそっくりの別人に入れ替わったかのようだった。防衛省の面々を前にした瞬間、美由紀は有能な幹部自衛官へと変貌《へんぼう》した。

しかし、そう思えたのも一瞬のことだった。美由紀の顔にたちまち警戒のいろがひろがった。反抗心と敵愾《てきがい》心の入り混じった豹《ひょう》のような目つき。臨床心理士としての美由紀とも、幹部自衛官としての彼女とも違う、すなわちありのままの心をのぞかせた岬美由紀が、そこにいた。

「恐縮ですが」美由紀は少しばかりふてくされた口調でいった。「いましがた矢中局長にも申しあげたとおり、ここでは現在の職務がありますので」

「まあ待て」亀岡が図々しくも美由紀に歩み寄っていった。「元幹部なら自衛隊への協力義務はあるだろう。それに、こんな仕事がどれくらいの実入りか知らんが、安定した高給が約束されている幹部クラスの肩書きが恋しくなることもあるだろう。いまならわれわれに協力してもらうことで、復職の希望もかなえられなくもないぞ」

美由紀の醒《さ》めきった目が亀岡をとらえ、それから室内の面々を一巡した。

誰もが視線を逸《そ》らした。矢中も同様だった。見識がひどく不足している亀岡と同様の存在とはみなされたくはない。

「協力は」美由紀は乾いた声でいった。「何度もしています。それに、楽な配置に就きたいなんて思ったことはいちどもありません」

美由紀が真意を語っていることは誰の目にもあきらかだったが、亀岡はこの期に及んでも的外れな認識を崩さない。おそらく美由紀を外見で判断し、みくびっているのだろう。そう矢中は思った。さっきの私と同じように。

「そう肩肘《かたひじ》を張るな」と亀岡はいって、美由紀の肩をぽんと叩《たた》こうとした。が、美由紀は素早く後ずさってそれを躱《かわ》した。亀岡の手は空を切った。

一瞬、体勢を崩しかけた亀岡が、目を丸くして身体を起こした。矢中は思わず吹きだしそうになったが、この場で笑い声などあげられるはずもない。口もとを押さえながら横目で錦織をみた。と、錦織もゆがみかけた口を手で押さえ、笑いをこらえる素振りをしていた。

亀岡はむっとした表情を浮かべたが、すぐに気を取り直したようすで美由紀にいった。「きみは知らんかもしれんが、このところ自衛隊も女性に優しくなってな。制服にマタニティドレスまで採用されてる。まして、きみはパイロットだそうじゃないか。ヘリコプターぐらいは飛ばせるんだろ？　その腕を捨て置くのは惜しい」

あれで説得しているつもりだろうか。矢中は苛立《いらだ》ちを覚えていた。だいたい、女性自衛官用のマタニティドレスの制服が採用されたのは一九九四年のことだ。われわれ年配のものにとってはつい最近のことに思えるが、美由紀にとっては入隊のころから当然のごとく存在していた制服の一種にすぎない。

錦織もじれったく思ったらしく、美由紀に近づきながら亀岡の顔をみていった。「さがってくれ。きみはどうやら岬美由紀元二等空尉について、資料すら読んでいないらしいな。彼女は女性自衛官唯一の戦闘機パイロットだった。第七航空団第２０４飛行隊でＦ15ＤＪイーグル主力戦闘機に搭乗していた」

亀岡はあんぐりと口を開けて、美由紀と錦織の顔をかわるがわる見た。「彼女が？」

濱松も近づいてきた。「防衛大首席卒業、幹部候補生学校でも成績は常にトップ。仙堂前司令官も、最高のパイロットのうちのひとりといっていた」

「前司令官？」美由紀は無表情でたずねた。「では、現在の司令官は？」

「私だよ」と濱松がいった。「岬。きょう訪ねたのは復帰の要請ではない。臨床心理士としてのきみに仕事を頼みにきたんだ」

まだ警戒心を解くようすのない美由紀が、濱松にたずねた。「どういうことですか」

「詳しいことは」と濱松は資料の入った封筒を差しだした。「ここに書いてある」

美由紀は受け取ろうとはしなかった。ただ無言でじっと濱松を見かえしている。

だが、濱松はそんな美由紀の反抗的態度には慣れているらしく、封筒をデスクに置いていった。「臨床心理士資格認定協会の専務理事にも会って、話をつけてある。理事の話ではきみ自身の承諾があれば、今回の仕事に限って、臨床心理士としてのきみの防衛省への出向を許可するそうだ」

錦織が腕組みをしていった。「理事の話では、臨床心理士としても優秀だそうだな。ずいぶん誉めてたぞ。面接に来た相談者の心理を瞬時に、しかも的確に見抜くってな」

美由紀は依然として微笑ひとつ浮かべなかった。「やっと認定資格を満たして仕事を始めることができたていどです。知識も経験もまだこれからです。理事にお誉めいただいた事柄は……空自で貴重な経験を積んだことが、いまの仕事にも生きたからです」

「そうらしいな」錦織はうなずいた。「驚異的な動体視力と素早い判断力が、音速の二倍で飛ぶF15DJのパイロット訓練時に養われた。第七航空団のパイロットとしては常識的な能力にすぎなくても、ほかの職務に応用すれば、人を驚かすほどの結果を生む。カウンセラーは相談者の微妙な表情の変化を観察して内面を知る職業的技術を持つが、きみはその両方を併せ持ったため、まるで特殊能力に思えるほどの才能を発揮するに至った」

そのとき、亀岡がぽんと手を叩いた。またしてもぽかんと口を開いて、子供のように目を丸くしながら亀岡はいった。「ああ、そうか。彼女が〝千里眼〟か！」

その言葉は、室内に殺気に満ちた静寂を漂わせた。誰もが怒りをこめた目を亀岡に向けている。亀岡は不服そうな顔をした。どうして自分がいちいち咎《とが》められねばならないのだ、そういいたげな表情だった。

いまさらなにをいっているのだ、と矢中も呆《あき》れた。それに〝千里眼〟というのは、彼女が除隊して臨床心理士に転職後、初めて関わった刑事事件をマスコミが取材、彼女の驚異的能力を評してつけたニックネームにすぎない。一時期、週刊誌には元女性自衛官で現臨床心理士の〝千里眼の女〟の記事が溢《あふ》れかえったのだが、これで亀岡の知識の源はせいぜいそれら週刊誌ていどと判明してしまった。しかもその知識の貧しさゆえに、この場に致命的なミスを齎《もたら》してしまった。

美由紀は表情を硬くすると、デスクから封筒を取りあげて濱松に突きかえした。「お話はもう充分に承りました。そして、わたしの考えは変わりません」

濱松はいまにも舌打ちしそうな苦い顔で振り返り、亀岡をもういちどにらみつけた。ほかの面々も一様に落胆のいろを浮かべている。

彼女が世間に騒がれることを嫌い、とりわけ、自分の能力をまるでオカルティズムのように興味本位に扱われることに激しく憤るという事実は、矢中をはじめ防衛省の職員なら常識のはずだった。彼女の前で〝千里眼〟という単語を一度でも口にしようものなら、すべての交渉はそこで途絶える。彼女と話すなら、そのルールを厳守せねばならない。ところがここに例外がいた。何か月も前の週刊誌記事を引っ張りだしてきて、無邪気にそのニックネームを大声で告げた。それはすなわち、ゲーム終了のホイッスルも同様だった。

美由紀は背を向け、ファイルを棚におさめた。これ以上の対話を拒むよそよそしい態度。これまでか、と矢中は思った。防衛省トップクラスの職員たちは、その場で居心地悪くたたずむしかなかった。

しばらくの沈黙のあと、二宮が深いため息をついた。「邪魔したな、岬元二尉。今後の活躍を祈るよ」

二宮が戸口に向かいだすと、ほかの面々も動きはじめた。錦織は二宮同様に無念のいろを漂わせていたが、亀岡の表情はさばさばしたものだった。やっと帰れる、そんな安堵《あんど》のいろさえのぞかせていた。

矢中もあとにつづこうとした。そのとき、濱松の呼びとめる声が静かに響いた。「お待ちください」

足をとめて振りかえった。濱松は美由紀に封筒を差しだしていた。「読むだけでも読んでくれないか。返事はそれからでいい」

美由紀は頑《かたく》なな姿勢を崩さなかった。「でも、もうわたしは……」

ふいに濱松が声を張りあげて美由紀を制した。「精神鑑定を頼みたい。伊吹直哉一尉のだ」

それは、まるで動画が静止したかのようだった。美由紀は身体を凍りつかせ、呆然《ぼうぜん》とした表情で濱松を眺めていた。

濱松がもういちど、封筒を美由紀に突きつけた。驚いたことに、美由紀はぼんやりと濱松を眺めたまま、手を差しのべて受け取る姿勢をみせた。濱松は封筒を渡し、美由紀の手にしっかりと握らせた。

「検討、よろしく頼む」濱松はそういってから、美由紀に背を向けて歩きだした。

職員たちが濱松につづいて歩を踏みだしても、美由紀は静止したままだった。その目は戸口のほうを向いているが、濱松の背を見送っているわけではなさそうだった。虚空を見つめている。ただ、自分の世界に没頭している。矢中にはそう見えた。

心理学について、瞬く間に達人の領域に達した美由紀が、我を忘れてもの思いにふけるとは。矢中は声をかけようとしたが、思いとどまった。せっかく封筒を受け取ったのだ、いま余計なことを発言して、また心変わりされてしまったのではたまらない。

廊下にでた。待合のソファには大勢の患者の姿があった。誰も心を病んでいるようにはみえない。それでもここは精神科だ。彼らのひとりひとりが病に苦しんでいる。その時間を妨げているという美由紀の指摘が、矢中の脳裏によぎった。彼女の言いぶんは正しい。われわれはきわめて身勝手な理由で、彼女ひとりに大きな責任を負わせようとしている。ここにいる大勢の患者が必要としている、彼女に。

一同が下りの階段にさしかかったとき、亀岡が投げやりにいった。「わからんね。どんなに優秀でも、どうして入隊してわずか数年でクビになった元自衛官に、こうまで振りまわされなきゃならんのかが」

「クビではない」二宮が階段を駆け降りながらいった。「辞職だ」

錦織が歩調を合わせながらいった。「岬二尉は救難部隊に配属されることを希望していたが、その能力と将来性を買われて戦闘機部隊に入れられてしまった。ほとんどの空自隊員にしてみれば花形だが、彼女はそうは思わなかった。人殺しの道具を操るのはまっぴらだと、前空将に直談判したらしい」

「我儘《わがまま》すぎる」亀岡も太った身体を揺さぶりながら階段を下りていった。「だいたい自衛隊というものは……」

「あなたにはわかりませんよ」濱松がぴしゃりと告げた。亀岡に視線を向けることもなく、階段を降りつづけながら濱松はいった。「岬は楚《そ》樫呂《かしろ》島災害救助活動や北朝鮮の不審船事件で思うように活動できない自分のポストに苛立《いらだ》ちを感じ、辞職したんです。自衛官なら、誰でも一度は感じるジレンマです。当時から人を救うことに人一倍熱心だった彼女は、楚樫呂島で被災者の心のケアをしていたカウンセラーという職業に強く惹《ひ》かれた。それで除隊後、臨床心理士への道を志したんです」

また不服そうに押し黙った亀岡を一瞥《いちべつ》して、錦織がいった。「まさに非の打ちどころのない女性だな。こっちの依頼を承諾してくれる可能性はあるかね、空将？」

「あると思います」濱松は語気を強めた。「彼女は伊吹一尉とは、特別な関係ですから」

真っ先に反応したのは亀岡だった。「というと？」

濱松は嫌気がさしたらしく、口をつぐんでしまった。全員が無言で階段を下りていった。

午後からは例の麝香片《じゃこうへん》船についての緊急対策会議がある。ぐずぐずしてはいられない。

通路を進みながら、二宮がぼそりと告げた。「岬元二尉が承諾してくれることを祈るのみだ。さもなくば……」

言葉はそこで途切れた。また階段にさしかかったからだった。階段は本館六階、外科病棟につづく。

二宮が告げずとも、矢中にはその事態が容易に想像がついた。恐らく、錦織や濱松も同様だろう。アルタミラ精神衛生が精神鑑定を担当し、同社によってその一部始終がマスコミに漏らされる。差し止めようにも、現時点では疑わしいというだけで証拠はない。報道が空白、ひいては防衛省を貶《おとし》めることに繋《つな》がりこそすれ、信頼と評判を高めることにはなりえない。

特別な関係。濱松が示唆したその関係が、本当に特別なものであってほしい。外科病棟の通路をエレベーターホールへと足を進めながら、矢中はひそかにそう願った。

自殺者

西の空へと傾きかけた陽射しが、夕刻のラッシュ時を迎えた世田谷《せたがや》通りをオレンジいろに染める。岬美由紀は一年点検を終えたばかりのメルセデスSL350のステアリングを切り、若林《わかばやし》交差点を左折して環七通りに入ると、路肩のパーキングスペースに寄せて停車した。

点検に出す前よりも路面の凹凸《おうとつ》を拾う気がする。フロントのアキュムレータを交換したとディーラーはいっていたが、リアも取り替えるべきだったようだ。点検終了後に不具合が発生したのだろう。外車はいつもこうだ、日数をかけてメンテナンスしようと完治は期待できない。そのつかみどころのなさは、人の心のケアという仕事の成果によく似ている。

美由紀はそう思いながら、ドアを開けて外にでた。

少しばかり気温がさがり、肌寒さを感じた。ハンドバッグを手にとり、ボンネットに乗せてドアを閉める。ウィンドウに映る自分の姿をチェックして、スーツの襟元を整えた。

美由紀にしてみれば、このミラ・ショーンのレディススーツは肩幅が若干狭い。すなわちわたしは、この背丈のわりには肩幅が広い女ということになる。上腕筋が太いせいかもしれない。やはりオーダーメイドでなければしっくりくるスーツは手に入らないのだろうか。空自の女性自衛官用の制服は、汎用《はんよう》のサイズをそのまま着ても常に違和感を覚えなかったものだが。

空自。いまさらそんな記憶を呼び覚まされるとは思わなかった。防衛省の人間はいつまで経っても、過去の岬美由紀を求めて面会にやってくる。わたしにとっては忘却の彼方《かなた》へと押しやりたい思い出を掘り起こし、それを携えて物欲しげな目でやってくる。

二度と御免だと美由紀は思った。古巣に関わる気にはなれない。たとえ、あの伊吹直哉に関わることであっても。

辞職を願いでる直接の原因になった楚樫呂島災害での出来事。自然に美由紀のなかに浮かんだ。あのとき空自の百里基地では、救難隊のヘリの発進が遅れていた。医療用器具も医師も搭乗し、救難隊の隊員たちも準備万端整って離陸を待っていたというのに、UH60Jは飛び立たなかった。あの日、関東地方一帯は大型の台風に見舞われ、救難隊のヘリのパイロットは訓練施設から基地への帰還が遅れていた。予備の人員までもが到着せず、ヘリは日本海の離島を襲った大規模災害の被害が伝えられるなか、ただ基地のヘリポートで沈黙しているしかなかった。

もう少し待てば、別の部隊に所属するパイロットが代替要員として指名されたかもしれない。だが、美由紀は待てなかった。自分ならあのヘリを飛ばせる、その思考だけが頭を満たしていた。あの日、美由紀は非番だったが、第七航空団の主力戦闘機部隊パイロットは救難隊の代替要員に指名される可能性はゼロだった。理由は至極簡単だった。UH60Jを飛ばせるパイロットは少なくないが、F15DJイーグルとなると話は違ってくるからだった。貴重な人員を被災地に派遣して、別の任務に就かせるわけにはいかない。上はそう判断したに相違なかった。

美由紀は救難隊の待機室に赴き、私服に着替えると、無断でヘリの操縦席におさまり、発進させた。楚樫呂島はぎりぎり東北地方に属しているため、離陸後の無線通信は主に北部航空方面隊各基地の管制員とのあいだで執りおこなわれた。したがって美由紀の飛行は怪しまれることもなく、ほどなく楚樫呂島上空まで行き着いた。当時はまんまとうまく中部航空方面隊の警戒をかいくぐったと思っていたが、単に緊急事態ゆえに目をつぶってくれただけのことかもしれない。いずれにせよ、のちに厳しい責めを負うことはたしかだったし、事実としてそうなった。けれども当時は、一刻も早く災害救助に駆けつけたいという衝動だけが美由紀を突き動かしていた。保身についての心配は、完全に思考から閉めだされていた。

震度七の大地震と津波に見舞われた楚樫呂島の惨状は想像を絶するものだった。臨時に設けられたヘリポートに着陸したあとも、美由紀は現地の活動を手伝った。倒壊した家屋の住民らはほとんどが丘の上にある公民館に避難していた。美由紀は食料と医療物資を運んで、そこへ向かった。

公民館のなかは足の踏み場もないほどの大勢の避難民でごったがえしていた。ほとんどが老人だった。医師や救急救命士が巡回しながら、必要な手当てを施している。美由紀にはなにもすべきことがなかった。救難隊ならそれなりに道具の使い方も心得ているだろうが、わたしにはなにもできない。ただ立ち尽くすしかない自分の存在に虚《むな》しさを覚えはじめたそのとき、すぐ近くでスーツ姿の女性がいった。「手が空いているのなら、誰でもいいから話しかけてあげて」

半ば呆然《ぼうぜん》としながら美由紀はその女性を見やった。白衣は身につけていないので医師ではない。それでもどこか女医のような威厳を感じさせる。いったい誰だろう。

「あの」と美由紀はきいた。「話しかけるって、なにを……」

「なんでもいいの」女性はスーツケースから書類を取りだしてきた。「こんな大災害のあとはPTSDが心配でしょう？　ひとと話すことで、心のケアにつながる。心が健全さを取り戻せば、身体の健康にも影響を与えるものなのよ」

美由紀はまだ途方に暮れた気分だった。「失礼ですが、あなたは……」

「わたし？」女性は微笑を浮かべた。「わたしは臨床心理士の友里《ゆうり》佐知子《さちこ》。つまりカウンセラー」

「カウンセラー？」なるほど、それで被災者との会話の重要性を説いているのか。美由紀は納得した。「ここにいる方々と話すことでなにか、気をつけるべきことは……」

そうね、と友里はいった。「とりあえず、島以外の地域から来たことはいわないほうがいいわ。ここのみなさんにとって、たんなるよそ者になっちゃうから。じゃ、また後でね」

友里はそう言い残し、被災者の群れのなかに歩き去っていった。その一画でかがみこみ、老人に話しかけているのを美由紀はぼんやりと眺めていた。

話すだけで心のケアにつながる、か。半信半疑だったが、美由紀は試してみることにした。たたずんでいるだけよりは、いくらかましだった。

具合が悪そうに腹部を押さえてうずくまっている老婦をみて、美由紀は声をかけた。

「おばあさん。だいじょうぶですか」

老婦は顔をあげた。絶望に打ちひしがれた顔。焦点の定まらないその目が、じっと美由紀をとらえる。

やがて老婦は、自分の身の上については答えず、美由紀に質問をかえしてきた。「あなたのところは、無事だった?」

美由紀は言葉を詰まらせた。この島の者ではない、そう告げるべきではないと臨床心理士はいった。その忠告に従って、美由紀は老婦にいった。「はい。おかげさまで、なんとか」

「よかった」老婦は皺《しわ》だらけの顔に笑いを浮かべて、かすかに瞳《ひとみ》を潤ませて美由紀をみた。乾ききった両手で美由紀の手を握り、老婦は震える声でつぶやいた。「よかったね、ほんとによかった。あなたの家、無事だったんだね。ほんとによかった」

複雑な思いのなかに、美由紀は胸を満たしていくものを感じていた。ここに避難しているということは、老婦はあの家屋が一戸残らず倒壊した地域の住人なのだろう。自分についての心配よりも、美由紀の身を案じてくれている。美由紀を自分と同じ島の住民とみなしてのことだろうが、苦難を分かち合い、助けあう者としてその無事を喜んでくれている。

美由紀は逆に、老婦に心を救われたと感じていた。ヘリを無断で操縦したという罪の意識はたしかにあるが、それでも、ここに来てよかったと思った。話すこと。あらゆる物質、薬物、ハードウェアをもってしても果たしえない究極の療法、心のケア。あれが、臨床心理士という職業に偉大さを感じた初めてのときだった……。

頭を振り、記憶の想起それ自体を遠くへと押しのける。美由紀はため息を漏らした。いまや、わたしは過去を断ちきり現在に生きている。この世のあらゆる諸問題を解決する根本的な策は、心のケアにある。幾多の学習と経験を経て、そこまで徹底した信念に貫かれている。いまさら揺らぐ思いなど、わたしのなかにはない。

ハンドバッグを肩にかけて歩きだした。職務に集中しようと心にきめる。だが、そこにも暗雲は立ちこめている。臨床心理士という職業にもさまざまな苦労はあるが、これから足を運ばねばならない場所に起きた悲劇は、まさに想像を絶するものだ。積極的な心意気を持って臨むのは、不謹慎にすら思えてくる。

重い足をひきずりながら、住宅地のなかに延びる狭い生活道路の緩やかな勾配《こうばい》を昇っていった。空の赤みが増していく。黄昏《たそがれ》どきを迎えた閑静な街並みに、午後五時を告げるチャイムが響き渡る。チャイムは行く手から聴こえてくる。私立世田谷磨座《まざ》高校の制服を着た女生徒がふたり、談笑しながら道を下ってきた。

ほどなくそのふたりが顔見知りだとわかった。美由紀は声をかけた。「今里《いまざと》さん、山木《やまき》さん、こんにちは。いえ、こんばんはかな」

「岬先生」今里恵理子《えりこ》は驚いたようすで足をとめた。満面の笑みを浮かべて、恵理子は駆け寄ってきた。「おひさしぶりです」

先生、と山木夕実《ゆみ》のほうも小走りに近づいてきた。「岬先生」

美由紀は笑った。「もうすっかり元気みたいね、山木さん。部活も頑張ってる？」

「はい、まずまずです」夕実は嬌声《きょうせい》に似た笑い声をあげて恵理子とはしゃいだ。「先生、こんどはいつスクールカウンセリングに来てくれるんですか？」

「さあ。派遣先は文部科学省に聞いてみないとね。いま来てる先生はどう？　相談に乗ってくれる？」

ふたりは顔を見合わせた。さあ、あんまりね。と夕実が顔をしかめてみせた。「岬先生がいたときに相談にいって、ほんとによかった。なんか、いまの人って頼りないし」

「おじさんだよね」と恵理子も笑った。「話、合わないし」

美由紀は屈託のない笑顔を浮かべて喋《しゃべ》りあうふたりを眺めながら、初めて会ったときの彼女たちの姿との落差に、かすかな感慨を覚えていた。美由紀がこの学校にスクールカウンセラーとして出向したとき、ふたりは不登校の日々を送っていた。恵理子は両親に対し、校舎が老朽化していて崩れる心配があるから学校へはいかない、そういって登校を拒絶していた。美由紀は家庭を訪問して恵理子に会い、それがいわゆる不安神経症の一形態だと気づくことになった。夕実の申し立てる不登校の理由にもそれに共通したところがあり、学校の備品は不潔だから行きたくないというものだった。そちらのほうは強迫神経症のひとつ、不潔恐怖だろうと推察された。そしてカウンセリングをおこなうなかで、どちらも家庭において両親の不和という問題を抱えていることを知った。

問題の解決のためには本人たちよりも、それぞれの両親との面接のほうに重きを置く必要があった。初めのうち、恵理子と夕実いずれの両親ともに臨床心理士と話すことを億劫《おっくう》がる傾向がみられた。育て方が悪いなどと注意を受けることを恐れていたのだろう。しかし、美由紀が求めたのはいくつかの生活態度の改善のみだった。共働きをしていた恵理子の両親には、仕事からの帰宅時間と就寝時間を早めること、そして夕実の両親には、卒業後の進路について本人の意思を尊重し、否定的な言葉を口にしないというものだった。当初はどちらの家庭でも戸惑い気味だったが、やがて両親らは協力を惜しまなくなり、症状は改善していった。ふたりが心身ともに健康を取り戻し、登校を始めたのは二か月後のことで、同校のスクールカウンセラーは別の人間にバトンタッチしていた。だが、その人間からの伝言で美由紀も結果が良好だったことを知らされていた。それからさらに三か月、ふたりの健康状態が維持されていることは、この場で彼女たちの顔をみれば一目瞭然《りょうぜん》だった。

「それで」と恵理子がきいてきた。「きょうは、どちらに行かれるところなんですか」

美由紀は答えた。「もちろん、あなたたちの学校よ」

えっ、と夕実は目を丸くした。「だけど、こんな時間から？」

「ええ」美由紀はうなずいたが、訪問の理由について説明すべきかどうか迷った。「そのう、三年生の安岐《あき》浩二《こうじ》君の件……っていえば、わかるよね」

ああ、ふたりは同時にそうつぶやき、表情から笑いが消えていった。

夕実がつぶやくようにいった。「そういえば、さっき校庭にスクールカウンセラーの先生がいて、ほかにも大人のひとたちが集まってたけど……」

美由紀はうなずいた。「文部科学省が、この地域を担当したことがある臨床心理士を招集したの。状況が状況だし、ね」

恵理子と夕実は深刻そうにうつむいた。さっきまで嬌声をあげていたのが嘘のような暗さを漂わせている。

心配になって美由紀は問いかけた。「ふたりとも、だいじょうぶ？」

うん、と恵理子がうなずいた。その顔に微笑が戻りつつある。「わたしとか、夕実とかは平気。でも同級生とかでも、ショック受けちゃってる子とかいて」

「大勢いるの？」と美由紀はきいた。

今度は夕実がうなずいていった。「学校に来ない子が増えたみたい。きょうも、出席してるのはクラスの半分くらいだったし」

生徒の半数が不登校、想像していたよりも憂慮すべき事態のようだった。夕実の話だと、臨床心理士たちの会合はもう始まっているらしい。急がねばならない。

「じゃ、気をつけて帰ってね」美由紀はふたりの女生徒にいった。「困ったことがあったらまずご両親に相談して、それでも駄目ならスクールカウンセラーに聞いてね」

恵理子と夕実の微笑に戸惑いが織り交ざったが、すぐに夕実が笑って手を振った。「わかりました、岬先生。でもほんとは、岬先生が学校に戻ってきてくれたら嬉《うれ》しいんだけどな」

「ほんとそう」恵理子が大きく首を縦に振った。「偉い人にいって、こっちに来れるようにしてくださいよ、先生」

美由紀も笑いをかえした。「わかった、相談してみるわね。それじゃ、またね」

さよなら、岬先生。ふたりがそういって立ち去っていくと、美由紀はふたたび歩きだした。

彼女たちがショックを受けて症状を再発していないのは幸いだったが、ほかにも多くの悩める生徒たちが頻出しているようだ。事件が事件だけに、ひとりのスクールカウンセラーでは事後処理を担いきれないかもしれない。もし文部科学省が同校に複数のスクールカウンセラーを派遣する予定があるなら、ぜひ志願したい。

そう思った美由紀の脳裏に、ふと当惑が浮かぶ。この学校に長期に亘《わた》って通うことになったら、防衛省のほうはどうする。

美由紀は頭を振り、その考えを追い払った。過去に目を向けるべきではない。わたしはいま、歩みつづけねばならない。

黄昏からしだいに蒼《あお》みがかっていく空の下、静けさの漂う世田谷磨座高校がみえてきた。校門を入っていくと、すぐにグラウンドに背広姿の男たちが七、八人集まっているのが目に入った。

美由紀は訝《いぶか》しく思った。彼らが顔見知りの臨床心理士たちであることは一見してわかる。とっくに校舎に入って学校側との会議に入っているかと思ったが、なぜまだ校庭に留《とど》まっているのだろう。

近づいていくと、なにかを語り合っていたグレーの背広の男が美由紀に気づいたようすで視線をこちらに向けた。ああ、岬先生、こっちです。四十代ぐらいのその男は丸めて保持した書類を振った。遅刻してきた若輩者を拒むような態度はのぞかせていないが、表情に笑いはなかった。

彼の名はなんだったろう。そうだ、江川《えがわ》だ。同じ資格を持つ者同士であっても、毎回派遣先が異なる職業のため、なかなか同僚の名を覚えきれない。

「遅れまして申し訳ありません、江川さん」軽く頭をさげながら、美由紀は背広の一団に近づいた。面識のない人々もいる。美由紀は自己紹介した。「岬です」

どうも、と臨床心理士たちはそれぞれに口ごもりながら頭をさげたが、誰も名乗らなかった。社交的な愛想よさも皆無に等しい。ほどなくそれが、この場の張り詰めた空気のせいだと美由紀は悟った。全員が緊張のいろを漂わせ、そわそわと落ち着きのない態度をしめしている。

美由紀は江川にきいた。「なにかあったんですか」

江川は困惑と苛立《いらだ》ちが入り混じった顔で美由紀をみた。隣りの五十代ぐらいの男を手で指し示しながら、ややぞんざいに思える口調でいった。「こちらは庄田《しょうだ》さん、現在のこの学校のスクールカウンセラーだ」

その中年男は、あきらかに周りとは違っていた。憔悴《しょうすい》しきった顔、薄い頭髪は乱れ、黒ぶちの眼鏡の奥にある目は疲れきっていた。地面に視線を落としたまま、顔をあげようともしない。

ずいぶん応《こた》えているようだと美由紀は思った。無理もない。スクールカウンセラーとして出向中の学校で生徒が自殺したとあっては、臨床心理士は自分の無力さを思い知らされたような心境に陥り、ひどく落胆することは免れないだろう。それに、さきほど道で会った女生徒たちの感想からすると、庄田はあまり生徒との対話を得意としていなかったようでもある。やりにくさを感じていた職場で起きた事件だけに、その衝撃も大きいのだろう。

三年生の安岐浩二という生徒が、自宅で首を吊《つ》って死んでいるのを発見されたのは、一週間ほど前のことだった。遺書は発見されたが内容が多分に抽象的で、動機は明確にされていなかったという。

「あの」美由紀は庄田に、慎重に言葉を選びながら問いかけた。「安岐浩二君という生徒は、スクールカウンセリングを受けたことがあるんでしょうか？」

庄田は俯《うつむ》いたままなにかをいいかけたが、やがてまた躊躇《ためら》いがちに口をつぐんだ。

無言の庄田に代わって、江川が吐き捨てるようにいった。「事件前の一週間には、何度もカウンセリングを受けにきたらしい。主に進路についての相談だったようだが、庄田さんは教師に相談することだと答え、それ以上の対話をおこなわなかったそうだ。神経症や心身症などの兆候はまったく認められない、そんなふうに判断したそうでね」

その皮肉めいた口調は、自分が担当していれば当然のごとく症状を見抜けたはずだという、不遜《ふそん》な響きがこもっているように感じられた。美由紀が驚いたことに、周囲の臨床心理士たちも江川とほぼ意見を同じくしているようだった。うな垂れた庄田に対し、誰もが冷ややかな視線を向けるばかりで、同情のいろなどかけらもしめさない。

困惑を覚えながら美由紀は江川にきいた。「自殺の動機について、警察からなにか聞かされましたか?」

「それがな」江川は憤りを覚えたように口をとがらせた。「受験を苦にしての自殺とみられる。こっちにまわってきた報告書類には、そんなふうに一行走り書きがあっただけでな。連中はすぐに慣用句に逃げようとする。苦にして、とはどういうことかを解き明かすのが動機の追求のはずだろう。もちろん、警察は精神衛生上の問題については無頓着《むとんちゃく》であるうえに素人だ。学校もまたしかり。だから専門家が派遣されているわけだが、そこが機能しなかった以上、悲劇の原因は特定されない」

どうあっても庄田に対する非難に結びつけねば気が済まないらしい。顔をあげられずにいる庄田を美由紀は気の毒に思ったが、同時に、庄田に少なくとも責任の一端はあるだろうと感じていた。なぜ面接に来た生徒に対し、教師に相談しろと指示してしまったのか。教師に相談できない悩みを打ち明けるためにスクールカウンセラーが派遣されているというのに、それを教師に差し戻したら意味をなさないではないか。

「でも」と美由紀は辺りをみまわした。「ここでなにを待っているんですか？　会議の予定時間は五時からのはずでしたが」

別の臨床心理士が美由紀にいった。「担任の教師が、会議など聞いていないというんです。教頭先生とは連絡がついていたはずなんですがね。いま職員室で確認してもらっています」

美由紀は校舎を見た。二階の窓に明かりが灯《とも》っているのが見てとれる。「たしか、あれが会議室じゃないですか？」

江川は地面に目を落とし、グラウンドの表面をつま先で削りながら忌々しそうにいった。「使用中だそうだ。三年生の就職組が、進路指導の教師に個別の面談を受けている。この学校では、臨床心理士よりも彼らの立場が強いらしい。いや、この一週間でそうなったんだろ」

またしても皮肉を庄田に向けたがる。美由紀は不快感を覚えつつあった。江川が感じる苛立ちも理解できなくもないが、庄田を非難して鬱積《うっせき》した不満の軽減をはかろうとするのは感心できない。

険悪な雰囲気に包まれたその集団から、美由紀は距離を置くことにした。ゆっくりとグラウンドを歩き、校舎に灯った明かりを見あげる。

進路相談か。懐かしさはそれほど感じない。むしろ、きのうのことのように明確に想起される。人生の転機だったからかもしれない。転機はその後も幾度となく訪れた。が、最初に経験した変化は、まぎれもなくあの瞬間だった。進路指導の教師に希望校を伝えたあのとき、美由紀の人生は緩やかな小川のせせらぎから、急流と濁流の大河へと舞台を移したように思う。

だが、その変化も、初めは穏やかなものだった。いや、穏やかすぎた。

進路相談で志望校を聞かれ、防衛大と答えたときの担任教師の顔はいまだに忘れられない。

それは放課後の個人面談でのできごとだった。教室には美由紀と教師しかいなかった。教師は四十代半ばの女性で、進学校のわりには担当クラスの模擬試験の平均点があまり芳しくないことを気にかけていた。美由紀は二年の終わりには成績も学年で十位以内に入り、クラスでもトップだったゆえに教師は面接指導に積極的だった。教師は東京のあらゆる有名大学の名を挙げつらね、美由紀はすべての科目において優秀だから国公立を選択したほうがいい、目を輝かせてそう薦めてきた。

そうですね、と美由紀は黙って考えた。図書室にも書店にも大学に関する資料は山ほどあったが、美由紀の知りたい情報はどこにも掲載されていなかった。

熱心に国公立大学の素晴らしさを説く女性教師の言葉が途切れるのを待って、美由紀は静かに切りだした。「防衛大って、国公立ですよね？」

女性教師は凍りついた。その顔にはしばらくのあいだ笑いがとどまっていた。まさに、目の前に置かれた等身大の書き割りを眺めているかのようだった。なにをいってるの、と女性教師はいいだした。先生は大学進学の話をしてるのよ、そう告げた女性教師の顔はしだいにこわばり、やがて瞳《ひとみ》が潤みだした。

美由紀は食いさがった。防衛大に行きたいんです。女性教師はため息をつき、さあ、先生もよくしらないから。そうつぶやいて黙りこくった。やがて、教師のほうが美由紀を見つめてきいた。「防衛大って、防衛大学校っていうんでしょ？　大学校って、大学とどう違うの？」

その時点で、美由紀の通う女子高には過去に防衛大への進学者がひとりもいなかったこと、そもそも防衛大とはなんであるかという資料を進路指導の教師がまったく持ちあわせていないことがあきらかになった。それは美由紀にとって困惑を覚えるしかない状況だった。女性教師の答えは、美由紀はたしかに体育を含むあらゆる学業に優秀だが、防衛大に入る資格があるか否かはわからないというものだった。受験資格は何歳から生じるのか、高校を卒業している必要があるのか、授業ではなにを教えるのか、女が入学できるのか。あらゆることが皆目見当もつかないという状況だった。

「自衛官になりたいの？」と女性教師がきいた。奇異なものを見るような目つきを伴った質問だった。

美由紀は答えなかった。自分にそのつもりがあるかどうか、まるではっきりしなかったからだ。防衛大を志した理由は、じつは別のところにあった。わたしに親身になってくれる担任教師には、とても告げられない動機だった。

代わりに美由紀はきいた。「防衛大に入るのって、街角に貼ってある自衛官募集のポスターと、どう違うんですか」

近所に自衛隊基地もなく、親戚《しんせき》に自衛官もいなかった美由紀にとって、認識はそのていどでしかなかった。さすがに女子高の教師でも、その違いぐらいは把握しているようだった。あまり詳しいことはわからないけど、女性教師はそう前置きしたうえでいった。「巷《ちまた》で募集しているのは一般の自衛官で、ヒラみたいなもの。防衛大は、幹部を目指すってことじゃないかしら。ノンキャリアと、キャリアの違いってやつね」

「岬さん」江川の声がした。「岬さん、どうかしたのか」

美由紀ははっとして我にかえった。視界には、ずっとあの校舎二階の窓明かりがあった。ただそれをぼんやりと見つめ、物思いに耽《ふけ》っていた自分がいた。

いつの間にか江川が近くに立っていた。辺りはすでに暗くなり、空は黄昏《たそがれ》をわずかに残すのみになっている。それなりに時間が過ぎていたのだろう。

美由紀はため息をつき、江川を見やった。「なんでもありません」

江川は怪訝《けげん》な顔をして美由紀を見つめながら、つぶやくようにいった。「本当か？　ぼうっとしてたみたいだが、疲れてるんじゃないのか」

「いえ、だいじょうぶです」美由紀は笑ってみせた。

「それならいいが、自分の心身はちゃんと健全に保っておかないとな。派遣先で自殺者がでるようでは臨床心理士全体の社会信用の低下につながる」江川は鼻息荒くそういうと、踵《きびす》をかえして一同のもとに戻っていった。

発言を常に庄田の皮肉で結びたがる。江川はよほど庄田に憤りを覚えているのだろう。だがそれは、職務の使命を同僚が果たしえなかったことに対する純粋な怒りではない。臨床心理士という肩書きへの信用低下。いま江川が口にしたそのひとことが、彼の苛立《いらだ》ちの原因にほかならないのだろう。美由紀はそう感じていた。

ぼんやりと記憶に身を委《ゆだ》ねてしまったのは、疲労のせいではない。原因ははっきりしている。いまや空将に昇進した濱松から手渡された精神鑑定の要請書。その対象が、ほかならぬ伊吹直哉一等空尉だった。伊吹直哉、わたしの人生を変えたあの彼……。

そのとき、闇に包まれつつあるグラウンドを、小走りにやってくる人影をみとめた。息を切らしながら駆けてくるのは、五十代も半ばぐらいの白髪頭の男性だった。近くまでくると、それが旭川《あさひかわ》教頭だとわかる。美由紀もこの学校でスクールカウンセラーを務めていたとき、何度となく顔を合わせた人物だ。

すみません、と旭川は力のない声でいった。「確認が遅れまして。あのう、連絡に行き違いがあったようで、きょうの会議はキャンセルってことをお伝えしてあると思ったんですが……」

江川は遠慮なく舌打ちして、腕時計に目をやった。「われわれはもう小一時間もここで待たされているんですよ。で、会議はいつに変更されたんですか。今週は川崎《かわさき》の精神保健福祉センターだとか、予定が詰まってるんですけどね」

「あの」旭川教頭はいいにくそうに咳《せき》払いしたあと、口ごもりながらいった。「そのう、会議は延期というわけではなくて、中止ということで」

「中止？」江川は眉《まゆ》をひそめた。「しかし、現在不登校中の生徒たちに心的外傷後ストレス障害の兆候がみられるようですし……」

「それらについては、もうご心配には及びません。あのう、ほかに専門家にご依頼申しあげたので、その……」

江川は驚いたように両手を広げ、甲高い声でいった。「専門家？　われわれ臨床心理士こそ、まぎれもない専門家だと思っていましたが。いったいどこの誰ですか」

「校長の決定でして」旭川教頭は慌てたように早口でいった。「アルタミラ精神衛生という企業にカウンセリング科がございまして、わが校としましては生徒の心のケアにつきまして、すべてそこに一任することにしまして」

矢継ぎ早に反証を繰りだすことを得意とする江川が、無言で凍りついた。しばし教頭をみつめたあと、それなら仕方がない、そんなふうに力なく両腕を振りおろした。

旭川は居心地悪そうにその場にたたずんでいたが、沈黙だけがかえってきたことにむしろ安堵《あんど》を覚えたらしい。では、といって頭をさげ、そそくさと校舎に引きかえしていった。

「アルタミラ精神衛生ね」江川はため息をつき、後頭部に手をやった。「最近、増えているな。スクールカウンセラーをアルタミラ精神衛生って会社に一任する学校が。私立は特に多い」

美由紀のなかに釈然としないものが広がった。アルタミラ精神衛生株式会社。精神医学研究と臨床、治療のすべてを手がける企業だときくが、発足したのはほんの数年前だ。なぜいきなり、こんなに目覚ましい躍進ぶりを発揮したのだろう。文部科学省の派遣する臨床心理士から、アルタミラ精神衛生の心理相談員へとスクールカウンセラーを切り替えるケースは、全国で急増しているときく。公立学校の場合、地元の自治体の決定で地域すべての学校が一斉に鞍替《くらが》えしたところもあるという。

ここ数年、自殺者は増加の一途をたどっている。躁鬱《そううつ》病を発症したとみられる患者の症状が極端に悪化し、自殺をはかる傾向があると全国の精神医療機関から報告がされている。これらの自殺に至った症状が従来の躁鬱病と因果関係があるのか、それともなんらかの神経症や心身症と同様のメカニズムを持つものなのかは、いまのところあきらかにされていない。そうした社会不安が背景にあり、アルタミラ精神衛生への支持と依存心は高まりを見せているのかもしれない。だが……。

「おかしい」と美由紀はつぶやいた。「なぜアルタミラ精神衛生がそんなに支持を集められるのかしら。心のケアはデリケートなものだし、劇的な治療法があるわけじゃないのに」

江川は両手をポケットに突っこんで、ため息まじりにいった。「その劇的な治療ってのを実現してるって評判も聞くけどな。アルタミラ精神衛生のカウンセリングを受けると、重度の神経症も目に見えて回復するとか、そんな話も聞かされたことがある」

美由紀は腕組みをした。「そんなのありえない。いったいどんなカウンセリングをおこなっているというんですか？　ロジャースのクライアント中心療法や、アルバート・エリスの論理療法。れっきとした科学に裏打ちされたカウンセリングならそのあたりでしょうけど、それなら結果といい期間といい、わたしたちと大差ないはずでしょう。ただの風評かな」

「かもしれんが、どこも同じレベルなら宣伝力の強いほうが勝るのかもな」江川は鼻で笑った。「人々は、英会話教室が特殊な教え方で英語を身につけさせてくれると考えているが、実際に受講すると学校で教わる英語の授業とそうは変わらん。英会話教室の質も、各社とも大差はない。結果は、ＣＭを大量に流しているところの勝ちってことだ。利益至上主義には、われわれはとても太刀打ちできんよ。五年以内に規定活動のノルマをあげようと必死なんでね」

臨床心理士資格のＩＤカードには有効期限があって、研修会やワークショップへの参加、論文や著作物の発表など、協会が規定する活動を満たさねば除籍処分になってしまう。それらの課題はかなりの時間を要するものが多く、へたをするとそれらにばかり忙殺される日々を送る始末になる。美由紀も資格を取得したての頃はそうだった。それでも時間的余裕をみつけては相談者へのカウンセリングをできるかぎり長くおこないたいと思っている。しかし、効率を最優先事項とする民間企業のカウンセラーには、むろんそんな締め付けはないはずだ。特定の相談者にカウンセリングをおこなう回数も、企業には及ばないに違いない。

江川のいうとおりかもしれない、と美由紀は落胆とともに思った。カウンセリングも結局、資本主義の需要と供給のなかで取り引きされる商品にならざるをえないのかもしれない。

「ま」江川は校舎を見あげていった。「われわれだけじゃ手に負えないところを、金儲《もう》け主義だろうがなんだろうが補ってくれる連中がいるんだ、そう思えば気も楽になる。おかげで早く帰れる。感謝しなきゃな」

夜空に星が瞬きはじめた。明かりと呼べるものは星といくつかの外灯、そして二階の会議室の窓明かりだけになった。

さ、帰るか。江川がそういって校舎に背を向けた。ほかの臨床心理士たちも、無言のまま散会していった。

ひとりだけグラウンドにたたずんだまま、歩を踏みだそうとしない人間がいることに美由紀は気づいた。庄田だった。一箇所に留《とど》まり、地面に目を落としつづけている。

外灯の光のおちないその暗がりに、美由紀は近づいていった。「庄田さん」

声をかけられても、庄田はなにも答えなかった。わずかに顔があがっただけだった。

「庄田さん」美由紀は静かにいった。「お気になさらないでください。学校側は決してあなたを責めているわけじゃありません」

しばし沈黙があった。いや、と庄田はつぶやきを漏らした。「校長からも、あの教頭からも、担任の先生からも抗議の電話があった。自殺した子の両親からも、親戚《しんせき》からも。それに、このところ毎日電話がある。この学校や、町内の父兄から。精神科医や、臨床心理士から。すべて、私を責める言葉ばかりだよ。仕方のないことだと思う。私には、あの子の悩みは見抜けなかった」

「でも」美由紀は慌てていった。「どんな症状もすべて表層にあらわれるわけじゃないですし、短いカウンセリングの時間ではわからないことも……」

「いいんだよ」庄田は力なくいって、顔をあげた。

年輪のように皺《しわ》が刻みこまれた、乾ききった肌。生気のないその顔で、庄田はぼそりといった。「もう疲れた。資格は返上するよ。私は、カウンセラーに向いてはいなかった」

声をかけようとしても、なにも言葉がみつからない。美由紀はそんな状況にあった。

庄田は諦《あきら》めの表情のなかに、安堵のいろを浮かべているようにもみえた。ゆっくりと背を向け、校門に向かって歩きだした。

背を丸めて立ち去っていく庄田の後ろ姿が、外灯の明かりのなかで見え隠れした。美由紀はその姿を、ただじっと見送るしかなかった。庄田が肩にかけた黒革のカバンが、やけに重たげにみえた。

軽井沢

暗闇に包まれた国道十八号を岬美由紀はバイクで疾走した。長野の入山峠《いりやま》は道沿いに民家の明かりもなく、街灯もまばらだった。クルマの往来もあまりない。渋滞の発生を考慮してクルマではなくバイクでやってきたのだが、観光シーズンを外れると軽井沢《かるいざわ》に向かうクルマは極端に減少するらしい。午後七時、こんな時間に都内からのロングツーリングとなればなおさらだろう。

世田谷から代々木上原《よよぎうえはら》のマンションに帰宅したのが午後六時すぎ、急いでライダーズスーツに着替えて、このBMWのR1100RSをガレージから引っ張りだした。リッターバイクのわりには足つきがよく、小柄な美由紀にも乗りやすさが感じられることから選んだ二輪車だった。むろん、乗りやすいといってもそこは水平対向エンジンのビッグマシン、スクーターのように安全かつ快適な走行というわけにはいかない。だが、臨床心理士に転職してから運動不足になりがちな日々を送らざるをえない美由紀にとっては、肉体にとって試練となりうる場合は試練の道を選ぶ、その心構えを捨て去ることはできなかった。

BMWのバイクは、同じメーカーの四輪とよく似た特徴を持っていた。軽いハンドリングながらなぜか安定性を感じることができ、その軽さゆえにフロントのステアリングのレスポンスが非常にクイックで、高速走行時にも瞬発的な運動性能を発揮することができる。ブレーキも強力だった。国産バイクのようにどのような操作でもそれなりにコーナリングが可能な安全設計とは異なり、ライダーが操作したとおりの軌道を描く。気が抜けない代わりに、走る楽しさに徹したバイクといえた。

楽しさ、快楽の追求。フロイト分析でいえばイド。いま、自我は超自我よりもイドを優先させている。そのことは否定できないと美由紀は思った。きょうはストレスを感じることばかりだった。防衛省の職員の来訪に、あの高校での出来事。思いどおりにいかない状況については、自衛官時代よりも現在のほうがその頻度を増しているようにも感じられる。美由紀はできるだけ多くの相談者と面会しカウンセリングをおこないたいが、臨床心理士はその資格に付随する規則に縛られてばかりで、期間限定の資格を更新するための条件を満たす幾多の義務をこなすことに追われる。協会の定めるれっきとした活動もあれば、たんなる人間関係を保つための義理も含まれる。これから軽井沢で待っていることも、そのひとつだった。前の職場に出入りしていた精神科医の茅場篤男《あつお》から、紹介したい医師がいると聞かされた。臨床心理士は医学の世界の人間と関係を深くしておくことが望まれる。互いに専門分野の仕事をまわしあう仲になるかもしれないからだ。ゆえに、さしたる意味はなくとも一緒にディナーをと申しこまれれば、断ることはできない。

心のケアという職業に人生の使命を感じて転職した美由紀だったが、そこで鬱積《うっせき》するストレスを晴らすために、こうしてリッターバイクを駆る羽目になる。しかし、おそらくはこんな姿が同僚に目撃されたら、咎《とが》めまでは受けないまでも眉《まゆ》をひそめられることはたしかだろう。自衛隊にいたころには常識だったことが、いまは非常識に受けとめられる。美由紀は自分がしだいに二重生活的な人生を歩みつつあるのではと不安を感じずにはいられなかった。真の自分と、理想としている自分の姿とのギャップを感じる。そのギャップが埋められそうにないと気づかされるたびに、偽りの時間が増えていく。些細《ささい》なことでも事実を伝えられないことがある。いまもそうだった。茅場には長野新幹線でいくと伝えてある。

私はカウンセラーに向いてはいなかった。あの庄田という年配の臨床心理士のこぼしたひとことが、東京を発ってからずっとエンジン音とともに頭のなかに響いてくる気がしていた。わたしも、あのひとことを口にする日がくるのだろうか。

沈みがちな気分を振り払うべく、アクセルを全開にして加速した。南軽井沢から塩沢湖《しおざわ》付近へと乗り入れ、軽井沢サウスホテルの玄関前にバイクを停めた。

この辺りには、夏期の休暇に足を運ぶ乗馬施設がある。美由紀にとって馴染《なじ》み深いホテルであり、それゆえに設備についても詳しかった。美由紀はロビーを入ってすぐにエレベーターで十階に昇り、会員登録してあるフィットネスクラブに入ってシャワールームで汗を流した。控えめなスーツ姿に着替え、髪を整えて化粧を施し、茅場の待つレストランに向かう。わたしのやっていることは放課後に渋谷《しぶや》に繰りだす女子高生と変わりないな、美由紀はひとり苦笑した。

美由紀が二階のフレンチレストランに到着したのは午後八時すぎ、ほぼ待ち合わせ時刻どおりだった。入り口で従業員が出迎えたとき、その肩越しにそわそわとした顔でこちらに歩いてくる中年の男の姿がみえた。

「岬先生、ひさしぶりだね」茅場は妙に大仰な笑いを浮かべていった。「こんな遠くまで、わざわざご苦労さん」

「いえ、ちょうど手が空いていたことですし」美由紀は笑みを返しながら、自分のなかで警戒心が小さな警鐘を鳴らしているように感じた。

茅場のこの笑顔はなんだろう。表情筋の頬骨筋と口角挙筋を収縮させることで口角を上げてはいるが、自然な笑みの際に口を側方にひくはずの頬筋と笑筋には反応がない。すなわち無意識的に微笑が生じているのではなく、意識的にそうしているのだと推察される。どうして作り笑いを浮かべる必要があるのか。ふつうに考えれば、なにか謀《はか》りごとを秘めている人間にしかみられない表情だ。茅場は美由紀の付き合いのある医師のなかでも、とりわけ信頼が置ける人間だったはずだが、いまはいったいなにを考えているのだろう。

こちらにどうぞ、茅場はそういって先に立って歩きだした。猜疑《さいぎ》心を抱きながらそのあとにつづく。

月明かりにおぼろげに照らされた湖面が見渡せる窓辺の席に、ひとりの太った男が座っている。近づいていくと、男は立ちあがって笑顔で会釈した。こちらの笑いについては、美由紀は違和感を覚えなかった。男は三十過ぎ、でっぷりと肥満した身体をサイズの合わない背広の下に押しこんでいる。紺の背広と赤いネクタイのコントラストが合致していない。未婚もしくは付き合っている女性のいないタイプにみられる、ややセンスのないコーディネイトだった。眼鏡をかけているが、形状のデザインが古臭く、フレームも横にひろがってしまっている。眼鏡を買ったのはずいぶん前で、そのころには瘦《や》せていたのだろう。愛想のいい笑顔を浮かべてはいるが、視線はさまよいがちで目を合わせようとしないところがある。ひきこもりの傾向がある人間に多くみられる素振りだと美由紀は思った。

茅場はその四人掛けのテーブルで、男の隣りに腰を下ろした。「岬先生。精神科医の羽《う》角康三《づのこうぞう》氏はご存じだったかな？」

「羽角メンタルクリニックの？　ええ、ご高名だけはうかがっています」美由紀はそういいながら男の向かいの椅子に腰かけた。

「こちらはそこの、羽角幸雄《ゆきお》さん。息子さんだよ」茅場が男を指し示して紹介した。その顔に、さっきまでの不自然な笑みはなかった。

美由紀の猜疑心は鳴りをひそめ、安堵《あんど》に変わりつつあった。わたしの思い過ごしだったのかもしれない、そんなふうに感じた。

ところが、羽角幸雄なる男が頭をさげて、よろしく、そうつぶやいた瞬間、美由紀のなかで新たな警戒心が持ちあがった。

上目づかいで美由紀の顔を眺めては、こちらが視線を合わせようとするとまたテーブルに目を落とす。口もとに浮かんだ微笑、額ににじんだ脂汗。それらを見てとったとき、美由紀は事情を察知した。

「茅場先生」美由紀は素早く立ちあがった。「ちょっとお話が。こっちにどうぞ」

ウェイターがメニューを持ってテーブルに近づいてきた矢先だった。茅場は戸惑いのいろをのぞかせたが、それでも美由紀は譲らなかった。茅場は腰を浮かせると、ちょっと待っててくれ、そうウェイターに告げて、すごすごと美由紀のほうに近づいてきた。

美由紀はクローク近くまで引きかえすと、茅場を振りかえった。憤りを抑えながら美由紀はいった。「どういうことなんですか、これは。人脈を広げるための名刺交換かと思って来てみれば、いったいなにをたくらんでいるんですか」

「たくらむなんて、とんでもない」茅場は慌てたように、声をうわずらせながら弁明した。「連絡したとおりだよ。私はただ、彼をきみに紹介しようと思って……」

「紹介って、なんの紹介ですか。あの人はたしかに精神科医の羽角先生の息子さんかもしれませんが、医師ではないでしょう。無職か、あるいは他人と顔を合わせることのない仕事に就いている人です。わたしに会わせたのも職務上の有益な関係を結ぶためではないはずです。なにを狙っているんですか」

「どうか、そう興奮しないでくれ」茅場は美由紀を小声でなだめた。「どうしてそんなに疑うんだね」

「とぼけないでください」怒りが募り、つい大声になる。わかってはいたが、歯止めはきかなかった。美由紀はまくしたてた。「人と目を合わせられない医師などいません。人前にでる職業なら身体に合った背広ぐらい持っているはずです。わたしの外見を必要以上に観察しようとする挙動がうかがえましたけど、それはつまり関心が仕事にあるのではなく、わたしに向けられているということです。どういうことなのか、いまこの場できちんと釈明してください」

茅場は焦燥のいろを浮かべ、おびえたような目で美由紀を見つめていった。「わかった、わかったよ。やはりきみの目はごまかせんな。じつは羽角先生に頼まれたんだよ。息子さんがもういい歳で、でもなかなかいいお相手が見つからないこともあるし、よければ見合い相手を探してくれないか、と」

「見合いですって」美由紀の怒りは頂点に達した。「誰がそんなことを了承したっていうんです」

「どうか冷静に」茅場は声を潜めるよう美由紀に手でしめした。「きみに話したのでは来てくれないと思ってな」

この弁解をきかされるのはきょう二度めだ。誰もかもが会うに先んじて美由紀に意図を見抜かれることを警戒し、搦《から》め手を使ってアプローチをかけてくる。かつての上司に対する嫌悪感が、ここでも広がりつつあった。わたしを〝千里眼〟呼ばわりするのは心理学に疎い人々に特有のものと思っていたが、まさか茅場までが姑息《こそく》な手を使うとは。

「帰ります」美由紀はそういって、店をでようとした。

「待ってくれ、頼む」茅場は行く手にまわりこみ、懇願するように両手を合わせた。「羽角康三先生が精神医学界でどれだけの力を持っているか、きみも知っているだろう？　私の立場ではとても断りきれん。なんとか、話だけでもしてやってくれないか」

「ほかの誰かを紹介すればいいでしょう。わたしはいま、お付き合いしたい人の必要性を感じていません」

「いや、しかし、私も人脈が薄くてね。朝比奈《あさひな》宏美《ひろみ》君にも断られたし」茅場はそういってうつむき、頭をかきむしっていたが、やがて諦《あきら》めのいろを漂わせつつ顔をあげた。「申し訳ない、だますつもりはなかったんだ。ただ、きみにとってもいい話であればなと思っただけのことで……」

「一見してわかるでしょう。これがいい話であるはずはありません」

「だが、きみはどんな相手とも公平に付き合うだけの広い心を持っているじゃないか。決して人を外見で判断したりしない。臨床心理士として、本当にすばらしい才覚を持っていると思うよ」

　美由紀のなかに戸惑いが生じた。たしかに人を外見で判断すべきではない。カウンセリングの場では、その姿勢について徹底するよう常に自分に言い聞かせている。けれども、これはプライベートなことだ。見合いの席で、わたしはどのように振る舞えばいいのだろう。この場においてのわたしの挙動も、自分の臨床心理士としての在りようを試すための試金石なのだろうか。そこまで考えるべきなのだろうか。

茅場は深くため息をついた。「いや、無理をいって本当に悪かった。謝るよ。嵯峨《さが》君にも無理なことだといわれてはいたが……」

その言葉に、耳をちくりと刺されたような刺激を美由紀は覚えた。「嵯峨先生が、なにかいってたんですか?」

「ええと、岬先生は恋愛にうつつを抜かすような状況じゃないといっていた。仕事への使命感で頭がいっぱいで、そんなことに関心を持つ女でもない、とね。いわれてみればそうだ。きみほど立派で特殊なキャリアの持ち主は、そうはいない。嵯峨君のアドバイスに、私も聞く耳を持つべきだったよ」

嵯峨敏也《としや》、わたしと同じ歳の臨床心理士。そしてつい最近、わたしを振った男性でもあった。美由紀のなかに妙な闘争心が燃えあがった。先んじて嵯峨がこちらの行動を予見したような事柄を口にした、そのこと自体に反発したい衝動に駆られる。むろん彼に対して恨みや嫌悪などの感情は持ってはいないが、なぜかその嵯峨をライバル視している自分がいた。

「せっかく軽井沢まで来たんだし」美由紀は静かにいった。「お話ぐらいは、してもいいですよ」

「本当かね」茅場は目を見張った。事実、心底驚いたのだろう。「それはよかった。是非頼むよ」

美由紀はテーブルに戻りかけた。しかし茅場はクロークの隣りにあるバーカウンターに足を向けている。妙に思い、美由紀は声をかけた。「一緒に来ないんですか」

茅場は振りかえり、いかにも愛想笑いという表情を浮かべていった。「私がいては邪魔だろう。あとは若い人たちにまかせて、私はこっちで待ってるよ」

美由紀はため息をつき、逃げるように足早に立ち去る茅場の背を見送った。やはり帰っておくべきだったろうか。この場にいない人につまらない意地を張って、節操のない申し出を受けてしまうとは、わたしもまだ常に沈着冷静な臨床心理士という域にはほど遠いと認めざるをえない。

テーブルに戻っていくと、羽角幸雄の周囲に煙が霧のように立ちこめていた。羽角は顔をあげ、ぼんやりとした目でこちらを見あげた。その口には短くなったタバコがくわえられていた。

椅子に腰かけながら、美由紀は灰皿を眺めた。わずかな時間席を外しただけだというのに、灰皿には吸殻が山盛りになっている。

「あの」美由紀はぎこちないのを承知で、羽角に話しかけた。「タバコは、よくお吸いになるんですか」

「ええ、まあ」羽角はタバコの煙をくゆらせながら、歯茎を剝《む》きだしにしてにやっと笑った。「一日じゅうタバコを吸ってる人だとみんなにいわれます。両親にも、弟にも。でもそんなことないです。私は半日しか吸ってません」

へえ。気のない返事をかえしながら、美由紀はウェイターが近づいてくるのを視界の端にとらえた。メニューがようやく、テーブルに置かれる。美由紀はメニューに手を伸ばしたが、羽角はそれを意に介さないようすで、巨体を揺さぶって笑いながら喋《しゃべ》りつづけている。

「ふしぎだと思いません？」羽角は満面の笑いを浮かべて上機嫌にいった。「誰もが私のことを、一日じゅうタバコを吸う人間だといってるんです。でも私は、半日しか吸ってないんです。ほんとに。どうしてだと思いますか」

「半分は、吸ってる時間じゃなく吐いてる時間だから」美由紀はあっさりと答えながら、メニューに目を落とした。「そうでしょ？」

沈黙があった。美由紀は上目づかいに羽角を見た。羽角は気まずそうな顔をしてまたうつむいてしまっている。タバコを灰皿に押し付けてから、その灰皿を遠くに押しやった。

急に喫煙に関心を失ってしまったらしい。

どうやら、羽角の謎かけはわざわざ用意してきた話のネタだったらしい。その前振りとして、無理にタバコをふかしていたのだろう。羽角がなぞなぞの答えを明かしたときに、それなりに見合い相手の感銘を受けられると予想してのことらしい。その目論見《もくろみ》が崩れ去ったいま、彼は話題を失い、ふたたび黙りこむしかない。そんな境地にあるらしかった。

気の毒なことをしてしまっただろうか。いや、答えに気づいてしまったのに、わからない振りをすることなどできない。

ウェイターはかしこまったままテーブルの脇で待機している。美由紀は羽角に、できるだけ穏やかに声をかけた。「注文、どうしますか」

羽角は無言のままメニューをひらいた。メニューに顔を向けてはいたが、目は文面を読んではいないらしく、戸惑いがちにさまようばかりだった。やがて羽角は、いくつかの項目を指差した。「これと、これと、あとこれと……」

ウェイターはメモにペンを走らせようとしたが、その手を止めて怪訝《けげん》な顔をした。「お客さま、それらはいずれもオードブルですが、よろしいのですか？」

しばしの沈黙のあと、羽角はメニューを閉じてテーブルに投げだした。わからない。ぼそりとつぶやく。それはまるですねた子供のような態度だった。

困り顔のウェイターが美由紀に視線を向ける。美由紀はあわてていった。「前菜に野菜のテリーヌと鯛《たい》のカルパッチョ、パスタは桜海老《さくらえび》のトマトソーススパゲティ。お魚料理は生姜《しょうが》風味のコンソメスープ仕立てで、お肉のほうは骨付き仔《こ》羊のロースト。デザートはチョコレートパルフェのミルフィーユ仕立てに紅茶のゼリーを添えてお願いします」

ようやく安堵《あんど》のいろを漂わせ、ウェイターが走り書きを始めた。羽角のほうをみてたずねる。「お客さまは？」

羽角は顔をあげたが、さして楽しくもなさそうにいった。「私も同じでいい」

かしこまりました。ウェイターは美由紀に向き直った。「お飲み物のほうは……」

バイクで来ているのだ、飲酒はできない。美由紀はいった。「ペリエをお願いします」

ウェイターは頭をさげた。羽角にはもはや飲み物についてはオーダーを尋ねなかった。

同じものを頼むに違いないと察したらしい。メニューを手にとると、一礼して立ち去っていった。

「無礼なウェイターだね」羽角は小声でささやいた。「僕に飲み物を聞かなかった」
美由紀はいった。「ごめんなさい、わたしが尋ねてればよかった。呼びますか？」
「いや、いいよ」羽角はそういって、肥満しきった丸い顔をいっそうふくれっ面にして黙りこんだ。

なぞなぞで優位に立とうとする心理もかなり子供っぽいが、実際、大人としての人格形成が不足しているのだろう。先天的なものではないようだ。裕福な家庭に生まれたがゆえに、わがままに育てられたのかもしれない。もちろん、現在のパーソナリティは親のせいばかりではない。三十過ぎにまで達しているのなら、社会と関わりを持ちつつ自分なりの社交性や協調性を身につけていかねばならない。

ふたつのグラスとペリエのボトルがテーブルに届けられ、ほどなく前菜が運ばれてきた。羽角は卓上のフォークとナイフのなかからメインディッシュ用のものを手にとったが、美由紀は見て見ぬふりをした。

我慢だ、と美由紀は自分にいいきかせた。事実、カウンセリングではどんな相談者と対面しても気にならないではないか。見合い相手というだけで嫌悪の対象とみなしてはいけない。それは自分勝手というものだ。

「羽角さん」美由紀は愛想よくいった。「いまは、どんなお仕事をされてるんですか」

ところが羽角は、露骨に顔をしかめてみせた。「べつに。っていうか、岬美由紀さん、でしたよね。そちらはお仕事、なにをされてるんですか。そちらから先にいうのが礼儀だと思いますけど」

またしても美由紀の忍耐力を試す挑発がなされた。美由紀は自分の笑顔がこわばるのを感じながらも、かろうじて穏やかな言葉づかいを心がけた。「ごめんなさい、失礼しました。わたしは臨床心理士です。カウンセラーを仕事にしています」

「ああ、へえ、そうか」羽角は前菜の皿を手にし、それをかきこみながらいった。「それで、親父の知り合いの人の紹介で。ふうん」

なんというマナーの悪さだろう。美由紀は食欲が失《う》せるのを感じ、フォークを皿の上に置いた。

「で」羽角は野菜を詰めこんだ口を遠慮なく開きながら、美由紀に喋った。「カウンセラーなら、私の性格とか、どう思います？」

この手の質問には、直接の回答を避けるのが臨床心理士というものだった。美由紀はいった。「臨床心理学ではひとりの人間の性格はひとつではなく多面的だと考えます。その人固有のものという考え方なら、性格ではなく人格と呼ぶべきですね」

「それって」羽角は顔をあげ、人差し指を口に突っこんで歯滓《はかす》を爪の先でほじった。「どう違うの」

不快感すらこみあげてくる。美由紀は懸命に自制心を働かせながらいった。「性格は英語で〝キャラクター〟と呼びます。これは〝掘りこまれたもの〟という意味のギリシア語に由来します。人格は〝パーソナリティ〟といいますが、こちらのほうはユングの元型論にでてくるペルソナという言葉が語源になってます。ラテン語で仮面という意味です」

「もういいや」羽角はしかめっ面をしつつ苦笑を浮かべた。「親父がそういう小難しいことをよく喋ってるけど、私は興味ないんだ」

ペリエを口に流しこむ羽角を眺めながら、美由紀はひそかにため息を漏らしていた。なるほど、これでは結婚相手にも困ることだろう。親はしかし、パートナー探しではなくもっと問題の根本的な部分に目を向けねばならないはずだ。

精神科の大家であっても、自分の子供の育て方となると客観性を失ってしまうものなのだろうか。

「羽角さんは、どんなことに興味があるんですか」美由紀はきいた。

「私？」羽角は軽いげっぷを漏らしながらいった。「私はいろんなことに、興味あるよ。ええと、最近では、パソコンとか、映像編集とか、写真の……加工とか」

映像編集も写真加工もパソコンでおこなえるし、事実、そうしているのだろう。羽角の趣味はパソコンだけ、つまり部屋に閉じこもってひとりでできる趣味にほかならない。どんな映像や写真をいじっているかわかったものではないが。

だめだ、と美由紀は自分を叱責《しっせき》した。皮肉はよせ。どんな人間にもいいところがある。それをみいだすのも臨床心理士の責務のうちのひとつではないか。この場は見合いなどではない。カウンセラーとして己れを養うための自己テストだと考えればいい。得意げにパソコンやインターネットの知識をまくしたてる羽角を眺める。聞き流すのではなく、無駄話にもちゃんと耳を傾けようと思いつつ、どうしても気が逸《そ》れていってしまう。

頭に浮かぶのは、以前にも過ごしたことのある不毛な時間だ。相手がわたしとつきあうことを目的に、ふたりきりで面会の時間を持ちたがる、俗にいうデートという名の退屈きわまりない時間をはじめて経験したのは、もう十年も前のことだった。ただし、あのときといまは違う。十年前の彼は、美由紀にとってやがて初恋の相手となる存在だった。はじめはこの羽角に負けず劣らず冴《さ》えない男にみえていた彼は、数日のうちに美由紀にとってこのうえなく重要な人物へと変貌《へんぼう》を遂げていく。彼はこのうえなく素敵にみえた。そうみえていた。のちに出会うことになる伊吹直哉よりも、その時点での胸のときめきは激しかったかもしれない。

そう、人生のなかでも、最もすばらしいときに身を委《ゆだ》ねていたという実感がある。あの混乱に直面するまでは。

高校三年、その進学校として名高い私立女子高にあって学年トップはひとつの栄誉だった。美由紀は科目によっては二位や三位に甘んじることはあったが、総合ではダントツの一位だった。なにより、持ち前の運動神経が体育の成績に反映されたことが大きかった。

負けず嫌いの美由紀は幼いころから身体を動かすことでも男子にひけをとるのが我慢ならず、どのような種目のスポーツでもその場にいる子供たちのなかで一番をとらねば気が済まない性格だった。トップに立てなければ、居残りしてでもトレーニングを繰りかえし、誰が相手だろうと執拗《しつよう》に食いさがって勝負の機会をふたたび作りだし、二度目には確実に勝利をおさめた。あまりにもそつなくすべての種目をこなすので、どれかひとつに絞って一年のころから頑張っていれば高校総体の全国優勝も夢ではなかったのに、そう体育の教師を悔しがらせることもしばしばだった。成績優秀者が文系クラスに集中しているのに対し、数少ない理数系のクラスで優等生と呼ばれていたことも能力のバランスのよさを表していた。美術や音楽となるとさすがに才能のなさを露呈するところもあったが、そこは体育同様に根性で技術を学びとった。絵画の授業でまずまずの評価しか得られなかったことを後悔し、ひと晩じゅうスケッチの練習をしたほどだった。美由紀にとって、努力と競争は趣味のようなものだった。その甲斐《かい》あって、美由紀は女子高の最高学年に身を置いているあいだはいちども総合成績二位に転落することはなかった。

美由紀の学習法は短い時間に集中力を働かせるという効率的なもので、必ずしも毎晩のように勉強部屋の机にかじりついていたわけではなかった。休日は同級生と一緒に買い物にでかけた。十八歳の美由紀はとりわけメイクに夢中になっていた。アルバイトで得た金のほとんどを化粧品につぎこみ、女性誌のモデルのメイクアップを観察して、いつも自己流の綺麗《きれい》になる方法を模索していた。十年前、世間はまだバブル期に流行したメイク、美由紀の思うところの「ダサすぎ」の化粧法をひきずっていた。ただ赤いばかりのルージュ、ただ白いばかりのファンデーション、美由紀はそれらにことごとく反発した。自然さのなかに立体感を醸しだすグラデーションのあるメイクを追求し、実践した。ほどなく、美由紀にメイクを頼んでくる知人が増えはじめ、一時はメイクアップ・アーティストを目指そうかと考えたほどだった。ただし、本気でその将来を考えたわけではなかった。厳格な両親が許すはずもなかったからだった。

希望の職業に選んだわけでなくても、メイクについて美由紀は妥協しなかった。デパートの店員が流行色と称して昨年の売れ残りの品を売りつけようとしたとき、美由紀は激しく憤って反発した。高校生だからといって欺けると考える大人たちの捻《ね》じ曲がった根性を嫌悪した。店員に鴨とみなされることを極度に嫌った。美由紀にしてみれば、ただ目先の利益だけを追求しようとする大人はすべて詐欺師も同然だった。その頑《かたく》なさは、やはり厳しい親の育て方によって培われたものかもしれなかった。当時の美由紀はなにごとも白黒をはっきりさせたがった。グレーゾーンなるものが存在すること、それを認めねば大人の社会に加わることが難しいなどという悩みは、まだこの時点ではあずかり知らないことだった。

そのころ、学業からアルバイト、メイクに至るまでなにごとにも熱心だったその動機がなんであったのか、思い起こして分析することは難しい。たぶん若者特有の自己愛に近いものだったのだろう。友人の多くはすでに男性と付きあっていて、メイクやファッションで自分を飾ることもそのための必須科目のようだったが、美由紀は違っていた。なにごとにおいても自分を磨き、高めたい。その一心だけでいかなる道をも極めようとしていた、そんな実直な性格のなせるわざに相違なかった。頭髪ひとつをとっても、褐色に染めたナチュラルなヘアスタイルは、わずかでも黒い部分がのぞきはじめたらすぐに染め直し、レイヤーを少なめにして枝毛をいっさい除去するというこだわりは、いつも端正に保つべしという信念を持って貫かれていたが、そこに明確な理由などはなかった。強いていえば、落ち度があってはならないという自戒の念が、みずからの外見の隅々に至るまで注意を払わせていたのだろう。

美由紀はその隙のないルックスを保っていたせいで、よほど男性の目を引きたい女学生に違いないと目されたらしく、異性からは年齢を問わずさかんに声をかけられた。美由紀の通う女子高のすぐ近くに共学の高校があり、そこの男子学生は毎日数十人が校門前で〝出待ち〟をして、美由紀に誘いをかけようと躍起になっていた。見ず知らずの中年男性がいきなりクルマを乗りつけることもあった。

そんななかで最も熱心だったのが、隣りの男子高の上坂孝行だった。美由紀と同じ学年の上坂が通うその高校も地元の名門校として名高い進学校で、美由紀の女子高とは交流も深かった。上坂はさかんに美由紀にアピールしようと行動をおこし、両校が共同でおこなう催しには必ず顔をだしては、美由紀の居場所を突きとめ、つきまとってばかりいた。スポーツマンタイプだが優男、控え目な性格、長身で成績も優秀となれば同学年のなかでも花形の存在となっておかしくないが、女生徒の取り巻きの多かった彼は、ひたすら美由紀ひとりを追い求めているようにみえた。噂によると上坂の父は国家公務員で、裕福な家庭のひとり息子であり、結婚に至れば玉の輿《こし》は必至という状況にあるらしい。が、美由紀はそんな上坂に、当初はまるで関心を抱かなかった。いかにハンサムといえど、ひょろりと痩《や》せ細った上坂は美由紀の好みのタイプではなかった。付き合うのならもっと逞《たくま》しい男がいい。そもそも、十八歳の美由紀はまだ男性に対し特殊な感情など抱いてはいなかった。

ところが、そんな状況を一変させる事態がふいに発生した。

ある日の日没後、部活を終えた美由紀が帰宅しようとしていたとき、ひとけのない路地で、三人の屈強そうな身体つきの男たちに行く手を阻まれた。ただならぬ気配を感じ、身を翻して逃げだすと、三人は追ってきた。彼らの目的はあきらかだった。美由紀は袋小路に追い詰められ、絶体絶命の窮地に立たされた。

防衛大で少林寺拳法《けんぽう》を習得したことに始まり、ムエタイから中国の北派拳法まであらゆる武術を体得した現在の美由紀ならば、いささかもたじろぐことはなかっただろう。だが当時の美由紀は喧嘩《けんか》どころか、親にぶたれたことさえない温室育ちの小娘にすぎなかった。美由紀はたちまち男たちに取り押さえられ、襲われそうになった。

が、そのとき、袋小路に駆けこんできたひとつの黒い影があった。シルエットから痩せた男だとはわかったが、誰なのかは判然としなかった。男は素早い動きで三人と美由紀のあいだに割って入り、まず最初の男をハイキックで蹴《け》り飛ばした。いまの美由紀なら二起《にき》脚《きゃく》の蹴りだと瞬時に理解できるだろうその動きは、寸分の隙もない武術の達人のそれに違いなかった。男はさらにふたりめの男に旋風脚《せんぷうきゃく》を見舞った。いまや三人の敵のうちふたりが地面に這《は》った状態で、最後のひとりは慌てふためいて逃げだした。男はそれを追い、路地の角の先に消えていった。ほどなく、骨を砕くような鈍い音がして、それから辺りはしんと静まりかえった。

美由紀がびくつきながら角の向こうを覗《のぞ》きこむと、最後のひとりを倒した黒い影が立ちつくしていた。街路灯が振りかえったその顔を照らす。美由紀は息を呑《の》んだ。

「上坂さん⁉」美由紀は驚きとともに駆け寄った。

上坂の顔には痣《あざ》ができて、口からも血がしたたっていた。それを袖《そで》でぬぐいながら、上坂は微笑を浮かべていった。「だいじょうぶだよ。それより、怪我はない？」

美由紀は呆然《ぼうぜん》とうなずいた。ほとんど放心状態の自分の心に、かすかな灯火がやどるのを感じていた。

いまにして思えば、あまりに陳腐なシチュエーションといえた。千里眼の異名をとるに至った二十八歳の美由紀なら、暗がりであっても上坂の表情筋の不自然な緊張を見逃さなかっただろう。しかしこのときは、美由紀はまだ単純かつ純粋、そして純情な女子高生に過ぎなかった。

送っていくよ、という上坂の言葉に、わずかな嬉《うれ》しさを感じながらうなずいた。黄昏《たそがれ》をわずかに残した空の下、並んで歩きながら、上坂が肩に手をまわしてきた。美由紀は払いのけたりはしなかった。

「パスタでございます」ウェイターが皿を運んできた。

美由紀はふと我にかえった。羽角はずっと得意げにパソコンの講釈をつづけていたようだが、ウェイターのせいでそれが中断せざるをえず、不服そうに口をつぐんだ。

どうせ聞いてはいなかったのだ、そんなに怒ることでもない。美由紀はそう思った直後、自分の考えを改めねばと感じた。羽角の言葉を聞き流し、勝手に過去の想起に没頭するなんて。

「岬さんはどう思う」羽角は演説をぶったせいで上機嫌に戻ったらしい。満面に笑いを浮かべていった。「インターネットでどんなサイトみる？」

「ええと、そうですね。新聞社のサイトは見ます。購読の契約をしておけば、オンライン上でニュースが読めますし」

ふうん。羽角は関心がなさそうに、パスタを麵《めん》のごとく音をたててすすった。「どんなニュース？」

「関心があるのは、精神医学関連と」美由紀は言葉に詰まった。なぜか口にするのがためらわれる。だが、隠すようなことでもないはずだ。美由紀はいった。「防衛省と、自衛隊に関する記事、かな」

「自衛隊？」甲高い声で羽角はたずねた。「なんで？」

なぜと尋ねられても、理由はみつからない。美由紀にとっては自衛隊の動きを気にかけることは、無意識にこなす日課に等しい。

それでも、理由を挙げようとすれば挙げられる。美由紀はいった。「そのう、国防とか、海外の平和維持活動とか、この国の国民としては当然、知っておくべき義務かな、と」

羽角はパスタを頬張りながら首をひねった。「なんかそういうの、よくわからないな。っていうか、あまり好きじゃない。ボランティアとかそういうのはね。偽善っぽくって」

美由紀のなかで硬いものがぶつかりあったようなカチンという音がした。美由紀は羽角をじっと見つめ、静かにたずねた。「偽善って？　どういうことですか」

「いや、だから」羽角はパスタを水で流しこむと、また身を乗りだして皿にとりかかった。「武器とか弾薬とか、殺人の道具をいっぱい抱えて海外にいって、ありゃ軍隊と同じだってことだよ。まあ、兵器とかはかっこいいのもあるけど、日の丸がプリントされてるとダサいよね」

いわゆるオタクの意見というやつだろうか。美由紀は怒りが燃えあがろうとするのを抑えようと躍起になっていた。低くつぶやく自分の声をきいた。「平和は野放しでは維持できない。命を危険にさらして国防の任務にあたる人たちがいなきゃ、いつこの国が戦渦に巻きこまれてもおかしくないし」

羽角は美由紀をみて眉《まゆ》をひそめ、それから笑い声をあげた。「よせよ、なんだか危ないよ。ああ、やだな。ちょっとそんなことをいう人とは付き合えないかもな」

美由紀は、自分のなかに潜む爆発物の導火線に火がついたのを悟った。「危ないって？わたしの経歴とか、ご存じないですか」

「さあ。きょう初めて会ったんだし」羽角の肉付きのいい顔がこちらに向けられた。へらへらとした笑いがそこにあった。「なんか、大学でて臨床心理士になったんでしょ？　茅場さんからそう聞いてたけど」

「大学？」美由紀はつぶやいた。「なんの大学か、聞いてない？」

「聞かない。学歴とかそういうの、興味ないし」羽角は顔の前でフォークを振った。それから皿に目を落とし、愚痴のようにぼそぼそといった。「ああ、ちょっといいかなと思ったけど、なんかちょっと、駄目だな。自衛隊とかそんなことといってるし」

まるで入社試験にきた学生を前にした面接官のような言いぐさだった。美由紀は羽角にきいた。「そんなにみんな、あなたと結婚したがるの？」

「さあね」と羽角はいった。「まあ、うちの家って病院だから、それ目当てってのもわからなくもないけど、私と付き合いたいって人じゃないとね、受けいれられないね」

その瞬間、美由紀の怒りは沸点に達した。思わず跳ねあがるように立ちあがった美由紀は、羽角の胸にだらしなく垂れさがったネクタイをつかんだ。そのネクタイを手前に引くと、羽角は卓上に突っ伏して、パスタのなかに顔をうずめた。

まるで手ごたえがない。腹筋も背筋も皆無の脂肪の塊だ。美由紀は軽蔑《けいべつ》を覚えながら、ネクタイごしにテーブルにフォークを突き立てた。しっかりと嵌《はま》りこんだフォークによって、羽角はパスタに顔を突っこんだまま固定された。

周りのテーブル客の視線が一斉にこちらを向いたことに、美由紀は気づいていた。それでも怒りはおさまらなかった。羽角の後頭部の髪をつかみ、引きあげた。パスタとケチャップにまみれた羽角の顔は、皿からかろうじて浮きあがった。

「よく聞いて」美由紀は低くつぶやいた。「あなたがぶくぶく太れるのも、あなたの親から自衛官まで、いろんな意味で戦ってくれる人がいるから。本来はあなたがやらなきゃいけないのよ。そこんとこ、よく覚えておくことね」

美由紀はもう一度、羽角の頭をパスタの山に叩《たた》きつけると、ハンドバッグを手にして席を立った。客たちが唖然《あぜん》としてこちらを眺め、ウェイターも盆を抱えたまま目を丸くしている。そのなかを突き進み、バーカウンターに向かった。

茅場の背を見つけると、美由紀はその肩をつかみ、強引に振り向かせた。グラスを手にしたまま茅場はぐるりと椅子を回転させ、こちらを見た。その顔には驚愕《きょうがく》のいろが浮かんでいた。

「なんだ?」茅場は目を瞬かせながらいった。「どうしたんだね、岬先生。お見合いのほうはどうだった?」

いまの騒ぎに気づいていないらしい。美由紀は茅場をにらみつけた。「どうしてわたしの経歴を伏せておいたんですか」

「どういうことだ？　話がみえんが」

「防衛大出身者で自衛隊にいたことを、なぜ隠しておいたのかときいてるんです」

「それは、だな」茅場は言いにくそうに咳払《せきばら》いをした。「きみの経歴が立派なことは明確な事実だ。でも、あまりに特殊すぎて保守的な人々にはなかなか理解されにくいところもあると、まあ私はそう考えたんだが……。そのう、羽角氏の家は代々医師の家系だから、防衛大とか、そういうことにも知識が浅く、偏見にとらわれては支障があると思って……」

「本気で見合いするつもりじゃないんだから、別にいいでしょ」美由紀は吐き捨てた。「明日からはそんなに羽角康三氏にへりくだらなくてもだいじょうぶですよ、茅場先生。もうおべっかを使う必要はなくなりましたから」

茅場の顔がさっと青ざめた。「まさか、息子さんになにか失礼が……」

「精神科医をお辞めにならざるをえなかったら、心理カウンセラーになってください。わたしが就職を斡旋《あっせん》します。では失礼します」美由紀はそう言い残し、踵《きびす》をかえしてレストランをでた。

恰好《かっこう》のつかない話だ。忍耐の末に暴力沙汰《ざた》を引き起こすなんて。ロビーを足早に歩きながら、美由紀は目が潤み、視界がぼやけてくるのを感じた。誰とも争いたくないのに、衝動を抑えられないときがある。正しくないと知りながら、徹底できない自分がいる。臨床心理士としても、わたしは一人前にはなれない。どこにわたしの身の置き場があるのだろう。どうすれば、わたしの追い求める理想の日々——差別や、エゴのぶつかり合いに端を発するあらゆる対立のない世界を築いていく、そのための職務に従事するという理想が実現するというのだろう。

それとも、と美由紀は寂しさとともに思った。そんな理想は、わたしには夢なのだろうか。こんなわたしには。

動機

美由紀はホテルに隣接する乗馬クラブに足を運んだ。この牧場のトラッキング・コースにはナイター設備があり、夜間も乗馬が可能だった。気分が落ち着かない夜は、東京からわざわざクルマを飛ばしてきて馬に乗ることもしばしばあった。憂さ晴らしには最適の趣味と思っていたが、まさか今夜乗ることはあるまいと考えてもいた。わたしは千里眼などではないと美由紀は思った。自分のことですら、ほんの数分先の心の変化は予測がつかない。

以前にこの乗馬クラブの馬術大会に出場したときの服一式がロッカールームに残っていた。通常、競技会でもなければ着る機会のない服だが、ほかにサイズの合う乗馬着もないのでそれを身につけることにした。白ブラウスにアスコットタイといういでたちに紺のジャケットを羽織り、白キュロットにブーツ、そして白手袋で身を固める。さほど寒くはないのでライディングジャケットは必要なさそうだった。

このところ競技会に連続出場しているという、比較的若い馬を借りた。全身にブラシがけをして毛並みを整えてから、ころあいを見て背に鞍《くら》を乗せ、腹帯をかける。血筋も競技の成績もいいサラブレッドだときくが、馬装のあいだはずっとおとなしくしている。利口かつ冷静な馬だった。見習いたいものだと美由紀は思った。

鞍は障害鞍、つまり障害馬術をおこなうためのものを選んだ。穏やかなトラッキングのみをおこなう馬場鞍にくらべると、騎座止めに高さと厚みがある。障害を飛びこえたときに腰の位置がずれるのを防止するためだった。スタッフは、馬場鞍と障害鞍の機能を併せ待った総合鞍を薦めてきたが、美由紀は障害鞍でいいと答えた。あらゆるテクニックを駆使して疾走する、その爽快感《そうかい》を追求したくてここに来ているのだ、総合鞍では物足りない。

馬場へ馬を引いていき、ひとけのない上級者用のコースで騎乗することにした。左足を鐙《あぶみ》に掛け、右手で鞍の後橋をつかむ。勢いよく跳躍し鐙の上に立ち、馬をまたいで鞍に腰を下ろす。右足も鐙にかけ手綱を保持し、しばらく常歩《なみあし》で歩かせた。

乗り心地のいい馬だった。血筋だけでなく騎手の調教がいいのだろう。その力を最大限に引きだしてみたい衝動に駆られるが、むろん怪我をさせるわけにはいかない。騎手としてもその腕を試されるときだった。

中間常歩から速歩《はやあし》へとペースをあげる。背筋をまっすぐに伸ばした姿勢から前かがみになって、駆歩《かけあし》に入る。向かい風の風圧が増し、耳に轟々《ごうごう》と響く風の音が大きくなっていく。馬の足を深く踏みこませて尋常駆歩から伸張駆歩へと推進力をあげる。脚と座骨を使って馬を前方へとうながしつつ、手綱はハミと一定の距離を保ちながら軽くなびかせる。

速度が上昇する。低いハードルを飛び越え、さらに疾走をつづけた。わずかに冷える夜気を全身に受ける爽快感が、さっきホテルで経験した侮辱に対する怒りと、自制を働かせきれなかった自分に対する苛立《いらだ》ちを和らげてくれる。疾風のなかで、美由紀はしだいに穏やかな気分に包まれはじめた。

緊張に身を置くほうが、かえってリラクゼーションを味わうことができる。わたしの自律神経系は副交感神経よりも交感神経のほうが優位なのだろう。

ハードルが連続し、しだいに高さを増していく。美由紀はそれらを次々に飛び越え、馬を全力疾走させつづけた。その速度のなかに、ぽっかりと胸に空いた穴のような空虚さを感じる。

こういう気分はしばしば味わう。なにもかもが虚《むな》しくなる、わたしの人生はそんな感情と無縁ではなかった。生きる歓びを失ったと信じたあのときも、そういう虚無のなかに自分を埋没させていた。

上坂孝行と一緒に下校するのが当たり前になっていたある日のこと、ふいに上坂は、真顔で美由紀につぶやいた。「これからは、あまり会えなくなるかもしれない」

すでに上坂に気持ちが傾いていた美由紀は、驚きを覚えてたずねた。「どうして?」

「父親の薦めで、防衛大を受けることになったんだ」

防衛大。その奇妙な大学の名を耳にしたのは、それが初めてのことだった。

上坂の話では、彼の父は当時の防衛庁に勤務する官僚で、息子にも同じ道を進んでほしいと常々願っていた。高校卒業後は防衛大学校に入り、幹部自衛官を目指すよう運命づけられていたのだという。防衛大は美由紀の地元からもほど近い横須賀にあるが、ふつうの大学生のように遊び歩いたり、自由を満喫することは不可能に近いと上坂はいった。日曜のわずかな時間しか会えなくなる。それも、美由紀のほうから横須賀まで出向いてくれなければ、会うことは難しい。そう上坂はつたえてきた。

東大を第一志望にしていた美由紀は激しく動揺し、上坂と距離ができてしまうことを極端に恐れた。いまでは考えられないことだが、それだけ当時の美由紀は上坂という男に夢中になっていた。それまで恋愛の経験がなかったせいで、いちど火がついたら炎のごとく燃えあがってしまった、そんな感覚かもしれない。とにかく、十八歳の美由紀の心は荒れた。メイクアップの趣味を一時的に放棄し、代わって熱をあげたのはバイクだった。高校三年の夏、親にも学校にも内緒で原付の免許を取得し、スクーターを乗りまわした。それまでには考えられないほど遠くまで出かけ、夜遅くまで帰らなかった。両親は、娘が夜遊びを覚えたのではと戦々恐々としはじめ、美由紀を呼びつけては説教をくりかえしていたが、それもやがて不可能になった。美由紀は自宅に帰らず、放課後はスクーターで友達の家にいき、そのまま泊りこむことが多くなったからだった。

上坂が防衛大を目指していることは同級生たち全般の知るところとなり、美由紀との恋愛が困難な局面を迎えていることを誰もが理解していた。美由紀はひどく落ちこんでいたが、友人たちは逆に温かく美由紀を迎えいれてくれた。それが同情によるものだと知りつつも、美由紀は好意に甘んじた。家に帰るのはもうたくさんだった。口うるさい両親に罵《ののし》られる日々にも飽きた。どうとでもなれ、そんな自暴自棄な日々の始まりだった。

だが、そんな形ばかりの不良を装った生活も長くはつづかなかった。揺るぎないと思われた学年内での成績が急落することを親は心配していただろうが、美由紀が自棄に浸る毎日はそれほど長期には及ばなかった。

転機は、友達の家でテレビのワイドショー番組をぼんやりと眺めていたとき、ふいに訪れた。

天笠千春《あまがさきちはる》という二十二歳の女性がインタビューにでていた。キャスターがたずねている。防衛大での生活でなにか困ったことは。千春という女は微笑を浮かべて応じていた。そうですね、起床時間も早いですし、肌の手入れができなくてたいへんです。

きりっとした顔つきは女性警察官のそれに近い印象だったが、なによりも美由紀は、防衛大に女性が入学できるという事実に衝撃を受けていた。この女性も、いずれ上坂と同じく幹部自衛官になろうというのか。自衛官。まるで未知の世界。だが彼女はまぎれもなくその道を歩んでいる。

書店に赴き、進路についての本をじっくりと読みなおしてみると、これまで目につかなかったその大学の名があった。防衛大学校、警察大学校。そのふたつの学校の名がひとくくりにされて紹介されていた。それぞれ自衛隊と警察の幹部を育てるための学校なのだが、当時の美由紀には幹部という言葉の意味さえさだかではなかった。官僚のようなものだろうか。卒業すれば全員が任官できるのか、あるいはあらためて試験を必要とするのだろうか。美由紀にはわからないことだらけだった。

なぜかふたつの希望が頭に浮かんだ。ひとつは、上坂と同じ防衛大に入ること。もうひとつは、並列に扱われている警察大学校に入ることだった。上坂との距離は縮まらないが、自分も特殊な立場に身を置くことによって、上坂と対等になれるような気がした。じつに奇妙な発想には違いないが、上坂に対し恋愛感情を抱いているとはいえ、美由紀には持ち前の負けず嫌いな性格があった。上坂は思いを寄せる人であると同時にライバルでもあった。自衛隊といえば体力勝負の世界であることが想像でき、男に有利かもしれないが、警察ならばもう少し女が勝負できる土壌が残されているかもしれない。上坂よりも早く出世して、彼を見返すというのも悪くはない。ふたりが特殊な学生としてキャリアを積んでいけば、ふたりの関係にはほかの何人も立ち入ることはできないだろう、そんな意味不明の読みもあった。

とにかく上坂に熱をあげていた美由紀は、なにごとも上坂を中心に置いて考えるようになっていた。彼が防衛大なら、わたしは防衛大か警察大。そんな異常ともいえる思考が日々募っていった。まだ実際に入学したわけでもなく、どんなところであるかを体感してもいない美由紀にとっては、大学のイメージはことさら自分に都合のいい解釈によって捻《ね》じ曲げられていた。すなわち美由紀は、自分が防衛大もしくは警察大に進学すれば上坂を振り向かせることができると確信するようになっていった。

進学校の学年トップという輝かしい成績を持ちながら、美由紀はやはりまだ子供だった。十八歳という実年齢よりも、精神年齢はいくつか幼かったかもしれない。美由紀は大真面目で防衛大への進学を志し、ある日そのことを両親に打ち明けた。

両親は嵐のような剣幕で反対し、親子の関係が断絶する要因となってしまった。私立の女子高に通わせていた娘がいきなり防衛大に入るといいだした、それも防衛大がどんなところかもまるでわからないまま進路をきめた。親が理解に苦しむのは当たり前だった。防衛大を志望する理由をたずねられても、美由紀は答えることができなかった。上坂目当てと告げたのでは一蹴《いっしゅう》されることは目に見えている。が、志望の理由を述べないのも、恋人の志望校だからと告白するのも、結果としては大差はなかった。両親は断固として拒絶し、美由紀はそれ以来、また家に帰らなくなった。

最後に家をでた日の朝、母親が美由紀にきいた。きょうは何時ごろ帰るの。美由紀はぶっきらぼうに応じた。わかんない。去りぎわの会話はそれだけだった。

母と言葉を交わしたのは、それが最後だった。父との会話については、よく覚えていない。おそらく、進路をめぐっての口論が最後に当たるのだろう。むろん、そうなるとは思わなかった。それでも、そうならざるをえなかった。

無意識のうちに、美由紀は馬の速度を緩めていた。

コースを一周し、馬舎が近づいてきている。結局、疾走の爽快感を味わえたのは一瞬だけだった。たしかに速度に身を委《ゆだ》ねていたのだが、脳裏をよぎるのは過去の思い出ばかりだった。

駆歩《かけあし》から常歩《なみあし》にまでペースを落とし、ナイター設備に照らしだされた芝生を眺めた。草木も本音では眠りたいと思う時刻だろう。人工の太陽がその眠りを妨げ、人類に都合のいい貢献をしろと自然に強要する。自然は抗《あらが》うすべを知らず、ただ従うだけでしかない。

空自に入隊し教育飛行隊で訓練を受けているころ、両親は死んだ。それは自然の摂理の齎《もたら》す死ではなく、事故だった。

わたしが家に留《とど》まっていたなら、防げたかもしれない。後悔の念にさいなまれた日々もあった。人間に与えられた忘却という特権は、心の安定のために不可欠でもあり、同時に残酷でもある。両親の死の報《しら》せに心を痛めた日の辛《つら》さは、けっしてあの頃のように戻ってくることはなかった。ただ感慨に似たほろ苦さを噛《か》み締めるだけでしかない。

あのとき両親の意見に耳を傾けていれば、その後の人生も変わっていただろう。二十八歳を迎えたとき、そこには幸せがあっただろうか。あるいは両親が生きていて、いまのわたしをみたとき、娘は幸せになったと思ってくれるだろうか。

どちらも判然としない。結論は霧のなかにおぼろげに浮かんでみえる影のように、きわめて曖昧《あいまい》なものだった。幸せともいえる。そうでもないとも思える。わたしにできることといえば、ただ前へ前へと歩みつづけることだけだ。

ひたすら歩みつづけ、立ちどまることは許されない。思いがそこに至ったとき、美由紀のなかにひとつの決意が生じた。夜が明けて明日が来たとき、自分がなすべきこと。実体のない幻のようにみえていた明日の自分自身が、ふいに現実味を伴って感じられるようになった。

過去は振りかえりたくはない。だが、それが前進のための一歩なら、躊躇《ためら》うことはない。

麻薬取締官

錦織三良事務次官は政府専用機の執務室で、統合幕僚会議の議決内容をまとめた書類に目を通していた。老眼鏡をはずし、書類をデスクに戻す。どうにも落ち着かない。この執務室は総理がこの機に搭乗したときに使用する、いわば最上クラスの個室なのだが、ときおり訪れる断続的な揺れのせいで文面に集中できない。総理はこの機で秒単位の雑務をこなすというが、私にはとても真似できそうにないと錦織は思った。ボーイング社製B747ジャンボジェット機の最新鋭機種を常に採用し、主翼端にウイングレットを装備して空力性能を向上させたり、電子機器を総入れ替えしてハイテク化した政府専用機にあっても、この気流の乱れによる縦揺れは解消できないらしい。

昭和四十六年に長官官房総務課に勤務を始めて以来、半年あるいは数か月おきに防衛庁内の地位を少しずつ上げていき、それぞれの部署での働きも満足にこなせないまま五年で防衛庁部員となった。そこでもほぼ二年ごとに所属する課を転々と変えられ、その後十年で大阪防衛施設局の施設部長に就任した。いまにして思えば、できるだけ多くの役職に就かせることで経験を増やさせ、早く管理職に昇らせようという人事の計らいだったかもしれない。だが、振りかえってみても自分の人生はキャリアというよりは、ただ落ち着きのない配置換えに忙殺されただけにも思える。デスクの引き出しの中身を段ボール箱に詰めこんで、別の部署に引越しをする。その作業ばかりに従事していたように感じられる。

役職が上になってくると作業は部下がおこなうようになり、自分はなすべきこともなく、ただ高級幹部専用のラウンジフロアでコーヒーをするだけになっていた。それでも頻繁な配置の変更はやまず、むしろひとつの役職に留まる期間が加速度的に短くなっていき、長官官房防衛審議官から防衛施設庁施設部長、長官官房長、そして防衛事務次官へと忙しく肩書きを換える日々がつづいた。出世というより、祀《まつ》りあげられたというほうが正確かもしれなかった。高級幹部のなかで独身者は錦織ひとりだけだった。

有り余る時間を職務に費やした結果、自然に階級はあがっていった。昇給を受けても使う暇は与えられなかった。銀行の預金残高だけは増えていき、私は仕事以外の趣味をみいだせないでいる。唯一趣味といえるのは、果たして自分が現役のうちにどこまで登り詰めることができるのかという興味だけだった。それでも、無制限にというわけではない。大臣政務官あたりまでは食指が動くが、それより上はかえって重責に耐えられそうもなく、就任したいと思えない役職ばかりがつづく。とりわけ、内閣総理大臣という仕事はご免こうむりたいと感じていた。海外への行き帰りにこの部屋に閉じこめられて仕事をするくらいなら、キャリアの道を投げ捨ててもかまわない、本気でそう思った。機内らしくない上質な調度品に囲まれているせいで、よけいに不安に駆り立てられる。閉所恐怖症とは、こういう部屋で仕事に追われることで発症するのではないか。錦織はそんなふうに感じていた。

デスクの上のインターホンが鳴ったとき、錦織は救われた気がした。受話器を取りあげる。事務次官、会議の準備が整いました。秘書の声がそう告げた。わかった、いまいく。そういって受話器を置く。

助かったと錦織は思った。これでいくらか広い会議室へと場所を移せる。書類を束ねてファイルに押しこむと、錦織はドアを開けた。狭い通路を抜けて、機体のほぼ中央に位置するフロアにでた。円形テーブルに集まっているのは矢中防衛参事官に亀岡書記官ら、馴染《なじ》みの面々ばかりだった。濱松空将はきょうも姿勢を正し、まっすぐに背を伸ばして腰掛けている。だらしなく頬杖《ほおづえ》をついた亀岡とは対照的だった。

機体後部のラウンジから二宮大臣政務官が歩いてくるのがみえた。二宮は、ブリーフケースをさげた背広姿の男を連れている。年齢は四十歳前後、防衛省ではみかけたことのない顔だった。二宮はその男となにか言葉を交わしながら、テーブルへとやってきた。男は二宮の隣りの席についた。

「さて」二宮は椅子に腰を下ろしながらいった。「千歳《ちとせ》基地の視察の直後で申し訳ないのだが、東京に戻るまでに詰めておくべき議題がある」

亀岡はネクタイを緩めながら、汗だくの顔を書類で煽《あお》いだ。「暑くありませんかね。ここ」

矢中は涼しい顔をして亀岡を見やった。「飲み物でも頼まれたらどうですか」

そうしよう、と亀岡はラウンジのほうを振りかえった。フライトアテンダントの制服を着た女に、亀岡は声をかけた。「ミネラルウォーターをくれ」

フライトアテンダントはにっこりと微笑んで会釈した。「ほかにご注文は？」

列席者は沈黙で不要と答えた。注文したのは亀岡だけだった。女が一礼してラウンジに立ち去ると、亀岡は含み笑いをしてつぶやいた。「政府専用機にスチュワーデスが乗ってるとは知りませんでした。結構ですな」

矢中の視線はさらに冷ややかなものになった。「いまはスチュワーデスではなくフライトアテンダントと呼びます」

「それに」濱松が硬い顔で付け加えた。「彼女は空自の女性自衛官です。政府専用機は、空自が管理しておりますので」

ああ、そう。亀岡はまたも不勉強を周囲に悟られたことを苦々しく思ったらしく、不満げな態度で押し黙った。

頻繁に役職が変わる錦織とは違い、亀岡はずっと書記官に留まっている。錦織にとっては、この男がなぜ書記官にまで昇進することができたのかが不思議でならなかった。毎度のことながら、防衛省内での人事には合点がいかないことが多すぎる。新しい役職に順応しようと学習の苦労を重ねた結果、とんでもなく無学あるいは無知な人間に出くわしたりもする。人事の決定が運に左右されることが多いとは、場当たり主義もほどほどにしてもらいたいものだ。国の命運を握る組織の上層部がこれでは、自身の誇りが薄らいでしまう。錦織は苛立《いらだ》ちとともにそう思った。

「ところで」濱松は二宮をみた。「そちらのかたは?」

二宮は隣りの男をちらと見やってから、列席者を見渡していった。「紹介しよう。関東甲信越厚生局、麻薬取締部の篭目《かごめ》武雄《たけお》取締官だ」

テーブルについた高級幹部たちは一礼をしたものの、その頭のさがりぐあいは微妙なもので、ほとんど頷《うなず》きと変わらなかった。深く頭をさげたのは錦織だけらしかった。

無理もなかった。麻薬取締部は厚生労働省の地方支分部局である地方厚生局に設置されていて、高級幹部たちが敬意を払う対象とみなす永田町《ながたちよう》および霞《かすみ》が関《せき》とはかけ離れた場所に本拠を置いている。実際のところ、政府専用機に乗り合わせることなどほとんどありえないだろう。彼らの仕事は麻薬の不正流通ルートの取締りと、医療用麻酔など正規ルートの監督、さらには薬物犯罪にかかる捜査や情報収集活動など、現場が主体となっている。むしろ現場では、刑事訴訟法に基づく特別司法警察員としての捜査上の権限も与えられていて本格的な活動をおこなっているときく。警察庁以外の監督官庁による、警察同様の仕事という意味では海上保安庁に似ているかもしれない。

篭目はそれでも、並みいる高級幹部たちの無言の圧力にも屈するようすもなく、きびきびとした動作で立ちあがると深く頭をさげた。「篭目です。よろしくお願いします」

亀岡がさっそく見下したような態度を篭目に向けた。「このなかの誰かが大麻を所持している疑いでもありますかな」

「いえ」篭目は、亀岡の皮肉めいた冗談に微笑ひとつ浮かべなかった。「このところ多発しております麝香片《じゃこうへん》麻薬の密輸につきまして、防衛省と情報を共有すべく参りました」

物怖《ものお》じしない態度、自身の所属組織と防衛省を同等に扱う物言い。出来る男だと錦織は判断した。ほかの列席者も同様に感じたらしい。ほんのわずかな篭目の発言で、いっせいに居住まいをただした。

亀岡はひとり斜に構えていった。「麝香片の汚染が国内でどれだけ広がっているかという話なら、レポートにでもまとめて渡してくれればいいと思うがね。現場捜査の苦労をきかされても、われわれとしては密輸船の接近阻止に全力を注ぐとしかいえんよ」

篭目が不服そうな顔で、口を開いてなにかをいいかけた。

錦織には、篭目の抗議の内容が予測できていた。自分の口から告げたほうが、日和見主義の書記官も納得がいくだろう。そう思い、篭目を制して先に説明をはじめた。「麻薬取締官の職務は現場の捜査だけではない。国際的な密売組織壊滅のため、国境を越えて各国の捜査機関や国際薬物統制組織と情報交換や捜査協力をおこなっている。われわれと顔を合わせているからには、麝香片の密輸組織に関する重要な情報を報告にきたと考えるべきだろう」

亀岡は打ちのめされたようにテーブルに目を落とし、小さくなった。毎度同じことの繰りかえし、いい加減に勉強不足を悟ってほしいものだ。錦織はそう感じながら篭目を見やった。篭目はほっとしたようすで、表情を和らげて錦織を見かえしていた。

二宮が咳払《せき》いした。「では、篭目取締官」

「ありがとうございます」と篭目はふたたび一礼してからいった。「ご存じのように麝香片という、人体に薬物反応がでない新種の麻薬が頻繁に密輸されていることは警察庁および厚生労働省ともに把握しております。この密輸船は海上保安庁や海上自衛隊の包囲網をかいくぐり、すでにのべ百回以上も日本海側の港に接岸していると考えられています。指揮しているのは山東省《シャントン》のマフィアグループで、出荷および船の操舵《そうだ》、接岸後の荷降ろし作業までが彼らの仕事と確認されています」

矢中が眉《まゆ》をひそめた。「それなら、中国当局にそのグループの摘発を依頼するべきではないですか?」

いいえ。篭目は少しばかりいいにくそうに、テーブルの上で組みあわせた両手の指をもぞもぞと動かした。「現在のところ、麝香片そのものが中国においては麻薬と認定されておらず、精製や出荷販売については違法とならないことから、摘発は不可能とされています。このため同マフィアグループは大手を振って麝香片を精製し、拠点となっている村では住人が富を謳歌《おうか》しています。雄の麝香鹿を増やすための広大な牧場、四百人以上の従業員が働く精製工場の存在も確認されました。マフィアグループの経常利益は年間六十億円。賃金の安い彼らにとっては、王国を築いたに等しい額です」

「ということは」二宮はこめかみを指先でとんとんと叩《たた》きながらいった。「日本に陸揚げされた時点で、実行犯を逮捕するのが現実的な解決策というわけだな」

「ええ、たしかにそうなんですが」篭目はブリーフケースを持ちあげ、テーブルに載せながらいった。「ただし、そこには非常に難しい問題が横たわっています。密輸船が日本海側のどの県のどの港に接岸しているのか、いまのところまったく判明していないのです」

まったく判明しない。そんなことがありうるだろうか。錦織は疑問を呈した。「それでも、日本で麻薬の違法販売ルートを有する組織となると、あるていど限られてくるだろう？　大量の麝香片をこうも頻繁に密輸するからには、比較的大きな組織と思うが」

篭目はうなずいた。「指定暴力団薩摩《さつま》会系安土《あづち》組の資金力が、このところ急速に強まりをみせています。過去に安土組の主な収入源だったヘロインと大麻の密売ルートが摘発されてからは、さして大きな財源が確保できる裏事業には手を染めていなかったはずです。おそらく彼らが手引きしているものとみられますが、証拠はまるでありません。また、麝香片麻薬の国内密売ルートもいっこうに見えてきません。中国のマフィアグループがあれだけの純益を得ているのですから、どこかに販売網が存在しているはずなのですが、それが浮かびあがってこないんです」

亀岡は鼻を鳴らし、運ばれてきたミネラルウォーターをひったくるように手に取った。

「ここへきて愚痴かね。きみらの捜査の進展がはかばかしくないからといって、われわれに八つ当たりされても困る」

ふいに沈黙が会議テーブルを包みこんだ。一定の音程でかすかに響きつづけるエンジン
音だけが、錦織の鼓膜を微妙に刺激しつづけた。
「すみません」と篭目は伏目がちにいった。「ただ、残念ながら現状では国内での捜査が
成果をあげていないことは事実です。よって……」
　錦織は篭目の弁明に助け舟をだすことにした。「密輸船が日本の領海に入った時点で拿《だ》
捕《ほ》、立ち入り検査をおこなわないかぎり、密売ルート解明の糸口はつかめない。そういう
ことだな」
「そうです」篭目が錦織を見つめていった。「麝香片の国内への持ちこみ、それ自体を阻
止しなければならないのです」
　亀岡はミネラルウォーターを呷《あお》ると、口もとを拭《ぬぐ》いながらじれったそうにいった。「海
自と海上保安庁に出向いて、同じ話をしてくるべきだろうな」
「むろん、それもおこなっています」篭目はブリーフケースを開けた。「こちらで是非ご
覧いただきたいのは、この写真です。数週間前に密輸船に停船を呼びかけた海上保安庁の
船が撮影したものです」
　篭目が取りだしたのは、大きく引き伸ばされた一枚のカラー写真だった。濱松の席から
も、それが三機の航空機をとらえたものだとわかった。篭目は誰に写真を渡すべきか戸惑
う素振りをしめしたが、空将の濱松が腰を浮かせて手を差しだすと、それに従った。
　濱松は目の前に写真を置いた。さすがに長年パイロットを務めてきただけに、老眼鏡は

必要ないようだった。錦織の目にもその写真の概要は見てとれた。三機はデルタ隊列で逆V字の編隊を組んでいて、中央の一機は金いろ、後続の二機は銀いろに光っている。それら二機については、一見して機種が判別できた。ミグ21を双発にしたようなその形状、中国空軍が長年採用してきた馴染《なじ》みの戦闘機だった。

「F8ですね」と濱松がいった。「後続の二機はF8戦闘機で、中国空軍の払い下げでしょう。二十年ぐらい前の中古と思われます。戦闘機の側面にあったマークを塗りつぶして銀一色にしている。ただ、問題は……」

篭目がつぶやくようにいった。「その黄金いろの機体です」

濱松は写真を穴があくほど見つめていたが、やがて驚きの面持ちでいった。「まさか、本物のミグか」

矢中はさほど意外には感じないという態度をしめした。「中国空軍にもミグは当然、配備されていると思いましたが」

「こいつは違います」濱松の声は緊迫の響きを帯びていた。「ミコヤン・ミグ31。NATOがフォックスハウンドと呼んでいた戦闘機です」

錦織は背筋に電気が走ったような感触を覚えた。思わず身を乗りだして濱松に手をだした。「みせろ」

濱松が渡した写真を手もとに引き寄せ、老眼鏡を取りだす。わずかにブレてはいるものの、よく撮れた写真だった。空を仰いで撮ったらしく、三機ともに腹部が写っている。海上保安庁の船上から撮影したものだろう。

後続の二機はたしかにF8だが、金いろの一機はそれよりもひとまわり大きく、兵装も充実していることがわかる。F14戦闘機に似たシルエットだが、実際のところミグ31は旧ソ連が入手したF14の技術を真似て設計された機体だといわれている。複座式の戦略迎撃機。主翼は四度の下反角、前縁は四十度の二十五パーセント翼弦、三十二度の後退角を備えた根延長部。NATOではAA9エイモスと呼んでいるR33アクティヴレーダー誘導空対空ミサイルが、胴体下部に前後二発ずつのペアで装備されているのがわかる。前の二発は半埋め込み式、後ろの二発は短い。資料で読んだだけだが、この特徴を備える機体はほかにはない。

「たしかにミグ31だ」錦織は老眼鏡をはずしてつぶやいた。「ずいぶん目立ちたがりな輩《やから》だな。金いろに全塗装とは。わざわざ視認性のあがる色彩で挑発を受けるとは、わが国もなめられたものだ」

濱松は険しい表情で身を乗りだした。「ミグ31はロシアとカザフスタンにしか配備されていないはずで、中国軍は採用していなかったはずです」

亀岡はミネラルウォーターのグラスをテーブルに置き、腕組みをした。「どこかから買い取ったわけか。山東マフィアの懐ぐあいがわかろうというものだ」

「だが」錦織は腑《ふ》に落ちないと感じる事柄を口にした。「本格的な兵装を備えた戦闘機をマッハ二・三五で飛ばすからには、民間パイロットが付け焼刃で覚えた技量でどうにかなるものでもないだろう。戦闘機が手に入っても、パイロットの養成には数年はかかると思うが」

しばしの沈黙のあと、濱松が低い声でいった。「中国空軍を退役した軍人でしょう。中国初の有人宇宙船〝神舟五号〟に乗った空軍パイロットでさえ、給料は月一万元、つまり十四万円ていどです。山東マフィアにしてみれば軍人の十倍あるいは百倍の給料も優に約束できます。軍のエースパイロットであっても転身を考えるかもしれません」

ということは、密輸船の護衛は本格的な戦闘能力を備えた空軍が担っていることになる。雇い主が変わったというだけで、この三機編隊がわが国にとって実質的な空の脅威であることは間違いない。いや、国際法上の取り決めを無視して戦闘行為に及ぶ可能性のあるマフィアが有する戦力だ、正規軍のそれよりはるかにたちが悪いといえるだろう。

錦織はもういちど写真を一瞥《いちべつ》した。長距離用ミサイルのAA9エイモスのほかに、中距離用AA6アクリッド二発、短距離用AA8エイフィド四発、そして六砲身ガトリング式機関砲。自衛隊の主力戦闘機に匹敵する兵装だった。

怖いもの知らずに喧嘩《けんか》を売る相手ほど厄介な存在はない。錦織は嫌悪を感じて写真をテーブルに捨て置き、椅子をまわして立ちあがった。壁面の小さな窓から外を見やり、思わずつぶやきを漏らした。「国が主導でないにせよ、これは一種の戦争行為だな」

眼下に果てしなく広がる雲海、その隙間から青い海原がのぞく。やわらかい陽射しを受けて輝く白と藍《あい》いろのコントラスト、見ようによっては絶景ともいえるのだろう。だが、と錦織は思った。いまの私の目には美を見つめる余裕など生じえない。いかなる自然も血塗られた争いの繰り広げられる戦場となりうる。そしておそらく、衝突のときは刻一刻と迫りつつある。

虚《むな》しい争いが終焉《しゅうえん》を告げ、時代を前に進ませるときはいつ来るだろうか。いつかは、そのときが来るだろう。ただし、私の生きているうちには望むべくもないが。錦織はひそかに心のなかで、そうひとりごちた。

帰還

　百里基地、第七航空団のシミュレーションセンターは、アラートハンガー奥のコンクリート製二階建ての建物内にある。美由紀にとってはここに配属されていた一年と数か月間、自宅も同然だった場所でもある。ひさしぶりに訪ねて懐かしさも感じるかと思いきや、そのような感慨はまるで湧かなかった。いたるところにブリーフィングの内容が掲示された、窓のない通路に歩を進めていくうち、現役時代はついきのうのことのように思えてくる。この長い廊下を何度行き来したことだろう。これからもずっと、そのような日々がつづく錯覚に陥る。異なるものといえば、自分の靴音だけだ。この廊下でハイヒールの靴音など響かせたことはない。シミュレーションに臨むときは、いつも実機に搭乗するときと同じ難燃性繊維のアロマティック・ポリアミド製フライトスーツを身につけていた。まさか政治家の秘書のようなレディススーツをまとってこの建物のなかを歩くことになろうとは、かつては予想すらできなかった。

　行く手から響いてくる断続的なモーター音と、空気の抜けるプシューという音。過去に繰りかえし耳にした。シミュレータが稼働中らしい。旋回時にシミュレータを傾けるための支柱の収縮音が響いてきた。ストロークが短い。F15JではなくF4EJ改のデータでシミュレーション中のようだ。現役中はこの通路で耳を澄ませば、どの飛行隊の誰が訓練をおこなっているのかおおよそ見当がついた。いまはそこまで判別できないが、ひとつだけたしかなことがいえた。訓練中のパイロットはおそらく若く、まだ教育飛行隊をでて間もない。回避行動のたびに同じ方向にばかり操縦桿《かん》を引いている。そのていどの腕で実戦にでれば、たちまち敵機に動きを読まれて撃墜されてしまうだろう。

シミュレーションルームに近づくと、男の怒鳴り声がした。「エンベロープをそのままなぞってどうする。もっと自機のロール性能を生かせといってるだろ。小回りの利くミグに太刀打ちするにゃロールしかねえんだ。ロールだ、ロール!」

美由紀は思わず笑みをこぼした。聞き覚えがある声だ。もっとも、彼の声を最も多く耳にしたのはここではなく、F15DJのコックピット内だった。当時の彼はこの施設内ではもっぱら、怒鳴るより怒鳴られる側でいるほうが多かった。

通路の右手にある扉を押し開けてシミュレーションルームに入る。二階の天井まで吹き抜けのこの空間はホテルのメインロビーほどの広さがあり、半地階になった中央部分の床には貨物コンテナのようなシミュレータの筐体《きょうたい》が三基並んでいる。いまは、そのうち一基のみが稼働して激しく上下左右に揺れていた。シミュレータの内部はコックピットとうりふたつの設計になっていて、モニターに表示される映像を見ながら実戦さながらに操縦する訓練を受けられる仕組みだ。モニターや計器類のようすは外のディスプレイにリアルタイムで表示される。モニタリングブースにおさまった教官はその表示を見ながらマイクで指示を伝える。訓練を待つほかのパイロットたちは、ブースを囲むようにしてディスプレイを注視し、訓練中の仲間の動きを参考にする。

いま、美由紀の目の前にはそのかつての日常のすべてが再現されていた。顔ぶれこそは違うが、視界に強烈な既視感がある。過去に戻ったというより、ずっとここにいて臨床心理士に転職した夢をみていた、そんなふうにさえ思える奇妙な感覚にとらわれていた。

「もっとヒネるんだよ」ブースで大声を張りあげているのは長身で角刈りの男、岸元だった。美由紀の乗るＦ15ＤＪでコ・パイロットを務めていた、いわばかつてのパートナーだった。「いいぞ、敵機の真後ろに着くチャンスがきた。慎重にいけ」

ディスプレイを覗《のぞ》いていなくても、美由紀にはシミュレータの発する音と岸元の指示で訓練内容が手にとるようにわかった。これはベトナム戦争のＦ４ファントムとミグ17の空中戦を下敷きにした〝シナリオ１９７２〟というシミュレーションだった。敏捷《びんしょう》で旋回性能に優れたミグに対し、やや鈍重なＦ４型でどう対処するかが訓練の重要なキーポイントになっている。

慎重にいけ、という岸元の警告を、パイロットはたんなる激励として受け取ったらしい。シミュレータの筐体がゆっくりと左に傾いていく。交叉角《アングルオフ》九十度、すなわち敵機の軌道に垂直方向から接近しているため、直角に折れて尻《しり》に着こうという魂胆なのだろう。だが、そうは問屋が卸さない。ただ追いかけようとすればオーバーシュートが待っている。

「馬鹿！」岸元が甲高い声でいった。「速度が速すぎる。敵の進路の外にはみだしちまったじゃねえか！」

スピーカーから戸惑った若い男の声が響く。「ミグがいない。見失った」

ミグを追い抜いて前方に飛びだしてしまったF4型を、敵機が見逃すはずもない。敵機に背後を突かれた。もう勝ち目はあるまいと美由紀は思った。

「酒巻《さかまき》三尉」岸元が舌打ちしてマイクにいった。「現状を報告しろ」

スピーカーの声は悲鳴に近いものに変わりつつあった。「追われてる。敵にロックオンされた！」

「落ち着け酒巻。回避行動を……」

そのとき、爆発音がしてディスプレイに赤い閃光《せんこう》が走ったのが、美由紀の立っている位置からも確認できた。パイロット一同が落胆のため息を漏らす。岸元はブースで不機嫌そうに口をつぐんだ。

ふいに動きを静止させた筐体は棺桶《かんおけ》のようにみえた。重い沈黙が辺りを包む。美由紀は手のなかに嫌な汗がにじむのを感じていた。当時のままだ。これが実戦なら、たしかに棺桶ひとつをまのあたりにすることになる。機械は停まっても、脳内のシミュレーションはそこまで及ぶ。そして、後続のパイロットたちの自信を著しくぐらつかせる。

岸元はため息まじりにいった。「まだ三次元戦法の意味を理解していないようだな、酒巻三尉。でてこい」

数秒の間を置いて、筐体側面の扉がスライドして開いた。フライトスーツに身を包んだ二十代半ばの痩《や》せた男が、がっくりとうな垂れて外に降り立った。

「酒巻」岸元はブースの周りに集まっていたパイロットたちを掻《か》き分け、酒巻と呼ばれた三等空尉につかつかと歩み寄った。シミュレータの脇で立ちつくした酒巻の前まで来ると、岸元は立ちどまった。表情を険しくしたまま、岸元は酒巻にまくしたてた。「おまえはいったいなにを教わってきた？　バレル・ロール・アタックやロール・アウェイについてなにも知らんのか？　防衛大の二学年あたりにまで戻ってやりなおせ」

「あの」緊張のせいか、ひどく青ざめた酒巻はおずおずと口を開いた。「このままでは曲がれない、と寸前で思ったんですが……操縦桿の操作を迷い、気づいたときにはオーバーシュートしていまして……」

「肩の力を抜くことよ」美由紀は穏やかにいった。「敵の背後に着くことを焦らないで。タイミングが合わなければ、やりすごせばいいんだから」

岸元と酒巻の目がこちらを向いた。戸口に立っていた美由紀の存在に、やっと気づいたようだった。当初、岸元の顔には怪訝《けげん》だけでなく、憤りのいろさえも浮かんでいた。どこの馬鹿女が訳知り顔で口をはさみやがった、そういいたげな険悪な表情をこちらに向ける。

次の瞬間、岸元は驚きと歓喜の響きがこもった声で叫んでいた。「岬！　どうしたってんだ、いったい！」

シミュレーションルームの隊員たちの目がいっせいに美由紀に注がれる。ざわつきが広がった。パイロットたちの顔ぶれは以前とは違う。見知らぬ顔ばかりだった。美由紀を知らない彼らの反応は、部外者立ち入り禁止のこの施設に現れたスーツ姿の女にただ目を丸くすることだけだった。

駆け寄ってきた岸元に、美由紀は笑みをかえした。「元気そうね、岸元二尉。むしろ若がえったみたい」

岸元は面食らったようにいった。「二尉じゃないぜ、階級章を見なよ。一尉に昇進したばかりだ」

「おまえが一尉？」そういってから美由紀は自分の言葉の変化に驚いていた。どんなに親しかろうと、男性を相手に〝おまえ〟呼ばわりとは。久しく忘れかけていた自衛隊での自分が顔をのぞかせているようだ。

しかし岸元は、かつてずっと美由紀にそう呼ばれていたせいか気にかけたようすもみせず、ただ肩をすくめた。「階級のうえでは、俺はおまえを抜いたぜ。ま、おまえがつづけてればとっくに二佐か三佐かもしれねえが」

「あのう」酒巻三尉が岸元の肩越しに、不安そうな顔をのぞかせていた。「失礼します。岸元一尉、そのう、自分の訓練結果に対する採点をいただきたいのですが……」

岸元は振りかえり、ふんと鼻で笑った。「俺なんかより彼女に聞きな」

はあ、と酒巻は戸惑った顔を美由紀に向けてきた。

「鈍いな、おめえは」岸元が咳《せき》払いした。「百里基地で岬っていえば、ひとりしか思いつかんだろ」

酒巻の顔にはまだ困惑がとどまっていたが、やがてその顔面が驚愕《きょうがく》のいろに包まれた。

「ひょっとして、岬美由紀元二尉で？」

「まあ、そうね」美由紀は笑った。自然に笑みが漏れた。あれだけ嫌っていた自衛官時代の肩書きも、防衛省の役人ではなく空自のパイロットに呼ばれるとすんなり受けいれられる。少なくとも、千里眼と呼ばれるよりはましだった。

「失礼いたしました」酒巻は目を見張りながらかしこまった。「酒巻三尉であります。こうしてお目にかかれるとは、光栄の至りです」

驚きの声をあげたのは酒巻だけでなく、シミュレーションルームの隊員たちすべてだった。全員の顔に微笑が広がり、尊敬のまなざしが美由紀に向けられている。パイロットたちが口々につぶやきあっているのが聞こえる。岬元二尉だってよ。あれが岬元二尉か。写真で見たことあるぞ。あんなに小柄だったのか。馬鹿、伝説の人だぞ。

二十八にして伝説とは、一気に老けこんだ気分にさせてくれる。そのほかの賛辞もどこかくすぐったい。美由紀は照れを隠しつつ岸元に向き直った。「ずいぶんと顔ぶれが入れ替わったのね」

「ああ。例のマリオン・ベロガニア事件の打撃やら、イラク派兵やらで人材が不足しててな。主力戦闘機部隊にふさわしいパイロットを急遽養成《きゅうきょ》する必要が生じたんだが、教官のほうも数が揃わない。俺までひよっ子の面倒をみる始末だ」岸元はそこで言葉を切り、ふとなにか思い当たったような顔で声を張りあげた。「ひょっとして、おまえもそうなのか、岬? 復帰してくれたとか?」

「冗談いわないでよ。この服みりゃわかるでしょ。わたしのことより、ちゃんと自分の仕事をしたら? 酒巻三尉にアドバイスは?」

岸元は酒巻に向かって口を開きかけたが、そのままためらいがちに静止した。美由紀に目を戻すと、岸元はにやりとしていった。「そっちこそ冗談いうな。おまえの前で、偉そうに操縦の講釈なんか垂れられるか」

美由紀は苦笑し、酒巻をみた。「飛行エンベロープの捉《とら》えかたは正しかったし、旋回も安定していると思う。でも、まだバレル・ロール・アタックなんか思いつかなくていい。曲がりきれないと思ったらそのまま交差してやりすごし、次のチャンスを待つこと。岸元はコ・パイロットだから気楽だけど、操縦桿《かん》握ってるほうからすれば、いちいちアクロバットしてちゃ身が持たないからね」

「悪かったな」岸元が笑いながら吐き捨てた。「俺の以前の相棒がアクロバット好きで、すっかり身体が慣らされちまったもんでな。岬美由紀二尉殿なら、さっきの局面からぴたりと敵の後ろに着けることはもちろん、六時方向に追われても回避し撃墜してのけるだろうけどな」

酒巻が目を丸くし美由紀をみた。「あの近距離からですか」

「まあね」美由紀はそうつぶやいたが、直後にどうすべきかを迷った。酒巻は、岸元のいらほうが先に気づく、あるいは知っていることを事実と受け取ってくれるだろうか。それとも自衛隊に付き物の上官のほら話に過ぎず、おおげさな物言いのひとつととらえるだけだろうか。

躊躇《ちゅうちょ》は数秒つづいた。が、すぐに結論はでた。実機で飛ぶわけではないのだ、能力を出し惜しむことはない。なにより彼らの将来のためだ。

「見本をみせたげる」と美由紀はいった。

岸元はさして意外に感じたようすもなく、両手を勢いよく叩《たた》き合わせていった。「よくぞいってくれた。きょうはいいもんが見れそうだぜ。おい、二番のシミュレータを用意しろ」

どよめきに近いざわめきがシミュレーションルームに広がった。准尉の制服が三つ並んだ筐体《きょうたい》の中央に駆けていき、扉を開ける。

どうも調子が狂う、美由紀はため息とともにそう思った。年齢的にもそろそろ落ち着かねばならないと思っていたのに、この基地に足を踏みいれてからはかつての闘争心が沸々と沸きあがるのを抑えられずにいる。自分の幼さを痛感すべきだろうか。精神年齢の低さを嘆くべきだろうか。いや、そもそも自衛官の世界は外界とは違うのだ。ここでは二十代後半、いや三十代や四十代に至ってもまだ青春の群像がある。なにごとも若さと情熱で乗り切ろうとするチャレンジ精神が全身を突き動かし、大人びた野心とは無縁の、ある意味で純粋かつ潔癖な少年少女時代のつづきがある。

打算や策謀から切り離された永遠の十代の世界。この場所に自分の体温がすっかり馴染《なじ》むのを感じながら、ひとり大人ぶって醒《さ》めた顔でたたずむことなどできようはずもない。

「やるわ」といって美由紀はシミュレータに向けて突き進んだ。

ふっ、と岸元が吹きだし、酒巻にいった。「やるわ、だってよ。すっかり女になった気でいやがる。俺の知ってる美由紀はそんなやつじゃなかったけどなぁ。言葉づかいも野郎そのものだったはずだけどな。男でもできたのか？」

「うるせえな」美由紀は苦笑ぎみにそう応じてから、またしても自分の発した言葉に驚かされていた。除隊後、すっかり心を改めたはずなのに、過去は消えたわけでも薄らいだわけでもなかった。まだ美由紀のなかで息づいていたのだ。言葉づかいが荒くなったのは空自に正式に入隊して以降のことだが、それはやはり一時的な変異ではなく、自分のなかの一面として不変のものになり得ているようだった。

だがなぜかいまは、過去の自分が表出したことを忌まわしく思いはしなかった。新人のパイロットたちに生きて帰るためのヒントを与える機会を得たのだ、その役目を果たすには、むしろ過去の自分こそ望ましい。

期待感と、どこか懐疑的な気分の入り混じったパイロットたちの視線を感じながら、シミュレータに近づいた。岬二尉、ご健闘を。パイロットのひとりが目を輝かせていった。

美由紀はそのパイロットに笑顔を向けた。ありがとう、そうつぶやいた。

深呼吸をして、シミュレータの筐体のわきに立つ。准尉がまだ上半身を筐体のなかに突っこんで、スイッチ類の点検をおこなっている。美由紀は辺りを見まわし、戸口への最短距離を目で確認した。シミュレーション中になにかが起きたときのため、施設から外に脱出するルートは頭に刻みこんでおけと教わった。その教えが、いまもまだ習慣として美由紀のなかに残存している。

　身体を起こした准尉と入れ替わりに、筐体のなかに入ろうとした。そのとき、美由紀は視界の隅に映った准尉の顔に、はっとする感覚を覚えた。いったん筐体に突っこんだ頭をまた外にだして、その顔をまじまじとみる。

「上坂さん？」と美由紀はいった。

　准空尉の制服を着た上坂孝行は、こわばった笑いをうかべて美由紀に小さくうなずいた。

「や、やあ。ひさしぶり」

　美由紀は言葉を失っていた。以前よりもさらに頬が痩《や》せこけて、皺《しわ》が増え、短く刈りあげた頭に白いものが混じっているが、それは上坂にちがいなかった。

「どうしたの」美由紀は囁《ささや》きのような自分の声をきいた。「こんなところでなにをしてるの」

　上坂は、美由紀の知るかつての上坂の反応をしめさなかった。余裕に溢《あふ》れた元同僚としての顔も、世間知らずだった美由紀に対する哀れみを漂わせた親のような顔もみせず、ただ力のない笑いだけを浮かべていった。「見てわかるとおり、准空尉として第３０５飛行隊のシミュレーションを手伝ってる」

「でも、防衛大を出たあと幹部候補生学校に入校したはずでしょ？　一年後には三尉になるはずなのに……」

「それがその」上坂は声をひそめた。「奈良の空自幹部候補生学校で、訓練についていけなくて……。部隊勤務はしたんだけど幹部にはなれなくて」

「そうなの……」美由紀は上坂を見つめてつぶやいた。「どの部隊のパイロットの名簿にも、あなたの名が見つけられなくて、変だと思ってたけど……」

「ずっと地上勤務なんだ」上坂は少しばかり吹っ切れたように、楽な姿勢で立った。「おかげで気楽だよ」

そういって笑う上坂に美由紀も笑みを返したが、心は複雑だった。過去の上坂とはまるで別人だった。顔かたちは同じでも、いまの上坂には以前のような自信も威厳も感じられなかった。なにより、輝いてはいなかった。

「おい、上坂准尉」岸元のいらだった声が飛んだ。「準備は完了したのか」

上坂はあわてたようすで姿勢を正し、踵《きびす》をかえした。「はい、完了いたしました」

美由紀はそれ以上、上坂の姿をみていられなかった。筐体のなかに潜りこむと、上坂がスライド式の扉を閉めるのを待たず、自分の手で閉めた。

薄暗い個室に三つ並んだモニターに、滑走路のＣＧ映像が表示されている。計器類はＦ４ＥＪ改の訓練用ユニットに交換してあった。多様な戦闘機のシミュレーションに兼用されるため、操縦桿やフットペダル、エジェクション・ハンドルの位置はどうにも曖昧《あいまい》だが、さほど気にはならない。美由紀はＦＨＧ２ヘルメットを取りあげて被《かぶ》った。ヘッドアップディス《HUD》

プレイを見やる。ベトナム戦争のF4はHUDではなくレーダー要員に頼っていたが、この訓練のシナリオは史実に忠実なわけではない。あくまで現代の自衛隊の装備を最大限に生かすためのトレーニングでしかない。

「美由紀」ヘルメットのなかのスピーカーから岸元の声がきこえた。「お手並み拝見」

無言のまま、美由紀はてきぱきと発進準備にとりかかった。ミサイル、パワーオフ。セレクションをレーダーに入れる。燃料パネルをセット、フラップのスイッチをアップ。実機ならプレーン・ディレクターに指で合図するところだが、シミュレータなので省略した。発電機のコントロールを外部電源オンにし、計器類に目を走らせる。警報灯、コンソール、フラップ位置指示計、いずれもよし。燃料の量も問題ない。

美由紀はいった。「プリスタート・チェック完了。エンジン・スタート準備よし」

「了解」岸元の声がした。「スタート・ユア・エンジン」

スロットルをオフ位置にまで引く。その左右側面のエンジン・マスタースイッチをつまんで引きつつ向こう側に倒しロック状態にした。スタートスイッチを右《R》に倒すと、リアルな振動と轟音《ごうおん》が高圧空気の流入を伝え、右エンジンが回転を開始する。回転数十パーセントでスロットルの点火ボタンを押し下げた。排気温度計の指標があがる。エンジン点火。轟音は激しさを増していく。回転四十五パーセント、スタートスイッチをニュートラルに戻し、右発電機のスイッチをオンに入れる。つづいて、左《L》エンジンも同じ手順で点火させる。シミュレーションとはいえ、正確に操作しなければ減点が記録されてしまう。

フラップの下げ位置を機体重量に合わせて調整し、アレスティング・フックがアップ状態にあることを確認する。ブレーキを踏みこんだまま左右のエンジン出力を少しずつ上げ、機体をのろのろと発進させる。モニターのなかの画像もゆっくりと奥から手前へと流れだす。筐体も、いかにも滑走路の上を前進しているように軽い断続的な振動を伝えてくる。

ベトナム戦争では空母からの発進も多かったのだろうが、このシミュレータでは百里基地の滑走路が再現されている。定位置で機体を停め、外部燃料移送スイッチをオフにする。トリム確認、エンジン出力よし。スロットル・レバーを通常セクターに押しこみ、左へ、さらに奥のアフターバーナーのセクターへと動かす。爆発音にも似たアフターバーナーの点火音がコックピットに響き、地震のような振動とともに機体が前進する。実際にはシミュレータを後方に傾けることで推進のGを再現しているのだが、何度挑戦してもシミュレータの再現性には圧倒される。


滑走路から飛び立ち、モニターには青空がひろがった。右舷《うげん》前方に浮かぶ雲のかたちが毎度同じ。シミュレータに慣れてきた隊員がいちどは口にする皮肉だった。上昇角度十二度、降着装置を格納。速度二百ノット、高度九十メートル、フラップをあげる。

訓練用の地形は、トンキン湾洋上から紅河《ホンハ》上空。亜熱帯の森林がモニターの下方に表示されている。美由紀が現役だったころより解像度があがったようだ。木の一本一本が鮮明に再現されている。ソフトウェアではなくハードウェアの進歩だろう。初期の画面では地面はただのっぺりとした緑いろが広がっているだけで、とても森にはみえなかった。

レーダーに反応があった。六時の方向、距離四十キロ。IFF敵味方識別装置にはUNKNOWNと表示されている。

岸元の声が響いてきた。「参照点《ブルズアイ》より一七〇度七十二キロ、不明機北上中」

「こちらも確認した」美由紀はいった。「攻撃許可を求める」

「目視確認せよ」と岸元の声。「撃ち急ぐんじゃねえってことだよ、美由紀」

「わかってるよ」美由紀はぞんざいに応じると、兵装スイッチをセーフからアームへと切り替えた。スパローミサイルを選択。外部タンクを切り離し全速力で飛ぶ。

九時の方角、距離十九キロに機影をとらえた。ほどなくその機影が向きを変える。追尾すると、機影はみるみるうちに接近してきた。交差した瞬間、美由紀はミグ17の機体を目で確認した。

ふつうならやり過ごしたあと、旋回して敵とふたたびあいまみえることになるだろう。しかし美由紀は、そんな余裕を敵に与えるつもりはなかった。すかさず操縦桿《かん》を倒し旋回する。オーバーシュートを故意に敵に見せつけ、敵に振り向かせる。敵が旋回しかけたとき、美由紀は敵の旋回とは逆方向にロールをかけながら急上昇した。シミュレータの憎らしいほどの再現性が美由紀の身体に強烈なGをかけようとするが、美由紀は俊敏でありながら負担のかからない姿勢の変更を心がけていた。ミグの小さな旋回半径のなかに留《とど》まるために、ほぼ九十度に上昇、背面になったあともロールしつづける。

寸分の狂いもない垂直バレル・ロール・アタックによって、ミグの背後をぴたりと捉《とら》えた。ロックオンと同時にトリッガーを押してスパローミサイルを発射、直後に花火のような爆発とともにミグは空中に四散し、粉々になった破片を森林に降らせた。

無線を通じてどよめきと歓声がきこえてきた。美由紀のシミュレーションを見学しているパイロットたちの声だった。岸元の手もとにあるマイクを通してもこれだけ明瞭《めいりよう》に聞こえるということは、よほど大きな声をあげたのだろう。

「おみごと」岸元の声が響いてきた。「まったくたいしたもんだぜ、おまえは。だが、安心するには早いかもな」

美由紀はレーダーを見た。六時方向、すなわち背後に反応がある。すでに敵機に張りつかれていた。

スピーカーから聞こえていたパイロットたちの歓声が、ふいにやんだ。沈黙に彼らの緊張が伝わってくる。距離はわずか、もはやロックオンされるのを待つしかないという状況に、思わず息を呑《の》んだのだろう。

しかし、美由紀はいささかもたじろがなかった。ミグは一機を囮《おとり》にして、ほかの機が後ろに回りこむという戦法を得意とする。そのことは既知の事実だったからだ。実際、日本海上で遭遇したロシア空軍の領空侵犯機の多くはいつもその手を使っていた。

美由紀は操縦桿を巧みに操り、ロックオンされないぎりぎりの範囲で機体を上下左右に揺さぶりながら飛んだ。ミグは追跡をあきらめるようすもなく一定の距離を保ちながら尾《つ》けてくるが、美由紀は恐怖も緊張も感じなかった。箱根《はこね》の山道をドライブするのとさして変わりがない、そう思った。しばらくこのまま微妙な回避をつづけ、折りをみて反撃に転じればいい。

ほとんど無意識的な手足の反応に操縦を委《ゆだ》ねながら、美由紀は筐体《きょうたい》の外でシミュレーションを眺めているであろう上坂孝行のことを考えた。

准尉。あの上坂が幹部候補生学校を中途で挫折《ざせつ》し、地上勤務。人は変わるものだった。いや、彼は昔からあのままだったのかもしれない。変わったのはわたしのほうかもしれない、そうも思える。あのころ、彼は憧《あこが》れの存在であり、わたしにとってのすべてに思えた。彼を追って自分の運命まで決めていた。防衛大への進学を志したのも、ほかならぬ彼のためだった。

けれども、と美由紀は思った。運命とは皮肉なものだ。今回の依頼が伊吹直哉ではなく上坂孝行のためのものであったなら、わたしはここに足を運ぶこともなかっただろう。そして、准尉に留まっていた彼の姿をみることもなかっただろう。

防衛大志望という突拍子もない申し出に、担任の女性教師は最初こそ面食らったものの、美由紀が本気と知ると少しずつ協力的姿勢をみせるようになっていった。まずは資料を取り寄せ、防衛大がどんなところであるかを学ぶところから始めた。

まず、教師が懸念していた事柄についての真実があきらかになった。防衛大学校、なぜ大学ではなく大学校なのか。資料の一ページめにその答えが書いてあった。防衛大学校は文部科学省所管の学校ではなく、陸上・海上・航空の各自衛隊の幹部自衛官となるべき者を養成するために防衛庁設置法によって設立された、防衛庁所管の学校です。国の予算で設立された学校であっても、文部科学省所管でないために大学校と呼ばれています。いわゆる大学ではなくても、教育内容は文部科学省の定めた大学設置基準に準拠しているので、卒業生には他大学と同様に学士の学位が授与されます。

女性教師がその一文を読みあげたとき、美由紀は教師と互いに顔を見合わせてほっと安堵《あんど》のため息を漏らしたことを覚えている。まずは最初の懸案材料はクリアされた。授業も大学とほぼ同様で、教養教育、外国語、体育が必須、人文社会科学もしくは理工学を専攻するというものだった。ほかに防衛学なるものを履修せねばならないらしいが、その時点での美由紀と教師の感想は、予想していたよりも普通の大学に近くて、これならいけそうだ、そういうものだった。

驚いたことに、防衛大の学生は入学した時点で自衛隊員として扱われ、特別職国家公務員なる地位に就くことがわかった。公務員だけにアルバイトが許されないと知り、親との交流が断絶状態にあって仕送りに期待できない美由紀は不安を覚えたが、そこには意外な特典があった。防衛大は入学金も授業料もかからないばかりか、月々十万六千七百円の給料が支給されるというのだ。共済組合掛金や福祉貯金、団体保険掛金など天引きされるため、手取りは八万五千円ていどになるというが、ほかに年二回にわたって期末手当が三十八万円も支払われるという。先生も志望校に入れればよかったわ、と女性教師は冗談めかして美由紀にいった。

学生手当が生じることと、学生舎なる寮生活が原則となることについて、美由紀は腰が引けるどころか喜ばしいことと感じていた。これで家に帰らずとも暮らしていける。上坂と無事に恋人同士の関係を築いたら、将来はふたりでどこか住む場所をみつければいい。この時点でも美由紀の志望理由は彼以外のなにものでもなく、したがって防衛大をでてからのことはまるで頭になかった。防衛大卒業後は幹部候補生学校なるものに入り、そして幹部自衛官に就任するという一連の義務については、資料には書かれていても認識には至っていなかった。ようするに体育大学みたいなものだ、女性教師との話し合いの結果、そのていどの理解に落ち着きつつあった。高いレベルの運動能力と体力が必要だと資料にはあったが、体育についても学年トップの美由紀には不安材料とはならなかった。

女性教師が資料として取り寄せた入学案内のパンフレットには、制服姿の男女の写真が掲載されていたため、一見して共学だと思って安心していたが、じつは女性の入学は昨年度から始まったばかりだった。女性の募集人員も三百六十名のうち二十五名とかなりの狭き門とわかった。やっぱり給料に家つきの学校なんて容易《たやす》く入れるものじゃないわね、と女性教師は肩をすくめた。美由紀はしかし、倍率の高さなどまるで意に介してはいなかった。パンフレットの写真を見て、気がかりに思ったのはその制服をいつ着るのかということだった。式典のときだけかな、と美由紀は女性教師にきいた。女性教師は眉間《みけん》に皺《しわ》を寄せてパンフレットのページを繰り、答えを探しだした。どうやら高校と同様に、入学後はずっと定められた制服を着用せねばならないようだった。それも美由紀にとっては好都合だった。着るものに迷ったあげく散財するよりは、きまった服を着つづけるほうがいい。

　進学すると心にきめたら、あとは願書を提出するだけだった。志願票と受験票に顔写真を貼る。受験票は「自衛隊受験票」となっていた。まるで自衛隊を受けるみたいじゃん、美由紀は冗談っぽくそういったが、女性教師の顔は笑っていなかった。実際それは、自衛隊への入隊を希望する手続きにほかならないからだった。

　試験は私大と同じく三科目を選択すればよかった。人文社会学を専攻すれば、試験科目も国語と外国語科目、社会科目からの選択で済ませられるが、すでに上坂孝行が理工学専攻と聞き及んでいた美由紀は、迷わず同じコースを選ぶことにした。一日めは英語と数学のマークセンスにドイツ語の記述式、二日めは化学と数学でいずれも記述式という選択だった。同級生が志望校のいわゆる〝赤本〟の問題集で受験勉強しているあいだ、美由紀は防衛大の受験レベルがどれくらいなのかわからず困惑した。なにしろ模擬試験でも志望校としてのデータがなく、合否判定がでないのだ。美由紀はそれでも、簡単に合格できるレベルではあるまいと判断し、東大や早稲田、慶應あたりの出題内容を指標にして勉強しつづけた。わずか二十五人の枠だ、安易に入学できるわけはない。

　一般の大学にない特殊な合否基準としては、体格の検査があった。防衛大に入るには太りすぎも痩《や》せすぎも好ましくないとされていた。数値としてはっきりと合格の基準が明記されていて、美由紀の身長である百六十五センチに該当する体重は約四十六キロ以上六十九キロ以下だった。体重が四十三キロしかなかった美由紀は毎晩のようにマラソンとトレーニングで筋肉をつけ、なんとか基準に達することができた。これについては、担任の女性教師が日体大をでた体育の教師に話をつけてくれたため、毎日のカリキュラムを効率的に組んで実行することができた。大学受験のために体力づくり。美由紀はときおり、上坂孝行という入学のための究極の目標を忘れ、ただ入学それ自体のために執念を燃やすこともしばしばあった。勝負となれば損得勘定など投げ打って勝つことに集中する、そんな負けず嫌いの性格あってのことかもしれなかった。ただし、ひとたびトレーニングや学習の場を離れると、やはり上坂のことで頭がいっぱいになった。いまごろ彼はどうしているだろうか。わたしと同じように、体力づくりと受験勉強に追われているだろうか。そんなことばかりを考える日々がつづいた。

　最寄りの試験会場は、茨城県の霞ヶ浦《かすみがうら》駐屯地《ちゅうとんち》というところだった。このとき美由紀は初めて、自分がどんなところを目指していたかをまのあたりにした。鉄条網のフェンスに囲まれた荒涼とした大地、迷彩服姿の隊員たち、ジープやトラックなどの車軸。それまでまるで興味をしめしたことのなかった戦争映画のなかの風景が、そこにひろがっていた。とはいえ、実際の戦争はほど遠いものと受けとっていた。万が一に備えての組織にすぎない、美由紀の認識はそのていどだった。日本を侵略しようとする国など存在しないし、だいいち世界は平和に向かっている。自衛隊もいずれ廃止される、うまくすれば卒業と同時に組織が消滅し、晴れて自由な就職が可能になるかもしれない、そこまで身勝手な展望を描き、なにごとにも楽観的だった。

十年前、十八歳の美由紀はまだそのていどだった。周りを見まわしても、戦争の危機を肌身に感じる人間などいなかった。テレビのニュースに自衛隊の名が頻出することもなかった。まだニューヨーク同時多発テロの起きる前だった。世界は平和そのものにみえた。時代の遺物、自衛隊は、その国家公務員としての将来の安泰と名ばかりの栄誉を得るための足がかりでしかない、受験生は誰もがそう信じているようにみえた。少なくとも、美由紀はそう思っていた。

合格通知がくるという自信は揺らぐことはなかった。なにをもって確信していたかはさだかではないが、美由紀はかならず防衛大に入ることができると信じていた。口述試験と小論文で、国家のために尽くす、そう断言した時点で合格を言い渡されるものという実感を得ていた。うわべだけのうわべだけの愛国者を装ったわけではない、試験でその局面が訪れるという実感を得ていた。愛国者を装ったわけではない、自然にそう告げていた。自分がイデオロギー的にどんな立場なのか、考えてみたこともなかった。一緒に面接を受けた学生は、きみはずいぶん右寄りだね、そういった。美由紀にとっては、右も左もなかった。平和が保たれている先進国の、未来永劫《えいごう》の安泰を願うのは当たり前のことではないだろうか、そう訝《いぶか》しがった。親しい友達の命が奪われるかもしれない、そんな不安定な政情に陥ることを望む人間がどこにいるだろう。美由紀は純粋にそういう気持ちを言葉にしただけだったが、他人にはなにか別の意味を含み得て聞こえるようだった。十年前のその時代、平和について論ずること自体、なぜか人々は避けていた。タブー視していた。そんな偏見があったことを美由紀が認識したのは、ずっと後になってのことだった。

果たして、合格通知はきた。ただし、なぜか志望した理工学ではなく人文社会科学専攻に変更されていた。妙に思って防衛大の事務室に電話できいてみると、理工学専攻は美由紀のほかに女子の合格者が皆無だったため、ひとりだけではなにかと不自由だろうと思って専攻を変更したのだという。友人が理工学専攻なんですけど、美由紀がそういうと、電話の相手は平然と答えた。心配しなくても、第一学年の学生数は数百人しかいない。専攻は違っても授業が重なっていることもあるし、友人と離ればなれになることはないよ。

腑《ふ》に落ちないものもあったが、美由紀は仕方なく受けいれることにした。防衛大だ、世間一般の大学とは違う。こちらの常識が通用しないこともあるだろう。

友達が美由紀の合格を祝福してくれたころ、美由紀は自分の進路が誇り高いものであることを徐々に知りつつあったが、まだ誠心誠意国防のために尽くす人間になろうとしていたわけではなかった。横須賀の馬堀《まぼり》海岸に近い防衛大の広大で美しいキャンパスに、買ったばかりのリッターバイクで乗りつけたとき、美由紀は身も心も有頂天になっていた。青いシャツにネクタイという清楚《せいそ》な制服も好印象だった。ここで新しい生活がはじまる。上坂孝行との第二の人生が幕を開ける。アメリカナイズされた、どこか異国情緒漂う付近一帯の街並みが美由紀の心をさらに躍らせた。生まれ育った田舎とはちがう。まさに彼と過ごす大学生活にふさわしい情景だった。校舎のわきに古い戦車や戦闘機が据え置かれているることさえ、楽しそう、まるでテーマパークのようにそう感じていたぐらいだった。

　ところが、果てしなく気分を高揚させていた美由紀は一日めにして、早速釘《くぎ》を刺されてしまった。防衛大にはバイク通学は許されていないばかりか、学生舎に入る以上はバイクの所有は禁止だというのだ。美由紀は渋々従うことにした。放校になったのでは、ここまで頑張った意味がなくなる。彼との淡い日々の復活も永遠に水泡に帰すことになる。

　キャンパスは広くても学生の数はそれほどでもないせいか、ほどなく上坂とは顔を合わせる機会を得た。先に気づいたのは美由紀のほうだったが、あえてやり過ごし、上坂の行く手にさりげなく立って、彼に気づかせた。上坂は目を見張り、信じられないという態度をしめした。優男が浮かべた笑みは、わたしを歓迎しているのだ、当時の美由紀はそう解釈していた。全身を白の制服姿に包んだ上坂は、高校時代よりもずっと洗練された大人の印象を漂わせ、光り輝いてみえた。

　わたしにとっての青春時代の始まり。美由紀はそう確信していた。その理想が脆《もろ》くも崩れ去るまで、それほど長くはかからなかった。

　ミグはしつこく追いすがりながら、じりじりと距離を詰めてきている。シミュレータだけに、本物のパイロットがしめすような焦りは感じられない。ロックオンできずとも、苛《いら》立《だ》つようすもなくただ淡々と追跡をつづけている。

「美由紀」スピーカーに岸元の声がきこえてきた。「お遊びはそれくらいにしなよ。新人さんたち、おまえがやられるんじゃないかってびくびくしてるからな。こんなに距離が縮まっちゃ緊急回避《ブレーク》もできないだろうって意見が大半だぜ」

美由紀は思わず苦笑した。「心配ないって伝えておいたら？」

「おまえが行動で示しなよ、美由紀」

「そうだな」美由紀はレーダーに目を走らせた。距離がほどよく詰まった。そろそろいいだろう。「じゃ、そうする」

瞬時に操縦桿《かん》を前に倒した。前のめりになったコックピット前面のモニターには地上の森林がひろがる。さらに操縦桿を横方向に倒し、急降下に加えて急旋回をかける。螺旋《らせん》状に降下する自機の動きはもはや墜落に等しかった。旋回を大きくすれば空気抵抗を増して降下速度を減少させられるが、それでは敵機に捕捉《ほそく》されてしまう。

敵機に動きを予測させまいとするスパイラル・ダイブを数キロに渡ってつづけたが、美由紀はレーダーになおも追いすがってくるミグの機影をみた。シミュレーションならではの強靭《きょうじん》な敵パイロットだと美由紀は思った。ふつう、お遊びで日本の領空を侵犯するロシアのミグ機にここまでやる輩《やから》はいない。だが、ベトナム戦争ではこうした決死の追撃に身を投じるパイロットもいたかもしれない。そして、自衛隊の防空力も究極的には実戦に通用することが前提だ。甘えは許されない。

美由紀はスパイラルを続行したままさらに機体にひねりを加えた。垂直方向に降下しながらの急旋回、追随する敵の動きをみてそれとは逆方向に切り返す。このロール・シザーズで敵がオーバーシュートするのを待った。ところが敵機はなおも食らいついてくる。闘争心に火がつくのを美由紀は感じた。ここまでついてこれるパイロットは各国空軍の精鋭クラスにもごく少数だろうが、それが登場したということは、岸元がシミュレーションのレベルを最難関《マキシマム》に設定したに違いない。あいかわらず意地の悪い男だ。わたしの操縦の腕が鍛えられたのも、あの意地悪男とコンビを組んだがゆえのことかもしれない。

挑戦は受けて立つ、と美由紀は思った。

急降下中にもかかわらず、美由紀はエンジンの出力を絞りこんだ。振動が激しさを増し、機体が墜落を始める。さすがに敵機に戸惑いの反応が表れた。美由紀はスロットルをアイドル位置にまで戻し、エンジンによる推進力をほぼ無力にした。

ほとんど垂直落下していた自機と敵機、しかし自機は急激に下降速度を減少させた。むろん敵機ミグはこちらを追い越し、前方に飛びだしてしまった。

エンジンを切った自機はただ墜落するにまかせる状態にある。スロットルを戻したがエンジン出力が回復するまでは時間がかかる。地上がみるみるうちに迫ってきた。まさに自殺行為に等しい戦法といえた。が、美由紀はそれらすべてを考慮に入れていた。地上に向かって垂直落下していくミグにロックオンするや、スパローミサイルを発射して粉砕した。つづいてエンジンが回復すると、ぎりぎりの高度で操縦桿をぐいと引き機首を持ちあげ、水平飛行で回避した。

今度のどよめきは、さっきよりもずっと大きかった。シミュレータ内部の轟音《ごうおん》を圧倒するほどの歓声がヘルメットのスピーカーに響いてくる。

「見たかよ」岸元が甲高い声で叫んでいるのが聞こえる。「あれが岬美由紀だ。怖い女だろ、思い知ったか」

「岸元」美由紀はあえて低い声でいった。「調子に乗るな。シミュレータの難易度を元に戻してスイッチを切れ」

一瞬の沈黙のあと、パイロットたちの笑い声がきこえる。岸元がばつの悪そうな顔をして頭をかいているのが目に浮かぶようだ。ほどなく、モニターの表示がフェードアウトした。美由紀はベルトを外し、扉を開けた。

パイロットたちは、美由紀が筐体《きょうたい》に入る前とはまるで違う顔をしていた。全員が満面の笑顔と興奮ぎみの拍手で美由紀を囲んだ。

「素晴らしかったです！」パイロットのひとりが叫んだ。「スパイラル・ダイブに垂直ロール・シザーズなんて。とても真似できません」

「真似しなくていいの」美由紀は思わず照れ笑いを浮かべながらいった。「F４型機の旋回じゃミグにはなかなか張り合えないから、むしろミグに大きく勝る推進力で離脱し逃げるほうが賢い選択なの。無理に返り討ちにしようとせずに、逃げることを考えてね」

そのとき、岸元が女のような口調で茶化すようにいった。「逃げることを考えてね」

美由紀は岸元をにらみつけた。「そこ。茶々入れるな」

「すんません」岸元は頭をさげた。またパイロットたちに笑いが湧き起こった。

岸元がそのパイロットたちに告げる。訓練に戻るぞ、次の者、準備しろ。パイロットたちは、ブースの周辺へと戻っていった。

やっとショータイムの幕引きか。美由紀がため息まじりにそう思ったとき、背後から女の声が呼びかけた。「ずいぶん賑《にぎ》やかね。やっぱり、ここにいると思ったわ」

振りかえると、ほっそりとした身体を三尉の制服に包んだ女がいた。背丈は美由紀より若干高く、髪は黒で肩までかかるストレート。メイクも薄く、生真面目で几帳面《きちょうめん》な性格が控えめに引かれたアイラインに表れている。大きく黒々とした瞳《ひとみ》は鋭い印象を受けるが、表情は穏やかそのものだった。

予期せぬ出会いだったが、美由紀はすぐに誰なのかを思いだした。「鮎香？　うそ、まさか信じられない」

「女子高生みたいなリアクションね」早園鮎香三尉はそういって笑った。「百里基地へようこそ、っていうかおかえり、美由紀。あ、上官なんだから岬二尉っていわなきゃいけないのか」

「いいのよ、そんなの。もう辞めちゃったんだし」美由紀はシミュレーション・ブースを横目に見やった。「あなたもこれから訓練？」

「まさか」と鮎香は腕組みした。「わたし、パイロットじゃないし。基地業務群本部のほうに勤務なの。事務職だし」

「そうなんだ、ふうん」美由紀はつぶやいた。早園鮎香がもともと事務職を希望していたのか、それともパイロット志願者だったのかはさだかではない。ゆえに、どのような反応をしめせばいいのか、少しばかり戸惑う。

鮎香は美由紀の心中を察したかのようにいった。「わたし、最初からパイロットになんかなるつもりなかったわよ。女性自衛官のほとんどがそう」

空自といえば飛ぶことが仕事の主体と信じる美由紀にとっては、やや意外に思える言葉だった。「どうして？」

「どうしてって、体力づくりとかついていけないし、機械弱いし、それになんだか荒っぽいしね。あと、女性自衛官の受けいれ態勢ができてないし。第２０４飛行隊とか第３０５飛行隊とかって、ロッカールームがひとつしかないじゃない」

「ああ、女性自衛官の戦闘機パイロットがいないからよね」

「いまのところ、所属したのはあなたひとりでしょ。よく困らなかったなって感心したわよ」鮎香は悪戯《いたずら》っぽく笑った。「着替えとかどうしてたの？」

「さあ、ね」美由紀は頭をかきむしった。「そのころはずぼらだったし、あまり気にもかけてなかったから」

そのとき、上坂准尉が近づいてきて、鮎香に笑顔で声をかけた。「早園さん。来てたのか」

ところが、鮎香の反応はそっけないものだった。腕組みしたまま上坂を横目に見据えて、さばさばとした口調でいった。「シミュレータのそばを離れちゃいけない規則でしょ、上坂准尉」

　上坂はぽかんと口を開け、戸惑いがちに鮎香を見かえした。鮎香が目を逸《そ》らして無言でいると、上坂の視線は美由紀に向けられた。しかし、美由紀もなにをいうべきかわからず途方に暮れた。上坂はその場に当惑顔でたたずむばかりだった。

　だが、無情にも岸元の声がふたたびその背に浴びせられた。「上坂！　三番のシミュレータだ、さっさと準備しろ」

　はい、ただちに。上坂はこわばった顔でそう応じると、鮎香に名残り惜しそうな視線を投げかけてから走り去っていった。

　美由紀は驚きを禁じえなかった。「いいの？」

「なにが？」鮎香はややふてくされたような態度でいった。

「だって、あなたと上坂さんは……」

「昔の話よ」鮎香はそういって、髪をかきあげながら歩きだした。「幹部候補生学校のしごきがきつくて逃げだして、実家に帰って震えてた。わたしを置き去りにしてね。結局、両親が平謝りして自衛隊はクビにならずに済んだけど、幹部にはなれずに准尉どまり」

　美由紀は鮎香に歩調を合わせた。「でも、上坂さんのほうはまだ気があるみたいだったけど」

　鮎香は鼻で笑った。「よしてよ。幹部になり損ねた男に興味なんか抱けるはずがないじゃない。こんなに男女比率が異なる職場で、どうしてあんなのと付き合う必要があるの？　わたし、野心のない男は嫌い」

ずけずけと遠慮なく物をいうところは、かつての鮎香とまるで同じだった。しかもその表情には、落胆や失望のいろは見受けられない。察するところ、本当に愛想を尽かしたのだろうと美由紀は思った。もちろん、わたしもそうなのだが。

戸口から通路にでると、鮎香は上坂がついてきていないことを確かめるように鋭い目つきで施設内を振りかえり、それからようやく安心したように美由紀に笑顔を向けた。「あらためまして、案内役をおおせつかった早園三等空尉です。どうぞよろしく」

「鮎香が案内役をつとめてくれるの？」

「ええ。臨床心理士の先生が来るっていうから待機してたら、あなただと聞いてびっくり。わたしが同行してればどの施設も出入り自由だから、遠慮なく相談してね」鮎香はそこで言葉を切り、かすかに不安をのぞかせながら美由紀をみた。「わたしじゃないほうがいい？」

「いいえ、ちっとも」美由紀は心からいった。「信用のおける友達が一緒にいてくれるなんて、ほんとに嬉《うれ》しい」

鮎香の顔に笑みが戻った。よかった、と鮎香はいった。「じゃ、こちらへどうぞ、美由紀。まずはどこに行く？　問題になってる演習中の記録は、基地業務群本部のコンピュータで閲覧できるわよ」

美由紀は鮎香と並んで通路を歩きながらいった。「それより、彼に直接会って事情を聞きたいんだけど」

ふいに鮎香は足をとめた。困惑のいろを浮かべてしばし虚空を見つめていた目が、ゆっくりと美由紀に向いた。「いきなり会ってもだいじょうぶなの？　事前に知らせておいたほうがよくない？」

鮎香は、美由紀と伊吹直哉の過去の関係を知っている。気遣うのも当然だった。だが美由紀は、直哉と顔を合わせることにさほど躊躇《ちゅうちょ》を覚えてはいなかった。ふたりが恋仲にあったのは遠い過去のことだ。いまさら意識することもない。

「だいじょうぶ」と美由紀は答えた。「お互い大人だし、仕事だと割り切ってるし」

そう、と鮎香はつぶやいたが、少しばかり疑わしげな表情を浮かべてもいた。「ならいいけど。でも、伊吹一尉ってずっと基地に姿をみせていないの。横須賀で起こした暴力沙《ざ》汰《た》で謹慎処分を受けてるせいだけど、自宅マンションのほうに電話をかけても連絡がつかなくて」

「というと、現在の居場所がわからないとか？」

「いえ、だいたい把握してるわ。彼の後輩に情報を流してくれる人がいるから。ただし、基地の近くにいるとは限らないけど」

美由紀はうなずいた。「場所さえわかれば、わたしひとりで会いにいってくるから」

仕方ない、というように鮎香は肩をすくめ、通路の行く手に顎《あご》をしゃくった。「それじゃ、まずは飛行隊の事務所へ行きましょう。その後輩から連絡が入っているかもしれないから」

鮎香にうながされ、美由紀は歩きだした。複雑な思いが胸の奥にひろがる。考えてみればおかしな話だ。美由紀は鮎香と上坂の関係を気遣い、鮎香は美由紀と伊吹の関係を気にかけている。そしていずれも当事者のほうは意に介していないと主張している。まるで十代の恋愛のように、友情と愛情が複雑に絡みあっている。やはりここでは、青春という時代はまだ継続している。誰もが若く、ある意味で幼く、エリートの集まりでありながら、どこか浮世離れした存在。高校から防衛大に進学したころ、たしかにこの感覚は美由紀のなかにもあった。過ごす日々への重すぎる責任感、使命感。迷いが生じてばかりの道徳観念、そして自由度のなさ。さまざまな要因が彼らを若き日のままの心情に保ち、熱い血の通った人間であることを維持させるのだろう。

けれども一方で、彼らはとても大人びている。とてつもない力を得て国防の任務にあたる彼らは、精神力を鍛えあげ、信念のままに行動する強い意志の力を育てあげている。そしてそれは、いつも正しい。鮎香にしてもそうだ。美由紀と不仲だった日々のことを忘れているわけではないだろうに、その遺恨を残さず、元同僚として気遣ってくれている。

あれだけわたしを嫌悪していた早園鮎香と、こうして信頼を深め合い、行動を共にする日が来るとは思ってもみなかった。それもすべて〝永遠の青春の楽園〟である自衛隊の魔力がなせるわざだろうか。

鮎香と並んで歩きながら、美由紀はまた過去に思いを馳《は》せていた。初めて会った早園鮎香に対する美由紀の印象は、このうえなく劣悪なものだった。むろん、彼女の目から見た美由紀も同様だったにちがいない。

防衛大入学二日めにして、美由紀は理想と現実とのギャップを悟った。

学生舎の朝の静寂は、けたたましい起床ラッパによって破られた。それも午前六時半、まだ外はわずかに空が蒼《あお》みを帯びたていどだった。朝食は妙に広い学生食堂で朝七時から、二列が向かい合わせになった長テーブルにひしめくように座り、雑談もなくただ黙々と食事をとる。八時五分には学生舎の外に集まり国旗掲揚、「君が代」が流れるなか直立不動の姿勢をとって、ゆっくり昇っていく日の丸を眺めた。これが毎朝つづくのか、美由紀はひそかにため息をついた。そして八時半には一時限めの授業が開始された。

美由紀はここに至ってもまだ認識が不足していて、自分がすでに自衛官として扱われている実感を抱いていなかった。防衛大の学生は、学生隊という部隊の一員であり、れっきとした自衛隊員にほかならなかった。学生隊は四個大隊からなり、一個大隊は四個の中隊、一個中隊は三個の小隊で編制されている。そして一個小隊は、およそ四十名の学生が集まって形成されている。美由紀は、その四十名のなかのひとりにすぎなかった。

学生隊は指導教官の命令に従わねばならず、授業に赴くにも〝課業行進〞なるものを義務づけられていた。要するに教室の移動は全員で行進をしていくわけで、美由紀の思い描いていたキャンパスライフとはずいぶんかけ離れた印象があった。

最初の授業は女子学生だけが集められた体育だった。第一学年の体育は体操、トレーニング、陸上のなかからふたつを選択することになっていた。二学年になるとバスケットボールやサッカーなどの球技があり、三学年では剣道や柔道などの格技を習うのだという。体力に自信のあった美由紀は不安など覚えてはいなかったが、この初めての授業ではその持ち前の運動神経を発揮するには至らなかった。というより、そこまでの授業を受けさせてはもらえなかったのだ。

教官は長穂《ながほ》庸子《ようこ》という四十代半ばの女性幹部自衛官だったが、同じく四十歳代の女性教師だった高校の担任とはまるで対照的だった。自衛官であるという自覚に欠け、号令に従ってきびきびと動くことにもやや気後れしていた美由紀は、敬礼の動作ひとつ周囲に合わせることができず、いつもワンテンポ遅れていた。体育館への行進、回れ右が二回、敬礼が一回、たったそれだけで、美由紀は長穂教官に目をつけられてしまった。

「ここをなんだと思っている」と長穂庸子は男のような口調で言い放つと、冷ややかに美由紀を見やった。「エアロビの初心者教室じゃないんだぞ」

長穂は隊列の別のところに目を向けた。「早園鮎香。」長穂は声を張った。

はい。腹の底から響かせたような声で、一歩前にでる女がいた。美由紀よりも背が高く、引き締まった身体つきながら肩幅が広く、黒髪をナチュラルにまとめた、美人ではあるが鋭い目つきの女。それが美由紀の鮎香の第一印象だった。

長穂教官は鮎香に命じた。学生隊の本分を述べよ。鮎香ははきはきとした口調で告げた。広い視野を開き、科学的な思考力を養い、豊かな人間性を培うとともに、幹部自衛官にふさわしい精神、体力基盤及び生活習慣を身につけること。そのため、学生隊をして学生の共同生活を円滑にすること、あわせて将来部隊においての指揮、指導、管理等の能力の向上に資すること、また、自律心を涵養《かんよう》することにあります。その発言に対し、長穂はいった。それが理解できていないとみなされる学生を、学生隊の一員として認めるべきか否か述べよ。

鮎香は身じろぎひとつせずにいった。「認めるべきではないと考えます」

美由紀はただ唖然《あぜん》として鮎香の横顔を眺めていたが、鮎香は発言を終えたあと、美由紀をちらと一瞥《いちべつ》した。そこには美由紀を見下すような不敵な態度が見え隠れしているように、美由紀には感じられた。

だが、鮎香に抗議の声を投げかけられる空気ではなかった。長穂庸子教官は美由紀を見つめていった。「学生隊でなければ、授業を受ける資格はない」

授業開始後、わずか一分で退場。それが美由紀の防衛大で受けた最初の仕打ちだった。美由紀はひとけのない図書室に籠《こも》り時間を潰《つぶ》そうとしたが、憤りと苛立《いらだ》ちでいてもたってもいられなくなった。ぶつぶつと悪態をつきながら歩きまわっていると、本棚の陰から顔をのぞかせた男がいた。

「きみ」と男はいった。「静かにしなよ」

その男が伊吹直哉だった。上坂よりもずっと長身で、がっしりした体格、浅黒い肌で整った顔だちの男だった。同じスポーツマンでも優男の上坂とは異なり、野性的な印象のある鋭い目をしているが、そのまなざしはどこか穏やかな気配を漂わせていた。いまにして思えば、あの時点で伊吹に惹《ひ》かれなかったのはふしぎなことだった。長穂庸子教官の言いぐさと、腰ぎんちゃくのように尻馬《しりうま》に乗った物言いをした早園鮎香という女に怒り心頭の状態にあって、なにもみえていなかったのかもしれなかった。その時点で美由紀が伊吹についてわかったことは、自分よりもいくつか年上で、学生とは違う制服を身につけている。髪も少し長く伸ばしてパーマをかけているから、やはり学生ではないのだろう。それだけでしかなかった。

すみません、と美由紀は謝ったが、まだ納まらない憤りをどこにぶつけていいかわからず、途方に暮れていた。と、伊吹が話しかけてきた。なにをそんなに怒ってんの？

美由紀はその呑気《のんき》な言いぐさが許せず、怒りをぶちまけた。なんであんな言い方されなきゃいけないの。回れ右とか、敬礼とか、幼稚園じゃあるまいし。それでちょっと動きが揃わなかったぐらいで、授業を受ける資格がないなんて、人を馬鹿にしてるわよ。だいたい、なんでラッパの音で起こされなきゃいけないの。日の丸眺めて、どうしてみんな揃ってお通夜みたいに黙ってご飯を食べなきゃいけないの。教室移動は行進だなんて。いったいいつの時代なの？　戦時中？　学生舎の浴場なんて、シャンプーとリンスが一体化したやつしか置いてないのよ。あれが髪に悪いってことも知らない人たちから、なにを教われっていうの。

伊吹は辛抱づよく無言で美由紀の抗議を聞いていた。ただ聞き流していただけかもしれない。美由紀の言葉が途切れると、済んだか、そういってぶらりと立ち去った。去りぎわに伊吹はつぶやきを残した。しょうがねえじゃん、ここ自衛隊なんだし。

そのひとことは美由紀にとってなぜか衝撃的なものだった。ここは学校ではなく、すでに自衛隊だったのだ。ようやく美由紀はその認識に至った。いや、事実を受けいれざるをえなかった。

苛立ちは諦《あきら》めの気分によって少しずつ消化するしかなかった。二時限めの授業を終えたあと、美由紀は二階の廊下に人待ち顔で立っている上坂孝行を見つけた。美由紀は走り寄って、上坂に声をかけた。ああ、美由紀。上坂の目はどこか泳いでいるようにみえた。その理由はすぐにあきらかになった。上坂の待ち合わせの相手が現れたからだった。

早園鮎香は冷たい目で美由紀を見つめると、そのわきを通り過ぎて上坂に身を寄り添わすようにして立った。ふたりの仲がいいという鮎香のアピール、上坂はただ当惑の顔を浮かべるばかりだった。

上坂がひきつった笑いを浮かべながら述べたところによると、鮎香とは入学式で知り合って以来、親しい関係にあるのだという。鮎香はただ無言で美由紀を見やるばかりだったが、その目にあからさまな敵愾心《てきがいしん》を感じとった美由紀は、不愉快な気分でその場を立ち去った。なにが親しい関係だ。本当の恋人が誰か、上坂も明確に意思表示すべきだ。

美由紀は一日めにして早くも規則を破り、午後の授業をすっぽかして横須賀の町をひとりさまよい歩いた。横須賀というのはどこか変わった町だった。ブティックの店が建ち並ぶなかに、迷彩服や軍服を売る店があった。ショーウィンドウを覗《のぞ》くと、ヘルメットやモデルガン、手榴弾《しゅりゅうだん》やナイフのイミテーションも置いてある。まるで馴染《なじ》みのない世界だが、防衛大に入った以上は学んでいかねばならない分野かもしれない。店のなかに入ってみると、そこにはさらに異様な世界がひろがっていた。各国の国籍の入った軍の制服、ガスマスク、戦闘機の操縦桿《かん》、弾薬を取り除いた砲弾、戦車や軍用機のプラモデルもあった。なぜか宇宙船の模型も一緒くたにされて売られていた。

いらっしゃい、そういってカウンターに現れたのは、軍隊とも自衛隊とも不似合いな色白で肥満体の中年男だった。その制服、売るの？　店員は美由紀にそうきいてきた。いえ、機会があったらそのうちに。美由紀はそういって、そそくさと店を退散した。異様な世界だった。どう応じたらいいかわからない。

さらに歩を進めて横須賀駅近くまでくると、ふと美由紀の関心をひく看板があった。心理カウンセリング、相談承ります。そうあった。相談員は臨床心理士の津野田愛美《つのだまなみ》という人物と書いてある。

美由紀は臨床心理士なる肩書きがどんな意味を持つのか知らなかったが、気づいたときには扉を開けて受付に向かっていた。書類に名前と住所を記入し、待合室で少し待ってから、面接室に通された。津野田愛美は三十歳代の前半という感じの地味な女性で、喋《しゃべ》りかたもぼそぼそと口ごもるようなところがあった。愚痴を聞いてくれて、それなりのアドバイスをくれる勝気な中年女性の存在を思い描いていた美由紀は拍子抜けした。だが、とりあえず美由紀は防衛大に対する不満をぶちまけることにした。

ところが、美由紀が話すうち、津野田愛美はどこか沈みこんだ表情を浮かべるようになっていった。美由紀はそれが気になって、どうかしたんですかと問いかけ、いつしか立場が逆転した状態で会話が進んでいった。愛美は臨床心理士という発足したばかりの資格を取得するのに猛勉強したが、以前に世間が取り沙汰《ざた》していたほどの需要のある職業ではなく、精神科医師のもとで仕事をもらうか、こうして心理相談員の代理を務めるような職場しか与えられないのだという。

女どうしで傷の舐《な》めあいという状況はある意味で精神衛生上、最も有効なカウンセリングかもしれなかった。互いの置かれた境遇についてアドバイスを交わしあっているうちに、美由紀は愛美の控え目な性格に好感を抱くようになった。愛美も美由紀に対しては心を開きやすいと感じたらしく、最終的には自分の恋愛話まで打ち明けてきた。仕事で週一回足を運ぶ精神科の医師に恋心を抱いているが、告白にはまだ至っていない。そもそも勉強ひとすじで育ってきた愛美にとっては、男性に付き合いを願いでるなど宇宙旅行よりも困難なことに思えるのだという。

カウンセラーといえども人生の達人ではない、それどころかまるで人間関係に疎く、社会にでることに恐怖感さえ覚えている人間がいることを知った。美由紀は失望はしなかった。むしろ安らぎを覚えた。どんな世界でも、わたしと同じ悩みを抱いている人がいる。そう思えたことが嬉《うれ》しかった。

二時間以上も愛美と話しこんだあと、彼女はお代はいらないといった。美由紀が無理にでも支払いをしようとすると、面接室から受付にまで飛びだしてきて拒否した。愛美はその代わり、今後も友達としてプライベートで付き合ってほしい旨を遠まわしに告げてきた。美由紀は微笑みかえし、もちろん、そう答えた。

津野田愛美のおかげで、いくらか気分のほぐれた美由紀は防衛大に戻り、指導教官の叱りにもめげず国旗降下から消灯までの夜間の日程を規則正しくこなした。夜が明けると、美由紀の精神状態はさらに落ち着きをみせていた。独特の性格のせいか同学年の友人はなかなか作れなかったが、美由紀はひとり寡黙に授業をこなしていった。防衛学の授業では、上坂と早園鮎香がふたり並んで座っているところを目撃したが、美由紀は気にしない素振りを努めた。鮎香の挑発的な視線も徹底して無視した。

防衛大には校友会というクラブ活動があって、普通の大学と同じように運動部と文化部に分かれている。上坂はラグビー部に入っていた。第四時限の授業が終わったあとは、美由紀はいつもグラウンドでラグビー部の練習を見物し、上坂に声援を送った。上坂は、あの戸惑いがちな笑いで応じるだけだった。鮎香が部活の見物にきているときは、美由紀を見かけた鮎香が立ち去っていくか、美由紀が追い返されるかのどちらかだった。鮎香は友人たちとグラウンド脇のベンチに座り、空いているスペースにも荷物を置いて美由紀が近づくことを拒否した。話しかけようとしても、あからさまに拒んだ。近づかないでくれる、と鮎香は得意の仏頂面で美由紀にいった。学生隊の資格のない人間がここにいること自体、おかしいのよ。鮎香は皮肉っぽくそういった。

規律ならちゃんと守ってるし、最近では体育の授業にもでてるんだけど。美由紀がそういうと、鮎香は不敵に笑った。校友会に入ってる？　防衛大の学生ともなれば、部活ぐらい入らないと一人前とはいえないんじゃなくて？　わたしは吹奏楽部に属してて、きょうは練習が休みだからここにきてるけど、あなたはなに？　まさか防衛大にまで来て、帰宅部ってやつ？

鮎香のその態度に負けず嫌いの本能が刺激され、美由紀は体育館に突き進み、たまたまそこで練習をしていた少林寺拳法《けんぽう》部への入部を申しでた。突きと組み手の初歩の練習を受けたあと、美由紀は正式に入部を許された。技はまだなっていないが、気合だけは一人前だな、部長はそういって笑った。

美由紀も、偶然のめぐり合わせのわりにはいい部に入ることができたと感じた。そう、明日からはここでの部活がいいストレス解消になる。相手が早園鮎香だと仮想すれば、果てしなく強くなれる気がする。そう思った。

訓練をつづけるうち、衝撃的な瞬間が訪れた。

ある日、少林寺拳法部の練習に赴いた際、美由紀は見覚えのある三人と鉢合わせした。その三人は紛れもなく、女子高生だった美由紀を袋小路で襲った男たちだった。三人は練習着を身につけ、ただ黙々と拳法の組み手をつづけていた。

美由紀は驚き、部長にそのことを告げた。上坂君のアトラクションのことか」部長はきょとんとしていたが、やがて白い歯をみせて笑った。

「ああ、あれか。上坂君のアトラクションのことか」

「アトラクション?」美由紀は面食らってきいた。「どういうことですか」

部長は頭をかきながらいった。「今年入学したばかりの上坂ってのがいるんだが、あれの父親は防衛庁の偉いさんでね。OBにも知り合いが大勢いるから、どうしてもって頼まれた。女の子を振り向かせるきっかけをつくりたいから、部員に襲わせてくれって。俺も上坂のスタントをやらされたよ。たいてい、最後のひとりを路地の角に追っていって、そこで入れ替わるんだがね」

あまりにも意外な真相に、美由紀は思考がついていかなかった。咳《せ》きこみながら美由紀はきいた。「じゃあ、路地で三人をやっつけたのは……」

「ああ、僕だよ」部長は怪訝《けげん》な面持ちで美由紀をみた。「ひょっとして、そのときさみもその場に……」

「ええ。いました。わたしに見覚えないんですか? わたしを襲わせたんなら、顔ぐらい覚えてたでしょう?」

「さあね」と部長はさらりといった。「何十回もやったことだから。あ、ここだけの話にしてくれよ。俺としても嫌な話なんだが、上下関係で断りきれないことも多くてね」

部長はそういい残したきり、足早に立ち去っていった。

美由紀は呆然《ぼうぜん》と立ち尽くすしかなかった。あれは上坂ではなかった。狂言だった。すべてが部長のいうとおりだとしたら、わたしはなんのためにここにいるのだろう。

現在

週末の深夜、横浜ベイブリッジにほど近い大黒《だいこく》パーキングエリアは発酵する。宮島忠博三等空尉の目にはそう映っていた。高速道路から分岐し螺旋《らせん》状に下る道路にぐるりと取り巻かれた一帯に、その発酵した空間は広がっている。四百台近くが停められるはずの駐車スペースは満車状態となり、色とりどりの改造車やスポーツカー、いわゆるＶＩＰ仕様の黒塗りセダンに埋め尽くされる。ワンボックスカーの後部にはオーディオ機器がマウントされ、すさまじい大音量でユーロビートやブラック系ミュージックを奏でる。そこかしこでマフラーを短くカットした排気音が唸《うな》り声を上げ、ターボエンジンの轟音《ごうおん》を響かせる。どこからともなく沸きあがる若い女の嬌声《きょうせい》、若い男の野太い笑い声。いわゆるギャル系ファッションに身を包んだ女目当てに飢えた狼のようにうろつく少年たちは、どうみてもまだ十八歳にすら達していないようにみえる。なにかに憑《つ》かれたようにブレイクダンスを踊りつづける集団、それを囲んで手拍子を送る群衆、そしてパワードリフトで後輪を滑らせ、ひたすら回転しつづけるＦＲ車、出口へのわずかな直線道路でゼロヨンレースに興じる一群。最悪なことに、宮島はそのゼロヨンの群衆に加わっていた。

まるで悪夢だ。そう思いながら、近くのベンチに腰を下ろした伊吹直哉一等空尉を眺めた。革のジャンパーにサングラスというラフなスタイルの伊吹は、すっかりこの場に溶けこんでレース見物を楽しんでいるようだった。宮島もそれなりにカジュアルなファッションを身につけてきたため、周囲から浮いてみえることはないだろうが、いまはかえってそれが不満だった。年長者もせいぜい二十代半ばという若者たちのなかにあって、二十九歳の宮島と三十二歳の伊吹がパーキングエリアの不法占拠に加担しているというのは如何《いかが》なものだろう。国家公務員、それも自衛隊幹部が違法なゼロヨンレースに見物客として紛れているとなれば、飲食店での喧嘩《けんか》ていどでは済まされないにちがいない。

宮島の心配をよそに、伊吹は鼻にピアスをつけた若い男たちとすっかり仲を深めているらしく、並んでベンチに腰を下ろし背もたれに身をあずけていた。バドワイザーをあおりながら、伊吹は周囲の歓声に同調し叫び声をあげた。「すっげえな、あのランエボ！　コース外れかけたのに、立ち直り早っ！　たぶんドリフトとかもいけんじゃねえの」

たまりかねて宮島は声をかけた。「ねえ、伊吹一尉。伊吹一尉！」

「だから一尉って呼ぶなっての」伊吹は宮島に視線を向けようともしなかった。「おめえもバド飲むか？」

「いりませんよ。帰りの運転は僕がします。そろそろ引きあげましょう」

伊吹は面食らったような顔で宮島を見たが、すぐにおどけた表情を浮かべて近くを指差した。「いや、そうしたいのは山々なんだけどさ、あれ見なよ。連中が帰してくんなくてさ」

コース付近に駐車してあるブガッティ・ヴェイロンの周囲には、大勢のクルマ好きの若者が群れをなしていた。カメラ付き携帯電話で撮影したり、車内を覗《のぞ》きこんだりしてちょっとした観光名所のような様相を呈している。

宮島はため息をついた。たしかに限定三百台、滅多に見かけないヴェイロンの独創的かつスポーティな外観に羨望《せんぼう》のまなざしを送る若者が多いのはわかる。だが納得いかないのは伊吹の態度だ。見物の若者たちのためというよりは、ヴェイロンでここに乗りつけることによってゼロヨンレースの主《あるじ》と化し、みずから好んで特等席に陣取り、大物の走り屋を気取っているようにしかみえない。伊吹はすでに、彼の舎弟になりたがっているとおぼしき若者たちに取り巻かれていた。

「伊吹さん」ストリート系ファッションの浅黒い男が駆け寄ってきて声をかけた。「やばいっすよ、ランエボの記録。十秒二七」

伊吹は若者たちと一緒になってどよめき、身を乗りだしてきいた。「なんだよその化け物みてえなタイム。どれだけいじってあった?」

「タービン交換だけだってオーナーはいってましたけど」

またしても伊吹は若者たちに混ざってブーイングの声をあげていた。「嘘だろそんなの」

「こりゃ伊吹さんのヴェイロンに期待かけるっしかないっすね」

周囲の歓声を、伊吹は片手をあげて制した。「待ちなよ。悪いけど、まだヴェイロンの敵じゃねえ」

「あのう」宮島はふたたび伊吹に声をかけた。「まさか、参加するつもりじゃないでしょう?」

「心配すんな」伊吹はバドワイザーをごくりと飲み下した。「一〇〇一ps、最高時速四〇六キロの怪物だからな。一瞬で勝負がついちまう。レース盛り下げたくねえから出番は大トリってことにしたいだけ」

「そんな話じゃないですよ。どうしてこんなところで……」

そのとき、甲高いエンジン音が轟《とどろ》いた。次の参加車両二台がスタートラインについたらしい。伊吹の周囲にいた若者たちはいっせいに身体を起こし、コースのほうに駆けていった。

ベンチには伊吹ひとりが取り残された。宮島はいった。「警察の取り締まりが来たらどうするんですか。出口閉鎖されたら逃げ場もない。また神奈川県警の留置場に逆戻りですよ」

「そうはならねえって」伊吹は鬱陶《うっとう》しげに吐き捨てた。「パーキングエリアは首都高速道路公団の施設で、厳密には道路じゃねえんだ。ときどき一斉取り締まりはあるが、そう頻繁には来やしねえって」

宮島は苛立《いらだ》ちを覚えながら、伊吹の隣りに腰を下ろした。「断言はできないでしょう。そもそも、なんでまた横浜に来たんですか。ひと騒ぎ起こしたばかりだってのに」

伊吹は鼻を鳴らして笑った。「海自の屑《くず》どもも、ここには現れねえだろ。出てきたらヴェイロンでぶっちぎってやるだけだ」

からになったバドワイザー缶を握りつぶして投げ捨てると、すぐにまたビニール袋から新たに缶を取りだす。酔いのていどは先日の〝フラッグシップ〟ほどではないようだが、しかしもう運転は問題外だろう。伊吹は、なぜこのようなだらしのない横顔をみせるようになってしまったのか。あの非の打ちどころのない、冷静沈着なF15DJパイロットとしての伊吹直哉はどこにいってしまったのだろう。

「さてと」伊吹は缶を片手に、ふいに立ちあがった。「レースにも飽きてきたし、ナンパでもすっかな」

「やめてくださいよ」宮島は立ちあがり、伊吹の行く手を塞《ふさ》いだ。「そろそろ立場を自覚したらどうなんです。あなたはまだ一等空尉なんですよ」

「あん?」伊吹はじろりと宮島をにらんだ。「誰に向かってものをいってんだ」

宮島は一瞬、たじろいだ。伊吹の眼光の鋭さだけは、いささかも衰えていなかった。どんなに喧嘩の腕に覚えのある男であろうと、たちまち不安に陥れてしまうほどの獣のようなまなざし。情けないことに、すでに腰がひけている。宮島はそう感じざるをえなかった。

「どけよ」伊吹は宮島の脇を抜け、歩き去ろうとした。

その瞬間、けたたましい音が鳴り響いた。スタートラインの二台が停車位置に留《とど》まったまま、クラクションを鳴らしつづけている。たちまち物見高い群衆がその周りに集まりだした。なにかハプニングが起きたらしい。

足早に歩きだした伊吹を追って、宮島もそちらに向かっていった。人垣を掻《か》き分けて進んでいくと、二台の参加車両の前に別の一台が横方向に滑りこんでいるのが見てとれた。銀いろに輝くクーペタイプの流線型、メルセデスSLだった。

騒々しいクラクションの音をまるで意に介していないかのように、ゆっくりとドアが開き、ドライバーが外に降り立った。驚いたことに女だった。ジャケットにブラウス、タイトスカートのスーツ姿、ほっそりとした身体つき、きりっと引き締まった顔つき。地味な服装に反して若々しい印象、それでいてどこか清楚《せいそ》な雰囲気を漂わせている。厚化粧のギャル系女ばかりを見すぎていたかもしれない、宮島はそう思った。

「飛び入りですかね」宮島は呆気《あっけ》にとられていった。「ゼロヨンにはまるで不似合いな女ですけど、美人は美人ですね」

伊吹が黙ってその女をじっと見つめていることに、宮島は気づいた。ナンパする気だろうか、と宮島は感じた。メルセデスの女はたしかに、伊吹が以前に好みのタイプとして挙げていた女優に似ている。

ところが意外なことが起きた。女は辺りを見まわした末、伊吹に目をとめると、つかつかと歩み寄ってきた。伊吹のほうはといえば、焦燥のいろを漂わせながらもそ知らぬふりを努めて、視線を彷徨《さまよ》わせるばかりだった。

群衆の注目を一身に集めながら、女は伊吹の前まで来て立ちどまった。女は伊吹を見つめていった。「おひさしぶり。伊吹先輩。いえ、一尉」

宮島は言葉を失い、女と伊吹をかわるがわる見るしかなかった。この美人秘書のような女は、伊吹と知り合いなのか。

「ああ」伊吹は困惑を漂わせながら、うつむいて後頭部をかきむしっていた。わずかに上目づかいに視線をあげたが、女を直視していないのはあきらかだった。「そう……だな」

宮島は慌てながら問いかけた。「伊吹一尉、この人は誰です?」

伊吹が答えるより前に、女が口を開いた。「岬美由紀、元二等空尉。あなたが宮島三尉ね?」

反射的に、宮島はかしこまって気をつけの姿勢をとっていた。頭から血がひいていき、思考が朦朧《もうろう》としはじめる。岬美由紀二尉だったのか。以前に百里基地で何度か見かけたことがあったが、いつもフライトスーツ姿だったせいで印象が違いすぎた。伊吹一尉に並ぶ空自の伝説の存在に気づかないとは、幹部にあるまじき不注意だった。

「あの」伊吹は口ごもり、また地面に視線を落としながらぶつっといった。「たしかにひさしぶりだよな。元気にしてたか?」

「ええ、おかげさまで」美由紀のほうは伊吹を真正面から見据えていた。「そちらはどう?」

「まあ、いろいろあるけどな」伊吹はこわばった笑いを浮かべて、いつものように飄々《ひょうひょう》とおどけた態度をとりはじめた。が、どこかぎこちない。「そういえば、新しい仕事ってやつは順調か？　なんだっけ、あの資格。ええと、臨床……なんとかってやつ」

宮島は思いついたままいった。「合唱とか、そういうのですか」

「馬鹿。その輪唱じゃねえよ」伊吹は宮島に悪態をつくと、美由紀に向き直った。「カウンセラーとかそういう仕事だったよな」

「そう、臨床心理士」と美由紀はうなずいた。

伊吹はふと、なにかに気づいたように真顔になった。「まさか、おい、まさかだろ。その仕事で俺のところに来たってんじゃないだろうな」

「そのまさかよ」美由紀はにこりともせずに、周囲の野次馬の耳に届かないていどの声量でつぶやいた。「防衛省からあなたの精神鑑定をおこなうよう依頼を受けたの」

伊吹の視線が宮島に向いた。「おめえがチクッたのか」

宮島は困り果てて口をつぐむしかなかったが、美由紀が助け舟をだしてくれた。「第七航空団のパイロットはたとえ休暇中でも居場所を基地に知らせるきまりでしょう。宮島三尉はそれを実行しただけのことよ」

ふたりはしばし無言で見つめ合っていた。野次馬たちも何事かと固唾《かたず》を呑《の》んで見守っている。

「なら」伊吹は軽い口調でいった。「もう仕事は終わったろ」

美由紀は怪訝《けげん》そうにきいた。「どういう意味？」

「一見してわかるだろってんだよ。見てのとおり、俺は異常だ。お偉いさんにもそう伝えておきな」

立ち去ろうとする伊吹を、美由紀は押しとどめた。「待ってよ」

伊吹は立ちどまり、舌打ちして美由紀を見た。「なんだよ」

ひやかすような声が周囲から飛ぶ。美由紀は戸惑いがちに視線を落とした。だが伊吹が周りをにらみつけて怒鳴った。「うるせえ！」

その一喝に、辺りは静まりかえった。遠くのワゴンから流れてくるラップ、もの音はそれだけだった。

伊吹の鋭い視線は美由紀に向けられた。「レースの邪魔すんじゃねえよ。帰れよ」

「レース？」美由紀は軽蔑《けいべつ》のいろを浮かべた。「これが？　たんなる違法行為でしょ。いい歳して、高給のおかげで手にいれたブガッティ・ヴェイロンを見せびらかしてお山の大将を気取るの？　馬鹿みたい」

「俺はな」伊吹はいっそう表情を険しくした。「純粋に、ゼロヨン追究してんだ。邪魔すんなよ」

美由紀は黙りこんで伊吹をじっと見つめた。伊吹はしばらくその顔を見かえしたあと、ぶらりと離れていった。

が、美由紀は伊吹の背に声をかけた。「わたしが相手になる」

伊吹が目を丸くして振りかえった。「なんだって？」

「あなたの自慢のヴェイロンの鼻っ柱を、わたしが挫《くじ》いてやろうっていってるのよ」

ほおう。どよめきに似た感嘆が周囲から漏れた。

「あのメルセデスでか？」伊吹は美由紀のクルマを指差して笑った。「よせよ。電子制御でがんじがらめになってて、ドリフトひとつ滑らせねぇ安全設計だろうが。ゼロからの加速も抑えられてる。なにより、オートマだろうがよ」

周囲から失笑が漏れた。が、美由紀は気にしたようすもなく不敵な笑みを浮かべた。

「そうね。別のクルマで挑戦するわ」

「別のだと？」

美由紀は辺りを見まわし、スタートラインに停車した二台のうち一台を指差した。「あの赤のインプレッサ、誰の？」

群衆のなかでおずおずと手をあげる若者がいた。「俺の、だけど」

「WRXタイプRA・STiバージョン4ね。どこか手を加えてある？」

「ええと」若者はいった。「キャリパーをノックバック対策ピストンにしたのと、ショックが変えてあるていどで……」

「そう」美由紀はうなずいてから、伊吹に向き直った。「彼のインプレッサを借りるわ」

「おいおい、正気かよ」伊吹は顔をしかめた。「競技ベースのRA・STiといってもエンジンはノーマルのままだろ？　ヴェイロンと張り合えるって本気で思ってんの？」

「ノーマル・エンジンだからいいのよ」美由紀は引き下がる気配をみせなかった。「クルマの性能を頼りにしたんじゃ、勝っても意味ないじゃない」

「あの」インプレッサの持ち主の若者が口をはさんだ。勝手に話を進められて困惑顔をしている。「まだ、貸すともなんともいってないですけど」

美由紀はその若者にいった。「レースで一回貸してくれればいいから。もしわたしが負けたら、わたしのクルマをあげるわ」

若者は目を丸くした。「メルセデスのSLを？」

そう、と美由紀がうなずくと、群衆はどよめき、熱狂的に盛りあがった。

伊吹はしばし当惑したようすで立ちつくしていたが、やがて背を向けながら吐き捨てた。「馬鹿くせぇ」

周りがまた静かになった。沈黙とともに見つめる野次馬の視線を浴びながら、伊吹は醒《さ》めた顔でヴェイロンに向かっていくと、ドアを開けて運転席に乗りこんだ。

美由紀が慌てたようすでたずねた。「どこへ行く気？」

「帰るんだよ」と伊吹がぶっきらぼうに告げた直後、重厚なエンジン音が轟《とどろ》き、ヴェイロンは滑るように発進した。ゼロヨンレースに群がる見物人の隙間を縫うようにして、伊吹のクルマはパーキングエリアの出口へと消えていった。

思惑が外れたらしく、美由紀は途方に暮れたようすで立ちつくしていた。だが、やがて身を翻してメルセデスに駆けていった。

運転席に乗りこみながら、美由紀はインプレッサの若者にいった。「ごめん。また次の機会にね」

宮島は声をかけようとしたが、すでに美由紀はエンジンをスタートさせていた。ステアリングを切りながら宮島の前を横切っていく美由紀の視線は、ヴェイロンが消えていったパーキングエリア出口に釘付《くぎ》けになっていた。

メルセデスSLが走り去っていくと、ゼロヨンレース会場に静けさが戻った。いや、たんにしらけた空気が蔓延《まんえん》しているだけかもしれなかった。若者たちのやる気のなさそうな声が飛び交う。レース、つづけるか。おう、とりあえず最後まではな。きょうのヤマは過ぎたな。ああ、たぶんな。

半ば散会の様相を呈しつつ歩き去っていく若者たちのなかで、宮島はひとりぽつんと取り残された。

しばらくは、なにも考えられなかった。ただ呆然《ぼうぜん》としていた。ふいに岬美由紀元二尉が現れ、伊吹直哉の精神鑑定をおこなうと申しでた。伊吹一尉のあの動揺ぶりはなんだろう。どのような権力者にも眉《まゆ》ひとつ動かさなかった伊吹が、彼女にだけはあきらかな戸惑いのいろをみせるとは。

時間は、ゆっくりと過ぎていった。ふと気づいたとき、宮島は重大な問題に直面していることに気づいた。

きょうは伊吹の運転するヴェイロンの助手席に乗って、ここまでやって来た。いま俺は、高速道路内のパーキングエリアにいる。帰りはいったい、どうすればいいのだろう。

埠頭

美由紀はメルセデスのアクセルを踏みこみ、ベイブリッジ上を横浜方面に突っ切った。午前零時過ぎ、交通の量はきわめて少ない。まばらに運送業者の長距離トラックが目につくだけだ。にもかかわらず、ブガッティ・ヴェイロンの特異なスタイルはどこにも見当たらなかった。見通しのいい直線の彼方《かなた》にもテールランプの赤い光は浮かんでいない。さすがに八リッターW16気筒ターボ、本線に乗りいれるや疾風と化し、あっという間に逃げ去っていった。そう認識すると、美由紀のなかに落胆がひろがりだした。

伊吹はわたしの言葉に耳を傾けなかった。しかも彼は、以前と変わっていた。変わり果てていた。やつれた目に不精ひげ、着ていた服も皺《しわ》だらけだった。精彩を欠いているという意味では、昼間に顔を合わせた上坂以上かもしれなかった。

十代の初恋の相手につづいて、二十代に思いを寄せつづけた先輩との数奇な再会は、これで終わってしまうのだろうか。

それもいい、と美由紀は思った。どうせわたしから望んだことではないのだ。精神鑑定を行えるプロフェッショナルは自分ひとりというわけでもない。人は変わる。よい方向に転ずることもあれば、悪化の一途をたどることもある。カウンセラーは宗教家ではないのだから、彼に道をしめすことはできない。主体は常に彼自身にある。その彼がみずから堕落しているのだ、立ち直ることを無理に強いるのも不可能となれば、放っておくしかない。

そもそもわたしは、彼に救いの手を差し伸べるためにやって来たのではないのだ。

でも、と美由紀は思った。本当に彼は堕落したのだろうか。自暴自棄になり、組織のあらゆるものに嫌悪をしめすと報告書にはあった。彼はそんなに利己的な性格だったろうか。逆境に強いはずの彼が尻尾《しっぽ》を巻いて逃げだす、そんなことがありうるだろうか。

思いがそこに至った瞬間、美由紀はブレーキを軽く踏んで減速した。新山下《やました》出口の看板がみえる。ほとんど無意識のうちにステアリングを切った。

この高速の出口は何度も通った。美由紀ではなく、伊吹直哉の運転で。あのころはまだETCゲートは存在しなかった。まだ安かった給料で彼がローンを組んで買ったアルファロメオ・スパイダーの左ハンドル。料金所でハイウェイカードをしめすのは、いつも美由紀の役割だった。

高速を降りてすぐ、みなとみらいが一望できる埠頭《ふとう》の公園がある。波立つ海面のすぐ近くにまでクルマを乗り入れられる、知る人ぞ知る穴場だった。わたしに会って、ここの存在を意識しながら、通過することはありえない。なぜか確信に近い気持ちでそう断じる自分がいた。事実、わたしも吸い寄せられるようにここに向かったではないか。彼だって同じはずだ。きっとそうだ。

もどかしさを感じながら公園のゲートを抜け、林のなかの車道を突っ切った。視界が開けると同時に、安堵《あんど》と感慨、そして計り知れない不安が美由紀のなかに渦巻いた。

ブガッティ・ヴェイロンは埠頭にぽつんと停車していた。そのすぐ近く、波が静かに打ち寄せる無人の船着場に、伊吹直哉がこちらに背を向けて立っていた。

美由紀はメルセデスをヴェイロンの隣りに滑りこませた。海を眺めていた伊吹がこちらを振りかえったのがみえる。美由紀はエンジンを切り、クルマを降りた。潮騒《しおさい》とともに、磯の香りが風に運ばれてくるのを全身に感じた。

「やっぱりここだったの」美由紀は伊吹に歩み寄りながらいった。

霧がかかり、ソフトフォーカス調にぼやけてみえるランドマークタワーの灯を背に、伊吹はポケットに両手を突っこんで立ちながら、苦笑ぎみにいった。「ふたりの思い出の場所に彼はきっといる、とかそんなふうに思って来たとか？　おあいにくさま。ちとエンジンの調子が悪いんで高速降りてみただけ」

棘《とげ》があるはずの物言いだというのに、彼が口にするとさほど皮肉に感じられない。伊吹にはそういう人柄のよさが備わっている。いまは逆に、伊吹のそういうところが憎らしく思えてきた。

美由紀は思わずむっとしていった。「じゃ、ここで会ったのは偶然？」

「そう」伊吹はあっさりといった。「偶然」

「そんなことといって」美由紀は虚勢を張りたい衝動に駆られた。「ここで待ってたら、わたしが追いかけてきてくれると思ってたんでしょ？　そっちこそおあいにくさま。カーナビをセットするために停車できる場所を探して、偶然ここに立ち寄っただけだし」

伊吹の目が美由紀をじっと見据えた。「嘘つけ」

「ほんとよ」

「なんでわざわざ高速降りる必要があるんだよ」

「高速道路上で路肩停車しろとでもいうの？　道交法違反でしょ」

「ナビに音声認識ぐらい付いてるんだろ？　東京に帰るにしろ横浜に行くにしろ、ナビなんか必要か？　たしかおまえって、ウラジオストック上空付近まで飛んでHUDがぶっ壊れても、有視界飛行で飛んで百里基地まで無事帰還した女じゃなかったっけ。首都高環状線への戻り方もわかんねえのか？」

美由紀は口をつぐんだ。伊吹の指摘はあながち的外れではない。というより、ここに来たのはナビのセットのためではない。

無言の美由紀をしばし眺めて、伊吹はふんと鼻を鳴らした。「人の嘘は見破れても、自分が嘘をつくのは下手みたいだな。ええと、なんだっけ、いまのおまえ。ミス千里眼だっけ」

美由紀はこみあげてくる憤りに逆らえず、思わずつぶやいた。「もう一回いったら前歯を折る」

だが伊吹はいささかもひるむようすもなく、さらりといった。「穏やかになったもんだな。以前のおまえなら、殺す、そのひとことだったはずだけどな」

「いってないわよ、そんなこと」

「いったって」伊吹は語気を強めた。「そうだろ？　俺と別れたときに」

一瞬口ごもった。しかし、すぐに新たな怒りが湧き起こる。美由紀は伊吹をにらんで静かにいった。「あなたがほかの誰かと結婚するとかいうから」

伊吹は頭をかきながら横浜港に目を向け、他人ごとのような口ぶりでいった。「それが運命だったなら、しょうがねえよな」

「でも嘘だった」美由紀は吐き捨てた。「どこかの社長令嬢と結婚するとか、まことしやかなことを言っておいて、そんな婚約者は実在しなかった」

「そうだっけ」伊吹はとぼけた顔で夜空を仰いだ。「まあ、そうだったかもな」

喋《しゃべ》っているうちに怒りが募ってくる。それでも抑えられない自分がいた。美由紀はまくしたてた。「わたしと別れたくて嘘をついた。嘘が発覚したあとも謝りもしない。あなたは人をなんだと思ってるの。どうしてあんな嘘をついたか、きょうこそ聞かせてもらいたいわ」

「俺はまだひとりでいたかったんでね」伊吹は指先で片方の目をこすりながらいった。

「それだけのこと」

憤懣《ふんまん》やるかたないとはまさにこのことだった。伊吹の悪びれない態度が癪《しゃく》に障る。美由紀はつぶやいた。「最低」

「まあ聞けよ」と伊吹は諭すようにいった。「お互い第七航空団に配属されてて、俺は第３０５飛行隊でおまえは第２０４飛行隊、どっちもF15乗り。ふたりがくっついてどうなる？　結婚して、ふたりペアになって複座式に乗って飛ぶのか？　夫婦仲よく俺がパイロットでおまえがコ・パイロット……」

美由紀は伊吹を遮った。「わたしがパイロット。コ・パイロットはあなたでも誰でも、好きにすればいいわ」

伊吹はふっと笑った。「ま、そうだとしてもよ、ややこしいじゃねえか。伊吹、ベリファイチェックに入れ。はあ、どっちの伊吹っすか、とか。階級も一緒になっちまったらどうするよ。あれか、旦那《だんな》さんはエンジンマスタースイッチをオン、奥さんはＰＰＩスコープをチェックとか……」

伊吹のペースに若干呑《の》まれたことを悔しく思いながらも、美由紀は吹きださざるをえなかった。笑いを噛《か》み殺しながら美由紀はいった。「旧姓で呼べばいいじゃない。そのほうが通りがいいし」

「そうかもな」伊吹は黒々とした海原を眺めて、両手を振りあげて大きく伸びをした。「おまえ当時から有名人だったもんな。女性自衛官《WAF》唯一の戦闘機パイロットか。なんで辞めちまったかな」

話を本題に戻すきっかけを感じ、美由紀はすかさずいった。「その質問、そっくりそのまま返したいんだけど」

「やべ。つまんねえこと言っちまったな」伊吹はにやけた顔で美由紀を見た。「やっぱ、あれかな？　臨床心理士を志したのは、嘘が見抜ける女になりたかったから？　俺にだまされたのが、よっぽどショックでトラウマになってたとか。ならよかったじゃん。いまやミス千里眼だし」

憤りが瞬間的に湧きあがったが、しばらく抑制していたせいで罵声《ばせい》ていどではおさまらなかった。美由紀は右手の人差し指を伸ばして親指と中指ではさむように握り、拳法《けんぽう》でいう金剛指《こんごうし》のかまえをつくった。硬くしづらい人差し指を親指と中指で補強しつつ、伊吹のこめかみめがけて鋭い突きを放った。この攻撃で大男を地面に伏せさせたことも二度や三度ではない。が、伊吹はその一瞬の動きに対し、反射的に交叉法《こうさ》の構えをとって美由紀の手首に肘《ひじ》をぶつけてしのいだあと、美由紀の腕を弾くようにして振りおろさせた。

「いてて」伊吹はさして痛くもなさそうに、防御のために繰りだした肘のあたりをもう一方の手でさすった。「おまえ本気出しすぎ」

本気でぶん殴ろうとしたのか、防御されるつもりで多少の手心を加えたのか、美由紀自身も判然としなかった。しかし、ふたつほどあきらかになったことがある。伊吹の反射神経は少しも衰えていない。そして、彼の防御は美由紀の手首に痛みを残さないよう配慮がなされていた。

「話そらさないで」美由紀の怒りは伊吹に攻撃を防がれたため収まりきらず、怒声となって口をついてでた。「だいたいトラウマってのは幼年時の虐待に基づくＰＴＳＤとか、もっと深刻な心理面への影響を指すの。あなたなんかに振られたぐらいで、心の奥底にまでヒビが入ったりはしないわ」

ふうん、と伊吹は大きくうなずいた。「じゃあもう吹っ切れてるってことだ」

「当然でしょ」

「なら、それでいいじゃんか、ねえ」と伊吹は肩をすくめると、ぶらりと海辺を離れてクルマに向かって歩きだした。「俺のことは放っておきなよ。じゃあ、これで」

「待ってよ」美由紀は慌てた声を埠頭《ふとう》に響かせた。伊吹に翻弄《ほんろう》されつづける自分に歯がゆさを覚えながら、美由紀は怒鳴った。「きょうは仕事で来てるっていってるでしょ。わたしの精神鑑定を受ける気、あるの？ ないの？」

伊吹はまた笑った。ヴェイロンの側面に寄りかかるようにして立つと、おまえが受けりゃいいじゃん、そうつぶやいた。「だいたいおまえが俺に精神鑑定って、おかしいって。防衛大からずっと知り合いだったろ。精神鑑定とかそういうのって、もっと客観性が求められるんじゃねえの？」

美由紀が咄嗟《とっさ》の反論を思いつかなかったため、ふたりに沈黙が降りてきた。微風が耳をかすめていき、遠くで沸いた汽笛がかすかに聞こえた。埠頭のコンクリートに打ちつける波の音が、わずかに騒々しくなり、また静けさのなかに溶けこんでいった。船舶がわりと速いスピードで通過していったのだろう、頭の片隅でぼんやりと思った。

正当性にやや欠けることを承知のうえで、美由紀は自説を切りだした。「特殊な職業なんだし、元同僚のほうが公正な精神鑑定を行いうると思うわ」

「よせよ」伊吹は一笑に付した。「おまえを引っ張りだしたのはお偉方だろ？　防衛省に都合のいい精神鑑定結果を出してくれると思って、おまえを呼んだんだろ」

美由紀はむきになって言いかえした。「わたしは臨床心理士として、公正で公平な判断を……」

「じゃやめとけよ」伊吹の声が美由紀を制した。沈黙して聞きいれざるをえない、そんな声の響きが伊吹にはあった。「俺はおかしいからさ。どういう症状か知らねえけど、おかしいのはたしかなんだし。たぶん、それって防衛省の望んでる結果じゃねえだろ。パイロットはまともだったけど、あの状況じゃ避けられなかった。どんな優秀なパイロットでも事故を起こしてしまうという心理的要因が演習中に偶然にも発生し、しかもそれは誰にも予期できないことだった。そんなふうに弁護士に有利な鑑定結果を望んでるんだよ。そういうのって、俺と同じ戦闘機乗りだったおまえにしかできないじゃんか」

美由紀は小さな針で額を突かれたような気がした。

そうだ、たしかにそうかもしれない。臨床心理士である以上、美由紀の手による精神鑑定結果は裁判の行方も大きく左右することになる。その鑑定結果が少しばかり事実を歪曲《わいきょく》していても、Ｆ４ＥＪ改のパイロットとしての経験を持つ精神科医や臨床心理士がほかにいない以上、美由紀の報告内容を全否定することは何人にも不可能だろう。防衛省はわたしに、それを望んでいるのだ。鈍いことに、ようやく役人たちの真意に気づいた。彼らが美由紀に求めているのは真実ではない、美由紀の古巣への弁護と、元戦闘機乗りという特異な経歴が生むある種の説得力でしかないのだ。依頼は、決して臨床心理士としての自分の業績や能力を評価してのことではなかった。

思考がそこまで至らなかった自分に対し、美由紀はもどかしさを覚えつつも、伊吹直哉が正常な心理状態にあるという確信を深めつつあった。伊吹の発言内容には一貫性があり、偏った考えも見当たらず、身体表現性障害《ヒステリー》や無気力《アパシー》の傾向もみられない。事実を曲げなくても、精神鑑定結果は正常と導きだされる可能性も低くはない、そう思えてくる。

「本当に正常だったら？」美由紀は伊吹を見つめていった。「さっきから喋《しゃべ》ってて、伊吹先輩が昔と変わったなんてぜんぜん思えないんだけど。なんらかの精神疾患とか病理とか、まるで無縁に思えるんだけど」

真剣に疑問を投げかけると、そのぶんだけ伊吹がおどけてみせる。かつて美由紀が何度となくいらいらさせられた伊吹の挙動が、いまも顔をのぞかせていた。伊吹は冗談めかした口調で軽くいった。「それ、元恋人の勘ってやつ？」

またもや怒りが沸々と煮えたぎってくる。それを堪《こら》えながら喋ろうとすると、なんだか言動がおかしくなる。論点がずれていることを知りながらも、美由紀は抗議せざるをえなかった。「あのね、伊吹一等空尉。わたしたち、過去にそれなりに付き合ってはいたけど、そのう、キスしたことさえないんだし……」

「よっしゃ」と伊吹はクルマのボディから身体を浮かせた。「いまするか？」

憤りは瞬間湯沸かし器のように美由紀の脳天を突いた。声を発したとき、美由紀は過去の自分に戻っていた。「図に乗んなよてめぇ」

「おぉ。いいねえ」伊吹は美由紀の言葉づかいが荒れがちになることを楽しんでいるかのように、愉快そうに笑った。「ま、精神鑑定ってやつはいずれ受けてみるが、担当はおまえじゃないほうがいいだろ。冷静じゃないってのは充分わかったし。っていうか、不適任なのは承知のうえで俺を助けに来たとか？　俺が心配でたまらなくなってるとか？」

美由紀は暴走しがちな自分の衝動を抑えようと躍起になっていた。女らしい言葉をひねりだすのにも骨が折れる。うぬぼれないでよ、美由紀はやっとのことでそういった。「わたしはひとりの臨床心理士として、あなたというクライアントに会いに来ただけ」

「俺もひとりのクライアントとして、別の臨床心理士を希望する」伊吹はクルマのドアを開けた。「やっぱさ、ちゃんとした精神鑑定じゃなきゃ申し訳が立たないだろ」

クルマに乗りこむ素振りをみせた伊吹に、美由紀はあわてながらきいた。「申し訳が立たないって、誰に？」

「きまってんじゃん」伊吹はクルマに乗りかけて、動きをとめた。ゆっくりと背筋を伸ばし、美由紀に目を向けた。つぶやくような声で伊吹はいった。「篠海悠平君の両親だよ。俺、子供死なせちまったんだし。正常じゃねえってのも自分でわかってるし」

飄々《ひょうひょう》とした態度の伊吹が、ふいに自分を責めた。自分が重罪人であると認めるような主張だった。聞きたくない言葉だ、美由紀は一瞬そう思った。否定したい衝動に駆られる。

だが、なにをいえばいいのかわからなかった。

伊吹は運転席に乗りこみ、ドアを閉めた。ウィンドウの隙間から顔をのぞかせ、伊吹はさばさばした口調でいった。「じゃ、これで。おまえも早く帰れよ」

「ちょっと」美由紀は慌ててクルマに駆け寄った。しかし、突発的に発生した轟音《ごうおん》に足がとまった。それがブガッティ・ヴェイロンのエンジン音だと気づいたときには、もう遅かった。伊吹は背後を振りかえりながらヴェイロンをバックさせていき、みるみるうちに美由紀から遠ざかっていった。

雑木林の手前で方向転換し、木立ちのなかを走り去っていくヴェイロンの赤いテールランプを、美由紀はその場にたたずんで見送った。

伊吹は飲酒運転をしている。彼に運転をやめさせる義務が、いまの自分にはある。だが、メルセデスで追ったところで彼が捕まえられるはずもない。アクセルを踏みこんで逃走を図る可能性がある。高速道路の法定最高速度の四倍という驚異的なスピードを叩《たた》きだすというヴェイロンだ、深追いすることは彼の安全を脅かすことになりかねない。

吹き抜ける風が、自分の身体のなかを素通りしていくようにも感じられる。全身のあちこちに銃疵《じゅうし》のような穴が空いて、わたしのなかにあったなにもかもが空気に溶けだし、失われてしまったかのようだ。そう、いまのわたしに残されているのは空虚さだけだった。

胸が張り裂けそうな孤独感。長いこと、ひとりでいるのが当たり前になっていた美由紀にとって、ひさしぶりに味わう心の痛みだった。この感覚を前に味わったのは、ずいぶん昔のことだ。防衛大に入ってすぐ、わたしはこの孤独感を抱いた。その苦さと辛《つら》さが、記憶とともに鮮明に美由紀の脳裏に浮かびあがっていた。

防衛大に入って二か月も経つと、美由紀はホームシックにさいなまれるようになった。正式にはその症名は当てはまらないに違いない、家に帰りたいわけではないのだ。ただ、かつての高校の友達と会いたかった。学生舎の美由紀宛てに送られてきた手紙に、友達のひとりが早くも結婚をきめたと書かれていた。式は秋に挙げる予定だという。美由紀の出席の可否をたずねる文面をみたとき、美由紀は落ちこんだ。ここでは朝の六時半から夜の十時まで、びっしりと予定が埋まっている。それが毎日つづく。八月と十二月に長期休暇があるが、友人の結婚式の日には合致しなかった。

少しずつ友達ができはじめた美由紀だったが、高校のころほどの深い付き合いはどこにもなかった。美由紀は孤独を感じながら、ひとりただ黙々と日課をこなしつづける、それ以外の生き方は選べなかった。

上坂とは疎遠になりつつあった。たまに授業で姿をみかけても、その隣りには早園鮎香が身を寄せている。彼の真意を聞きたくても、これでは近づくこともできなかった。

少林寺拳法《けんぽう》部の部長のいったことが、ずっと耳にこびりついていた。すべては狂言。美由紀を襲った男たちも、その窮地から美由紀を救いだした上坂の活躍も、なにもかもトリックにすぎなかった。しかもそうした茶番は数十回にわたっておこなわれていたという。

それが事実なら、美由紀のほかにも数十人が上坂に恋心を抱くよう仕向けられていたことになる。いったいどういうことだろう。彼に限って、あの優しそうな笑顔を持つ彼に限って、そんな酷《ひど》いことをわたしにするなんて、とても信じられない。

困惑とともに過ごしていたある日、化学の授業が終わったあと、美由紀は鮎香が女性の友人と喋りあう声を聞きつけた。彼がどうしてもラグビー部からパラシュート部に移りたいっていうのよ。だからわたしも吹奏楽部辞めて、一緒に入部テストを受けにいこうかな、なんて思ってるの。

美由紀は聞き流すことができず、鮎香に近づいてたずねた。それって上坂さんのこと？

鮎香は迷惑そうな顔を浮かべたが、美由紀が遠慮がちに、わたしもテストを受けようかな、そう告げると、なぜか態度を一変させた。にっこりと笑い、入部テストはきょうの放課後よ。そういった。体育館裏の練習施設に集合。テストを受ける者は全員、迷彩服にヘルメット、ガスマスクなどの装備で全身を固めておかねばならないのだという。

美由紀は当惑していった。「わたし、そんな装備持ってないんだけど」

「市販品でいいのよ」と鮎香はいった。「よければ、あとで入部テストに必要な装備の一覧表をあげるわ」

疑うことを知らなかった美由紀は、ありがとう、そう告げて学生舎に舞い戻った。あの鮎香にも親切なところがあるではないか。昼の休み時間、美由紀は防衛大の外に繰りだすと、以前に立ち寄ったことのあるマニアックな軍用品のショップで鮎香のくれたリストにある品々を買い揃えた。持ち金はあまりなかったので、できるだけ安いものを選んで買った。あの不気味な店員がまた、制服を売らないかと持ちかけてきたが、美由紀は拒否した。たとえ卒業して不要になっても、ここに売りにくることはないだろう、そう思った。

美由紀は胸が高鳴るのを感じていた。上坂と一緒の部活。パラシュート部という特殊な活動内容はさすがに一般の大学とは趣を異にするが、これで彼の本心を知ることができる。いよいよ正念場だ。これが終わったら、もう防衛大などいつ辞めても未練はない。そこまで思う自分がいた。

入部テストの現場に赴いたとき、予想外の衝撃が美由紀を襲った。

迷彩服にヘルメット、ガスマスクで身を固めた美由紀を、その場に集まった入部希望者は奇異な目で見つめた。全員、ジャージもしくはトレーナー姿だった。美由紀と同じような服装に身を包んだ人間はひとりもいなかった。むろん、鮎香も同様だった。質のいいエンジいろのジャージを着た鮎香は、壁にもたれかかってにやにやしながら美由紀を眺めていた。

騙《だま》された。そう気づいたときには、もう遅かった。すでに第三学年の部長と、指導教官がやって来ていた。指導教官は美由紀を見て眉間《みけん》に皺《しわ》を寄せ、つかつかと歩み寄ると、美由紀の装備を眺めまわした。やがて、ぼそりとつぶやいた。「中国人民解放軍の制服だな」

その場にいた全員が弾《はじ》けるように笑い声をあげ、美由紀はただ恐縮しながら、その笑いの中心にたたずんでいた。またしても美由紀は、入部テストを受ける以前に失格とみなされてしまった。けれども、これほど不本意なことはなかった。今回は自分の落ち度ではない。ただ欺《あざむ》かれただけだ。

美由紀はその場で鮎香に抗議したが、鮎香は、当然冗談だと気づくと思った、そういって笑うばかりだった。遅れて入部テストにやってきた上坂も、美由紀に対しては驚きと哀れみが混ざりあった目を向けただけだった。

軽蔑《けいべつ》されてもいい、真意をたしかめるにはいましかない。そう思った美由紀は鮎香の目がこちらに注がれているのも顧みず、上坂にいった。「上坂さん。わたし、あなたのために防衛大に入ったのよ。一緒に学生生活が送りたくて、それで……」

上坂が当惑のなかにのぞかせた冷ややかな目が、美由紀の言葉を消えいらせた。困るよ。

上坂はそうつぶやいた。「きみと僕とでは、本質的に違うところがありすぎると思うんだ。わからないか？　違うんだよ」

美由紀は頭を殴られたようなショックを受けながらも、上坂に詰め寄った。「それ、どういうこと？　上坂さんって、少林寺拳法部のひとたちをけしかけて、わたしを襲わせたでしょ？　わたしがあなたを気にかけるように仕向けたでしょ？」

上坂は一瞬、気まずそうな顔をしたが、すぐに悪びれたようすもなくいった。「ああ、あのことか。よくあることだよ。恋愛にはきっかけが重要だから」

「なにがきっかけよ。わたしはそのせいで防衛大に入ったのよ。これからどうすればいいっていうの」

「知らないよ、そんなことは」上坂はじれったそうに頭をかいた。「女友達をつくるのに、親父のコネを利用していたことは認めるよ。でも防衛大は、きみが勝手に入ったんだろ？　僕のせいにすんなよ」

それは美由紀にとって死刑宣告に等しいひとことだった。美由紀は茫然《ぼうぜん》自失となり、その場に膝《ひざ》から崩れ落ちそうになった。が、かろうじて踏みとどまった。絶望の果てに、新しい力が芽をだしつつあったからだ。いや、もう生まれ変わりつつあったのかもしれない。以前の自分との決別、新しい自分の始まり。そんなときが間もなくやってくるという予兆は、どこかで感じていたのだろう。

美由紀はパラシュート部の入部テストを去ると、その足で学生会館に向かい、書店で必要と思える参考書を買いあさった。とりわけ馴染《なじ》みのない防衛学の国防論、戦略、統率・戦史については山ほどの教材を購入した。学生会館にはコンビニエンスストアや美容室、クリーニング店などがあるが、どこに足を運んでも美由紀は妙な目で睨《にら》まれた。理由は簡単だ、わたしは中国軍の制服を着ている。それがどうしたと美由紀は思った。学生舎に戻って着替えている暇などない。部屋に戻ったらすぐに勉強に入る。わたしにはいま、それより優先する事柄などない。

伊吹直哉と二度目に出会ったのは、この学生会館だった。彼はATMで現金を下ろして、振りかえったところだった。美由紀はちょうどその場を通りかかった。伊吹は唖然《あぜん》とした顔で目を丸くし、美由紀の服を指差した。しかし、うんざりするほどそのリアクションに慣らされていた美由紀は、ただ無視してやり過ごそうと思っただけだった。このときもまだ伊吹には関心がなかった。彼が着ている制服は幹部自衛官のものだと気づいたが、防衛大には大勢の幹部が指導教官として出入りしている。彼もそのうちのひとりにすぎない、ただそれだけの認識にすぎなかった。

ひたすらわき目も振らず努力に打ちこむ日々がつづいた。授業を受け、少林寺拳法部で鍛錬を積み、学生舎に帰ってからはひとり予習と復習に余暇の時間をすべて費やした。一学年前期の修了間際の体育の授業で、長穂庸子教官はいった。「誰も異論はないと思うが、前期の成績最優秀者は、岬美由紀だ。皆も見習うように」

鮎香がひとり不服そうな顔をしたが、美由紀はかまわなかった。ただ与えられた課題を全力でこなすだけだった。体操にしろ陸上にしろ、美由紀の運動神経はいかんなく発揮され、教官の指導前にすでに技術の完成をみていると評されることが多かった。体力の向上は、校友会の部活にも反映された。夏季休暇の前に、美由紀はすでに黒帯になっていた。女子学生のなかには敵となる者がいないため、いつも男たちを相手に練習していた。部長は長穂庸子教官と相談したうえで、美由紀にほかの部活にも参加するよう薦めてきた。少林寺拳法については毎日の練習をおこなわずとも、すでに技の基本についてはそつなく極めている。せっかくだからほかの部活の専門技術も学びとったほうがいい、そういうアドバイスだった。

美由紀はその助言に従い、一気に所属の部活を三つ増やした。パラシュート部、フェンシング部、そして射撃部に入部した。パラシュート部には先に入部を果たした上坂と鮎香がいて、すでにアキュレシーランディングの競技に参加していた。これはパラシュート降下の際、地上の目的着地点《ターゲット》にどれだけ近い場所に降りられるかを競うものだった。美由紀は専門用語と用具の操作法、技術的なコツについて知りうるかぎりのことは事前に予習しておき、入部一日めにいくらか教わっただけですぐにアキュレシーランディングに参加した。二回めのランディングで、美由紀はすでにターゲットの中心にある直径三センチの小さな円の上に爪先立つように着地した。たった四回の月例降下で、美由紀はフリーフォールスタイルからフリースタイル、スカイサーフィンなどの主要競技のすべてに通用する実力に達し、五回目以降は部長らベテランばかり四人で構成されるフォーメーション降下のメンバーに加わった。地味にアキュレシーランディングを黙々とつづける上坂たちを尻目《しりめ》に、派手な美由紀のジャンプは現場となる民間飛行場で注目の的になっていた。十月のグリーンズカップに是非出場すべきだと部長らに薦められたが、美由紀は丁重に断った。大会に遠征している暇はない、ほかになすべきことがある。

射撃部では、競技においては空気銃が使われていた。校内に射撃場があるあたりがいかにも防衛大だが、美由紀はここで初めて銃を手にした。空気銃にはすぐに慣れたため、つづいて実弾を使うスモールボアライフルを持たされた。埼玉県の長瀞《ながとろ》総合射場で競技に参加したが、あくまでも部活のせいか、その手にした銃が人を殺す可能性のある道具だという印象は抱かなかった。ボルトアクションの単発式ライフルは、いまどき実戦で使用することもないだろう。美由紀は、自分があくまでスポーツの腕を磨いているのだと信じた。故意にそう信じ、疑いを持たないよう努めていたのかもしれない。とにかく、疑念を抱く暇があるのなら、なにか行動を起こして自分を高めたほうがましだ、当時の美由紀はそんな心境だった。

部屋での独学が功を奏したのは語学だった。防衛大では英語で十単位、そのほかの語学をひとつ選択し四単位をとることが必須条件になっているが、美由紀はその選択対象となる外国語すべてを同時に平行して勉強していった。ドイツ語、フランス語、ロシア語、中国語、そして朝鮮語。西洋の言語はどこか一か国を覚えればあとはそのバリエーションでしかないが、アジアのほうはそうもいかなかった。美由紀は消灯寸前まで語学の参考書を睨み、ぶつぶつと音読して練習を繰りかえした。夜十時になり、消灯の合図があると、眠りにつくまで十秒と要さなかった。その時刻には一日に必要な体力はすべて消費し尽くし、あとは睡眠におちるだけになっていた。

美由紀は夜の埠頭《ふとう》で、海原の向こうに浮かぶ横浜みなとみらいのネオンを眺めていた。鮮やかに瞬く光の集合。夜間の緊急発進を思いだす。実際、ここからほど近い海自の基地では、かつてのわたしと同じ境遇に身を置く隊員たちが、いつ何時でも行動を起こせるよう待機していることだろう。

いずれ国防の名のもとに、命を懸《か》ける任務に就かねばならない運命にあったあの頃。わたしはその意義の重さを理解していなかった。授業と訓練に集中することで、日に日に自分がなにを期待されて防衛大に在籍することを許されているのかを理解していった。不完全なわたしが、たった独りで多くのことを学びえた。誰もがそのことに驚いていた。しかし、当時は気づいていなかったが、わたしは独りではなかった。

伊吹直哉。そういえば、いつでも彼が見守ってくれていたように思う。防衛大のキャンパスで、辺りを見まわせば必ず彼がいた。ふしぎな存在だった。あれだけ目立つ男なのに、美由紀の前ではその存在感を消し、影になって支えてくれていたかのように感じられた。

思い過ごしだろうか。そうかもしれない。しかし、と美由紀は思った。いまわたしは、彼を支えてあげたいと望んでいる。そのことは否定できない。むしろ認めてしまいたい。わたしは彼の力になりたがっているのだ。

彼はいま、孤独だ。かつてのわたしのように。それなら、つきまとう影がひとつくらいあってもいいだろう。

キャリア

伊吹直哉は首都高の飯倉《いいくら》出口を降り、夜の六本木《ろっぽんぎ》通りにヴェイロンのエンジン音を轟《とどろ》かせていた。深夜を過ぎても、この界隈《かいわい》はタクシーや高級輸入車が二重三重に駐車して混みあっている。その隙間を縫うように走った。歩道を埋め尽くす外人や若者が、伊吹のクルマに熱い視線を送ってくる。自分が目立ちたがり屋であることは否定できないが、いまはその不特定多数の視線にさらされることがひどく気恥ずかしく思えた。ほんの一時間前まで大黒パーキングエリアで若者相手に自慢していた希少かつ人目を引くスポーツカーが、いまは道化の乗り物のように思えて仕方なかった。

精神鑑定を受けたいと申しでたことに対し、防衛省がなんらかの手を講じてくることは予想していた。しかし、まさか彼女を寄越してくるとは思ってもみなかった。岬美由紀。遠く過ぎ去った日の思い出のなかにのみ存在すると感じていた女、いや、彼女は思い出そのものだった。俺がまだ二十代で、いまとは少しちがう情熱を燃やしていたころ、彼女はごく身近なところにいた。防衛大で彼女を初めて見たときのことは、いまでもはっきりと記憶に刻みこまれている。彼女はすでに魅力的だったが、どこか頼りなく、わがままで、世間によくいる女の子そのものにみえた。彼女が将来、空自に入隊し女性自衛官唯一の戦闘機パイロットになるとは、正直なところ想像すらしていなかった。

六本木交差点で左折レーンに乗り、六本木ヒルズ方面に向かおうとしたとき、いきなり直進レーンから白のセダンが割りこんできて進路を塞《ふさ》いだ。ナンバープレートに金の縁取りをつけたセルシオだった。横断歩道の歩行者は途切れているというのに、ヴェイロンの行く手を遮ったまま動こうとしない。

それが嫌がらせだと気づくまで、さほど時間は要さなかった。ローンの前払い金だけでも新車のフェラーリと同等の金額に達するヴェイロンに傷をつけたくはないが、おとなしく待っていられるほど、こちらも人間はできていない。

甲高くクラクションを鳴らした。セルシオは頑として進路を譲らず、ただゆっくりと発進しただけだった。前方はがら空きだというのに、時速二十キロ以下でとろとろと走るばかりだった。

デザインだけのイタリア車だと思うなよ。伊吹はギアを入れ替え、ライトをハイビームにしてアクセルを踏み、セルシオとの距離をぎりぎりまで詰めた。売られた喧嘩《けんか》は買う。

そういう意思表示だった。

セルシオの助手席側の窓から腕がのぞいた。金の腕輪をはめた黒い手が中指を立てている。黒人らしい。リアウィンドウにスモークタイプのフィルムを貼っているせいでなかは見えないが、少なくともふたりは乗っているということだ。

むろん、そんなことでひるむはずもなかった。伊吹はクラッチを浮かせて速度を微妙に調整しながらセルシオにぴったりと尾《つ》けたまま走った。徐行を保とうとしているようすのセルシオも、少しずつ速度があがっている。どんな肝の据わったドライバーでも、真後ろに張り付かれるのは嫌なものだ。

ロックオン。伊吹はつぶやいた。同時に、やはり空自のパイロットであることを忘れきれない自分に気づかされる。

美由紀は防衛大に在籍していたころから輝いていた。彼女のいくところが常に照らしだされるようにさえ思える、まさに歩く太陽のような存在だった。美由紀が順当に防衛大から幹部候補生学校、そして伊吹と同じ空自に入隊して教育飛行隊を経て三尉の階級にまで昇りつめるのを眺めながら、伊吹は喜びとともに、どこか不安にさいなまれる自分に気づいた。

そうだ、彼女は希望だけでなく、言い知れない不安を同時に齎《もたら》してくる。さっきもそうだった。彼女は決して無邪気な安らぎだけを運んできてくれるわけではない。いったい、その不安の正体はなんだというのだろう。

答えはすぐにでた。というより、初めからわかっていた。ただ意識に昇らせたくなかっただけだ。美由紀という存在は、あまりにも純粋すぎるのだ。

国防の意味も意義も理解できていなかった彼女が、なんの因果からか防衛大を志し、入学して、しだいにその教育内容に人生の目的をみいだしていった。伊吹の目には、無垢《むく》な少女が自衛隊幹部になるための階段を一段ずつ昇っていくさまは、成長というより変貌《へんぼう》にみえた。まだ日本が大規模テロや北朝鮮問題などの社会不安にさらされず、政府の危機管理能力が問われることもなかったあの頃、自衛隊の存在意義は国内の大規模災害に対する活動が中心とみなされていて、国防の任務は名目上のことにすぎないように考えられていた。世論だけでなく、隊員たちの思考もそうだった。安保闘争を歴史の教科書でしか知らない伊吹の世代にしてみれば、東大での安田講堂占拠は大化の改新やペリー来航とさほど印象が変わらず、在日米軍が国防を肩代わりするのもなんの疑いもない既成事実に感じられていた。知識として山ほどの兵器類、爆薬類を記憶し、その使用法を実地訓練で身につけておきながら、心の奥底でそれらを現実と結びつけていない自分がいた。同世代の隊員たち、いや上官たちも同様だったように思う。陸自が駐屯地《ちゆうとんち》で戦車砲や迫撃砲を使った防戦訓練をおこない、空自は標的機として遠隔操作で飛ぶＦ１０４Ｊを追いまわして空対空の実戦訓練に明け暮れていても、真の任務は災害救助と信じていた。伊吹同様、美由紀もそうだった。彼女は入隊後も一貫して救難部隊に配属されることを希望しつづけていた。

認識を改めることを余儀なくされたのは二〇〇一年九月、ニューヨークの同時多発テロだった。あれ以来、アジアのみならず世界は急速に軍事衝突の危険性を増していったように思う。隊員たちの顔つきは、あきらかに変化した。自分たちをレスキュー部隊と位置づけていた以前の楽観的な雰囲気は過去のものとなり、いつ下されるかわからない出撃命令に備え、母国の平和を守るために真っ先に飛びだしていかねばならない責務を負っていることを、ようやく自覚したのだ。防衛大時代からの高給は、まさに国民に成り代わって命を危険にさらすことの代償にほかならなかった。六十年以上前、この国では零戦《ゼロ》で飛び立った若い命が、艦に突撃して散っていった。歴史の教科書の一ページに過ぎなかったその過去が、いまを生きる自分たちの世代とも地続きの関係にあり、とりわけ自分たちが時代の変化を証明せねばならない立場にあることを認識した。

憲法の問題や、イデオロギーの論争には興味はなかった。ただ、誰かがやらねばならない役割を担っているのは自分たちであり、いつなにが起きてもふしぎではない時代に生きている。その当然といえば当然の事実が、やっと実感となって自分のなかに宿った気がした。

平和が永続的なものでないと知り、責務の重さに耐え切れず、除隊する者も少なくなかった。そんななかでも、変わらないものがあった。岬美由紀がそうだった。彼女の純粋無垢で控えめな笑顔は、防衛大の頃と少しも変わっていなかった。周囲の影響を受けて言葉づかいが荒くなり、髪を短くして華奢《きゃしゃ》な男のような外見になっても、彼女は希望に満ちていた。防衛大の教科書どおりの国防と救助の精神をそのまま信じ、疑いなく受けいれているようにみえた。

伊吹は、そんな美由紀を見るのがしだいに苦痛に思えてきた。あまりに無邪気な彼女が自衛官、いや事実上の戦士へと変貌していくのを見るにつけ、自分が置かれた境遇の残酷さを認識せずにはいられなくなる。自衛隊は海外で戦うことはない。逆にいえば、戦場は必ず母国になる。真っ先に殺し合いに身を投じねばならない自分たち。決して弱腰になっているわけではない。だが、手を血に染めねばならないのは政治家でも防衛省の上層部でもなく、俺たちだ。殺人は刑法で処罰される。しかし戦争はどうだろう。無制限の殺し合い。その事態に備えて教育され、養われ、日々の暮らしに至るまで税金で保証されている俺たち。そこには、大きな迷いが生じる。戸惑いがある。誰かがやらねばならない。けれども、それが俺である必要はあるのだろうか。

同じような困惑は、美由紀に対しても思う。美由紀が防衛大から幹部候補生学校へと進むのを、俺は支えてきた。だがそれは喜ばしいことだったのか。俺は彼女を残酷な運命へと導いてしまっただけではないのか。

美由紀が空自を去ったとき、伊吹のなかには安堵《あんど》があった。これで、少なくとも彼女が戦場で命を散らせることはほぼなくなった。そう思い、胸を撫《な》でおろした。ところがその美由紀が、きょう空自に戻ってきた。自衛官に復帰したわけではない。それでも、戻ってきたことに変わりはない。なかんずく、伊吹直哉の人生に。彼女が帰ってきたというだけで、ひどく落ち着かない。またしても俺は彼女の身を案じねばならない。それが、なんともわずらわしい。

彼女は俺にとって特別な存在だ。その事実からは目を逸《そ》らせない。そうであるがゆえに、彼女を巻きこみたくはない。いま俺は、人生の重大な岐路に立たされている。どちらを選んでも辱めを受けるであろう辛《つら》い選択を前にしている。そんなときに、彼女が現れた。彼女に醜態をみせたくはない、彼女に落胆と失望を与えたくはない。そういう思いもある。セルシオは赤坂《あかさか》方面に向かう夜の国道で蛇行をつづけながら、伊吹のヴェイロンの進路を妨害しつづけた。距離はすでに数メートルほど開いている。

馬鹿な奴ら、と伊吹は思わずほくそ笑んだ。距離を詰めた煽《あお》りにたまりかねて仕方なくその作戦を放棄し、今度は蛇行で進路妨害という手に打ってでた。だが、こちらのクルマの性能とドライバーの動体視力をなめてもらっては困る。

前方でセルシオが道路の右端から左端へと斜めに移動しかけたとき、伊吹はすかさずステアリングをわずかに右に切ってギアを入れ替え、アクセルを踏みこんだ。ヴェイロンの加速はまさにアフターバーナーさながらだった。シートに身体が押し付けられ、軽いGすら感じる。ガードレールとセルシオのリアバンパーの隙間はわずかなものだったが、それでも伊吹の目はヴェイロンの車幅ぎりぎりのスペースがそこに生じたと見た。一瞬の賭《か》けは、空で何度も経験した。そして空に限っていえば、俺は常に勝利を収めてきた。

地上でもその運は逃げてはいなかった。セルシオの脇を滑らかに通過した瞬間、そう確信した。さらにアクセルを踏みこむと、夜の六本木の街並みが後方へと吸いこまれていく。ミラーのなかで、まだ道路に対し斜めに位置しながら呆然《ぼうぜん》とたたずんでいるセルシオがどんどん小さくなっていった。

思い知ったか、馬鹿。伊吹は吐き捨てるようにつぶやいて、ヴェイロンを赤坂トンネルに滑りこませた。視界がオレンジいろに染まる。等間隔に配置された照明が頭上を通過していくたび、車内に明暗の落差が生まれる。アクセルを踏んだ。速度が上がり、明滅はテンポを増していく。

本当のところ、臨床心理士になった岬美由紀にたずねたかったことがある。心の病は遺伝するものなのかどうか。それを聞きたかった。だが、ひとたび対話の扉を開くと彼女の持つあらゆるものを受けいれてしまいそうだった。それらがどんなものなのかは判然としないが、とにかく自分からは閉めだしたかった。だから聞けなかった。

伊吹直哉の両親は、伊吹がまだ幼いころに別れた。家を出ていったのは父親のほうだった。写真が一枚も残っていないせいで、父の顔はろくに覚えてもいない。職業は警察官だったというが、離婚を機に辞職したらしいと叔父《おじ》から聞かされただけで、それ以上のことはわからない。キャリアだったかノンキャリアだったかも定かではないが、おそらく後者だろうと伊吹は思っていた。キャリアの血筋を継いでいるなら、俺が防衛大に入るときにあれほど勉学に苦労しなかったはずだ。伊吹は本気でそう感じていた。

残された母は病院通いを続けていた。かなり後になって母が通っていたのが精神科だったと判明したが、正式な病名はいまもってわからない。ただ、幼いころから兆候だけは感じていた。母の言葉はいつも筋が通っていなかった。常に話している内容がわかりにくく、急に笑いだしたり、また逆に怒りだしたりする。ぶつぶつと独りごとを口にすることも多かったように思う。ずぼらで、整理整頓《せいとん》や家賃の支払いなどを面倒がって行わず、いつも叔父に世話をかけていた。人の悪口をいったり、ささいなことではあるが嘘ばかりつくと

かといってひとりにしておくこともできない。

　父が母のもとを離れたのは、その病気のせいだったかもしれないと、後で考えるようになった。実際、母との暮らしは苦痛の連続だった。会話に付き合うのには骨が折れるし、かといってひとりにしておくこともできない。

　体育系の大学に進学したいと望んでいた伊吹だったが、母の病状が悪化したせいで進路を考えなおさねばならなかった。かといって、高卒で就職するつもりもなかった。将来の希望はパイロットだった。大規模な航空会社への就職は無理でも、民間のセスナや輸送機を操縦できる職に就きたい。それは幼少の頃からの夢でもあった。

　進路指導の教師の薦めで、防衛大への進学を考えるようになった。入学と同時に国家公務員となり、給料もでるし、自衛隊でパイロットを志願してその道で経験を積めば、除隊後も民間パイロットへの転職が有利というデータがあった。

　伊吹の決意を、母は手放しでは喜ばなかった。むしろ嫌悪していた。母は、息子が自宅から通学することを強く望んだ。防衛大は学生舎住まいが原則なのでそれはできないというと、母は伊吹を身勝手で恩知らずと罵《ののし》り、激しく怒りをぶつけてきた。生活費は送るといっても、それは当然のことだと息巻き、感謝の言葉すら口にしない。

　やがて第一学年を終えるころ、母から手紙が来た。再婚するので家を出るという話だった。相手の名前も新居の住所も記載がなかった。連絡先もわからない。実家に戻ってみると、たしかに母は姿を消していた。代わりに、どの部屋にもさまざまな種類のゴミが溜《た》めこまれ放置されていた。それが母が残してくれたすべてだった。

帰るべき家庭を失い、ただがむしゃらに学びはじめたことで自衛官としての責務を理解し、そこに生きる希望をみいだしたという意味では、岬美由紀と俺は似ているのかもしれない。けれども、どんなに努力して階級を高めようとも、迷いばかりが増大していることに気づく。俺はなんのために戦うのだろう。なぜ命を投げだしてまで国を守らねばならないのだろう。理屈ではわかっていても、しっくりはこない。どこか虚《むな》しさだけがつきまとう。そして、俺は致命的なミスをしでかしてしまった。子供の命を奪い、両親に謝罪することさえ許されず、ただ政治的圧力に翻弄《ほんろう》されつづけている。

俺の人生にはなにもなかった。その思いが諦《あきら》めとともに日増しに強くなるいま、俺がとるべき選択もしだいにはっきりしてきている。可能な限り、人々に迷惑がかからないように消えていくこと。重大な責務を伴う、あらゆるものから遠ざかっていくこと。それしかない。負け犬といわれようと、卑怯者《ひきょうもの》と罵られようと、とるべき道はそれ以外にはない。

トンネルを抜け、赤信号の交差点で停車した。すると、ミラーのなかで真っ白なキセノンヘッドライトが追ってくるのがみえる。

伊吹は舌打ちした。あのセルシオの馬鹿らか。いい加減しつこい連中だ。

セルシオは停車中のヴェイロンの脇を追い越し、停止線を越えて横断歩道上にヴェイロンの進路を阻むかたちで停まった。左右のドアが開き、大柄な黒人ふたりが降り立った。どちらもカジュアルな服装だが、国内で手に入るサイズではないだろう。とりわけ助手席から這《は》いでてきたほうはスキンヘッドに肥満体という、絵に描いたような不良黒人の外見上の特徴を有している。

ふたりは英語のスラングで罵りながらヴェイロンに近づいてくると、ボンネットを蹴《け》って威嚇《いかく》してきた。めんどくせえな、伊吹はただそう思った。恐怖など微塵《みじん》も感じなかった。連中は日本人を竦《すく》みあがらせるのに慣れているのかもしれないが、あいにくこちらも在日米軍に黒人の知り合いは大勢いる。彼らも人間に過ぎないことは、わかりすぎるぐらいわかっている。

伊吹はドアを開け放って降り立った。ひるまないその態度に黒人は少しばかり面食らった素振りをみせたが、依然として挑発的な挙動とともに伊吹との間合いを詰めてきた。伊吹も酒を飲んでいたが、その伊吹の鼻にも酒臭いとわかるほどの悪臭を黒人たちは漂わせていた。

英語のヒアリングにはそこそこ自信があったはずだが、その伊吹をしても聞き取れないほどの早口で黒人のひとりがまくしたてた。おそらくネイティブのアメリカ人でも判然としないその罵声《ばせい》の数々を聞き流しながら、伊吹は黒人の目をにらみかえしていた。威嚇が通用しないと知った黒人は憤りを募らせたらしく、伊吹の胸倉を摑《つか》んで拳《こぶし》を振りかざした。酔いも醒《さ》めるような右ストレートを頬に受け、足もとがふらついた。その瞬間、伊吹は思わず笑いを漏らした。ありがとよ、暴れるきっかけを作ってくれて。伊吹は心のなかでそうつぶやいていた。黒人たちが妙な顔をして動きをとめた。

黒人のひとりにつかつかと歩み寄り、頭突きを食らわせた。額の中心をわずかに外れた位置を、相手の額の中心に向かって打ちつける。こうするとこちらは打撃の痛みをさほど感じることなく、相手に最大限のダメージを与えられる。実際、頭突きを食らった黒人は額を押さえて悲鳴をあげ、のけぞった。その突きだされた出っ腹に、伊吹は容赦なく膝蹴《ひざ》りを浴びせた。黒人はうずくまってその場に倒れこんだ。

もうひとりが怒りの形相で襲いかかってきた。伊吹は身体を低く沈みこませて相手のパンチを避けると、拳法《けんぽう》でいう陽切掌《ようせつしょう》の手刀を水平に繰りだし、相手のわき腹を打った。見掛け倒しの身体だ、腹筋がまるで鍛えられていない。インパクトの瞬間、手ごたえにそう感じた。黒人は苦痛の叫びをあげ、わき腹を押さえて前かがみになった。ほどよい高さにまで下がったその顔面に対し、伊吹は片脚を膝を曲げずに振りあげて半月脚《はんげつきゃく》の蹴りを放った。黒人は後方に飛び、セルシオに背をぶつけてから地面に突っ伏した。叫び声も途絶えていた。気を失ったのかもしれない。

きこえるのは荒くなった自分の呼吸音だけだった。ヴェイロンに戻ろうとして足もとがふらつき、膝から崩れ落ちそうになる。平衡感覚が揺らいでいた。最初にもらった一発が、案外効いているのかもしれない。ずきずきと痛む頬を指で押さえてみると、その指先には赤いものがついていた。

遠くでサイレンがかすかに沸いている。その音はしだいに大きくなっていた。伊吹はヴェイロンの運転席に転がりこむように戻ると、ドアを閉め、慌てて発進させた。セルシオの脇を抜けて逃走しかけたとき、ミラーのなかに赤いパトランプが小さく浮かんでいた。

伊吹は一気にヴェイロンを加速させた。サイレンの音が後方に消え去っていく。実際にはもう聞こえているかどうかさだかではないが、頭のなかではわずかな音量でずっとサイレンが鳴りつづけている気がしていた。

情けない話だ、伊吹はステアリングを切りながら唇を噛《か》んだ。俺はいま、逮捕を恐れている。今度警察の世話になったら確実に除隊の処分を受ける。あれだけ大見得を切っておきながら、自衛隊を離れることを恐れる自分がいる。

俺は矛盾している。岬美由紀と最も異なるのはそこだと伊吹は思った。彼女には迷いは感じられない。もちろん職務のうえでの戸惑いはあっただろうし、臨床心理士に転身したときにも心は揺れ動いたろうが、伊吹の知るかぎり、彼女は信念を曲げたことは一度もない。転職もそれゆえのことだった。俺はどうだろう。その肝心の信念が、いつもぐらついてばかりだ。

加速するヴェイロンに身を委《ゆだ》ねながら、伊吹は防衛大での彼女の姿を思い起こしていた。彼女はいつもひたむきだった。ほかの学生の誰にも増して未来に目を向けていた、そんなふうに記憶している。そしてそれは、誤りではなかった。

防衛大の全学年を通じとりわけ難解な授業が、この学校の専門分野でもある防衛学だった。伊吹はそれゆえに、幹部候補生学校に進んで以降も、防衛大に足を運んだ際には授業に立ち会うことにしていた。防衛学とはたんなる知識だけの学問ではない。常に世界情勢に合わせて流動的に変化する、まさに成長の途上にある科学だといえる。究極には、防衛学は世界の恒久的な平和が達せられたときにその役目を終えるのだろう。それまでは、この生きる学問についていつも学びつづけねばならない。それが伊吹の持論だった。

九年前、伊吹は一学年の防衛学の戦略教育室の授業で、学生たちの後ろに立ち授業を見物した。教官は屋代和也《やしろかずや》という五十一歳の幹部自衛官で、彼は伊吹が防衛大で学んでいたころにも教鞭《きょうべん》を振るっていた。

戦略教育室の授業では机上の空論ではなく自衛隊の現状を踏まえ、具体的かつ踏みこんだ戦術および戦略の研究がおこなわれる。屋代教官は海上自衛隊の役割について、空母や原潜を保有しない現状下においては国家規模の防衛任務を背負っているとは言いがたく、その存在価値は海上護衛の任務においてこそ現実的な評価がなされるといった。

海上護衛について鉄壁の防御がありうるとして、現在の海自の艦を用いて艦隊を編制するとしたら、どのようなかたちが考えられるか。その質問に真っ先に手をあげたのは、上坂孝行だった。上坂は前にでて持論を発表した。「護衛を完璧《かんぺき》なものにするには、海上交通に用いられる海域全体を安全なエリアと化さねばなりません。これは南西諸島の列島線から東側、伊豆《いず》・小笠原《おがさわら》列島線から西側に外国の潜水艦の侵入を許してはならないことを意味します。が、一千海里に及ぶ防衛ラインを艦艇で守りきるのは事実上、不可能であります。この東側は水深が非常に深く海底が平坦なため、音波による音響探知に有効です。

列島線東側に音響探知網を敷くことで、潜水艦侵入を防ぎます」

屋代教官がきいた。「その防衛ラインは、どの部隊が受け持つことが適当かね？」

「空自の航空団、厚木《あつぎ》の第五十一航空群511航空隊および第四航空群、八戸《はちのへ》の第二航空群などのP3Cを用いるのが適当と思われます」

「では南西側はどうかね。東側とは同じ方法は使えないと思うが」

はい、と上坂は臆《おく》するようすもなく応じた。「そちらの海域は浅いのでほかの手段が必要です。哨戒《しょうかい》飛行の回数を増やすと同時に、アクティヴセンサーも併用します。那覇の第五および第八航空群、鹿屋《かのや》の第一航空群、岩国《いわくに》の第三十一航空群が適当と思われます」

「仮想敵国がロシアとして」と屋代がいった。「その潜水艦部隊をこの防衛ラインで防げるか否か？」

「ロシア潜水艦部隊がその海域に進出するには、カムチャッカ半島のペトロパブロフスクを除いては、日本海から対馬《つしま》、津軽《つがる》、宗谷《そうや》の三海峡を経由せねばなりません。これら三つの海峡はほぼ確実に閉鎖できます」

よろしい、という屋代の声に、教室内は圧倒されたようなどよめきに包まれた。上坂の答えはきわめて模範的なものだった。試験の答えとしても点数が与えられるだろう。上坂は上機嫌で、自分の席に引きあげていった。隣りの席の早園鮎香と顔を見合わせ、微笑を交わしている。彼女が上坂の恋人か、と伊吹は思った。どこの世界でも優等生を真っ先に獲得しようとする積極的な女がいるものだ。

だが、と伊吹は思った。上坂の答えは教科書的すぎる。問題は三つほど挙げられる。

そのとき、手を挙げる学生がいた。女だった。屋代に指し示され、立ちあがった女を見たとき、伊吹は思わず息を呑《の》んだ。岬美由紀、あの図書館で騒いだり中国軍の制服で学生会館をうろつくなど、個性的な挙動で話題の彼女だ。いったい彼女は何者なのか、指導教官のあいだでも噂で持ちきりになっていた。

「いまの回答は現実的ではありません」と美由紀は教室内に声を響かせた。「問題は三つ挙げられます。第一には物量です」

屋代が目を光らせた。聞こう、と屋代はいった。「前にでて説明したまえ、岬」

美由紀はやや緊張したような足どりで教壇に向かうと、硬い顔で教室を見渡し、それから深く深呼吸して一気にまくしたてた。「海域の安全のために空自の部隊を活用するのはいいとして、そのルートの海上護衛を実現するとなれば、当然のごとく護衛用の艦隊が必要です。海自は現在、外航護衛のための四個護衛隊群を保有していますが、あきらかに不足しています。あと二、三の護衛隊群および一、二の予備群があるべきですが、いまのところ編制の動きはありません。第二に、護衛隊群をすべて太平洋側に費やしてしまうと日本海側の防御が手薄になります。したがって音波探知に頼るなどの方法以上に兵力を削減できる別の護衛手段が必要です。第三に、さっき挙げつらねられたような防衛で安全海域が確保できるというのは、在日米軍の戦力にかなり依存した考え方だと思われます。空母を主力とする第七艦隊の洋上支配能力はここ数年、影響力を低下させつつあります。たとえ合同作戦を展開しても、米軍が万全の防衛力を発揮してくれるとする見方は慎まねばなりません」

今度のどよめきは、上坂のときよりも大きかった。しかも美由紀の発言はたんなる批判や揚げ足取りには留《とど》まらなかった。彼女は海上護衛の具体案を流暢《りゅうちょう》に解説しながら、黒板に図を描いてしめした。対潜艦艇は四隻を一隊として横列に並びアクティヴ捜索を実行。その間隔は二・五から三・五キロヘルツのソナーを使用するとして、最低五海里ていど。各隊の斜め前および後方五十海里にTASS曳航《えいこう》のヘリ二機ずつをそれぞれに配置。海上護衛の起点は地方隊の哨戒に依頼し、ルートを二百五十から百五十海里ごとに区切り、各区ごとに一隊を配置すると四隊から六隊が必要になる。これらの一隊を一群とするなら、一群は十六から二十四隻、各群内の可動率が三分の二とすれば二十四から三十六隻、各群を完全交代制とすれば四十八から七十二隻となる。沈没商船数を分母、撃沈潜水艦数を分子においた交換比についても、これら海域の艦隊が二十から三十発の魚雷で攻撃にさらされた場合、かなりの命中率は考えられるが、命中率五十パーセントで十隻から十五隻が撃沈、しかしながら魚雷を発射した敵潜水艦の位置も捕捉《ほそく》できるので直後に反撃、全潜水艦を撃滅すれば交換比は十分の一となる。分の悪い勝負のため一斉攻撃にはでない公算が高く、ひとまずは海域の安全が保たれる。

美由紀は教室の学生たちを圧倒したばかりか、授業の空気そのものを独占してしまったかのようだった。上坂孝行も早園鮎香も、ただひたすら戸惑いがちに目を伏せるばかりだった。屋代教官が拍手をするに至って、学生らの美由紀を見る目は百八十度その認識を変えたにちがいなかった。あの一見鈍そうな、瘦《や》せた女子大生そのものといった風体の岬美由紀が、これほどまでの戦術分析をおこないうるとは。伊吹も開いた口がふさがらなかったことを覚えている。聞けば、彼女は校友会のいくつもの部活をかけもちしているらしいが、いったいいつこれだけの知識を身につけたのだろうか。

　授業が終わったあと、美由紀の周りの学生たちは笑顔で声をかけたが、その笑いはみな凍りついていた。鮎香に至っては、強引に上坂をうながして逃げるように教室をでていった。その光景に、伊吹は自分が経験したのと同じ境遇を彼女も体験するのでは、そんな予感を覚えた。その当時、時代はまだ平和だった。防衛大に入ったからといって必要以上に力むのはナンセンスで、ただ昇進とそれに伴う昇給を急ぎたいだけの挙動とみなされた。同学年生たちには美由紀が、この学年を出し抜く存在にみえるにちがいない。俺もそうだったと伊吹は思った。この防衛大なる場所に入学したからには当然と思える義務を果たしているだけなのに、周りはそう見てはくれない。

　廊下にでていった美由紀を、屋代教官が追いかけるのが伊吹の目に入った。後についていってみると、屋代は美由紀に第二学年の教育課程や訓練課程を受けてみる気はないか、そうたずねていた。伊吹も防衛大の第一学年だったころ、同じ誘いを受けた。第一学年の共通訓練では基礎と射撃が中心だが、美由紀なら日数も要さず難なくこなしてしまうだろう。第二学年以降は、陸上・海上・航空の各要員に区分を受けて、自分が割り当てられた要員区分に該当する訓練を受けることになる。優秀な幹部自衛官をできるかぎり多く育てたいと願う防衛庁の意向からか、成績優秀者にはこのような判断が下されることが少なくない。むろん、その成績優秀者になること自体が決して楽ではないのだが。

代々木体育館のわきにあるパーキングスペースにブガッティ・ヴェイロンを滑りこませ、ようやくそこで停車させた。伊吹は耳をすました。

前方を左右に走る国道からは、この位置は並木が死角になって見えにくい。サイドブレーキを入れてエンジンを切る。パトカーのサイレンの音は、どこからも聞こえない。逃げきったか。伊吹はようやく安堵《あんど》のため息を漏らし、シートの背に身をあずけた。頰の痛みと、軽い興奮だけがまだ体内に残っている。それらを除けば、自分のなかにあるのはあいかわらず虚無だけだ。子供を殺した。戦争とは縁遠い、まだ幼い命を散らせてしまった。その事実はもはや消せない。岩に刻みこまれた文字のように、くっきりと自分の人生に罪深き汚点を残していった。

美由紀は伊吹と恋仲になることを望んでいたし、幹部候補生学校に進学してから、その意思表示はさらに明確なものとなった。伊吹はしかし、美由紀に対して恋愛感情を抱くべきではないと考えていた。好きか嫌いかを判断する前に、その自戒の念を優先させていた。

彼女がすばらしく有能で、魅力的な女であることは疑いの余地はない。だが伊吹は、彼女と一緒になりたくはなかった。おそらく俺は迷いながらも当分のあいだは空白に籍を置きつづけることになる。彼女が俺と付き合いだしたら、彼女もそうするというだろう。けれども、彼女が臨床心理士という新しい道を志していることを知り、伊吹はむしろその決心を後押ししてやりたかった。空自になんの未練も残さず、新しい人生を歩みだしてほしかった。

命を危険にさらすことのない、ごくありきたりの人生のなかでも、彼女なら幸せを見つけだせるだろう。その新しい生き方にふさわしい結婚相手も見つかるだろう。

我ながら勝手な話だと伊吹は思った。彼女に命を落としてほしくないから、空自から遠ざかってほしかった。だから付き合うのもやめた。彼女のことを想っているようで、本当はどうだったか定かではない。俺は逃げている。いつもそう思う。正しいことを貫く覚悟を決めておきながら、一方で自分を見つめなおそうとしない。大義名分を果たすための義務を、自分を省みないことの言い訳にする。

子供を死なせてしまった事故は、起きるべくして起きた。伊吹はそう思っていた。自分のとらえどころのない思考は、組織ばかりか世間が迷惑を覚えるに違いない。そして俺が自然淘汰《とうた》されるときはきた。俺は罪の許しを請うことはしない。潔くその罰を受けるだけだ。なるべく人々に迷惑をかけないかたちで。

そうだ、俺は淘汰される運命にあった。そのときが来たというだけだ。伊吹はため息とともに、静かに目を閉じた。これで帰れる。自分の本来の世界に。非難を受け、疎ましがられるのが常識の世界に。

防衛大臣政務官の二宮長治は、海上自衛隊の護衛艦隊旗艦〝たちかぜ〟の狭い通路を歩きながら、先導する艦長の案内に耳を傾けていた。たちかぜ型と呼ばれる艦は三隻ございまして、たちかぜ、あさかぜ、さわかぜといずれも風が語尾についています。第二世代の対空誘導弾搭載護衛艦でして、装備しているミサイルは対空用なのですが、対水上目標への射撃も可能でありまして……。

二宮はしだいに苛立《いらだ》ちを覚えはじめた。観光客ではないのだ、さも素人を相手にするような稚拙な説明は不要だった。業を煮やして、艦長の背にいった。「対空ミサイルシステムはSM1MRだな？ ターターの改良型システムだとか。MRというのは短距離用という意味だそうだが、ミグの急速接近にも対処できるのか？」

艦長は立ちどまり、振りかえって当惑のいろを浮かべながら二宮を見た。「ええ、そうです、そのう、MRというのはたしかに短距離用の意味ですが、あくまで艦隊防空ミサイルとしての区分けでして、短SAM《シースパロー》でいうところの短とは意味が違います。ですから……」

やたら遠まわしな物言いをする艦長だ。二宮は窓からみえるマック構造のマスト兼煙突を見あげながらたずねた。「兵装は？　簡便に教えてくれ」

「はい」艦長は面食らったようすだったが、やっと思考が切り替わったらしい。はきはきとした声で兵装を列挙しはじめた。「五インチ五十四口径単装速射砲二基、高性能二十ミリ多銃身《CIWS》機関砲二基、対空誘導弾発射装置一式、アスロック八連装発射機一基、三連装短魚雷発射管二基を搭載しております」

「よろしい」二宮はそういうと、先に立って通路を歩きだした。事前に予習しておいた図面によると、大会議室は階段を下りた先にあるはずだ。

　国会議員出身の高級幹部は自衛隊の戦力や実情にまるで疎いと考えられているらしい。たしかに六十五歳で参議院議員選の二度目の当選後、与党の国土交通部会で副部会長を務め、決算委員会理事を経て防衛大臣政務官に就任して間もないとなれば、かたちばかりに就任した政治家のひとりとみなされても仕方ないのかもしれない。だが、と二宮は思った。こちらもそれなりに覚悟を決めてこの役職を引き受けたのだ、あるていどのことは日々学びつづけているつもりだ。戦時中に軍部に実権を奪われた有名無実の政府と同じ失敗を繰りかえしてはならない。政治力と戦力の架け橋となる自分の役割こそが、この国が当時から六十年を経て進歩してきた証《あかし》を国内外にしめさねばならない。無知な老いぼれ政治家のようにみなされたのでは、たまったものではない。

　毎朝欠かさない皇居周りのジョギングのおかげで、全長百四十三メートルにもなる艦内を歩きまわっても息はほとんど乱れなかった。階段を駆け降りて突き当たりの扉に向かう。艦長があわてたようすで追いかけてきて、前方にまわりこみ、警備の隊員に開けろと指示する。

扉が開けられ、二宮はなかに歩を進めた。教室のように机と椅子が等間隔に並んだ大会議室内は、中央の通路をはさんで左に空自、右に海自ときれいに制服がわかれていた。総勢二百名はいるだろうか。私語を口にしている隊員は誰ひとりとしていなかった。二宮がその前に立つと、全員がいっせいに立ちあがり、気をつけの姿勢をとった。

訓練は行き届いているようだ。本議会場で野次を飛ばすか居眠りするかのどちらかでしかない国会議員らにも見習わせたい。二宮はひそかに感心を覚えながらそう思った。

二宮が会釈をすると、全員が揃って礼をした。二宮は艦長に目を向け、楽にさせていいと目で合図した。艦長は全員に告げた。着席。

まわりくどい挨拶《あいさつ》は抜きにしよう、二宮は思った。咳《せき》払いをして、精悍《せいかん》な顔つきの面々を前に声を響かせた。「合同訓練、お疲れさまでした。そして、お見事でした。総理も非常に感銘を受けておられたようです」

しんと静まりかえった室内の様相に変化はなかったが、それでも二宮は列席者の空気がわずかに変容したと感じた。緊張感漂う隊員たちの表情が若干和んだように思える。真剣に耳を傾ける姿勢から、聞き流す態度へと微妙に移りかわった。

ここでも、二宮をたんなる政治家とみなす雰囲気が蔓延《まんえん》しつつある。とりわけ、若い隊員たちはわかっていないらしい。政治家の重責がいかなるものかを。決して安泰な立場に座しているわけでもなければ、無知や無学が許される職務でもないことを。

いざとなれば実戦に赴く身でありながら、緊張を解くにはまだ早すぎる。だいいち、いまや危機は間近に迫りつつある。二宮はあえて冷ややかにいった。「ただし、見事というのは演習に限ってのことです。残念ながら戦争は、見世物ではありません」

ぴんと張り詰めた空気が、空自および海自の隊員たちに走った。こうでなくては。二宮はその適度な緊張に、かえって舌が滑らかになる自分を感じていた。

「お聞き及びと思いますが」二宮はゆっくりと歩きながら、隊員の顔をひとりずつ注視していった。「麝香片《じゃこうへん》なる麻薬の密輸問題が、わが国の平和を脅かしつつあります。神出鬼没の密輸船には機関砲やロケット砲が常備されているうえに、ミグ31一機とF8二機からなる空からの支援を引き連れています。もはや海上保安庁が手をだせる状況ではありません。すなわち、諸君の出番だということです。そのときは刻一刻と迫っています」

ここで見るかぎりは、隊員たちは皆いい顔をしている。血塗られた戦場に彼らを送りこむ日がくるのだろうか、そんな戸惑いがちらと二宮の頭をかすめる。二宮は歩を早め、その迷いを振りきった。いまは現実に目を向けねばならない。

「しかしながら」と二宮はいった。「現在、自衛隊に対する世論の評価は急速に低下しつつあります。イラク派兵や対テロ問題でその必要性があきらかになっている矢先に、なぜ信頼が失墜したか。理由のわかる者はいますか」

しばし静寂があった。空自の隊員たちが一様に表情を曇らせたのがわかる。海自のほうは、それほどでもなかった。その海自の一群からひとり、手をあげる者があった。一尉の階級章をつけた、三十歳前後の隊員だった。二宮はその隊員を指し示した。「答えたまえ」

隊員は立ちあがった。「空自の岐阜基地における演習での少年死亡事故が取り沙汰《ざた》されたことに端を発していると考えられます」

空自の隊員たちは、その発言した一等海尉に目を向けようとはしなかった。ただ苦虫を嚙《か》み潰《つぶ》したような顔を浮かべただけだった。

「きみ」二宮はきいた。「名前は?」

隊員ははきはきと答えた。「橘邦彦一等海尉であります」

ああ、と二宮は思った。この男が防衛参事官の橘の息子か。飲食店で伊吹一等空尉と殴り合いの喧嘩《けんか》を起こしたというのは彼だ。そういえば、顎《あご》と額にうっすらと青いあざが残っている。

「きみが橘一尉か」二宮は橘をじっと見つめていった。「武勇伝はきいている」

「ありがとうございます」橘は間髪をいれずにいった。

胸を張っている。それなりに自負できる履歴があるのだろう。だが、二宮が指摘したのはそのことではなかった。皮肉な口調で、二宮は付け足した。「武勇伝といっても、〝フラッグシップ〟のな」

橘はまっすぐ前を向いたまま、当惑のいろを浮かべて口ごもった。周囲の隊員から失笑が漏れ、かすかにざわめきがひろがった。

最前列に座った一等海佐が振りかえり、厳しい声で告げた。「静粛に!」

海自の隊員たちは居住まいを正し、口をつぐんで正面に向き直った。

二宮はひそかにため息を漏らした。まるで学校だ。だが、自衛隊の本質には学校に似たところがあるのだろう。彼らは永遠に学生時代を自分のなかに残しているのかもしれない。

「諸君」二宮は自衛官たちを見渡した。「空自の演習についての報道は、まだ憶測の域をでていないものです。テレビのニュースや新聞を目にしたなら先刻ご承知と思うが、実名はまだ伏せられているうえに、そのような噂があるという又聞きの形式でしか報じられていない。内部での調査もまだ継続中です。したがって自衛官諸君はそうした憶測に惑わされず、風評に振りまわされることなく任務を全うしてほしいと思います。よろしいですか」

全員が揃って、はい、そう声を張った。空自も海自も、一糸乱れずその秩序を守った。起立したまま、さっきまで戸惑いを漂わせていた橘も、いまは表情を引き締めてその返答に加わっていた。

なかなか見所ある、と二宮は橘について思った。たんなる親の七光りというわけではなさそうだ。二宮は告げた。「橘一等海尉、座ってよろしい」

橘は機敏な動作で一礼し、着席した。周囲に嘲《あざけ》るような空気はもはやなかった。実際、ふだんから同僚の信頼を勝ち得るだけの仕事はこなしているのだろうと二宮は感じた。学校になぞらえれば優等生の自負に似た、リーダー格のみが醸しだすエネルギー。そんな力をこの橘という男は備えているようにみえる。

二宮は空自と海自のあいだの通路に歩を進めながらいった。「国民にどんなに冷たい目を向けられようとも、われわれには国を守る任務が、国民の生命と財産を守り抜く使命があります。諸君の制服からこの最新鋭の旗艦、すなわち、五インチ五十四口径単装速射砲からCIWS、対空誘導弾発射装置、アスロック、三連装短魚雷発射管を備えた海自初のシステム艦まで、すべては国民の血税によってまかなわれています。われわれにはそれに応《こた》える義務があります。そこのところ、強く心に刻んでおいてください」

はい。ふたたび、ぴたりと揃った声が室内を揺るがす。二宮は壁ぎわに立つ艦長を見た。艦長は目をぱちくりとさせていた。二宮が兵装をただの一回の説明で記憶したことに驚いているのだろう。たいしたことではないと二宮は思った。なにかしらに秀でていなければ巨大な組織の要職に就くことはできない。

さきほど入室した当初よりは、自衛官らがいい面構えになってきたと感じる。少なくとも、頼りなげな老政治家の演説と一蹴《いっしゅう》する態度はもはやかけらも残っていない。

そろそろ告げてもいいだろう、と二宮は思った。防衛大臣からの重要な言伝《ことづて》がある。

「諸君に」二宮はあえて静かにいった。「防衛省が入手した最新の情報をお伝えせねばなりません。麝香片麻薬の密輸組織が雇用している、ミグ31のパイロットが判明しました。

年齢は四十六歳、名前は梁暁濱《リヤンシヤオビン》。中国人民解放軍の中校、すなわち中佐だった男です」

今度は空自にざわめきがひろがった。微妙な反応ではなく、あきらかな動揺のいろをしめしている。

「有名人のようだ」二宮はそういって空自の群れにたずねた。「詳細を知る者はいますか」

しばし沈黙があった。いくつかの手があがる。橘のように勢いのよいものではなかった。二宮はそのなかから、自分にほど近い三尉を選んで指し示した。きみ、答えたまえ。そう告げた。

「中国空軍の伝説のパイロットと聞いています」三尉の隊員はこわばった顔で、喋《しゃべ》りながら立ちあがった。起立する前に発言の衝動を抑えられなかった、そんな興奮のいろをのぞかせている。「十年ほどのあいだ、中国からの定期便として空自にとっては天敵とみなす存在でありつづけ……」

意味不明の単語があった。二宮はきいた。「定期便？」

「一定の期間をおいて領空侵犯をしてくる、挑発的な軍用機のことをそう呼んでおります。梁暁濱の乗るF8は独特のアクロバティックな飛行によって、すぐそれとわかります。領空侵犯措置としてスクランブル発進したF15J数機をぎりぎりまで引き付けておき、たった一機でわれわれを翻弄《ほんろう》し、やがて中国の領空へと引きあげていきます。むろんわれわれにとってはそのパイロットの名など知る由もなかったのですが……」

二宮はため息とともにうなずいた。「ある日、知るときがやってきた」

「そうです。平成八年六月二十六日、例によって挑発を繰りかえしたF8を追って……、第七航空団第305飛行隊のF15Jが中国の空域に侵入してしまいました。F8はそのとたん牙《きば》を剝《む》き、垂直バレル・ロール・アタックでF15Jの背後にまわりこみ、ロックオンしたかと思うと即座に空対空ミサイルを発射しました。F15Jのパイロット……水際《みぎわ》二佐は機が撃墜される寸前に脱出しましたが……」

「中国当局に身柄を拘束された」二宮は、あとを引きとっていった。「外交交渉によって半年後に日本に戻ってきたが、半身不随で現在も入院中。水際二佐は名誉の負傷どころか、史上唯一空中戦で撃墜されたF15のパイロットという汚名を背負わされる羽目になった。彼が持ち帰ったのは、そのやり手の敵パイロットの名と階級だけ。それが梁暁濱中校だった。たしかそうでしたね」

はい、と三等空尉が応じた。

室内には静寂だけが漂った。ごくりと息を呑《の》んだ音が、隊員たちのあいだから聞こえた。それをはっきりと認識できるほどの静けさがこの場の全員を包んでいた。

座ってよろしい、と二宮は告げた。三尉が着席すると、会議室の前方へと歩いていき、全員を見渡した。

二宮はいった。「信頼できる情報筋によると、梁暁濱は空軍に身を置いているあいだも一匹狼として独自の行動を取ることが多く、命令を無視して暴走することもしばしばあったそうです。中国の領空を侵犯した機に対しては、翼を振ったり相手よりも前に出て曳航《えいこう》弾を発射するという国際法上さだめられた警告を発することなく、水際二佐の場合のように即攻撃にでることが常だったらしい。その素行の悪さから中校以上に昇進できず、昨年には地上勤務にまわされました。待遇に不満を覚えた梁暁濱は、同僚の楊利偉《ヤンリーウェイ》中校が宇宙船〝神舟五号〟での有人宇宙飛行を成功させ国民的英雄となった翌日、除隊し行方をくらましました。彼にしてみれば我慢ならないことだったのでしょう。その後、福建《フーチエン》省で民間輸送機のパイロットを数か月務めたもののこれも辞め、以降は消息が途絶えていました」

空自の自衛官らの視線は、二宮を注視していた。その目には、さっきまでは感じられなかった殺気があった。宿敵ともいえる存在の動向。しかもふたたび、脅威は迫りつつある。彼らのなかにあるのは闘志だろうか。それとも怯《おび》えか。いずれにしても、嵐の前兆の遠雷を耳にした心境に違いない。そして間もなく、雨が落ちてくる予感を抱いている。すぐにでも備えに走りたい、そんな衝動をのぞかせているのが表情からも読みとれる。

「いま」二宮は室内に声を響かせた。「その凄腕《すごうで》の男がF8をはるかに凌《しの》ぐ性能と兵装を備えたミグ31に乗り、わが国の領空を脅かそうとしています。密輸船がわが国に運びこむのは、国全体に混乱を撒《ま》き散らす大量の麻薬です。すなわちこれは国家主導でなくとも、外敵からの大規模破壊工作に等しい作戦行動です。政治的解釈はともかく、自衛官諸君にとってこの中国マフィアの挙動は、戦争行為にほかならないと認識していただきたいのです」

空自および海自の自衛官らの顔いろが、さっと変化した。もはや逃れられない使命、命を賭《と》して戦う覚悟をきめた猛獣のような目の輝き。腰がひけた態度をしめす者はひとりもいなかった。それでこそ幹部自衛官だと二宮は心のなかで誉め称《たた》えた。真の力は武器や兵装ではない、彼らのなかにこそ備わっていなければならない。

「敵を野放しにはできません」二宮はきいた。「空自に、梁暁濱に対抗できるだけの戦力および人員は存在しますか」

ところが、空自は一様に当惑のいろをしめした。最前列の三佐の階級章が戸惑いながら立ちあがり、発言した。「領空侵犯措置および訓練などの成績を見る限り、梁暁濱と互角に渡り合えると考えられるパイロットは数名だけです。それも真っ向から一対一でぶつかり合った場合、いい勝負が期待できる者となると、現状では一名だけでしょう」

弱気な発言に二宮は苛立《いらだ》ちを覚えた。いや、彼らは充分に勇気を奮い立たせているはずだ。それでも、事実は認めざるを得ないのだろう。梁暁濱は空自の精鋭にとっても、それだけ恐るべき存在とみなされている、そういうことだろう。

「その一名とは」二宮は三佐にたずねた。「誰ですか」

「そのう」三等空佐はあきらかな困惑を浮かべつつ、視線をおとしながらつぶやいた。「伊吹直哉一等空尉です」

ざわめきは、はっきりと室内に広がった。それを咎《とが》めねばならない上級の士官も、表情を硬くして隣りの者とささやきあっていた。二宮は橘一等海尉を見た。橘はなんともいえない複雑な表情を浮かべ、デスクに目を落としていた。

ほどなくして、室内に静寂が戻った。二宮は全員の目が自分に注がれていると感じるまで、無言で待った。

「各自、有事に備えて準備を怠らないでください」自分の発した声だというのに、他人の言葉のようにきこえる。奇妙な現実感のなさを覚えながら、二宮はいった。「以上です」

自衛官らは一斉に立ちあがり、揃って頭をさげた。やはり動作に遅れをとる者は皆無だった。その完璧《かんぺき》ともいえる集団行動に、二宮はかえって一抹の不安を抱かざるをえなかった。よく訓練された優秀な幹部自衛官の選抜者たち、その彼らをして、梁暁濱の名を耳にして動揺を抑えることができなかった。そして対抗しうるパイロットの筆頭が、ほかならぬ伊吹直哉だとは。

二宮はおじぎをかえし、扉に向かった。足がひどく重い。ここへきて、歳が身体に表れたかのようだった。

人命救助

岬美由紀は岐阜基地の飛行開発実験団庁舎にある資料閲覧室に籠《こも》り、早園鮎香三尉の提供する事故関連の資料に目を通していた。規則で窓は暗幕で塞《ふさ》がれているため、昼か夜かも判然としない。そのせいで時間の感覚がおかしくなる。夜通し東名高速をクルマで飛ばして岐阜まで来て、この部屋に詰めたのは朝の九時、それから二、三時間は経過しているだろうか。するといまは正午かもしれないが、いっこうに空腹感を覚えない。

「さてと」早園鮎香は二十冊に分冊されたファイルの最後の一冊を美由紀に差しだしながらいった。「これが最後。この基地に所在する岐阜気象隊の見解をまとめたもの。かいつまんでいうと、事故の起きた当日は視界良好で絶好の演習日和。南東の風、でも微風っていうかほとんど無風。よって気象に事故の原因はみとめられず、ってとこね」

美由紀はぱらぱらとページを繰ったが、苦笑してそれを閉じ、デスクの上に載せた。

「結末を先にいわれたんじゃ、読む気もなくなるわね」

鮎香も笑った。「平凡な出来の推理小説なら、あらすじを聞かせてくれれば十秒で済んだのにって思うこともあるでしょ。気象隊のファイルはそれと同じ。さてと、あとは警察からの報告ね」

「警察？」美由紀は顔をあげた。

「そう」鮎香は椅子から立ちあがり、制服の裾《すそ》を正しながら壁ぎわに歩いていった。「民間人の子供が犠牲になった可能性のある事故だけに、防衛省は慎重に警視庁に協力要請をして、科捜研の現場検証に限り捜査を許可したの。ええと、正式には捜査ではなくて調査ね」

問題は発覚してほしくない、けれども真実は知りたい。そんな我儘《わがまま》を押し通すすべを、すでに組織は心得ているということだろう。正式な捜査は令状がなくては行えないが、警察がそのような強制力を盾にして行動を開始する前に、上層部どうしで意見交換をして密約を取り結んだわけだ。事故の詳細解明のために、警察の力をお借りしたい、と。むろん公式にではなく、あくまで非公式に、秘密裏に。

しかし、科捜研といえども自衛隊の兵器については資料が揃っていないはずだ。美由紀は鮎香にきいた。「銃殺された遺体や放火による焼死体のデータは山ほどあっても、空自の演習中の事故死についての検証なんて、科捜研には無理じゃないの？」

「そのとおりよ」鮎香はうなずいた。「でも同様のことは空自の側にもいえるの。兵器とその威力に関してはデータが揃っているけど、ＡＳＥ２０６っていう最新鋭ミサイルの直撃を受けた人体がどんなふうになるのか、試したことはないから断定はできないでしょ」

「当然、兵器の詳細については防衛省の機密事項だけに科捜研には教えられない」美由紀はそういいながら、官庁や高級官僚に付きもののご都合主義の合意に呆《あき》れた気分になった。

「これじゃ、調査結果はせいぜい靄《もや》がかかったようにしか浮かんでこないわね」

鮎香の表情に蔭がさした。「ところがね、科捜研の見解と防衛省のデータを合わせてみると、けっこうたいへんなことが判ってきたの」

「どんな？」美由紀は身を乗りだした。

「これを見て」鮎香はリモコンを手にとってボタンを押した。部屋が暗くなり、壁ぎわのスクリーンにスライドが投影される。

モノクロ写真で、森林の一角で撮影されたものらしかった。木々の根元に飛び散った段ボールの破片、そこかしこに散らばる綿の切れ端。いたるところに赤、青、黄の円が描きこまれている。円の大きさはまばらで、三色の分布にも一見法則性はないようにみえる。

美由紀はきいた。「伊吹一尉がミサイルで破壊した移動標的の残骸《ざんがい》ね？」

そう、とスクリーンの前でシルエット状の鮎香がうなずいた。「移動標的が破壊された位置を中心にして半径六キロメートルの範囲に、これらの残骸が散らばってた。爆風とか、破壊直後に上空を通過したF４EJ改によって生じる気流のせいで、残骸は渦になって回転しながら落下したと考えられるの。だから残骸も放射線状ではなく、こんなふうにぐちゃぐちゃに混ざった状態で発見されてる。写真撮影後に残骸はすべて回収されたけど、原形への復元は困難だっていってた。要するに、どの破片が移動標的のどの部分に当たるのか、明確ではないってことね」

「赤、青、黄の円はなんなの？」

「ええと」鮎香は手もとの書類に目を落とした。暗くてみえないらしく、それをスクリーンの前に差しだして照らし、読みあげた。「赤が蛋白質《たんぱく》、青が塩化ナトリウム、黄がミネラル。そのほかにもいくつもの分析不可能な成分が無数に散らばってるけど、これがどういう意味かわかるでしょ、美由紀」

美由紀は重苦しい気分になった。いままで目を通した資料においても、状況証拠のうえでは篠海悠平少年が破壊の瞬間まで移動標的のなかにいた可能性が高いことが示唆されていた。しかし、この科捜研の調べはその可能性を裏付けるばかりでなく、より恐ろしい事実についてほぼ確信に近い論拠を与えているように思える。

「ASE206って」美由紀はいった、「いつごろ開発が進んだの。わたしが現役だったころにはいちども耳にしたことがなかったけど」

「二〇〇五年十一月に米マサチューセッツ工科大のE・T・ベルティック博士の論文に端を発するベルティック・プラズマ爆弾を戦闘機の兵装に転用、とあるから、開発はごく最近でしょ」鮎香はスライドの光源を照明がわりにして書類を読みつづけた。「この爆弾を弾頭に使用したことで、爆発と同時に酸素と水素が溶かしこまれて高温が瞬時に発生。人体に命中した場合、おそらく衣服は燃え尽き、人体の水分が蒸発。人間の身体の大部分を占める水分がなくなると、残るのは蛋白質と、ミネラルと、塩化ナトリウム……」

不快な気分がこみあげ、美由紀は鮎香にいった。「スライド消してくれる？」

鮎香は無言でリモコンのボタンを押した。画像は消え、室内に明かりが戻った。

美由紀はため息をつき、デスクのファイルを手にとった。演習時の兵装についてのページを開き、ＡＳＥ２０６爆弾の構造図と弾頭の成分表を見た。「こんなの開発する必要があるの？　たんなる殺人兵器にすぎないじゃない」

「いちおう非核三原則にはひっかからないってことよ」鮎香はリモコンを投げだして、美由紀の隣りの椅子に腰を下ろした。「二十一世紀に入ってから発見された化学反応による爆発だからね。核じゃないし」

「でも、ある意味で核爆弾や中性子爆弾よりずっと恐ろしい兵器でしょ。人を滅し去るような兵装を、自衛隊機が積む必要なんかないわ」

鮎香は両手を頭の上で組み合わせ、諦《あきら》めぎみな口調でいった。「詳しくは知らないけどね、テロ対策だとか周辺問題だとか、いろいろ理由をつけてはアメリカが積極的に新開発の兵器を売りこんでるらしいのよ。このところ防衛省の予算増加は国会で承認されることが多いから、ばんばん買いまくってるみたい。クラスター爆弾を廃止しておきながら、それに替わる新型爆弾が採用されてるぐらいだからね、兵器の性能はとっくに防衛の範疇《はんちゅう》を超えてる」

「それより人材の育成でしょ」美由紀は憤りとともに吐き捨てた。「自衛官の充足率は百パーセントに達していないのに、武器ばっかり買い溜《だ》めてどうするの」

「不満なら国会議員に立候補して政府の考えを改めてよ。もう除隊した美由紀なら選挙に出れるんだしさ」鮎香はそこで言葉を切り、悪戯《いたずら》っぽく笑った。「ま、国会が紛糾してもあなたならだいじょうぶでしょ。閣僚以下全員が襲いかかってきてもねじ伏せるだろうから」

「あいにく、議会制民主主義のくせに乱闘を起こす人たちと交わりたくはないの」

「そう?」鮎香はいかにも意地悪そうな笑みを浮かべた。「ぴったりだと思うけど。乱闘って」

「あーもうむかつく」美由紀は笑ってファイルを鮎香に投げつけた。「鮎香ってじつは優しい人だと思ってたけど、やっぱり性悪女だったのね」

鮎香は笑い声をあげ、冗談めかしていった。「やっとわかった? ほんと美由紀は騙《だま》されやすいのね」

美由紀は鮎香と顔を見合わせ、笑いあった。だがむろんのこと、心の底からの笑いではなかった。鮎香も同じだろう、そう思った。あまりにも重い現実から一瞬だけでも逃れたい、そんな思いゆえのことだったにちがいない。心理学的にいえば逃避だ。

ひとりの少年が死んだ。跡形もなく消されてしまった。人体に命中すればその悲惨な結果を生むことは予測できていた。それでも事故は起きた。重大な過失が起きたのは美由紀のかつての古巣、そして当事者は、ほかならぬ伊吹直哉一尉だった。

少年は十一歳だった。赤ん坊として生まれ、両親に愛をもってこの世に迎えられ、育てられた。小学校に通いだしたころには、両親のみならず本人も将来への夢や希望を抱いていただろう。たった十一年で、その夢は潰《つい》えた。国家が莫大《ばくだい》な税金を投入し、国民を守るべき自衛隊が、ひとつの命を奪い、家族の夢を破壊した。

「それで」美由紀は喉《のど》にからむ声でいった。「その科捜研の報告を受けて、防衛省はどう対応してるの?」

「対応はないわ。なにひとつ」鮎香は真顔で首を振った。「過失を立証する証拠はないから、警察も本格的な捜査に乗りだすこともない」

美由紀のなかに怒りがこみあげた。「なんですって。証拠がないってどういうことよ。男の子はＡＳＥ２０６ミサイルの犠牲になった、ここに証拠は揃ってるじゃない」

「死体がないから少年は行方不明ですって」鮎香は肩をすくめた。「現場に残ってた蛋白質やミネラルなどの成分も、移動標的のなかに人間がいたという因果関係を示す証拠にはならない、って判断みたいね」

「馬鹿いわないで。誰もいなかったのにどうしてそんな成分が残るの」

「だから、そこをなんとか理由をでっちあげるのが高級幹部の現在の課題らしくてね」鮎香はデスクに頬づえをついて、声をひそめた。「ここだけの話、亀岡書記官あたりは胸を撫《な》でおろしているらしいわよ。法律的には問題はクリアされそうだって。蛋白質そのほかの成分が人体のものか否かを鑑定する方法はないし、ＡＳＥ２０６が極秘開発プロジェクトに属する兵装であるからには裁判所命令でもないかぎり詳細を明かす必要もないし、ということは警察も令状をとって捜査に踏みこめない。なにより両親に真相が伝わらないから被害届も出せないってことでね」

美由紀は納得がいかず、首を横に振った。「過失の噂はとっくにマスコミに漏れてるし、責任を追及する声が日増しに強くなってる。現状では裁判沙汰《ざた》にならなくても、説明責任を果たさないと篠海悠平君のご両親がマスコミの協力を得て世論を動かし、行政に訴えてでようとする。過去にも官庁が不祥事を揉《も》み消そうとした場合は、結局そういう末路をたどったでしょ」

「全部じゃないけどね」鮎香はあっさりといった。「みごとに揉み消された事件や事故も山ほどあるでしょうよ。ま、上もこのままじゃまずいってことは認識してるみたいだから、今晩の説明会兼報告会があるわけだけど」

その会合について、美由紀はけさ聞かされたばかりだった。この岐阜基地の大会議室に伊吹一尉が出頭を命じられているうえに、防衛省の高級幹部も一堂に会すことになっている。さすがにマスコミはシャットアウトされるものの、そこが伊吹直哉の事実上の断罪の場になることは間違いない。

きょう午後六時すぎ、そのとてつもなく辛《つら》い時間がやってくる。昨夜、意地でも伊吹を引きとめるべきだったかもしれない。美由紀はあの横浜の埠頭《ふとう》で、彼を見送ったことを悔やんでいた。彼の精神鑑定をきょうのうちに済ませ、今夜の会合で臨床心理士として少しでも彼の弁護ができれば、事態は少なからず好転するかもしれない。ただし、どのように好転するかはまるで想像もつかなかった。なぜ伊吹がサーモグラフィの見落としなどという平凡なミスをしでかしたのか、どうしてあそこまで反抗的な態度をとりつづけるのか。彼についてあまりにも、わからないことが多すぎるからだ。いまから彼を説得しようにも、彼が昨晩以来宮島三尉と別行動をとっている以上、居場所がわからない。もはやどうすることもできない。

「美由紀」鮎香が気遣うような目で美由紀を見ながら、穏やかにきいてきた。「会合に出席しても冷静でいられる?」

「平気よ」美由紀は強がりを承知でいった。「依頼を受けた臨床心理士としての義務を果たすために、会合の行方を見守りにいくの。昔のことは関係ないわ」

そう。鮎香はつぶやいた。少しうつむき、小さな声で鮎香はいった。「わたし、美由紀と伊吹先輩の関係ってね、正直なところうらやましいと思ってたの」

「え?」美由紀はひそかに驚きを感じていた。鮎香はめったに自分の心情を語らないからだった。

「だってさ」鮎香の顔があがった。美由紀をまっすぐ見つめて、鮎香はいった。「ほら、わたしと上坂さんなんて、結局あいつろくなもんじゃなかったし。でも、やがて本格的に付き合いだした美由紀と伊吹先輩をみて、なんかいいなって思ってたの。理想的だし、ふたりともちゃんとしてるし」

美由紀はどう答えたらいいかわからず、黙りこんだ。こんなに悲しそうな顔をした鮎香を見るのは初めてだ、そう思った。

鮎香は静かにつぶやいた。「だから、なんていうか、ふたりの辛いところをあんまり見たくないかな、なんてね。勝手な話なんだけど、そんなふうに思えちゃって」

「だいじょうぶよ」美由紀は笑ってみせた。「どんな逆境でも案外しっかりしてるのが伊吹先輩、いえ伊吹一尉だし。きっと会合では、重要なことを証言してくれるでしょう。まだわからないけど、納得のいく事実はきっとあきらかになるはずよ」

そうかな、と鮎香はささやくようにいった。ひとりごとのように、小声でいった。「そうだよね」

美由紀は困惑を覚えていた。鮎香の心遣いに感謝しながらも、どうにもならないという諦めが全身を支配しつつある。伊吹一尉がこのうえ、なにを証言してくれるというのだろう。弁明の余地はない。わたしにはなにもできない、そんな無力感にも蝕《むしば》まれつつある。

沈黙が降りてきた室内で、美由紀は鮎香の横顔を眺めながらまた過去に思いを馳《は》せた。絶対に打ち解けることのなかった彼女とこうして仲良くしている自分がいる。未来はどう転ぶかわからない。そう信じたい。

防衛大第一学年の後期、岬美由紀は休日には頻繁に外にでて、あの横須賀駅前で心理カウンセラーを務めている臨床心理士の津野田愛美と会うことが多くなっていた。美由紀は愛美のマンションに遊びにいき、かつて知りえたメイクの知識について愛美に伝授するのが常だった。美由紀はこっそり学生舎に持ちこんでいた化粧用品を、ほとんど愛美にプレゼントしてしまった。こんなに高価な物を受けとるわけにいかない、愛美はそんなふうに断ったが、美由紀は無理に押しつけた。彼女がいま、おざなりにしてきたファッションの追求を必要としていることはあきらかだった。彼女には付き合いたい男性がいるのだ、メイクは決して人を欺《あざむ》くことではない。自分が自信を持つために必要とする武器のようなものだ、そういって説得した。愛美はしだいに美由紀の前で明るさをみせるようになり、実際に他人と接することへの苦手意識も払拭《ふっしょく》されたのか、仕事もうまくまわりだしたようだった。平日の昼には横須賀駅前のカウンセリングルームは、相談者《クライアント》の予約で埋まるようになっていた。

美由紀の平日は、あいかわらず防衛大の学生としての自分を磨くことにすべての時間が費やされていた。早園鮎香は上坂孝行とともに、成績優秀者のみに贈られる認定証を受けとって顔をかがやかせていたようだが、美由紀にはそうしたものは与えられなかった。代わりに第二学年の訓練課程に参加を許される特待生としての優遇処置が待っていた。

そのころになると、美由紀はもはや上坂を見かえすために頑張っているというよりは、自衛隊の教育理念にすっかり魅せられてしまっていた。自衛隊は戦争のための軍隊ではなく、防衛のための平和の軍隊。美由紀は防衛大の学生であることに誇りを抱くようになっていた。

ときおり、実家の両親のことが頭によぎることもあった。なぜか熱心に防衛大での学習や訓練に励むようになってからのほうが、両親を意識するようになった。反対を押し切り、半ば強引に願書を提出し、合格通知を受けてからは顔も合わせていない。いまごろどうしているだろうか。連絡をとりたい衝動がわずかに湧きあがるたびに、美由紀は自分を説得してその思いを振りきった。あとだ。幹部自衛官になって立派に誇れる地位に就いてから会うのだ、そう心にきめていた。親と対等な立場の大人になって、ひとりの社会人として再会しよう。わたしがいつまでも子供をひきずっていたのでは、親との関係はかってとなにも変わらない。

訓練課程は第一学年が共通訓練を履修、第二学年から陸上・海上・航空の各要員に指定されたのち、この要員区分別に履修する専門訓練がある。第一学年と第二学年は毎週一回二時間、第三学年と第四学年は隔週一回二時間。ほかに年四回の定期訓練があって、年間で約六週間。美由紀は夏の定期訓練で八キロの遠泳をこなし、自衛隊研修も済ませていた。第一学年の後期からは第二学年に混じって専門訓練を受けることになったが、まだ要員区分がなされていないため、長穂庸子教官の勧めでとりあえず海上から始めることになった。

ポンドという走水海上訓練所に赴き、カッター訓練や機動艇乗船訓練などを受けた。第二学年の学生たちは、突如として専門訓練に混じった第一学年の小柄な女に眉《まゆ》をひそめたが、ひとたび訓練が開始されると、彼らの顔つきも変わった。乗艦実習、航空実習、潜水艦研修、補導、気象、運動盤、信号通信、航海、海事法規、指揮運用基礎。美由紀は初回から的確な専門知識と行動をしめし、その場の全員を驚かせた。ただし、作戦行動に関する質疑となると、美由紀の考えはほかの学生とのずれが目立つようになった。

仮想の敵の侵略、商船の乗っ取り、島の攻防、美由紀はいずれのシミュレーションでも人命救助を優先すると提言した。たとえ圧倒的な数の敵艦隊に包囲されようとも、人質もしくは戦場にいる民間人の救出活動が先だと美由紀は答えた。美由紀は実習シナリオにある命令に逆らってまで、周辺の民間人の有無を確認し発見した場合は速やかに救出すべきだ、と主張した。ほどなく美由紀は「救出馬鹿」の異名をとるようになった。専門訓練の教官は業を煮やし、それなら十分間で艦から外にでて主張したとおりのことができるかどうか、身体でしめせといいだした。実習の現場になっていた海岸で、一ヘクタールの広さに点在するマネキン三体を発見し、起点まで持ち帰れというのだ。マネキンにはそれぞれ、体重と同じだけの錘《おもり》がつけられている。実習に立ち会った屋代和也教官は、やめておけと美由紀に忠告した。これは第一学年の女子学生が専門訓練に入ったことを妬《ねた》んでのいじめ行為にすぎない、潰《つぶ》されるぞ。そういった。

美由紀は聞く耳を持たなかった。妥協を許すぐらいなら初めから自分の意見など主張しない、そこまで覚悟を固めていた。美由紀はホイッスルの音とともに海岸を駆けだし、砂浜にマネキンの足を引きずったわずかな痕跡《こんせき》をみつけ、草地のなかからまず一体を探りあてた。それを背負い、辺りを見まわす。海岸で隠れられる場所という発想から救難小屋に赴き、さらに一体を発見。人体と同じ重さの二体を背負うだけでもたいへんな労力だが、美由紀は身体を前のめりにして必死で前進した。最後の一体は海の浅瀬に沈められているると確信していた。いったん崖《がけ》の上に昇って、乱反射の影響を受けずに水中を透き通して見ることができる垂直方向から探し、マネキンの位置を確認した。浅瀬にもかかわらず崖の上から身を躍らせて飛びこみ、その一体を引きあげた。三体を必死で引きずって起点へと戻ると同時に、ホイッスルが鳴った。時間ぎりぎりだった。

第二学年の学生たちは美由紀の根性と俊敏さに舌を巻いたようすだったが、そこまでして救出優先の持論を展開する美由紀にはいささか困惑を覚えているようだった。美由紀にしてみれば、なぜ皆が人命救出以外の優先事項を持ちえるのか、まるで納得がいかなかった。おまえはレスキュー隊員向きだよ、ある先輩学生はそういった。美由紀は胸を張り、将来はどの区分要員になろうとも救難部隊に所属したいと答えた。自分にそれ以外の適性があるとは、思っていなかった。それに、まだ当面は極東地域および世界に比較的平和と秩序が保たれると信じられていた当時、自衛官としての有意義な仕事は救難活動にあると美由紀は考えていた。これについては同意をしめす学生も少なくなかった。

海上要員訓練に参加した数日後、美由紀は防衛学の屋代教官に呼びだされた。訓練であれだけの能力をみせつけたにもかかわらず、美由紀は小言をいわれるに違いないと確信していた。やはり第二学年の専門訓練はまだ早かったようだ、苦い顔でそう申し渡されるにきまっている。あのときは無我夢中で人命救助を主張し実行に移したが、後になって冷静に考えてみると、防衛学上ほかにも優先すべき事項は山ほどある。訓練時にはそれらの知識はきれいに頭から消し飛んでいた。ひとつの物事しかみえなくなる性格。わたしは幹部自衛官向きではないのかもしれない、そう思いながら、教官のもとを訪ねた。

ところが意外なことに、屋代教官は上機嫌だった。彼は伊吹直哉空曹長と一緒にいた。これまでも防衛学の授業で姿を見かけていた、あの幹部候補生だった。屋代の紹介によると、伊吹は昨年防衛大を卒業し、現在は幹部候補生学校で訓練を受けているのだという。つまり奈良県にある空自の幹部養成のための施設に在籍しているのだが、成績優秀につき早くも指導教官の代替員としてときどき防衛大を訪れているらしい。

美由紀はこのとき初めて、伊吹を男性として意識した。恋愛感情が湧きあがったかというと、まだそこまでには至っていない。ただ、上坂孝行とはまったく違うタイプの男がこの世にはいるのだ、そう感じたにすぎなかった。それでも、勉学と訓練以外は眼中になかった美由紀がそのように意識しただけでも、大きな変革と呼べるかもしれなかった。伊吹は、どこかなよなよしい優男だった上坂よりも、ずっと逞《たくま》しく大人びていた。体育会系という意味では、これ以上ないくらいの暑苦しさを秘めながら、表面上はどこかおっとりとしたスマートな雰囲気を漂わせる、とにかくほかに例をみない種類の男性に思えた。

屋代は、美由紀を航空自衛隊の要員とすることが適切だと感じる、そういった。空自の救難隊は真っ先に現場に駆けつけ救助活動に身を投じることができる、いわばレスキューの花形でありながら、その活動内容が厳しく困難なためなり手が少ないのだという。美由紀にその気があるのなら、航空要員訓練に関しては第三学年、第四学年の専門訓練にも顔をだせるように働きかけるといってくれた。

美由紀は即座に了承した。空自の救難隊。UH60Jヘリで救助に向かう自分の姿を思い描いただけでも胸がときめいた。それこそがわたしの生きる道だ、そう信じて疑わなかった。

屋代は伊吹に、百里基地の西郷勝成《さいごうかつなり》一等空尉のもとに美由紀を連れていって、E空域での専門訓練を受けさせる旨を申し伝えてほしいと頼んだ。美由紀は、伊吹の運転するアルファロメオ・スパイダーの助手席におさまり、基地までの道中を車内でふたりきりで過ごした。男性とのドライブは、それが初めてのことだった。美由紀は緊張し、ただ身体をこわばらせていた。いま思いかえすと、なぜあそこまで硬くなっていたのか理由はさだかではない。とにかく、伊吹が特殊な人間にみえた。日々を耐え抜くだけでも大変な防衛大を、伊吹は首席卒業したのだという。わたしにそんな離れ業が可能だろうかと美由紀は思った。どこへ行ってもそわそわしてばかりの美由紀と違い、伊吹は常におとなしく、砕けた言葉づかいながら声が低く、嫌味のない口調でぼそりと必要最小限のことだけを喋《しゃべ》る。そんな印象があった。美由紀との共通点は見当たらなかった。

百里基地で面会した西郷一尉は、頭の禿《は》げたやや小太りの中年で、この男が空自の幹部自衛官とは一見信じられないような冴《さ》えない雰囲気をまとっていた。美由紀は当初困惑を覚え、対話するうちにその困惑はしだいに嫌悪へと変わっていった。西郷という男にはどことなく女性蔑視《べっし》の態度が見え隠れしていて、しかも美由紀の身体をなめまわすように眺めるしぐさが多かった。防衛大に入ってからは、まるで見かけなかった類《たぐ》いの男だった。のちにわかったことだが、この西郷という一尉は北部航空方面隊三沢《みさわ》基地の第三航空団に在籍する三佐だったが、不祥事を起こして降格のうえ左遷され、百里での学生訓練に関する管理や運営という職務に就かされたらしい。その不祥事がどんなものか知る由もないが、現在の美由紀にはほぼ見当がついていた。わたしに対して働いたことと同じようなトラブルを引き起こしたのだろう、そう思った。

それでも当時の美由紀は、上級生の訓練に参加できる喜びがすべての不安を打ち消していた。伊吹の運転でふたたび横須賀の防衛大に戻ったとき、すでに日は暮れていた。学生舎の近くでクルマを降りた美由紀に、じゃあまたな、伊吹が運転席からそう告げた。その瞬間、美由紀は思わずどきっとした。男と女の関係、そういうものを意識したからだった。しかし、別れのあいさつですらどう応じていいかわからないうちに、伊吹のクルマは走り去っていった。美由紀はしばしのあいだそこにたたずんで、遠ざかるクルマの赤いテールランプを呆然《ぼうぜん》と眺めていた。

学生舎の前に、早園鮎香がひとりで立っていた。美由紀が帰ってくるのを待っていたらしい。話があるの、鮎香はそういった。また嫌味を口にするのでは、美由紀は警戒したが、鮎香の態度は違っていた。

「どうしたの」と美由紀はきいた。鮎香はふいに泣きだした。

鮎香は顔を真っ赤にして、泣きじゃくりながらいった。「あの男よ。上坂。わたし、だまされてた。きょう偶然見かけたの。少林寺拳法《けんぽう》部に……、わたしを襲ったのと同じ男たちが……」

ああ、と美由紀はいった。「あなたもなの……」

「それで問い詰めたら、上坂ってやつ、ただ女友達をつくる方法にすぎないなんていって……。酷《ひど》い……」鮎香はそこで言葉を切った。戸惑いと、どこか後悔のいろをのぞかせながら、鮎香はふいに頭をさげた。ごめんなさい、と鮎香は声を震わせていった。「わたし、勘違いしていたみたい。あなたに意地悪ばかりして……。わたし、性格悪いから、いつも思ったままのことが言葉にできなくて、なんだか逆のことばかり口走っちゃって……。最初はあなたのこと、あまり好きじゃなかったんだけど、でもいまは、仲違《なかたが》いしているのがなんだか辛《つら》くて……」

それが鮎香の本心なのか、それとも第一学年のなかで頭角を現し指導教官らにも一目置かれていた美由紀に取りいろうとする腹なのか、その時点ではさだかではなかった。当時の美由紀は心理学にはまるで疎く、人心が表情の微妙な変化に表れることなど知る由もなかったが、それでも鮎香を疑う気など起きなかった。うつむいて声を震わせている鮎香に、顔をあげて、と美由紀は穏やかに声をかけた。「わたしもあなたと対立なんてしたくない。っていうより、わたしは嫌われても仕方ないかもしれないけど、わたしのほうは誰も嫌いになりたくないの。みんな好きでいたいから」

適切だったかどうかはわからないが、美由紀は心のなかにあった本音を鮎香に伝えたつもりだった。鮎香はしばし美由紀を見かえし、やがて微笑した。美由紀も鮎香に笑いかけた。

防衛大に入学した二日めに顔見知りになった早園鮎香。彼女と打ち解けるまで、半年もの時を要した。しかし、その半年間は無駄ではなかった。長い月日が、かえって彼女との心の結びつきを深くしてくれた、そんなふうに美由紀は思った。

ドアをノックする音で、美由紀は現実に引き戻された。ファイルを読んでいた早園鮎香が立ちあがり、ドアに向かった。どうぞ、鮎香がそう告げると、ドアは静かに開いた。曹長の制服を着た若い隊員が敬礼をしていった。「失礼いたします。岬美由紀元二尉にご面会です」

「わたしに？」美由紀は立ちあがった。誰だろう。疑念が湧くが、心の奥底ではかすかな喜びが芽生えていた。過去の想起に身を委《ゆだ》ねるしかない時間に終止符が打たれる。それだけでも喜ばしい。訪問者が誰であろうと、そこには物事が進展するかもしれないという期待がわずかでも抱ける。部屋に引き籠《こも》っているよりは、いくらかましには感じられた。文字通り、いくらか、という程度のものでしかないが。

面会者

　午後一時をまわっていた。滑走路が見渡せるタワーの展望フロアに、美由紀は早園鮎香とともに足を踏みいれた。来客用のこのフロアにやって来るのはひさしぶりだった。おそらく、防衛大で岐阜基地を見学したとき以来だ。正式入隊後は、任務でここを訪ねたときにものんびりと待機中の戦闘機部隊を眺めている暇などなかった。当然だ、わたしの役制は戦闘機を動かす当事者だったのだから。

　ハンガー前のエプロンにＴ４ジェット練習機が複数タキシングしているのが、全面ガラス張りの壁面の向こうに望める。編隊飛行の訓練らしい。飛行開発実験団の専用車両が近くに乗りつけている。近隣の基地の訓練のためにＴ４が貸しだされるところだときいた。どの飛行隊もパイロットの養成には力を入れているらしい。わたしと同様に女性自衛官《WAF》あがりの戦闘機パイロットはまだ現れないのだろうか。美由紀はハンガーを眺めながらぼんやりとそう思った。就職難がつづく昨今、女性の活躍の場が増えることはそれ自体が喜ばしいと思うのだが。

　フロアの待合用の椅子には、女がひとり腰掛けていた。派手な赤いスーツと揃いの丸い帽子、サングラスやハンドバッグに至るまで綿密にコーディネイトがなされた、いうなればファッション雑誌のグラビアから抜けだしたような女だった。

女は立ちあがると、にっこりと笑ってサングラスを外し、会釈した。「岬美由紀先生、はじめまして。アルタミラ製薬グループ、アルタミラ精神衛生株式会社取締役秘書、見鏡季代美と申します」

美由紀は見鏡という女と、かなりの距離を置いて向かい合った。あまり近づく気にはなれなかった。話はすぐ終わるのかもしれない。こちらとしても、話したいことはあまりない。

鮎香も同感らしく、むっとした顔をして美由紀に並んで立った。その敵愾心《てきがい》のこもった目つきは、防衛大の一学年のころ美由紀に向けられていたものと同じだった。

美由紀たちが立ちどまったことに、見鏡はさして気を悪くしたようすもなく、平然とした顔でハンガーに目を向けた。「岬先生は臨床心理士であられると同時に、以前はこちらの基地にお勤めだったそうですが」

「お勤めって」鮎香が口を歪《ゆが》ませた。「たんなる職員じゃなく、二等空尉で……」

美由紀は片手をあげて鮎香の抗議を制した。

見鏡はなおも窓の外を見下ろしたまま、半笑いを浮かべていった。「二等空尉で第七航空団第204飛行隊に所属しておられたんですってね。素晴らしいことですわ」

一見して信用できない横顔だと美由紀は思った。髪形もメイクも度を越して派手で、男性の関心を惹《ひ》こうという野心が見え隠れしている。同性ならば失笑するか軽蔑《けいべつ》するかのどちらかでしかない。命懸《が》けの訓練に臨もうとしている隊員たちを見下ろすことで、自分が高みに立ったような錯覚を起こしているふしもある。瞬きの回数が減少し、陶酔したような恍惚《こうこつ》とした表情を浮かべている。これはみずから浅いトランス状態に入りこんでいることを意味する。すなわち現時点までの情報を総合的に判断すれば、場をわきまえず調子に乗りやすい女だということだ。

見鏡はこちらを向いた。「防衛大卒の最終学歴で資格を取得されるには、いろいろご苦労もおありだったでしょう?」

どことなく水商売の香りが漂うメイクだった。ブラウンのアイラインにチャコールグレーのマスカラ、アイシャドウはパープルで口紅にはゴールド系のグロスまでつけている。夜の繁華街ならともかく、真昼の陽射しの差しこむ殺風景な自衛隊基地の一角で目にすると、見鏡のその顔は道化のように見えた。決して愉快というわけではない。どことなく不気味さの漂う、場違いな笑顔。真紅のスーツがその印象をさらに際立たせている。

「いいえ」美由紀は答えた。「防衛省で心技体を充分に鍛える機会を得ましたから、新しい分野での学習も捗《はかど》りました」

「というと」見鏡は立ちどまったまま、笑顔を崩すことなくいった。「多くの臨床心理士志望者は心理尺度の測定に多大な困難を感じますけど、岬先生におかれましてはそれほどでもなかったということでしょうか。信頼性係数などにつきましては、どのようにお考えでしょう？」

こちらの知識を試しているのだろうか。それとも、秘書といえどアルタミラ精神衛生に身を置いているからには、臨床心理士と同等の知識を身につけていることを誇示したいのだろうか。

訝《いぶか》しく思いながら美由紀はいった。「たしかに尺度得点には測定誤差が混入することがありますから、測定誤差が尺度得点に占める割合を一から引いて信頼性係数を算出するのは、臨床においてきわめて有意義だと思います」

「内的一貫性に基づく方法はどうですか？　よく用いられると思いますが？」

ええ、と美由紀はうなずいた。「ひとつの尺度に含まれる項目が互いに共通した項目を測定していれば、測定誤差は少なくなりますからね。半分に割った尺度間の相関関数を利用した折半法や、クロンバックのα係数などは信頼性の指標として有効です」

鮎香は聞き慣れないであろう言葉の羅列に妙な顔をしていたが、見鏡季代美のほうは満足そうな笑みをたたえていた。

「結構です」見鏡はいった。「いいえ、失礼とは思ったのですが、国家公務員であられたかたがなんらかのコネクションを利用して資格を取得されることも、皆無とはいいきれませんので。しかし岬先生におかれましては、そのような事情もないと知り安心いたしました」

見鏡の態度には、美由紀をあからさまに見下したような棘《とげ》のある挙動が見受けられた。

笑顔のままでずいぶんと失礼な物言いをする女だと美由紀は思った。アルタミラ精神衛生という企業がいかに政府閣僚筋の信用を得ていようと、美由紀はその名称に威光などかけらも感じてはいなかった。いや、演習時の事故に関する情報をマスコミに漏らしたのがアルタミラであることは、もはや関係者ならば周知の事実なのだ。信頼など置けるはずがない。

「見鏡さん、でしたね」美由紀はきいた。「きょうはどんな御用で？」

「もちろん、伊吹直哉一尉に関することでまいりました」見鏡はようやく歩を踏みだし、こちらに近づいてきた。「精神鑑定について防衛省の方々におたずねしたところ、岬先生が受け持たれると聞いて、こうしてご意見をうかがいにやってきたわけです」

「意見とは？　わたしはまだ彼の精神鑑定をおこなっていませんが」

「ええ、わかってますとも」見鏡は美由紀の前で立ちどまった。「元同僚で、同じ基地のパイロット同士だった方々が、おふたりで精神鑑定を実施なさるという。たとえ現在は臨床心理士であられたとしても、著しく客観性に欠けることではありませんか。そうは思いませんか」

美由紀は臆《おく》せずにいった。「察するに、伊吹一尉の精神鑑定はわたしではなく、アルタミラ精神衛生に一任してほしいって話ですか」

「一任してほしい、じゃありません」見鏡の視線が冷ややかなものになった。「間違いなくそうすべきだと申しあげているんです」

本性を現しつつある、そう美由紀は思った。この女は空自始まって以来の過失事故を利用し、パイロットの精神鑑定に関わることで社の業績を上げようとしているにちがいない。むろん、伊吹のリハビリや精神治療なども独占しようと考えているのだろう。この女たちにとって、心を病む人々はたんなる金蔓《かねづる》でしかない。

鮎香が口をさしはさんだ。「見鏡さん。たいへん申し訳ありませんが、美由紀……いえ岬先生は、防衛省の上層部から正式な依頼を受けております。伊吹一尉の精神鑑定は、岬先生のほうに優先権があると思いますけど」

「優先権だなんて」見鏡は笑い声をあげた。妙に子供っぽい笑いだった。「先物取り引きじゃないんですから、優先権の主張など筋違いも甚だしいです。しかし、あくまでそうおっしゃるのでしたら、小社はまず防衛大臣直々の依頼を賜っております」

「口約束でしょう」美由紀はぴしゃりといった。

「二宮防衛大臣政務官、錦織事務次官、矢中防衛参事官、および空将の濱松司令官の署名の入った覚書に、わたしはサインをしました。伊吹一尉の精神鑑定について防衛省の正式な依頼を受け、責務を果たすべき立場にあると自認しています」

見鏡の顔にはまだ笑みがわずかにとどまっていたが、その表情はほとんど凍りついていた。法的に強制力を失ったことを知り、見鏡が美由紀を敵視しはじめたのはあきらかだった。

「岬先生」見鏡の声はさっきまでに比べてどこかぞんざいで、乾いた声質に変わっていた。

「今晩、伊吹一尉に関する一連の疑惑についての説明会と調査報告会があるそうですが、そこであなたは精神鑑定結果を公表するんですか？」

「いいえ」美由紀は沈みがちな気分のなかでいった。「まだ精神鑑定をおこなっていない以上、なんの発表もありません」

「正式な依頼を受けたと自負しておいて、会合までに説明責任を果たさないのは、約束に反しているんじゃありませんか？」

美由紀は怒りを感じ、見鏡をにらみつけた。「精神鑑定は無理強いしたのでは公正な結果につながりません。あなたもそれなりに精神医学について勉強されたのなら、それぐらいご存じでしょう」

見鏡は美由紀の剣幕にかすかにたじろぐ姿勢をみせたが、すぐに冷静な顔つきのなかに埋没させていった。と、その直後、それまで少しばかりエキセントリックな印象のあった見鏡の顔が、ふっと和らいだ。さも心配そうな顔で視線を泳がせながら、見鏡はこめかみに指先を当てて悩んでいる素振りをした。

「どうしよう」見鏡はつぶやいた。「小社や防衛省、あるいは伊吹一尉ご自身や、元同僚の岬先生にはそれでよくても、世の中には精神鑑定結果を一日でも早く知らせてほしいと願う人もいるのよね」

「マスコミでしょ」鮎香が反感を隠すことなく言い放った。「防衛大臣から事態を聞いて、早速マスコミに情報を漏らして状況を急がせた。それが見鏡さんのところのやり方でしょ。

違いますか？」

見鏡は鮎香を一瞥《いちべつ》したが、あたかも聞こえなかったかのようにまた頭を抱えて悩む素振りをつづけた。その視線が上がり、美由紀をまっすぐにとらえる。「よろしければ、岬先生も一緒に行かれますか？」

「行くって、どこへですか」

「今夜の会合の前に、是非とも会っておくべき方々のところです」見鏡はまるで、美由紀が同行することが既成事実のような態度をとりはじめた。「それでは、下の駐車場にいらしてください。わたしのクルマでご一緒しましょう」

「いえ、結構です」美由紀は懐から名刺ケースをとりだし、一枚を引き抜いて見鏡に渡した。「自分のクルマでいきます。携帯の番号に連絡をください」

見鏡は自分へのリードを許さない美由紀の態度に、若干の苛立《いらだ》ちをのぞかせた。無言で名刺を受け取ると、今度は笑顔を浮かべずにいった。「では、そうしましょう。三十分ほどでご連絡をいれますわ。ここからすぐ近くですから」

美由紀が返事をせずに見つめていると、見鏡はその視線を避けるようにして踵《きびす》をかえし、戸口へと歩き去っていった。

足音が消えるまで、ふたりはその場で沈黙し、たたずんでいた。やがて鮎香がふうっとため息を漏らした。「性悪女。気をつけたほうがいいよ、美由紀。一緒にいったら、なにをされるかわかったもんじゃないから」

美由紀は苦笑しながらいった。「あなたも一緒に来て。伊吹一尉本人の精神鑑定がおこなえない以上、周辺の情報を得なきゃ」

「あの女の精神鑑定こそ、結果をみてみたいわ」鮎香は戸口を見やりながら吐き捨てた。「たぶん性根から腐ってるのね、性格が。専門用語じゃなんていうか知らないけど、改善の余地なしの根本的な性悪。絶対にそうよ、あいつ。美由紀もそう思うでしょ？」

美由紀は苦笑いを浮かべるしかなかった。正直なところ、あの見鏡季代美という女がそこまでの非難に値する女か否かはまだわからない。性格は単純なようで複雑、一元的にみえて多面的なものだからだ。もっとも、と美由紀は思った。改善の余地なしの根本的な性悪。防衛大一学年のころの早園鮎香に、これほどぴったり当てはまる表現はほかにはない。

PTSD

「あれだわ」助手席の鮎香は前方を指差した。

メルセデスSLのステアリングを切りながら、美由紀は田畑のなかに延びる未舗装のあぜ道に目を凝らした。強風のせいか黄砂が大気を黄土いろに染め、午後の陽射しを遮っている。夕方のような薄暗さに包まれた一帯に、日本家屋がぽつりと建っていた。畑仕事用とおぼしき軽トラックと物置がある庭に面した、二階建ての古びた家。黒ずんだ瓦《かわら》屋根、外壁は木目が剝《む》き出しになっていて、縁側もあれば玄関はすりガラスの引き戸だ。大きさはかなりのものだが、それについてはこの辺りの農家のスタンダードだろう。少なく見積もっても、築四十年は経つのだろう。

美由紀はカーナビの画面をちらと見やった。最寄り駅は名鉄各務原《かかみがはら》線の各務原飛行場前駅、それでもかなりの距離がある。岐阜基地の北に広がる平野部の一角で、まばらに農家と工場が点在するほかには、ただ果てしなく田畑がつづくばかりだ。このカーナビの画面を見るかぎりでは、半径五キロの圏内にはコンビニエンスストアもガソリンスタンドも存在しなかった。

あぜ道から日本家屋の庭先へとクルマを乗りいれた。軽トラックの向こうに、純和風の家の軒先には不似合いな真紅の車体が潜んでいた。

「あれって」鮎香が軽蔑《けいべつ》の響きのこもった声でいった。「たぶんあの女のクルマよね。スーツと色揃えてたわけね。高そうなクルマだし」

「フェラーリ575Mマラネロね」美由紀はそのクルマの隣りにメルセデスを停めながらいった。「個人所有かしら。アルタミラ精神衛生って会社の社用車にはあまりふさわしくないと思うけど」

フェラーリの車内は無人だった。鮎香がきいてきた。「美由紀のクルマとどっちが高いの？」

「向こうのクルマで、こっちのクルマが二台買える」

「へえ」鮎香が顔をしかめ、足もとに置いた書類バッグを取りあげた。「前から思ってたんだけど、空自の戦闘機パイロットってみんな外車のスポーツカーに乗りたがるのよね」

美由紀はエンジンを切った。「まあ、スピードを出すのには自信があるから、ついつい速いクルマを選びがちになるのかもね。公道じゃ安全運転すべきなんだけど」

「どうかな。目立ちたがりっていうんじゃなくて？　わたしが思うに、戦闘機乗りは自分が特別だという自負心が強くて、プライベートでもそれを引きずってるんじゃないかと思うんだけど」

そうでもない。定期的にアラート待機任務に就くことを義務づけられている戦闘機パイロットは、プライベートではただ穏やかな日常を過ごしたいと思っている。高性能のスポーツカーを好むのは、動体視力と反射神経が養われているせいでふつうのクルマを物足りなく感じるから、それだけでしかない。少なくとも美由紀に関していえばそうだった。

だが、美由紀は鮎香の言葉に多少のやっかみを感じとっていた。特別手当が支給される戦闘機部隊のパイロットへの優遇処置に不満があるのだろう。本音をいえばそれは妥当だと美由紀は考えていたが、鮎香の気持ちを察して同意をしめした。「そうよね。戦闘機パイロットは死と向かい合わせの仕事に就いているっていう自覚が強いから、自分は特別な存在だと信じこみたがっている面もある。クルマにもその性格が表れてるのかもね」

持論を否定されるとヒートアップする性格の鮎香は、美由紀が同意をしめしたことで表情を和らげた。すぐに言い過ぎたかもしれないと後悔の念が生じたらしく、弁解めいた口調でおずおずといった。「わたし、この美由紀のクルマは好きだけど。品がいいし。屋根も開くみたいだし」

美由紀は笑った。「きょうはちょっとね。砂嵐が吹きあれてるし」

「残念ね」鮎香はそういってドアを開けたが、強風とともに肥やしの匂いが車内に流れこんできた。鮎香は大仰に顔をしかめて美由紀にいった。「やっぱ、開けなくて正解だったかも」

「そうね」と美由紀も苦笑してみせた。ドアを開けて外に降り立つや、突風に足もとがふらつく。砂が顔に当たって痺《しび》れるような痛みを放つ。とても風上に顔を向けてはいられない。目に砂が入らないか、目下の心配はそれしかなかった。

鮎香は強風にはためく制服のジャケットの前をかき合わせながら、フェラーリを一瞥していった。「細かい傷がいっぱい付いちゃうんじゃない？　それでも気にならないなんて、アルタミラ精神衛生ってよっぽど儲《もう》かってるのかしら」

「業績がいいのはたしかね」美由紀は鮎香とともに玄関に向かいながらいった。「さっき資料を読んだけど、資本金三十五億、発行株式数は三千万株強。従業員数千百人で、前年度三月期の売り上げは八百億円。この不況下にたいした財務体質ね」

「美由紀の仕事と同じようなことをやる会社でしょ？　病院の精神科が山ほどあるのに、どうして民間企業がそんなに儲かるの」

「医者は精神科医や神経科医、脳外科医、心療内科医とか専門が分かれていて、互いの協力体制がいまひとつ確立してないの。大学病院の医局どうしじゃ対立もあるくらいだし。臨床心理士となるとさらに蚊帳《かや》の外って感じだしね。そんなわけで、心の病に対処する専門家チームが組織されているわけじゃない。ところが民間企業の場合は、それらの専門家を雇って新しい組織を編成したわけ。それもアルタミラ精神衛生は親会社が製薬会社だから、薬剤師も加えることで精神安定剤などの調剤も業務のひとつに入れてる。しかも支社が全国にある」

「流行《はや》りの大規模展開ってやつね」鮎香は玄関前に立ちどまった。「ドラッグストアやディスカウントショップの全国展開と同じ」

美由紀はうなずきながら、深刻な気分になった。「でも、それだけであれほどの業績をあげるとはね……。どうも腑《ふ》に落ちないんだけど」

なによりも、アルタミラ精神衛生が神経症や躁鬱《そううつ》病などの心の病の治癒回復について、従来の精神医学よりも著しく高い成果を挙げているというデータが釈然としなかった。心のメカニズムのすべてが解き明かされたわけでもないのに、そんなに革新的な治療法が確立できるものだろうか。アルタミラ精神衛生がシンポジウムで公表していた治療やリハビリの手順は、従来の医学界の方法とさほど大差ないものでしかなかったが。

引き戸のわきに篠海という表札がかかっていた。あの事故の被害者少年の家。いまも我が子の帰宅を待つ両親が暮らす、静かで素朴な家だった。

鮎香が呼び鈴を押した。インターホンではなく、チャイムのボタンのみが備え付けられたタイプだった。返事はきこえない。鮎香が何度かボタンを押すあいだ、美由紀は庭先を眺めた。

と、家の陰に白いワゴンタイプのクルマが停車しているのが目に入った。ハートマークに、その周囲を周回する衛星の軌道らしきものを描きこんだロゴ。アルタミラ精神衛生の商標だった。

美由紀のなかに鈍い警戒心がこみあげてきた。篠海家を訪ねているのは見鏡季代美だけではないようだ。彼女はすでに社員を動員している。この家でいったいなにをしているのだろう。

すりガラスの向こうに人の気配がして、引き戸が開いた。姿を現したのは見鏡季代美だった。

季代美は美由紀を一瞥《いちべつ》してから、鮎香に目をやった。その鮎香の手が呼び鈴に触れているのを見てとってから、表情を険しくしてつぶやいた。「悪いけど、そう何度もチャイムを鳴らさないでくれない？　奥様がお休みになってるのよ」

フェラーリ同様、季代美の赤いスーツはこの家にまるで馴染《なじ》んでいない。偽善めいたその口調もまたしかりだった。美由紀は訝《いぶか》しく思いながらたずねた。「奥様って？」

季代美は美由紀を冷ややかな目で見た。鈍いわね、そういいたげな顔を浮かべながら、身を退いていった。「入って」

「お邪魔します」美由紀はそういって玄関を入った。靴脱ぎ場から床にあがるのに、かなりの段差がある。古い民家によくみられる特徴だった。廊下には農作物を詰めこんだ段ボールが、ところ狭しと並んでいる。

「こちらへどうぞ」季代美が先に立って廊下を進んでいった。「篠海悠平君のお母様、千賀子さんが事故の件に強い精神的ショックを受けて、倒れられたの」

美由紀は衝撃を受けた。「いつ？」

「数日前ね。過失事故の噂が新聞に載ったのを見てのことらしいわ」季代美の言葉づかいには、基地で会ったときのような慇懃《いんぎん》無礼さは残っていなかった。廊下の突き当たりに立ちどまり、開け放たれたふすまの向こうに目をやる。「旦那《だんな》さまの話では、突然興奮してパニック状態に陥ったそうよ。嘔吐《おうと》したり、言葉がはっきり喋《しゃべ》れなくなって、ふいに幼児語を使いだしたりした」

ふすまの向こうは和室で、布団が敷いてあった。仰向けにぐったりと寝ている中年の婦人の顔が、掛け布団の端からのぞいている。周辺には点滴用の器具と心電図の測定器が据え置かれ、アルタミラ精神衛生のロゴが入ったジャンパーを着た男がふたり、静かに立ち働いていた。

鮎香がきいた。「幼児語って?」

美由紀は鮎香を振りかえった。「赤ちゃんがえりともいうけど、精神的混乱に伴って年齢不相応の甘えが表出することがあるの。いずれにしても、PTSDや不安神経症の症状を発症したと考えられるわね」

「じゃあ」鮎香が痛ましさに表情を曇らせながらささやいた。「やっぱり事故のショックで?」

季代美がうなずいた。「自衛隊の強力な武器でわが子の命が一撃のもとに失われたと知ったんだから、不安神経症に陥ったのもやむをえないことね」

他人ごとのような言い草だ。季代美が少年の母に向けた沈痛のまなざしに、美由紀は計り知れない嫌悪感を抱いた。美由紀は季代美にきいた。「マスコミ発表はアルタミラ精神衛生が仕組んだことっていう見方が大半を占めてるけど、あなたはそれを否定するの?」

鮎香も同調した。「もしそれが事実だったとしたら、あなたたちが悠平君のお母さんを病の床に伏させたも同然ね」

「それは違うでしょ」季代美はじれったそうにいった。「第一に、小社はそのような情報漏洩《ろうえい》はおこなっていない。第二に、奥様がショックを受けたのは空自が起こした過失事故についてであって、新聞報道それ自体ではない」

ぐうの音もでない批判に鮎香は押し黙ったが、美由紀は意に介さず季代美に抗議した。

「それにしても、どうして精神科医ではなくてあなたたちの介護スタッフが派遣されてるの？　奥さんに医師の診察を受けさせた？　あなたたちが一方的に押しかけたのではなくて？」

「とんでもない誤解ね」と、季代美は硬い顔で腕組みした。「防衛省が事故についていっさい公表する意思をしめさないから、わたしたちは独自に調査をおこなおうとしてこのお宅にも伺った。すると数時間前に奥様が倒れられたと、旦那様から知らされた」

美由紀は季代美をにらみつけてつぶやいた。「新聞に記事がでるのがわかってたから、そのタイミングで訪ねたんでしょ」

季代美は無言で美由紀を見つめていた。美由紀も、季代美から目を離さなかった。

この企業の真の狙いは伊吹直哉の精神鑑定をおこなうことにあるのだろうが、その周辺に付随して起こる精神衛生面でのトラブルもすべて掬《すく》い取り、社の収益につなげてしまう。恐るべき機動力を有した企業体だと美由紀は思った。しかもこのていどのことは、ほんの小手調べにすぎないのだろう。閣僚の信頼を勝ち取るほどの商業戦略を盾にする彼らだ、このさき、どんな策謀が潜んでいてもふしぎではない。

だが、と美由紀は思った。いまはただ睨《にら》みあっていても埒《らち》があかない。美由紀は和室を眺めながらいった。「奥さんの容態、見てもいいかしら」

季代美は表情を和ませることなく、冷たい口調でいった。「どうぞ」

美由紀は和室に足を踏みいれた。年代ものの箪笥《たんす》や洋服入れの谷間にのぞく畳の上に、篠海千賀子は横たわっていた。婦人は眠っているようだが、ときおり頬の筋肉がぴくぴくと痙攣《けいれん》している。基地で閲覧した資料では、彼女の年齢は四十歳ということだったが、ずっと老けてみえた。肌が荒れているのは農業に従事しているせいかもしれないが、それ以上に生気を失っている感がある。たしかに内科的な疾患ではなく、精神科でよくみかける患者に特徴的な顔に思えた。血色はさほど悪くないのに、ひどくやつれた印象が漂っている。

美由紀は婦人の顔を見下ろしながら、介護スタッフにたずねた。「睡眠薬の服用を？」

ええ、と介護スタッフのひとりが静かに答えた。「小社の医師が診察に来た際、薬を処方しました。不眠に悩まされておいでてしたので」

「ほかに症状は？」美由紀はきいた。

「手足の痙攣と、めまいを訴えておいでてした。日常生活では、小さな刺激でも過敏に反応したり、落ち着きがなくなったり、一方で放心状態に陥ることもあったようです。それに、過換気症候群や吃音《きつおん》なども頻出したようで」

企業の信頼性は疑わしいが、この介護スタッフのいっていることは信用が置ける。美由紀はそう思った。この女性はたしかにそのような症状を発症し、睡眠薬なしには眠りに就けなくなっているのだろう。頰の痙攣も、自律神経系が鎮まっていないことを表していると考えられる。

その寝顔を眺めるうち、美由紀は自分のなかに篠海千賀子の直面した苦悩が忍びいってくるような気がした。わが子が、事故死したかもしれない。しかもその遺体は焼失してしまった可能性がある。そんなふうに知らされた母の心情はいかなるものだろう。人の心のなかにかろうじて生じているバランスは、非情な外的要因によっていとも簡単に崩される運命にある。そして防衛省はいまのところ、なんの説明責任も果たしていない。ゆえに、彼女の心痛が和らぐことはない。

美由紀はいつしか、自分の母を思い起こしていた。目の前にある婦人の寝顔に、母の顔をだぶらせていた。十代のころ、美由紀は母によく迷惑をかけた。叱られることも多かったし、その都度母を恨んだりもしたが、やがて申し訳なかったと反省する気持ちが自分のなかに広がっていく。夜、母の寝室の前を通ると、彼女は一日の家事労働を終えて疲れきり、ぐっすりと眠りこんでいた。仰向けになって瞼《まぶた》を閉じ、口をかすかに開いて、眠りにおちていた。化粧をおとしているせいもあって、昼間よりもずっと老けてみえた。その皺《しわ》の多い母の寝顔。わたしが苦労をかけることで、母の皺も増えてしまう。そのことに、本気で罪悪感を覚えたものだった。

いつかは母にも安らかな寝顔が訪れる。永遠の別れがやってこようとも、そのときの母は穏やかな表情を浮かべ、眠りについている。かならずそうなる、かつての美由紀はそう誓っていた。だが、両親の心痛の種にならないよう、美由紀は独り立ちすべく日々の努力を重ねていった。だが、美由紀の希望は果たされなかった。幹部候補生学校で両親の死の報《しら》せを聞いたとき、すべては暗転した。防衛大に進むことに反対した両親とは、まだ和解していなかった。事故で亡くなった両親。想像を絶する悲惨な事故だった。母の顔を見ることはできなかった。親族がそのように配慮したからだった。

篠海千賀子の寝顔をしばらく見つめるうち、美由紀は胸が締めつけられるような苦痛を覚えていった。思わず揺らぎかけた視界を閉ざし、目を逸《そ》らす。

「美由紀」鮎香が気遣うように声をかけてきた。「だいじょうぶ？」

「ええ」美由紀は顔をあげた。心を揺らがせている場合ではない。わたしには臨床心理士としての義務がある。季代美を見て美由紀はいった。「あなたたちの処置が適切だったことはよくわかったわ。でも、とりあえず落ち着いたからには地元の医師に診察を譲るべきでしょう。アルタミラ精神衛生は民間企業だから国民健康保険も利かないだろうし、このままいくと診察料も莫大《ばくだい》になるだろうし」

季代美は平然とした顔で美由紀を見かえした。「それがね、旦那さまがこのままわたしたちに奥さまの介護をつづけてほしいとおっしゃるの。わたしたちも、依頼されたことは実行する義務があるから」

鮎香が疑わしそうに季代美にたずねた。「費用の見積書を旦那《だんな》さんに見せた？」

「当然でしょ」季代美は小馬鹿にしたようにそういって、美由紀に向き直った。「なんなら旦那さまにたずねたら？　台所におられるから」

「そうするわ」美由紀はそういって、和室をでた。

日本家屋の台所は最も奥に位置していることが多い。美由紀は見当をつけて歩いていった。季代美に案内されることは、なんとなく腹立たしかった。彼女から提供を受ける情報は最小限でいい。世話になったという印象を残さないていどに留《とど》めておきたい。

台所は、ちょっとした工場の様相を呈していた。籾《もみ》の乾燥機が唸《うな》り声に似たモーター音とともに小刻みに揺れ、透明なタンクに詰まった玄米を籾摺《す》り機が飲みこんでいき、選別機から米粒が流れだす。それを半俵サイズの紙袋のなかに詰めこむ作業に従事している、ひとりの男の姿があった。

篠海昌宏の年齢は四十四ということだが、彼も実年齢よりも老けてみえた。浅黒い顔で小柄、白髪が交じったうえにかなり薄くなった頭髪、そのぶん長く伸びた顎《あご》ひげ。皺だらけの顔に汗をしたたらせながら、作業着姿の篠海昌宏はせっせと精米に追われている。美由紀が背後に立っても、いっこうに気づくようすがない。

季代美が声をかけた。「旦那さま」

篠海昌宏はしゃがみこんで紙袋を眺めたまま、しばらく振り向きもしなかった。紙袋の下には量りがあって、ひと袋に詰めこむ量を正確に測定できる。三十・五キロに達したとき、篠海はボタンを押して選別機からの米の流出を止め、袋を持ちあげて運び、口を紐《ひも》で縛った。それからようやく振りかえり、汗だらけの顔をこちらに向けた。

「なんだ」篠海はぽかんと口を開け、にこりともせずにいった。「女房以外の女が三人も台所に立ってやがる」

ずいぶん古いタイプの男性だと美由紀は思った。頑固親父という言葉すら久しく聞かないが、この篠海昌宏という人間にはぴったり当てはまる形容に思えた。

季代美は戸惑いがちにいった。「旦那さま、わたしはさきほどから……」

「ああ、あんたは知っとる」篠海の目がじろりと美由紀を見た。「あんたは？」

「臨床心理士の岬美由紀です」美由紀は自己紹介した。「カウンセラーです。初めてお目にかかります」

そうか。篠海はさして関心もなさそうにつぶやいた。用件もたずねなかった。が、その目が鮎香に向けられた瞬間、篠海の顔に警戒のいろが広がった。篠海は凝視するように目を細めている。自衛官の制服に気づいたらしかった。声を荒らげて篠海は鮎香にたずねた。

「おまえはなんだ」

鮎香は面食らったようすでいった。「はじめまして。航空自衛隊中部方面隊……」

「帰れ！」篠海は背を向け、乾燥機のほうに歩いていった。「おまえらとは口はきかん」

「あのう」鮎香は困惑ぎみにいった。「篠海さん。息子さんのことでしたら、現在調査中ですし、近日中にお伝えできることがあると……」

「なにも聞きたくない」篠海は怒鳴った。「おまえらは自分たちの立場がわかってるのか。息子を殺しておいて、なにが調査だ。うちに入ってくるな。いい迷惑だ」

美由紀が代わって声をかけた。「篠海さん。過失が疑われる事故については実際のところ、まだ結論はでていません。こちらの早園鮎香三尉は第305飛行隊の所属ではありませんが、今回の件に関し実態究明のためにわたしに同行してくれています。わたしたちは誠意を持って、今回のことを……」

篠海は足もとの米袋を蹴《け》って怒鳴った。「小難しい言葉を並べ立てるな。無学な百姓は理屈で押しまくればなんとかなると思ってるかもしれんが、そうはいかんぞ」

美由紀は篠海のやや見当はずれの反発に、少しばかり呆《あき》れた気分でいった。「そんなこと、誰もいってませんけど」

ふん。篠海は鼻を鳴らし、籾摺りした玄米をてのひらに掬《すく》いあげて選別しはじめた。「自衛隊なんて、お上の許しを得て人を殺す兵隊の集まりだろうが。税金をむしりとって、俺らの畑の上を豪快な音をたてて飛行機飛ばしておいて、詫《わ》びの言葉ひとつないのか。女を寄越すってのもたちが悪い。その制服をみてると腹が立ってくる。帰ってくれ、千賀子がいないぶん忙しいんだ」

鮎香は少なからずショックを受けているようだった。一方的に対話を拒絶されただけでなく、誇りあると信じる職務そのものを否定されてしまっている。鮎香は悲しげな顔で押し黙った。いつもの気丈さは、すっかり鳴りを潜めていた。それは彼女が、篠海昌宏の憤りが無理からざることだと感じているからに違いなかった。防衛省は、いや空自はたしかにこの家庭の幸せを砕き、悪夢を齎《もたら》した。その組織に身を置き、制服に袖《そで》を通しているからには、他人ごとでは済まされようはずもない。

篠海は冷蔵庫に向かっていき、扉を開けた。それを覗《のぞ》きこんで、おや、そう声をあげた。「買い置きしておいたコロッケの包み、どこいった。昼に食おうと思ってたのに。へんだな。千賀子が食ったか?」

季代美が首をかしげながらいった。「奥さまはずっとお休みになってますし、わたしどものご提供する流動食をお召し上がりになっておられますが」

「そうか、そうだよな」篠海は身体を起こし、季代美に目をやった。「あんたのところのスタッフが食ったとか?」

「まさか」季代美は口に手をあて、上品ぶって笑った。「お忙しいので、食されたのをお忘れになったのでは?」

ふうん、唸りながら篠海は冷蔵庫を閉めた。「そうかもしれんな。たびたびこういうことがある。こないだも弁当をしまっておいたと思ったのに、どうやら食っちまっていたらしい」

季代美がにこやかにいった。「なんでしたら、お食事を買い出しにいってまいりましょうか?」

どんな機会だろうと、ここぞとばかりに善意を押し付けようとする。むろん、偽善に裏打ちされた善意を。美由紀は季代美のひきつったような笑い声を耳障りに感じていた。連中のことだ、本音ではこの夫のほうも過労で倒れてくれればいいと望んでいるに違いない。農家が相手なら、支払いが滞っても家屋と土地などを差し押さえられるという算段もあるのだろう。

鮎香はずっと無言でうつむいていた。篠海に責められたことが、よほど応《こた》えたらしい。自衛官としての責任を痛感しているのだろうと美由紀は思った。同じ胸の痛みは、美由紀も感じていた。辞めたからといって、組織の隠蔽《いんぺい》体質や事なかれ主義を批判することなどできない。組織といえど、所詮《しょせん》は人の集まりだ。かつてその人員のひとりだったわたしは、組織の悪しき部分を変えられなかったことを恥じ入るべきだ。

意を決するまで数秒とかからなかった。美由紀はいった。「篠海さん、きょう午後六時より岐阜基地で事故の報告会があります。現時点で判明している一部始終について説明がなされるはずです。あなたもお越しください」

季代美が息を呑《の》むのが、まず真っ先に表れた反応だった。それから鮎香が顔をあげた。

鮎香は目を丸くして美由紀を見た。「美由紀、それって……」

「いいの。わたしが責任をとる」美由紀は篠海を見た。「その場には大臣政務官ら防衛省上層部もおいでになります。疑問について、当事者にたずねるチャンスです。どうですか。おいでになりませんか」

篠海昌宏はしばらく動きをとめて美由紀を見つめていたが、やがててのひらの玄米に目を落とすと、ゆっくりと選別機に向き直っていった。「当事者って、その問題のパイロットも来るのかい？」

一瞬、戸惑いがよぎる。伊吹直哉は命令に従うだろうか。いや、彼はきっと出頭する。罪の重さを知ればこそ、彼は困惑を深めつづけていた。今夜、彼が現れないはずはない。

「ええ」と美由紀はうなずいた。「彼も来ます」

篠海はぶつぶつとなにか口ごもりながら、てのひらの玄米を指でつついた。しばらくして、篠海はぼそりといった。「俺はいかねえ」

「どうしてですか」美由紀はきいた。

「見りゃわかるだろ、仕事があるんだよ」篠海は鬱陶《うっとう》しそうな顔で怒鳴った。「きょうじゅうに三十袋仕上げなきゃならねえ。期日までに間に合わねえと買い取ってもらえねえんだ。俺には千賀子との暮らしもあるし、そちらの介護会社の人たちにもお金を払わなきゃならん」

季代美はあからさまな作り笑いを浮かべて、愛想よくいった。「アルタミラ精神衛生株式会社です。介護以外にもさまざまな業務がございます」

いちいち神経を逆撫《さかな》でしたがる女だ。美由紀は季代美への敵愾《てきがい》心を燃えあがらせていた。だが、いまこの場でアルタミラ精神衛生の業務を否定してみたところで、なんら進展にはつながらない。問題の焦点は伊吹一尉が起こした事故、その一点にのみあるのだ。

篠海は掬い取った玄米に鼻を近づけたり、凝視したりを繰りかえしている。品質の判別に手間どっているらしい。

このアナクロ気味の頑固な男は、真心というものについてどれだけ理解しうる力を持っているだろう。美由紀は考えた。たんなる我儘《わがまま》と、頑固とは違う。この男はそのいずれに属するといえるだろう。

結論はすぐにでた。妻と息子に対する愛を持っているがゆえに、彼は心を閉ざし、対話を拒否している。情愛に理解をしめさないタイプの人間ではない。

美由紀は篠海につかつかと近づいていった。妙な顔をして美由紀を見た篠海の前で、美由紀はシャネルのハンドバッグを開き、中身をテーブルの上にぶちまけた。そのなかから白いハンカチを取りあげ、広げて置く。そして米の山に近づくと、シャネルのバッグをバケツがわりにして米粒をざっくりと掬いあげた。

「おい!」篠海があわてたようすで叫んだ。「なにをする!」

美由紀は黙ったままテーブルに近づき、バッグのなかの米のうち半分ほどをハンカチの上に注いだ。

怪訝《けげん》な顔でそれを見守る篠海を一瞥《いちべつ》してから、美由紀はバッグとハンカチに目を落とした。

「これ、わかりますか」美由紀は米粒を指し示した。「篠海さんの熟練の技と勘で、たいていの玄米の品質は判別できるでしょうけど、今年の玄米について首をひねっておられるのは、おそらくこれだと思います。米粒に細かな穴が空いているようにみえる、その点でしょう。秋の田んぼによく飛んでいる蛾が玄米のなかに卵を産みつけるために、出荷後、袋のなかで孵化《ふか》して幼虫になる可能性があると。ほら、こうやって白いハンカチの上に置けば、黒い小さな点がいくつか見受けられるのがわかりますね」

篠海は慌てたように胸ポケットから虫眼鏡をとりだし、米粒を見つめた。そう、これだ。篠海はうなずきながらいった。「卵が産みつけられてるようにも思えるが、違うかもしれん。もし卵があるなら、低温貯蔵庫にいれて孵化を抑える処置をしないとな」

美由紀は篠海にたずねた。「何度で保存するおつもりですか」

「そりゃ、十三度ってとこだろう」

「それはよくないですよ。十三度で低温保存したお米を、二十五度以上の夏場に取りだしたら、結露のせいで味が悪くなります。でも、ご安心ください。ほら、こっちの黒いハンドバッグに入れた米粒を見ると、割れたお米は見当たりませんし、カメムシがかじった痕《あと》もない。お米は適切に育ってるんです。穴が空いているようにみえるのは、今年の春先の気温が極端に低かったために稲の生長が始まる時期が遅れ、表面にわずかな凹凸《おうとつ》が生じているからだと思います」

篠海は虫眼鏡で執拗《しつよう》に米粒を眺めていたが、やがて顔をあげると、あんぐりと口を開けて美由紀を見た。本当だ、と篠海はつぶやいた。「たしかにそうだ。こりゃ暖冬の翌年にみられるヘソみたいなもんだ」

「よければ」美由紀は静かにいった。「手伝いましょうか。人手が多くなれば六時までに終わるでしょうし」

篠海は唸《うな》って、頭をかきながらいった。「そうはいっても、いろいろコツがあるからな」

美由紀は鮎香をみた。鮎香は戸惑いがちに美由紀を見かえしていたが、なにかを言いたげに口もとを震わせていた。美由紀はうなずいて、鮎香をうながした。

鮎香は意を決したようにいった。「篠海さん。たぶん十時間ほど前から乾燥機にかかっている籾《もみ》の水分を、約二十三パーセントから正確に十五パーセントにまで下げるとか、半俵に正確に三十・五キロずつ詰めるとか、袋の口はきちんと二回折るというようなことなら、わたしも心得ているつもりです」

季代美は訝《いぶか》しそうに片方の眉《まゆ》を吊《つ》りあげただけだったが、篠海は衝撃を受けたようすだった。

「なんてこった」篠海は驚きのいろを浮かべていった。「あんたらの実家は農家かね？」

鮎香は緊張ぎみに微笑みながら答えた。「防衛大では農業についての実地訓練もあります」

「ほんとかい」篠海が美由紀に目を向けた。

美由紀は苦笑しながらうなずいた。「稲作りと酪農が必須科目でした」

「彼女は」鮎香は美由紀を手で指し示しながらいった。「農業についても学内トップでした。彼女のつくった米は〝岬米〟という名がついて市場でも好評で……」

なんとも気恥ずかしい過去の話だった。ジャージ姿で田植えや草刈りをしていたころの光景が脳裏に蘇《よみがえ》ってくる。美由紀は鮎香を咎《とが》めた。「鮎香。それぐらいにして」

沈黙が降りてきたが、室内の空気が和んでいることはもはやあきらかだった。鮎香は含み笑いをしていた。美由紀も、笑みがこぼれるのを堪《こら》えきれなかった。

「ふうん」と篠海が真顔でいった。「防衛大ってところも、いいことも教えるんだな。じゃ、あんた。こっちへ来て、乾燥機から出てくる米をみてくれ」

鮎香は顔を輝かせて足早に乾燥機に向かった。「はい、ただちに」

「それと」篠海は美由紀を見た。「あんたは、袋詰め作業を手伝ってくれ。で、搬出は俺ひとりかな」

「いえ、ご心配にはおよびませんよ」美由紀はそういって半俵の袋の口を両手に保持し、持ちあげた。除隊してもさして筋力は衰えてはいない、そういう実感があった。「力仕事にも慣れてますから」

「そいつはいいな」篠海はようやく笑いをのぞかせた。そして、唯一残る季代美を振りかえった。「最後に、あんた」

季代美は当惑のいろを漂わせながらも、笑顔を取り繕ってきいた。「なんでしょうか」

「コロッケ買ってきてくれ」篠海はいった。

その一瞬、季代美の表情は凍りついたが、篠海は意に介さないようすで作業をはじめた。

季代美は美由紀をにらんだ。美由紀は肩をすくめてみせた。

音をたてずに舌打ちする素振りをみせた季代美が戸口の向こうに消えてから、美由紀は自分の作業を開始した。半俵の口を閉じて、勝手口まで運ぶ。

「そうだな」篠海が手を休めずに、ひとりごとのようにつぶやいた。「報告会とやら、行ってみてもいいかもな」

美由紀は鮎香をみた。鮎香も、美由紀に目を向けていた。鮎香はにこやかに笑顔を浮かべていた。美由紀も笑顔をかえした。よかった、と美由紀は思った。わたしのなかでまたひとつ、人が分かり合えるという確証を得られた。

真相

日没後、岐阜基地の管制隊庁舎にある大会議室には高級幹部が続々と姿をみせていた。ドーム型の吹抜けの天井を有する大会議室は、元は明治九年の陸軍砲兵演習場開設時から存在する由緒ある講堂で、梁《はり》や柱などいたるところにドイツ建築の重厚感ある内装が施されている。巨大な円形テーブルに等間隔に配置された黒革の肘掛《ひじかけ》椅子は、防衛省上層部の面々によってほぼ埋まりつつあった。

美由紀は早園鮎香と並んで着席しながら、憂鬱《ゆううつ》な気分でほぼ対面にある空席のひとつを眺めた。中部地区の基地で召集される会合に、とりわけ高級幹部の集まりの悪さによる開始時刻の遅延が心配されたが、彼らは一時間も早く到着していた。午後六時を目前にして姿を見せていないのは、渦中の伊吹直哉一尉のほうだった。美由紀はいらいらした。このままでは欠席裁判の様相を呈するに違いない。彼に精神鑑定をおこなうべきか否かについては、ほかの誰よりも彼自身の意見が尊重されるというのに。

上層部以外の出席者も入室しはじめた。演習に協力していた飛行開発実験団の職員の姿もある。自衛官の制服がほとんどだが、なかにはスーツ姿もいる。小耳にはさんだ話では、それぞれの部署の担当弁護士が立会いを決めたらしい。責任の所在を押し付けられそうになったときの回避のためだろう。だが、異彩を放つ客はほかにもいた。

見鏡季代美は昼間に比べればシックなベージュのスーツに身を包んで現れた。メイクは依然として濃く、髪はアップにして知的な感じを演出しようとしている。気どった足取りで入室してきた季代美は、列席者に会釈をしながらテーブルの周りを回った。その顔には例の機械的な微笑が浮かんでいたが、美由紀と目が合った瞬間、その笑みは無表情のなかに埋没していった。

季代美は立ちどまり、美由紀を見下ろすように睨《にら》みつけていた。美由紀も上目づかいに視線をかえした。抜け目のない女だと美由紀は思った。ごく一部の関係者が極秘裏に寄り集まった会合に出席を許されるとは、よほど巧みに高級幹部に取りいったのだろう。この会合に出席しない防衛大臣に対し、アルタミラ精神衛生本社から政治的な根回しがあったに違いない。二宮大臣政務官が最高位であるこの場の高級官僚に遠慮することなく発言できる、まさに理想的な後ろ盾を得ていることになる。

にらみ合いは数秒つづいた。季代美は嘲笑《ちょうしょう》のようにわずかに口もとを歪《ゆが》めてみせると、美由紀の前を通り過ぎていった。鮎香には視線を投げかけようともしなかった。

鮎香は不愉快そうに季代美を見送ると、美由紀に小声でささやいた。「コロッケ買えなかったんだってさ、あの女」

美由紀は思わず吹きだしそうになった。「それほんと？」

「ほんとだって。隣りの町まで買い出しに行こうとしたら、フェラーリが名鉄電車の踏み切りにひっかかって立ち往生したって」

「ああ、車高が低いからローカル線越えるにはコツがいるかもね。斜めに進入しないと」

「もうちょっと凹《へこ》んでるかと思ったら、変わらないね、あの女の態度」

そのとき、季代美が離れた位置に着席しつつ咳《せき》払いをした。こちらへの威嚇であることは明白だった。鮎香はびくっとして姿勢を正した。

これだけの静寂のなかだ、聞こえていたのだろう。変わらないのは見鏡季代美の態度ばかりではなく、鮎香の口の悪さについても同様だと美由紀は思った。あからさまに悪態をついて人を愚《ぐ》弄《ろう》する癖は、防衛大を出て数年経ったいまも当時のまま存続しているらしい。

それから何人かの職員が会議テーブルに着いたあと、ふいに列席者たちが戸口を眺めてざわついた。美由紀は彼らの視線を追って振りかえった。

戸口に現れたのは篠海昌宏だった。長いあいだ着ていなかったのか、折り目がしっかりと残ったままの背広を身にまとい、少しばかり腰が引けたようすで会議室のなかを覗《のぞ》きこんでいる。その後ろにもうひとり、同じく背広姿の老人が立っているのがみえる。

美由紀は立ちあがり、戸口に足早に向かっていった。「篠海さん。ようこそお越しになりました」

篠海は戸惑いがちにこわばった笑いを浮かべながら、ネクタイを締めなおす素振りをした。「いちおう失礼のない恰好《かっこう》をしてきたつもりなんだが」

「ええ、よくお似合いですよ」美由紀はそういって、篠海の肩越しにたたずむ痩《や》せた老人をみた。

かなり老けてみえるが、篠海と同様にこの地で農業に従事しているのだとすると、実年齢は外見よりももう少し若いのかもしれない。七十前後といったところだろうか。浅黒い顔には篠海の倍以上の皺《しわ》が刻みこまれ、頬や首筋には肉がほとんどない。目は虚空を眺めて彷徨《さまよ》いつづけ、まるで美由紀の存在を意に介していないかのようだ。

「家内の千賀子の父で、峯尾光蔵さん」篠海が紹介した。「出席できない千賀子に代わって、どうしても来るといって聞かなくてね」

峯尾はしばらくぼうっとした顔でたたずんでいたが、その目にわずかに光が宿ったかに見えると、ゆっくりと頭をさげてあいさつをした。峯尾です、かすれた声でそうつぶやいた。

「臨床心理士の岬です、はじめまして」美由紀はおじぎをかえしてから、篠海にきいた。「では、奥さんはご自宅で休んでおいでですか」

篠海が口を開きかけたが、それを制して見鏡季代美の声が背後から飛んだ。「篠海様の奥様は、小社の介護スタッフが付ききりで世話をしております。ご安心のうえ外出していただけるよう、万全の態勢を整えてございます」

美由紀は振りかえった。季代美は会議テーブルの席で周囲に対し得意満面の笑顔を振りまいていた。その目がこちらを向く。美由紀を見つめたとたん、また笑顔が消えた。

た。

滑稽《こっけい》なほど露骨に表情を使い分ける女だ、美由紀は軽蔑《けいべつ》とともにそう思いながら、篠海とその義理の父を席に案内した。峯尾のほうは高齢のせいで足もとがおぼつかないようすだった。美由紀は手を差し伸べて、峯尾を支えながらゆっくりとした歩調に合わせて歩いた。

「恐縮です」峯尾はうつむいたままつぶやいた。内気な老人だと美由紀は思った。高齢者には、世話を焼かれることに当惑を覚える人も少なくない。峯尾もそういうタイプのようだった。美由紀の握った峯尾の手はごつごつしていて、義理の息子同様に農業ひと筋に生きてきたことをうかがわせる。たぶん、家族とごく親しい近隣の人間としか口をきかずに育ってきたのだろう。この会議の場が、心の負担にならなければいいのだが。

篠海と峯尾が会議テーブルに近づくと、高級幹部たちは立ちあがって頭をさげた。どの顔にも困惑のいろが浮かんでいる。無理もないことだと美由紀は思った。現時点では行方不明とされている少年の父親と祖父に、どう接するべきかは悩むところだろう。うかつに非を認める発言も許されないため、挨拶《あいさつ》は必然的に口ごもった慣用句に終始する。「こんばんは、はじめまして。わざわざ足を運んでいただきまして恐縮です」

峯尾が美由紀と篠海の助力のもと、たっぷりと時間をかけてようやく着席し、篠海もその隣りの席に腰を下ろすと、高級幹部たちも椅子に身を沈めた。篠海もそ亀岡書記官の顔には、あからさまな不満のいろがあった。「この会議にお見えになるとは聞いておりませんでしたが」

「私は」二宮大臣政務官がいった。「聞いていたよ」

釈然としないようすの亀岡に、美由紀はいった。「わたしが出席をお勧めしました。伊吹一尉の精神鑑定に必要とされる立会人の認可はいただけるものと、解釈してのことです」

上層部の面々の表情には反対の思惑が表れていたが、それ以上の苦言を呈する者はいなかった。ひそかに責任の重さを痛感している防衛省側が、被害者遺族となる可能性の高い篠海や峯尾を前にして強気な態度にでられるはずもなかった。そのような言動があれば、公に記録として残ってしまうからだった。

これでいい、と美由紀は思った。会合のあと、倫理違反あるいは越権行為と非難されようと構わない。この場に篠海悠平少年の保護者を迎えることに成功したのだ、伊吹直哉も偽らざる本音を口にする可能性が高まる。なぜ彼がみずから精神鑑定を受けたがっているのか、そのあたりのことが明らかになるかもしれない。

美由紀は自分の席に戻った。腰を下ろしたとき、用意されている座席がひとつを残してすべて埋まっているのに気づいた。ほぼ対面の位置にひとつだけ残された空席、伊吹だけがまだ姿をみせていない。

亀岡が皮肉な口調でいった。「主賓がまだお出ましになっていないようだが」

濱松空将が苦い顔でつぶやいた。「じきにまいります」

「待たせるとはいい度胸をしている」と亀岡は腕時計に目をやった。「すでに七分超過してる。空自慢の五分待機も彼にかかれば実現しそうにないな。出撃したころには首都が灰になっていそうだ」

いえ、と濱松はテーブルに目を落としながら、ためらいがちにいった。「伊吹一尉はアラート待機で出撃までに五分以上かけたことなどありませんでした。アラートハンガーに真っ先に飛びだすのは、いつも彼だったと記憶しています」

「昔話だな」亀岡は吐き捨てて、黙りこくった。

気まずさと不安が交錯する沈黙がしばしのあいだつづいた。美由紀はときおり見鏡季代美に視線を向けた。季代美の目はきまって美由紀に向けられていた。しばらく睨み合っていると、季代美は鼻で笑うような素振りをして視線をそらす。その繰りかえしだった。美由紀は苛立《いらだ》ちを募らせた。表情が読みにくい女だ。不随意筋の変化をカモフラージュするために、いつも微笑に逃げる。アルタミラ精神衛生の心理学研究部門が季代美に指導しているのかもしれなかった。たしかに、代表取締役秘書という役職には有効な特技に違いなかった。

静寂のなかに列席者のため息だけが響く。そんなじりじりと過ごす時間が流れていった。

やがて、戸口に若い隊員が立った。上坂孝行准尉だった。緊張した面持ちで美由紀を一瞥《いちべつ》してから、上坂は姿勢を正していった。「申しあげます。伊吹直哉一尉がお越しになりました」

錦織事務次官がいった。「通せ」

初恋の男が、二番目に好きになった男を呼びこむ。そのこと自体には、美由紀にはなんの感慨も起きなかった。上坂は伊吹と同じ飛行隊の准尉を務めているのだ、この件に関し高級幹部らに同行することもあるだろう。そう思った。ただし、伊吹については妙に気になる。彼はいったいどんな心境で現れるのだろう。篠海悠平少年の父が出席していることも聞き及んでいるはずだが、どのような態度をとるつもりだろうか。

上坂がかしこまって戸口の脇に立つ。その後ろから現れたのは、一尉の階級章のついた制服をきちんと着こなした伊吹直哉だった。伊吹は神妙な面持ちで会議テーブルに近づき、一礼していった。「伊吹一尉、出頭いたしました」

あいかわらず口ごもったような声の響きではあるものの、服装や態度に目立った乱れがないことに、美由紀は安堵《あんど》を覚えた。まったく、これでは参観日に子供を見守る母親の心境ではないか。美由紀は伊吹を憎らしく思った。

「かけたまえ」錦織は表情を険しくしていった。「これ以上時間を無駄にしたくない」

叱責《しっせき》とも とれるその言葉を、伊吹はさして気にしたようすもなく椅子に歩み寄ると、もういちど軽く頭をさげて腰を下ろした。やや猫背ぎみ、手はテーブルの上にださず、伏目がちにしていた。美由紀はしばらく伊吹を注視していたが、伊吹は美由紀を見かえさなかった。

出席者の手元にファイルが配られる。美由紀はそのファイルを開いてみたが、昼間に目を通したものとまったく同じだった。失望感が美由紀のなかに広がった。この会合で新たな進展は期待できないのだろうか。

美由紀はまた伊吹を見た。伊吹は書類に手をつけず、ただその表紙を眺めているだけだった。

「さて」錦織は咳《せき》払いしていった。「現状にて判明している確認済みの事実については、お手元の書類を参考にしていただきたいと思います。本来ならば航空・鉄道事故調査委員会の航空部会の判断を仰ぐべきことであるやも知れませんが、諸般の事情により、今回は警視庁科学捜査研究所の協力を得て徹底した内部検証というかたちで……」

「あのう」声を発したのは篠海昌宏だった。

錦織は一瞬、苛立ちのいろを漂わせたが、防衛省における上下関係とは無縁の民間人の発言とあっては聞かざるを得ないと判断したらしい。低い声でたずねた。「なんでしょうか」

「その」篠海は緊張に顔をこわばらせながら、錦織にきいた。「諸般の事情、とおっしゃいましたけど、それってどんなことなんでしょう？　私なんかにしてみれば、その、事故調査委員会でしたっけ、そういうところにも調べてほしいと思っとるんですが」

「おっしゃることは、よくわかります」錦織は穏やかな表情を取り繕っていた。「しかしながら、今回の演習における実験は防衛省でも機密事項に属することが多く、国土交通大臣への報告義務が前提となる航空・鉄道事故調査委員会の調査制度は、適用することによってさまざまな諸問題を誘発することになりかねません」

亀岡が微笑を浮かべ、篠海にいった。「畑が違うってことですよ。篠海さんは農業をおやりですから、おわかりでしょう？　ジャガイモ畑専門の農家が、大根畑の面倒をみれますか？」

「はあ」篠海は首をひねり、ぶつぶつとつぶやいた。「まあ肥料のやり方とか、心がけることさえ守ればそんなに難しいことじゃないと思いますが」

たとえが悪かったことを痛感したらしく、亀岡はしかめっ面をして黙りこんだ。

篠海はあいかわらず緊張のいろを浮かべてはいるものの、しだいにこの場の空気に馴染《なじ》んできたのか、はっきりとした物言いで喋《しゃべ》りだした。「その、間違っていたら教えてほしいんだけども、うちの悠平は基地に入りこんで、段ボール箱みたいなものに忍びこんだんですよね？　それは悠平の友達も見たっていってます。で、なんかその箱は、演習に使う標的……だったんですよね？　それで、戦闘機に撃たれた、と」

室内に沈黙がひろがった。誰もが無言を貫き、篠海と視線を合わせまいとしているようだった。

篠海は高級幹部らの顔いろをうかがう素振りをしていたが、やがて意を決したらしく、伊吹を見てたずねた。「戦闘機に乗ってたのは、あんたか」

伊吹は無言でテーブルの表面を眺めていたが、しばらくしてその視線がゆっくりとあがった。無表情のまま、伊吹はつぶやいた。「はい」

「段ボール箱を」篠海は擦《かす》れそうな声できいた。「撃ったんか」

「ええ」伊吹は虚《うつ》ろな目で見かえしながら答えた。

「うちの子は」と、篠海は目を書類に落としながら、ひとりごとのようにいった。「死んだんか」

伊吹が凍りついたように押し黙った。出席者の誰もが、同じ反応をしめしていた。

だが、間髪をいれずに錦織がいった。「それについては当基地技術研究本部、岐阜試験場の臼川《うすかわ》研究員からの報告があります。臼川研究員」

眼鏡をかけ、額の禿《は》げあがった小柄な背広姿の男が慌てたようすで立ちあがった。手にした書類を小刻みに震わせながら、臼川はいった。「伊吹一尉が搭乗したF４EJ改のコンピュータに記録されていたサーモグラフィのセンサー数値を解析したところ、移動標的の表層は二十二度、内部は十六度と測定していたことがわかりました。その前後におこなわれたF４EJ改の同様のミサイル発射実験では、表層二十二度、内部十四度と二度ほどの違いはあるものの、ほぼ変わりはありませんでした。仮に移動標的に篠海悠平君と同じ身長、同じ体重の子供を乗せてみたらどうなるのか、当研究本部で実験してみたところ、表層二十五度、内部三十六度とセンサーが認識することがわかりました」

篠海は面食らったように、義理の父をみた。それから錦織に向き直り、興奮ぎみの声できいた。「うちの子は、乗ってなかったってことか」

錦織は言葉を詰まらせたが、硬い笑顔を浮かべながらいった。「破壊された移動標的にご遺体などは見当たりませんでした」

「すると」篠海は顔を輝かせていた。「うちの子はまだ無事で、どこかにいるかもしれないってことですな」

「基地の敷地内は隈《くま》なく探しましたが、悠平君の姿はありませんでした。ですから……」

「どこかほかにいってる可能性があるってことですな」と、篠海は安堵のいろを漂わせつつ声を張りあげた。「それはよかった。まだ希望がつながると思うと、ほっとします」

美由紀は呆気《あっけ》にとられて声をだせなかった。いったいなんなのだろう、この防衛省側の説明は。都合のいい情報だけを断片的に伝え、意図したとおりに被害者少年の父が解釈してくれるよう仕向けているではないか。死体はたしかになかった。だが、正確にいえばそれはなかったのではない、残らなかったのだ。実験に使用されたのはＡＳＥ２０６という人体を滅し去る殺人兵器であり、標的の残骸《ざんがい》からは人体がそこに存在したという証《あかし》がみつかっている。それらについては隠蔽《いんぺい》し、なおかつ基地の敷地のなかに少年がいなかった旨を伝えることで、責任を外に転嫁しようとしている。こんな稚拙な言い逃れが通用するはずがない。

ところが、美由紀が抗議の声を発する前に伊吹がいった。「おかしいじゃん、それ」

室内が緊張を伴った沈黙に包まれた。列席者の全員の目が伊吹に注がれた。

「伊吹一尉」錦織がきいた。「なにか意見が？」

「ええ、ありますよ」伊吹はいつものように、つぶやくような声でいった。「サーモグラフィの数値が無人を表してたんなら、蛋白質《たんぱく》と塩化ナトリウムとミネラルとかは、いったいなんだっての」

錦織が表情を凍りつかせた。臼井研究員も眼鏡の眉間《みけん》を指で押しながら俯《うつむ》いた。

篠海の顔には、まだ安堵の表情がとどまっていた。「なんですか、その蛋白質と塩化ナトリウムとかって？」

誰も答えなかった。ただ篠海から視線を逸《そ》らし、書類を見つめるだけだった。篠海の顔に、ふたたび不安のいろが宿りはじめた。

「あの」伊吹が静かにいった。「こんなこと申しあげるのは、本当に酷だと思うんですけど……、お子さんの変わり果てた姿です」

篠海は目を見張った。義父の峯尾も啞然《あぜん》とした顔を伊吹に向けていた。

「そんな」篠海は緊張が臨界点を超えたときに生じる、ひきつった笑いを浮かべていた。「それって、どういう意味ですか。死体はないっていってたじゃないですか」

「たしかにありません」伊吹の声はひどく落ち着いたものだった。「でも、あのとき撃ったASE206空対地ミサイルなら当然のことなんです。体内の水分が蒸発して、ヒアルロン酸の崩壊により身体の構成要素が細胞単位で分解、残るのは微量の蛋白質と、塩化ナトリウムと、ミネラルだけ……」

亀岡が怒鳴って伊吹の声を制した。「機密事項だ」

しかし、伊吹がふいに怒鳴って亀岡を圧倒した。「なにが機密事項だ！　あのなかに子供がいたのは確かだ。いまさら誤魔化してなんになる！」

びくついて言葉を失ったようすの亀岡を、伊吹はなおも睨《にら》みつけていた。ほかの高級幹部たちは、関わるまいという顔で視線をほかに向けている。

いつの間にか、篠海の顔には汗が噴きだしていた。狼狽《ろうばい》し、テーブルの面々をすがるような目で眺めながら、篠海はまくしたてた。「どういうことなんです。うちの子は死んだというんですか。あなたたちが殺したっていうんですか。はっきりしてください」

「どうか落ち着いてください」と錦織が苦渋のいろを浮かべていった。「臼川研究員の報告にはつづきがあります」

篠海は唾《つば》を飲みこむようにして押し黙り、臼川の顔をじっと見つめた。

臼川は眉間に皺《しわ》を寄せ、書類で顔を隠すようにしながら震える声でいった。「演習中、移動標的付近には警戒のサイレンおよび、退去してくださいというアナウンスが全スピーカーから繰りかえし放送されています。実験の結果、仮に移動標的のなかに悠平君がいたとして、悠平君の耳に届く音量は一一〇デシベルだったことが明らかになりました。これは交響曲コンサートにおける最大音量に匹敵し、どんなに熟睡していても確実に目を覚ます音の大きさです。移動標的は動きだして五分以内は時速五キロ以下で徐行しますし、そのあいだもサイレンとアナウンスは鳴り響いております。よって、そのまま移動標的のなかに潜みつづけるとは考えられません」

篠海は臼川の説明に反発する姿勢をしめした。「また悠平が箱のなかにいなかったって話に戻すのか？　私が知りたいのは、事実だけですよ。うちの子が箱に入ってなかったのなら、さっきパイロットの人がいってた痕跡《こんせき》ってのは、何だというんですか、いったい」

「ですから」臼川は苛立《いらだ》ちと当惑の入り混じった顔を篠海に向けた。「すべての状況を併せて考えると、可能性はひとつに絞りこまれます。伊吹一尉のF4EJ改が捕捉《ほそく》する前に、悠平君は移動標的のなかで亡くなっていたのです」

長い沈黙のあと、篠海の甲高い声が室内に響き渡った。「死んでただと？ 悠平が？」

臼川は低い声で告げた。「それしか考えられないのです。警視庁の科捜研によれば、多量に出血していた場合など、死後それほどの時間を要さず死体の体温が低下することもあるそうです。伊吹一尉が移動標的をロックオンしたとき、すでに篠海悠平君は内部で息絶えていた。よってサーモグラフィも二度ていどの上昇しか探知しなかった」

「馬鹿な」篠海は血相を変えて叫び、激しく首を横に振った。「そんな馬鹿な。考えられん」

錦織が静かにいった。「篠海さん。受けいれがたいかもしれませんが、これは最も可能性の高い、限りなく事実に近い仮説とわれわれは認識しています。お子さんは基地に無断侵入し、移動標的に乗りこんだ直後に、なんらかの理由から亡くなった。自殺か、事故か、それとも病気によるものか、死因の特定は困難です。しかし、ほかに説明のつく可能性は皆無です」

またも沈黙があった。峯尾が篠海を見てたずねた。どうしたんだ。篠海は義父に向かってつぶやいた。死んでたって。撃たれる前に。

無言のまま、篠海はうな垂れた。両手で頭を抱えこみ、身を震わせて嗚咽《おえつ》を漏らした。

美由紀はまさに胸の張り裂けそうな悲痛さを感じていた。篠海昌宏をこの場に迎えたのはわたしだ。彼は義父も同行させ、息子の行方について是が非でも真相を知りたいと願っていた。そして防衛省側は、ついに少年の死の可能性を告げた。伊吹が口をさしはさんでASE206の威力について暴露したせいもあって、否定も隠蔽も不可能になった。打ち明けざるをえなかった。真相が少年の父と祖父に齎《もたら》したのは、絶望と喩《たと》えようのない悲しみだけだった。いま、その一部始終を美由紀はまのあたりにした。

だが、と美由紀は思った。防衛省の説明には、腑《ふ》に落ちないところがある。

そのとき、伊吹が小声でいった。「あのう、臼川研究員」

臼川は伊吹を見た。「なんです」

「やっぱいまの説明って、おかしくないですか」伊吹はひとりごとのようにいった。「悠平君が移動標的のなかにいて、亡くなったのは、れっきとした事実ですけどね。ま、つまり僕が殺したってことになるんですけど」

篠海が顔をこわばらせた。伊吹を凝視し、弾《はじ》けるように腰を浮かせた。「おまえ、いってることがわかってるのか!」

隣りの席の自衛官が篠海をなだめ、着席をうながした。篠海は怒りに燃える目で伊吹を睨みながら、ふたたび椅子に腰かけた。

伊吹は恐縮したような面持ちで、篠海に軽く頭をさげた。「すいません。そこんとこは、ほんとに申し訳なくて……。でも実際、全部僕のせいなんです。サーモグラフィの数値をチェックせずに標的を撃って、破壊しました。僕の落ち度です。安全確認義務を怠ったんです」

臼川が不平そうな顔でいった。「いいえ、それは伊吹一尉の記憶違いです。おそらく標的をロックオンした瞬間、ヘッドアップディスプレイ《HUD》に表示された数値を一瞥《いちべつ》したのですが、問題なかったので記憶に残らなかったんでしょう。さっきも言ったようにコンピュータの履歴には……」

伊吹は首を横に振り、頑《かたく》なに否定した。「数値は見なかった。標的の内部温度はたしかめなかった。悠平君が先に死んでたなんて、そんなことはないでしょう。ちゃんとセンサーの測定結果を確認していれば、悠平君は死なずに済んだ」

「違います」臼川も執拗《しつよう》に自説を主張した。「コンピュータの履歴は、この書類にプリントアウトされています。何度もいいますが、標的の表層温度は二十二度、内部温度は……」

「そんなわけねえだろう!」伊吹が怒鳴った。

大会議室は静まりかえった。臼川も顔をひきつらせたまま押し黙った。

伊吹はため息をつき、憤りのいろを漂わせていった。「センサーの数値さえでっちあげれば、悠平君が先に死んでたっていう苦しい言い訳が成立するってか? そうすれば誰も責任をとらずに済む。防衛省にも、空自にも、僕にもなんら落ち度はなかったことになる。強いていうなら、勝手に基地に忍びこんだ悠平君が悪い、そうなるってことだ。とんでもない捏造《ねつぞう》だな。何日もかけて脳汁の最後の一滴まで絞りだして、やっと考えついた方法がセンサー記録の改竄《かいざん》か。呆《あき》れて声もでねえ」

亀岡がファイルをテーブルに叩《たた》きつけて怒鳴った。「なにをもって改竄だというんだ。おまえは防衛省が責任を持ってまとめた報告内容が信用できんというのか！」

「ああ、できないね」伊吹は真顔でいった。「センサー記録が残っているわけがない」

美由紀のなかに奇妙な感触が走った。「まさか、HUDのスイッチを切っていたとか？」

出席者が一斉に美由紀に向き直り、それからまた伊吹を見た。

伊吹はふんと鼻を鳴らし、うなずいた。「その通り。HUDをオフにした。後部座席の宮島にも気づかれないように」

「なんだと」錦織は信じられないというようにテーブルの上で両手を広げた。「だがきみは標的をロックオンし、破壊したのだろう？」

「たしかに破壊はしました。でも、いわゆる電磁波によるロックオンはしていません。ミサイルの自動追尾もオフにしていました」

濱松空将が驚きのいろを浮かべていった。「自力で標的に命中させたというのか。目測で標的を狙い澄まし、手動でミサイルを発射したと」

ええ、そうです。伊吹はあっけらかんと答えた。「あまりにも簡単な演習だったんで、退屈に思えて……。光学照準器は火器管制装置《FCS》とは独立したシステムだから、レーダーがオフになっていても使用可能ですしね。自分なりに、ちょっと難しくしてみました」

　ちょっと難しく、どころの話ではない。美由紀は舌を巻いた。あの小さな移動標的に対しマッハで接近して、自動追尾装置を使用せずにミサイルを命中させる。しかも記録によると、伊吹は高速ヨーヨーで自機にいっさいの隙をつくらずその困難な芸当をやってのけたのだ。その難易度は、時速百キロで走るクルマの窓から、道端の自販機のコイン投入口に硬貨を投げ入れるに等しいものだった。まさに究極の曲芸だが、伊吹なら可能だろう、美由紀はそう思った。実際、かつての伊吹はもっと過酷な神技を何度となく成功させている。美由紀もそのテクニックをいくつか伝授されたものだった。

　濱松はしかし、その腕前に感嘆するよりも怒りを覚えているようだった。「規則ばかりでなく演習内容も無視した、まさに言語道断な振る舞いだ。演習は国民の血税によって賄われている。おまえの身勝手なゲームに利用することは断じて許されん」

「身勝手なゲームですか」伊吹は平然といった。「どっちが身勝手でしょうか。HUDをオフにして演習に臨んだ僕か、それともセンサー記録を捏造して責任逃れをする防衛省か」

　臼川研究員は顔面を蒼白《そうはく》にしてすくみあがったが、そのほかの高級幹部は一斉に発言した。発言というより、それは罵言《ばげん》に近かった。愚か者め、防衛省を愚弄《ぐろう》するな。それでも空自の幹部か。組織をなんだと思っている。恥を知れ。

しかし、美由紀は醒《さ》めた気分でその口論を眺めるしかなかった。規定外の方法でミサイル発射実験を実行した伊吹に同情の余地はないが、それによって明らかになった防衛省側の目論見《もくろみ》も常識を欠いた奸智《かんち》にほかならなかった。言うに事欠いて、少年が先に死んでいたとは。隠蔽《いんぺい》の疑いのある記録は現役時代にも何度か目にしてきたが、ここまで酷《ひど》い捏造は初めてだった。そして、と美由紀は思った。伊吹の指摘したことはほぼ百パーセント事実に間違いないだろう。F4EJ改に限らず戦闘機のセンサー数値の履歴など、いくらでもデバッグが可能だからだ。

亀岡が顔を真っ赤にして伊吹に怒鳴った。「おまえは変人だ、異常者だ！　自衛官の制服も階級章も身につける資格はない！」

「そのとおりだとも」伊吹は声高に叫んだ。「俺は異常者だよ。前からいってるだろ。だから精神鑑定を受けさせろといってるんだ。俺を雇用した空自が愚かだったんだよ。俺はもともとおかしかった、それだけだ」

「濱松」錦織が声を張りあげた。「彼を外に連れだせ。これ以上、誇り高い防衛省および自衛隊を愚弄させるな」

濱松は困惑のいろを浮かべたものの、立ちあがって制服組に命じた。「伊吹一尉を退去させろ」

「こっちから出てってやるよ」伊吹は吐き捨てて立ちあがり、戸口へ向かっていった。

「せいぜい、定年までクビが飛ばないよう頑張りな。そんなに退職金が大事か、金の亡者ども」

高級幹部たちは椅子から腰を浮かせ、大声でわめき散らした。誰がなにを喋《しゃべ》っているのかはさだかではない。それはあたかも、庭先で吼《ほ》える番犬の群れのようだった。そんな上層部の面々を尻目《しりめ》に、伊吹はそそくさと戸口を出ていった。彼を連れだすことを命じられた隊員たちは、戸惑いがちにその後を追っていった。

高級幹部たちの口論はなおもつづいた。論調のほとんどは伊吹直哉という異常者をパイロットとして採用していた空自に対する批判と、センサー記録の捏造という姑息《こそく》な手段についての非難に集中していた。いずれも当事者はほかならぬ自分たちだというのに、上層部の面々はまるで他人ごとのように責任転嫁できる相手を探しては、それを槍玉《やりだま》にあげて罵《ののし》った。ひとり寡黙にして紛糾に耐えているのは、濱松空将だけだった。

美由紀はその不毛な喧騒《けんそう》をただ呆然《ぼうぜん》と眺めていた。文字どおり、官僚主義の最悪の部分が露出する瞬間に居合わせてしまった。なんという責任感のなさだろう。この上層部は、防衛省という組織が日々命懸《が》けで任務に臨んでいる自衛官たちによって支えられていることを、完全に失念してしまったのではないか。

「美由紀」鮎香がふいに袖《そで》をひっぱった。「篠海さんたちが」

座席に目をやると、篠海昌宏と彼の義父の姿はなかった。振りかえって戸口に目をやる。篠海は、足もとのおぼつかない義父を支えながら、ゆっくりと大会議室を出ていくところだった。背を丸め、うなだれた篠海の後ろ姿は、まさに絶望感と孤独に打ちひしがれているようにみえた。
いけない。美由紀は立ちあがった。せっかく招いた篠海悠平少年の肉親に、その希望を断ち切るという惨《むご》い仕打ちを与えたまま帰すなど、人として許されることではない。美由紀は鮎香とともに戸口に駆けていった。大会議室を出る瞬間、見鏡季代美が亀岡書記官になにやら耳打ちしている姿が目に入った。また不届きな思惑を吹きこもうとしているのだろうか。阻みたい欲求に駆られるが、いまはそれどころではなかった。捨て置けないことが多すぎる。

廊下にでて、辺りを見まわした。歩き去っていく篠海と峯尾の後ろ姿がある。篠海さん、美由紀は声をかけた。

しかし、篠海たちはわずかに歩を緩めただけで、振り向くことはなかった。そうする気力すらない、背中が訴えていた。ふたりはゆっくりと立ち去っていった。

ふたりを追って駆けだそうとしたとき、鮎香が押しとどめた。「待って。篠海さんたちは、わたしにまかせて。美由紀は伊吹先輩のところにいってあげて」

複雑な感情が渦巻く。美由紀はためらいがちにいった。「でも……」

「いいから、早く」と鮎香は微笑した。「やっと会えたんでしょ? いま捕まえておかないと、後悔するわよ」

その鮎香の言葉に後押しされた気がした。美由紀は決心を固めた。「わかった。あとで連絡をとりあおうね。気をつけて」

「うん。わかった。じゃあ、しっかりね」鮎香はそういって、篠海たちの消えていった廊下の先に向かって駆けていった。

鮎香の背を見送りながら、美由紀はぼんやりとその場にたたずんだ。すぐに動きだすことはできなかった。歩を踏みだしたくても、当惑が自分の足もとに根を張る。そんな気がしていた。

人はいったい、なにを守りたくて戦うのだろう。そもそも、守らねばならないなにかとは、いったい何だというのだろうか。

過去

防衛大の第二学年、さすがに訓練は苛烈《かれつ》を極め、辞めていく同学年生もちらほらと見受けられるようになった。富士山頂までの登山は難なくこなして当たり前という風潮が漂っていたし、一週間ほどのスキー訓練もレジャーのような優雅さは皆無で、とにかく並の足腰ではとてもついていけない訓練課程を強制された。身体を壊してリタイアを余儀なくされた者もいれば、精神状態を悪化させた者もいたときく。当時の美由紀には、心を病むという症状自体が理解できないことだった。なにごとも根性で乗りきることが常だと思っていた美由紀は、いたって健康そうだった同学年生が、精神科医からの忠告で防衛大を辞める決意を固めたと知って衝撃を受けた。この世には目にみえなくても人生に影響を与えうるものが存在する、その事実の重大さを肌身に感じとった。

美由紀はといえば、心身ともに絶好調の日々がつづいた。第二学年は、第一学年よりもずっと気楽かつ自信を持って訓練に臨めるようになっていた。早園鮎香との関係が改善したことが、その大きな要因であることは美由紀も認めていた。鮎香との交友関係はしだいに深まり、教室の席も並んで授業を受けるようになった。かつて鮎香は上坂と隣り合わせていたことが多かったが、第二学年のころにはふたりが一緒にいるところを見かけることは、ほとんどなかった。たまに教室に居合わせても、上坂のほうが鮎香に微笑みかけるだけで、鮎香は醒《さ》めた顔を浮かべていた。仕組まれた出会いに鮎香が気づいたのち、ふたりのあいだになにがあったのか、美由紀には知る由もなかった。詮索《せんさく》もしなかった。ただ、それとわかるほど劇的な、別れるか否かの葛藤《かっとう》が両者のあいだに生じたわけではないのだろう、美由紀はそう感じていた。自然消滅、その言葉がぴったりに思えた。美由紀は伊吹のことを思った。伊吹との微妙な関係も、いつの間にか消えいってしまうことがあるだろうか。

伊吹は幹部候補生学校をでて三等空尉となり、空自に入隊してひきつづき教育飛行隊の訓練を受けていた。そのため美由紀と会う回数は少なくなったが、美由紀が精力的に航空要員としての専門訓練課程をこなすのに変わりはなかった。ここへきて美由紀は、防衛大に入学後に目覚めた国家防衛と人命救助の使命感ばかりでなく、またしても個人的理由で空自への入隊に意欲を燃やしはじめていた。空自に入れば伊吹直哉先輩と一緒になれる。むろん、四万五千人もいる空自の自衛官が全国の基地にばらばらに配属されるのだ、職務まで同じ場所になるとは思えない。しかし美由紀は、それでもいいと思った。航空自衛隊という組織のなかにあって、あるひとつの共通の趣旨の任務に就く。伊吹という尊敬できる先輩と同じ組織に属するだけでも大きな満足感があった。

いまにして思えば、当時の美由紀は常に純真で実直だった。それゆえに、いつもひたむきだった。そして、そのひたむきさが小柄な美由紀に計り知れない力を与えていた。

航空要員訓練は、まずは基地ではなく防衛大の校内で開始された。訓練用に設置された練習機のエンジンをかけて試運転をおこなうことに始まり、航法や気象について学ぶ。そして入間基地の部隊に赴き大型機搭乗訓練を受けた。

美由紀は第三学年、第四学年の訓練も平行して参加していたため、目の回るような多忙な日々を送っていた。百里基地での航空団実習では、まず複座の戦闘機の後部座席に乗ることが最初の訓練だった。単に人の操縦に乗り合わせるだけとはいえ、その強烈なGに翻《ほん》弄《ろう》され、地上に戻るや否や激しく嘔吐《おうと》してしまった。伊吹によると、それは航空団実習の最初の試練のようなもので、気にすることはないという話だった。ジェット戦闘機のあまりの乗り心地の悪さに、将来この手の航空機にだけは絶対に乗りたくはないと固く心に誓った。が、慣れるまでもなく第四学年用の専門訓練では警戒管制部隊の実習と、小型機の搭乗訓練を受けることになった。練習機、輸送機、そして苦手意識の強い戦闘機に無理やり搭乗させられ、いつしか美由紀はなにも感じなくなっていた。気分が悪くなることがなくなったわけではない。ただ、嘔吐したり休息をとったりする暇さえも与えられなかっただけだった。

訓練は多岐にわたり、航空機の操縦と整備だけでなく高射部隊、警戒管制部隊でも専門知識を叩《たた》きこまれた。第二学年になって別の要員区分に進んだ同学年生と話してわかったことは、陸上要員の専門訓練がひたすら戦闘をつづけることにあるのに対し、航空要員のほうは操縦や整備などの専門分野の知識を増やすことが課題になっていて、その内容にかなりの相違があることだった。屋代教官が美由紀に航空要員を薦めた理由も、そこにあったのかもしれない。美由紀に戦闘訓練は不向きだと思ったのだろう。ところが、航空要員の訓練において美由紀が最終的に頭角を現したのは、ほかならぬ戦闘機の操縦だった。

訓練が進むうちに航空要員は操縦向きと整備向き、そして管制向きの三つのタイプに割れだしたが、美由紀は意地でもパイロットになろうと決意を固めていた。あのどこか女を見下した感のある西郷勝成一尉が、にやついて美由紀に近づいてきて、整備なら楽だぞ、そういった。それがパイロットになる決心に至った瞬間でもあった。女だからという理由だけで、空自の花形であるパイロットから外されたのではたまったものではない。希望や憧《あこが》れというよりは、執念を動機として美由紀はパイロットを目指しはじめた。実際、女子学生でパイロットを志す者は決して少なくはなかった。ただし、彼女たちのほとんどがヘリの操縦を念頭に置いていたのに対し、美由紀はいつしかジェット戦闘機を操らねば気が済まなくなっていた。防衛大をでて実際に部隊に配属されたとき、救難隊に入るのならヘリの訓練を中心に受けておくべきなのに、このときの美由紀はすっかりそれを失念していた。先のことなど考えず、ただ航空要員訓練のなかでベストの人員に数えられたいという闘志だけを燃やしていた。卒業後の配属先はあるていど自由がきくのだろう、という甘い見通しもあった。

第二学年の後期、美由紀はT４練習機を飛ばし空中で自在に操ってみせた。その場にいた全員がまさしく仰天した、そんな反応をみせた瞬間でもあった。普通、操縦訓練は防衛大の卒業後、空自の幹部候補生学校に進んだのちに教育飛行隊に配属され、個別の操縦訓練課程に入ってからおこなわれるはずだった。ところがそれを、難なくこなす防衛大生がいる。たしかにごく一部の成績優秀者に訓練を前倒しすることはあったが、彼女の場合はまだ第二学年だ。教官たちが言葉を失うのも無理からぬことだった。

美由紀は専門訓練以外にも、暇をみつけて伊吹と会っては操縦のコツを伝授されていた。練習用の機体はないが、ドライブ中にアルファロメオの助手席を操縦席にみたてて架空の操縦桿《かん》を握り、指示に従ってイメージ上の計器類に目を走らせ、伊吹がふいに告げる緊急事態の設定に機敏に対処した。伊吹の教え方は手馴《てな》れたもので、決して声を荒らげることも怒鳴り散らすこともなく、穏やかな低い声で淡々と指示を与えてくるだけだった。美由紀にとってはその指導法はとても身をまかせやすい、至極の個人授業といえた。短期間で複雑な操縦を覚えるに至ったのは、伊吹の指導によるところが大きかった。そして、充足感は学習内容によるものばかりではなかった。

伊吹がわざわざ時間を割いて美由紀を誘ってくれるのも、伊吹がわたしに好意を寄せてくれているからに違いない。美由紀はそう思っていた。彼と過ごす時間は素晴らしく、朝までクルマのなかで夜の港を眺めているだけだというのに、終わらない永遠の時間であってほしい、そんなふうに願う自分がいた。伊吹はいつも澄ましていて、冷静で、大人の横顔をみせるばかりだったが、美由紀はその発展しない恋愛にも妙な心地よさを覚えていた。

一定以上に間合いを詰めない男女の関係、そういう恋愛もあってもいい、そう思った。いま考えると、ただ忙しすぎてそれ以上に関係が深まるのをわずらわしく感じていたのかもしれない。とにかく伊吹は、美由紀がほどよいと思える距離感を常に保って接してくれていた。

だが、順調にみえた専門訓練課程において、重大な危機が訪れようとしていた。

その日の訓練を終えたとき、美由紀はロッカールームで西郷勝成一尉からの伝言を受け取った。一時間後に基地裏の駐車場に来てくれということだった。実習について重要な試験を目前に控えた時期だけに、美由紀は試験に関する報《しら》せがあるものと思いこんで待ち合わせ場所に向かった。いまになって後悔が湧くが、このころの美由紀はあまりにも訓練ばかりにとらわれていて、広い視野を持つことを忘れていた。世の中には幾つもの落とし穴が存在し、罠《わな》にかかることを警戒する猜疑《さいぎ》心も持ち合わせねばならない。美由紀はそのことをすっかり忘れてしまっていた。

駐車場で待っていた西郷がなぜか制服ではなく背広姿で、クルマに乗って場所を移そうといいだしたときにも、どこか専門訓練に関わる関係部署に赴くものと信じて疑わなかった。まずは食事だといって西郷が近くのホテルにクルマを向かわせ、最上階のレストランにふたりきりのディナー席が用意されていると知ったとき、鈍感だった美由紀もようやく状況に気づきはじめた。迷惑なことに、西郷はシャンパンをぐいぐいと飲んで先に酔いはじめた。西郷はテーブルの上で美由紀の手をつかんで放さず、赤ら顔に満面の笑みを浮かべて好き勝手なことをまくしたてた。幹部自衛官たるもの、たまには羽目をはずさないと窒息してしまうよ。きみには見どころがある。お互いに、深く知り合うのも悪いことではないと思うんだがね。

美由紀はほとんど食事が喉《のど》を通らなかったが、西郷はだされたものをすべて平らげた。ディナーの時間が終わると、西郷が学生舎まで送るといってしつこく擦り寄ってきた。タクシーで帰るというと、じつは訓練に関する重要な話がある、そんなふうにほのめかして会う時間を少しでも引き延ばそうとしてきた。胡散《うさん》臭く思いながらも、美由紀は結局西郷に付きあわされ、一緒に夜の東京をドライブすることになってしまった。喫茶店をふたつ、ファミリーレストランをひとつ渡り歩き、ただひとり機嫌がよさそうにしている西郷に、美由紀は気のない返事をかえしながら向かい合っているしかなかった。

これがサラリーマンの苦労というものだろうか、美由紀はそんなふうに思った。防衛大の学生は特別職国家公務員として給料を受けとっている。このような局面で幹部に逆らうことは、自分の努力を無にするかもしれないという葛藤を生む。それは受けた者にしか判らない変則的な脅迫だった。従わねば立場を危うくしてやるという遠まわしな脅し。しかもこの西郷なる一尉が、ごく個人的な理由でその特殊な職権を乱用していることはあきらかだった。

西郷がどこに美由紀を連れこみたがっているか聞くまでもなかったが、美由紀はあくまで穏やかに拒否しつづけ、やがて夜は明けた。その日も防衛大での授業があるため、美由紀は学生舎に戻らねばならなかった。西郷は送ってやると主張し、結局それを押し通した。美由紀が学生舎の近くでクルマを降りたのは午前七時半すぎ、とっくに起床時間を過ぎてのことだった。別れぎわは穏やかだったものの、美由紀にとってはやっと解放されたという安堵《あんど》の瞬間だった。西郷はドライブの途中に、また会おうといって彼の電話番号を書いたメモを美由紀に押しつけていたが、美由紀はクルマを降りてすぐそのメモを破り捨てた。こんなことはもうたくさんだ。ふらふらになって学生舎に入ると、着替えのために部屋に戻った。ようやく帰れた。だが、休んでいる暇はもうなかった。

その日の第一時限の授業、美由紀の周りには異様な雰囲気が漂ってみえた。このところ、ずっと隣りの席に座っていた早園鮎香が、きょうばかりは遠くの席に陣取っていた。ほかに仲のいい同学年生も同様だった。授業中、鮎香はこちらに目を向けようともしなかった。不審に思い、授業が終わったあと鮎香に近づいた。美由紀は息を呑《の》んだ。鮎香は以前と同じような、醒《さ》めた意地の悪い目つきで美由紀を見かえしていた。

「けさ朝帰りしたでしょ」と鮎香はいった。「きのう百里基地で西郷一尉と待ち合わせてから、ひと晩なにしてたの？」

美由紀は言葉に詰まり、動揺を覚えながら鮎香につぶやいた。「なにって、べつに。ただ食事に付き合わされて、それから……」

「食事」鮎香は一笑に付した。「食事ねえ。それがあなたの特別待遇の理由ってわけ。まんまと上に取りいって出世を急ごうなんて、ずいぶんやり方が汚くない？」

こみあげる焦燥を覚えつつ、美由紀は口ごもった。「誤解よ。わたしはただ……」

「もういいわ。なにも聞きたくない。あなたのことはよくわかった。女として最低」鮎香はそれだけいうと、踵《きびす》をかえして立ち去っていった。美由紀たちの会話を眺めていた同学年生の女子学生たちも、一様に軽蔑《けいべつ》した視線を投げかけて歩き去っていった。

たとえようのない衝撃を覚えた美由紀は、第二時限の授業に出席する気力もなく、ひとり孤独に学生舎に戻った。それから昼までずっとベッドにうずくまり、泣きつづけた。十二時からの昼食の時間、部屋に電話が入った。伊吹だった。泣き声で応じた美由紀に、どうかしたのか、伊吹がそう問いかけてきた。

どのように答えたか、美由紀はよく覚えていない。ただ怒りと悲しみの感情を爆発させ、昨晩のできごとを洗いざらいぶちまけた。一方的に、ひたすら怒鳴り散らしていた。それまでの辛《つら》い訓練に耐えてきた自分の忍耐のすべてがふいに解放され、一気に表出したかのようだった。伊吹は返事をかえさなかった。ただ驚きをしめすような沈黙があるだけだった。美由紀は伊吹の意見を求めず、喋《しゃべ》るだけ喋って電話を切った。

信頼が裏切られることの困惑、それに付随するように起きる混乱を、美由紀は初めて経験した。それまでの美由紀は、最初から心を許す相手か否かを選ぶ自由が与えられていた。いま、そのような十代の子供にのみ許される権利は少しずつ揺らぎはじめ、学生でありながら学生でない特殊な立場を通して、不信なる感情、不実なる関係というものが美由紀に忍びいってきた。大人の世界に汚れた側面があることを、美由紀は承知していた。わたしはそのいろに染まらずに生きようと心にきめていた。決して染まるまいとしていた。だが、それは無駄なあがきだった。成長とともに、人を嫌いになりたくないという美由紀の信念はぐらつきはじめた。そうならざるをえなかった。

第九時限の授業が終わって、皆が学生舎に戻ってくる寸前の午後五時、美由紀は逃げるように防衛大の敷地をでて、黄昏《たそがれ》のなか横須賀の街をさまよった。行く当てもなかったが、足は自然に駅前の津野田愛美の勤務先に向いていた。

カウンセリングルームは大賑《にぎ》わいで、待合室には会社帰りの人々がひしめいていた。津野田先生は午後九時まで予定が埋まっておられます、受付の女性はそういった。美由紀は複雑な思いでその場をあとにした。彼女が多忙をきわめるようになったことは、友達として純粋に嬉《うれ》しい。けれどもきょうだけは、わたしが心のケアを受けたかった。それもカウンセラーではなく、親友としての愛美に接してもらいたかった。

どこにも行き場所がなく、美由紀は途方に暮れた。学業と訓練に明け暮れた防衛大での規則正しい二年間の生活のせいで、美由紀は外の世界をまるで知らなかった。横須賀近辺といえど馴染《なじ》みの場所はほとんどない。仕方なくアメリカンテイストの漂う内装の〝フラッグシップ〟なる飲食店に足を運んだ。第一学年の修了時に校友会の記念行事で、二次会が催された店だった。ここは在日米軍や海自の関係者などの〝業界人〟しか来ないから、制服姿でも敬遠されない、そうきいたことがある。

店内で注文を聞かれ、美由紀はビールと答えた。そういえばわたしは二十歳になっていた。アルコールが飲める歳。厳格な両親のせいで、十代のころに飲酒に手をだしたことはない。これが初めての注文だった。酒が旨《うま》いか不味《まず》いかもしらなかった。ただ、ワインなどで味付けをした料理は気持ち悪くて喉を通らない、そういう覚えだけはあった。飲める人間ではないのだろう。それでも、いまは飲みたかった。それでいくらか気持ちが楽になるなら、とりあえずほかにはなにもいらない。

運ばれてきたジョッキに手を伸ばしたとき、いきなり別の人間の手が視界に入りこんできて、そのジョッキを奪いとった。美由紀は慌てて顔をあげた。

制服姿の長穂庸子教官が立っていた。長穂はジョッキを掲げたまま、冷たい目で美由紀を見下ろした。体育の授業で発するよりはいくらか控えめに、しかし厳しい声で告げた。「学生が制服を着たまま、平日のこんな時間になにをしている。夕食は指定の食堂で七時までに済ませ、八時からは自習時間のはずだろう」

「ほっといてください」と美由紀はいった。「もう、いいんです。防衛大なんか辞めますから」

長穂はじっと美由紀を見つめていた。そうか、とつぶやき、いきなり手にしたジョッキを呷《あお》った。そのままビールを一気飲みすると、空になったジョッキをテーブルに置いて、美由紀の顔をのぞきこんだ。「なにがあったかしらんが、ここでの支払いも防衛大の学生手当で得た金を使うんだろ？　なんのために国民の税金がおまえのポケットに支給されてるか、もういちど考えたらどうだ」

教官らしい物言いだった。美由紀はさらに反抗心を募らせた。「現役の幹部自衛官だって、給料泥棒がいるじゃないですか」

わけを聞いてほしい。そういう衝動がわたしのなかにあったことはたしかだった。長穂に打ち明けることで、少しは気持ちが晴れるかもしれない。あるいは長穂なら、指導教官として組織になんらかの働きかけをしてくれるかもしれない、そんな思いが美由紀のなかをよぎったことは事実だった。

が、長穂の反応は期待したものとは異なっていた。ぶらりとテーブルを離れながら、長穂はいった。「じゃ、達者でな。防衛大で起きることに耐えられんようじゃ、しょせん幹部は務まらん」

そう言い残したきり、長穂は立ち去っていった。残していったのは、空になったジョッキだけだった。

美由紀はひとり、そのジョッキを見つめていた。長穂は叱ってはくれなかった。小言ひとつ口にしなかった。わたしはいま、どんな心情にあるのだろう。叱ってほしかったのか。いや、ただ構ってほしかっただけかもしれない。独りになるのが怖い。無視されるぐらいなら、誰かに干渉されていたい。

ふと美由紀は思った。わたしは甘えているだけなのか。立派な幹部になってみせる、きのうまではその野心に燃えていたはずだ。いまはそれがない。なにが違うというのだろう。なにが変わったのだろう。

ウェイターが注文をとりにきたが、美由紀はなにも答えなかった。空のジョッキを見つめていた。長穂庸子教官はなにをつたえたかったのだろう。わたしはいまこの時間から、なにを学びえればいいのだろう。

今日

伊吹直哉はブガッティ・ヴェイロンのアクセルを踏みこみ、夜の国道二十一号線を各務原インターチェンジに向かって飛ばしていた。まだ午後九時だというのに路上は空《す》いている。さいわいだった。この調子なら東名高速を飛ばして、夜半過ぎには東京に帰ることができるだろう。

平野部を蛇行する道路を、ほとんどアクセルを緩めることなくステアリングの操作のみで切り抜けていく。速度を落としたくはなかった。岐阜基地に置き去りにしてきたわずらわしい苦悩が自分に追いつこうとすがってくる。そんな自分の悩みを振りきりたくて、さらにスピードを加速させる。具体的には、なにから逃げようとしているのかさだかではない。苦悩の正体がいかなるものであったか判然としない。わかりたくもなかった。すべてをぶち壊しにし、あらゆるものが水泡に帰した。いや、俺の人生は初めから無に等しかったのだろう。なにかを築きあげたように思えたのは幻想にすぎない。振りかえってみても、ただ日々の無為の歩みがあっただけだ。なんのために生きてきたのか。なんのために産まれてきたのか。子供のころ、いくら自問自答してもわからなかった。いまもって、その答えは明らかにはならない。

いじけるのはよせ、伊吹は自分にそういいきかせた。殻に閉じこもったところでなんの解決にもなりはしない。結局、人間は誰もが独りだ。他者と心が通い合うなんて、甘えから生じる夢想にほかならない。だから独りでいるしかない。自分がこの世に存在することが過ちだったという認識が、徐々に深まっていく現在、頼れるものを求めてもがくことほど愚劣な行為はない。俺は無意味だった、その事実をただ受けいれるしかない。

己れの存在が意味を持ったことが、過去にただいちどでもあっただろうか。伊吹は考えた。思いつかない。絶対に俺でなければならないといえる、確たる状況はなかった。皆無だ。まるで意味がない。この不毛な疾走と同じだった。こうしているあいだにも消耗していくものがある。ガソリン、パーツ、そして刻一刻と確実に衰えゆく自分の身体。

強いていうなら、と伊吹はふと思った。俺がその場にいてよかったと実感したことも、なくはない。そう、教育飛行隊での訓練に明け暮れていたあのころ、あの数分間だけは、そこに居合わせたことを感謝したかった。俺の判断も行動も的確だった。いま振りかえっても、悔やむべきところなど一片たりともなかった。

その日、防衛大に立ち寄った伊吹は、いつものように防衛学の屋代和也教官の授業を見学することにした。

ところが、教室に一歩足を踏みいれたとたん、漂う違和感に気づいた。岬美由紀がいない。第二学年の後期にさしかかる現在まで、いちども防衛学を欠席したことのない彼女が姿をみせていない。しかも出席している学生たちには、どこかよそよそしい空気が感じられた。変に大人びた覇気のなさ。普通の大学では好まれる雰囲気かもしれないが、こと防衛大にいたっては、このような醒《さ》めた表情の学生たちはお呼びではない。いったい、なにがあったというのか。

何日か前、岬美由紀が電話でぶちまけたことが伊吹の頭をよぎった。西郷一尉にひと晩じゅう連れまわされた。世間でいう二十歳の女性にしてみれば、会社の上司に食事に誘われたぐらいで動揺することもない、そんな感覚が常識かもしれない。だが防衛大の学生はもっと純真で実直だった。というより、そういう輩《やから》の集まりが防衛大という場所だった。青臭い理想のために青春どころか命まで捧《ささ》げようとする、熱い若者がひしめきあう特殊な学校でもある。美由紀はそんななかで、ひときわ熱心かつ純情な心の持ち主にみえた。

世間の常識に近いのはむしろ西郷のほうかもしれない。中年サラリーマンの他愛もない迷惑行為、そう解釈して軽い処分で片付けようとする企業が大半かもしれない。けれども、防衛大は違う。実直な人間の巣窟《そうくつ》だけに道を踏み外すことを極度に嫌う。

そんな防衛大でも、世間との認識がずれたまま学生を卒業に至らしめることはない。学年があがっていくにつれて、一般社会に近い常識も築きあげられていくシステムが無意識的にも形成されている。西郷がいつも相手にするのは第四学年の学生たちだ、そのころには女子学生であってもあるていどの免疫は備わっている。が、美由紀はまだ第二学年だった。技術や体力は第四学年に匹敵していても、心の醸成はまだそこまで至っていない。

教壇に立った屋代和也教官も、異質な気配を感じとったようだった。学生をゆっくりと見渡して、屋代はきいた。「岬美由紀は欠席か？」

咳払《せき》いがきこえる。女子学生が多かった。やがて早園鮎香がいった。「どなたか幹部自衛官とご一緒しているのかもしれません」

「幹部？」屋代は眉《まゆ》をひそめた。「誰だね？」

鮎香は冷ややかな声で言い放った。「よく存じあげませんが、彼女のほうにもメリットがあるかただと思います。なにしろ、ひと晩じゅう行動を共にしていたらしいですから」

その物言いには、屋代の関心をひいたうえで一部始終を暴露し伝えようとする早園鮎香の意図が見え隠れしていた。ほかの女子学生たちもひそひそと小声で囁《ささや》きあっている。嘲《ちょう》笑《しょう》のような笑いも混ざっていた。どうやら女子学生のあいだで噂が広まったのだろう。男子学生のほうは、ほとんどがきょとんとした顔を浮かべるばかりだった。

伊吹はその状況が我慢ならなかった。授業を妨げることは規律に反しているが、伊吹は自制心が限度を越えたのを悟った。学生たちに向かって大声で怒鳴った。「勝手な憶測を口にするな！」

学生たちはびくっとして姿勢を正しつつ、伊吹を振りかえった。屋代も呆然《ぼうぜん》とした顔を伊吹に向けている。伊吹はつかつかと教壇に向かうと、失礼します、そう屋代に告げて学生らに向き直った。

「岬美由紀に関することだが」伊吹は教室に響く自分の声をきいた。「彼女はある幹部に呼びだされ、ひと晩のあいだ付き合わされることを不当に強制された。きみらも自分の身に置き換えて考えればわかると思うが、そのような誘いを受けたとき、幹部の申し出を無下に断ることはできないという判断が働くはずだ。彼女はほかの誰よりも真面目な学生であり、熱心に努力を積み重ねてきた。授業中の発言および訓練での成果をみればわかるとおり、彼女は真に実力が認められ特待に値すると評価されている。他人の憶測についてあれこれ風評を流したり、翻弄《ほんろう》されている暇があったら、きみらも実力で這《は》いあがってみせろ。以上だ」

伊吹は発言しながら、つとめて学生の一人ひとりに目を配っていたが、やはり気になるのは早園鮎香の反応だった。鮎香は伊吹の声を聞きつつ、しだいにいたたまれない表情を浮かべてうつむきだした。真意はつたわったようだ、伊吹はそう実感した。防衛大の学生に馬鹿はいない。理解力も判断力も同世代よりずっと抜きんでている。過ちを認める勇気も、すなおさも備わっているはずだ。そういう人材でなければ、この学校には入れない。

授業後、鮎香は廊下で伊吹に声をかけてきた。鮎香は申し訳なさそうに視線を落としながら、震える声でつぶやいた。「伊吹三尉。あのう、わたしが間違っておりました。まさか、そんなことがあったなんて……。どうしたらいいのか、途方に暮れております」

「わかればいい」と伊吹はいった。「きみが気に病むことはない」

ところが鮎香は、伊吹が予想していたよりもずっと深刻な状態にあるようだった。わずかにあがった顔には困惑と悲哀のいろが混ざりあって浮かび、瞳《ひとみ》はかすかに潤んでいた。

「そうはいかないんです」鮎香はささやくようにいった。「わたしは美由紀に……、岬に酷《ひど》いことをいって、傷つけました。彼女が行方をくらましたのは、それ以降のことです」

廊下を上坂孝行が近づいてきた。上坂はいまの授業のあいだ、ずっと鮎香のようすを気にして視線を向けていたことを、伊吹は知っていた。上坂は鮎香を気遣うように、寄り添うように立った。鮎香はただ、うつむくばかりだった。

伊吹はふたりに静かに告げた。「心配するな。もう行っていいぞ」

鮎香はまだこの場に留《とど》まりたがっている素振りをみせたが、上坂にうながされ、ゆっくりと歩きだした。

ふたりを見送ってから、伊吹は戸惑いが自分を満たしていくのを感じていた。どうすればいいだろう。このままでは、岬美由紀は航空要員の専門訓練課程に参加するのは困難になる。たとえ参加しても、西郷がいるかぎり以前のような能力を発揮しうるかどうか、甚だ疑問だった。

ふと、伊吹のなかにひとつの可能性がおぼろげに浮かんだ。それはたちまち、ひとつのかたちをとりはじめた。そうだ、それならいけるかもしれない。美由紀が西郷の存在に怯《おび》えぬようにするためには、それ以外に方法はあるまい。

果てしない空虚さのなかで、伊吹はエンジン音と加速感にただその身を委《ゆだ》ねていた。

ふと、ミラーのなかに光点を見つけた。ふたつ並んだ星のような光、それがキセノンヘッドライトと判別がつくまで数秒とかからなかった。それはすなわち、何者かに追いあげられていることを意味していた。

上等だな。伊吹はギアをトップに入れアクセルを全開にした。身体がシートに押し付けられるのを感じる。たちまち追っ手との距離がひらきはじめる。伊吹は自分が漏らした興奮ぎみのため息を耳にした。どこの馬鹿か知らないがありがたい。手近な勝負に全神経を集中していれば、余計な消極的思考に頭をわずらわせることもなくなる。

ミラーを一瞥《いちべつ》すると、追っ手のヘッドライトはすでに見えなくなっていた。だがそれは、道が蛇行しているせいでしかない。正確な距離はどれくらい開いたのかさだかではなかった。わりと見通しのいい直線道にさしかかった。伊吹はどきりとした。追っ手のクルマはすぐ背後に迫っていた。

アクセルをいっぱいに踏みこんでふたたび引き離す。八リッターW16気筒ターボの強烈なトルクによって、直線ではさすがに差がつく。しかし、道はすぐにまた蛇行しはじめた。行く手のカーブがどのていどの弧を描いているかあきらかではないため、速度はやや抑えがちになる。それでも時速二百キロは下らないが、追っ手は執拗《しつよう》に食らいついてくる。

地元民の走り屋か。そうにちがいない。詳しく道を知らない伊吹にとっては不利だった。まったく、どこへ行っても馬鹿ばかり吸い寄せるクルマだと伊吹は思った。追っ手もエンジンをいじってあるだけでなく、もともと相当なトルクを有するクルマに違いなかった。

そうでなければ、こちらの不利を考慮にいれてもここまで距離を詰めることはできまい。

そのとき、行く手が大きく右手にカーブし、その先で左に折れているのを見て取った。ヘアピンカーブと認識した次の瞬間、追っ手が速度をあげて外側から抜きにかかり、ヴェイロンの横に並んだ。

ちらと見ると、それは黄緑いろのランサーエボリューションだった。全塗装に選んだ色彩もあまり趣味がよくないが、無意味なエアロパーツをこてこてと付けたその外装は、あまり走りについて詳しくない若者に特有のクルマにみえた。エンジン音もマフラーの改造によって重低音を響かせているにすぎず、駆動系はノーマルに近いようだ。

査定ゼロどころかマイナスに等しいとおぼしきそのクルマに抜かれることは、伊吹のプライドが許さなかった。間違ってもこちらは最高時速四百キロの怪物を操っているのだ、ここで遅れをとるなど、F15DJに乗ってセスナに負けるようなものではないか。

ところがランエボは伊吹の焦りを尻目《しりめ》にさらに加速し、ヘアピンの入り口をアウト・イン・アウトで理想的な半径を描きながら乗り切ると、出口付近の反対方向へのカーブで慣性力を利用して見事なドリフトを決め、ヴェイロンの前に滑りこんだ。

しまった、と伊吹は思った。ステアリングを左右に切って追い抜くチャンスを窺《うかが》ったが、時すでに遅しだった。ランエボはテールを左右に振ってブロックし、ヴェイロンの行く手を阻んだ。

ふたたび直線道にさしかかったとき、ランエボはリアタイアを横に滑らせて車体を道路に対し垂直に向け、ヴェイロンの進路を塞《ふさ》ぐかたちで停車した。

伊吹は急ブレーキを踏んだ。ヴェイロンは悲鳴のような金切り音をあげて減速し、ランエボの手前数メートルで停まった。

またかよ。伊吹は毒づいた。今度は黒人ではないかもしれないが、飛び道具を手にしていたら少しばかり面倒なことになる。

ランエボのドアが開いた。乗車していたのはドライバーひとりだけのようだった。伊吹は路上に降り立ったドライバーを見た瞬間、目を疑った。

「美由紀」伊吹は思わずつぶやいて、ドアを開けてクルマの外にでた。

岬美由紀はため息をつき、浮かない顔でつかつかと歩み寄ってきた。「いつも逃げてばかりなのね。本気で問題に向かい合おうとしないなんて卑怯《ひきょう》よ」

その小言は伊吹の耳を素通りしていた。ヴェイロンを抜き去ったランエボを運転していたのは美由紀だった、その意外な事実に思考がついていかない。

「まさかおまえだなんて」伊吹は呆然とつぶやき、悪趣味な色づかいのランエボに目を向けた。とても美由紀が好んで乗りそうなクルマとは思えない。「これ、いったいどこからかっぱらってきたの?」

美由紀は仏頂面でいった。「基地の地方連絡部に自衛官募集面接で来てた若者から借りたの。勝負するっていったでしょ」

「物好きなやつだな」伊吹は頭をかきむしった。「この道路も事前に走っておいて、ドリフトの予行演習をしておいたとか?」

「いいえ。対向車線を基地に向かうときにメルセデスで一度流した、それだけよ。あなたと同じ条件じゃなきゃ、勝っても意味ないし」

ふうん。伊吹は物憂げな気分でつぶやいた。「さぞかし自慢になるだろうな。天下のブガッティ・ヴェイロンに勝ったんだから」

「意外に直線番長なクルマよね。曲がりくねった道で鈍重さがあらわになる」美由紀は冷ややかにそういったが、ふとヴェイロンを見つめ、ゆっくり近づきながらいった。「ボンネットに凹みが」

「ああ、それか」六本木での苦い記憶がよぎる。伊吹はいった。「心配ないって、いまついたわけじゃない」

美由紀は怪訝《けげん》な顔できいた。「どこかでひと悶着《もんちゃく》起こしたとか?」

「冴《さ》えてるね、当たりだ。修理したいんだが、物が物だけにそこいらのカーコンビニ倶楽部に預けるわけにもいかないんでね」

ふうっとため息を漏らして、美由紀は腕組みをした。「せめてポルシェあたりにしておいたら? 何十年のローンを組んだか知らないけど、クルマなんて消耗品なんだし」

どうでもいい話題に逃げられるのは伊吹にとって歓迎すべきことだった。「イタリアのスポーツカーの醸しだす非日常性ってやつがよくてね。ふつうのクルマじゃ個性がなさすぎる」

「たんに目立ちたいわけ？」美由紀はヴェイロンを眺めながらつぶやいた。「伊吹先輩ってスーパーカー世代だっけ？」

「そのちょい後だな」雑談については饒舌《じょうぜつ》になりがちな自分を感じつつ、伊吹は思いつくままにいった。「田舎の駄菓子屋でスーパーカー消しゴムを見かけたのは小学一年のころだ。だからその種のクルマに特別な思い入れがあるわけじゃないし、ガセネタの情報に振りまわされたわけでもない。ランボルギーニ・イオタが世界に五台しかないなんて、信じちゃいなかったぜ？じつは当時、一台もなかった。ちゃんと知ってるよ、俺は」

「目を輝かせてランボルギーニを話題にするあたり、充分にスーパーカー世代ね」

「そうかもな」伊吹は言葉を切った。世代。どうしても思考は、このところ絶えず頭を悩ませつづけるいくつかの問題に支配されていく。問いかけるべきか否か迷いが生じる。結局、言葉を飲みこみきれずに伊吹はきいた。「なあ美由紀。安保闘争って知ってるよな」

「なによいきなり」美由紀は眉《まゆ》をひそめて伊吹をみた。「自衛隊辞めて過激派に加わろうとか、そんな話じゃないでしょうね」

伊吹は思わず鼻で笑った。すぐにまた、深刻さが重みとなって両肩にのしかかってくる気がする。伊吹はつぶやいた。「六〇年安保、七〇年安保とあって、八〇年安保はなかった。だから、ヘルメット被《かぶ》って大学に立て籠《こも》った学生たちがいたなんて、ずっと昔の話に思えてた。でもそうじゃなかった。俺たちの生まれる寸前まで、世間にそんな騒ぎがあった。そのあたりのこと、いつごろ知った？」

遠くで甲高くエンジンをふかす音が、かすかに湧いた。美由紀は辺りを見まわした。クルマが接近してくるかどうか、たしかめたのだろう。しばらく時間が過ぎたが、路上はひっそりとしていた。

「そうね」美由紀は伊吹に目を戻し、ささやくようにいった。「知識としては日本史で習ってたけど、実感が湧いたのはいつごろかな……。防衛大ではそのあたりのこと、あまり詳しく教えてくれなかったし」

「そうだよ」伊吹はしだいに神経が昂《たか》ぶってくるのを感じていた。「まさにそこだ。防衛大じゃ意外なほど、戦後の混乱期については説明を省かれていた。っていうより、俺たちに気づいてほしくなかったんじゃないかと思う」

美由紀は顔をしかめた。「考えすぎよ」

いや。伊吹は首を振った。意識せずとも、持論を声高にまくしたてていた。「生まれる前とか、物心つく前のことって、すげえ昔のことに思えるんだよな。俺たち、生まれたときには平和が当たり前で、戦争どころかそういう紛争すら、恐竜がいた時代と変わらなく思えてた。二十歳前までは景気もバブってたし、就職もまだまだ楽だった。防衛大に入ったのも国家公務員が美味《おい》しいから、そんな気楽さに根ざしてたと思う。でも俺が入ったその年に、湾岸戦争が起きた。それで世の中が変わりはじめたような気がする」

美由紀は肩をすくめた。「わたしが入学したときには湾岸戦争は既成事実だったけど、戦争はまだ遠くに思えてた」

「でもいまは違う」伊吹はいった。「三十過ぎて、やっと自分がなにを生業《なりわい》にしているのかわかってきた。戦わなきゃいけないって意味も。でも思いあがってた。自分の腕に酔って、ついうかれて、安全確認の義務を忘れた」

美由紀の表情が曇っていくのがわかった。美由紀は神妙な顔でつぶやいた。「標的のなかに子供がいるなんて、誰も思わないわ」

「奪わずに済んだ命だった」どうしても制止がきかない。伊吹は心のなかにあるすべてをぶちまけたい衝動に駆られた。「あの子の将来を失わせたのは、俺以外の何者でもない。あの事故以来ずっと、心が落ち着かない。ベッドに入っても神経が昂ぶって寝つけないし、浅い眠りに入っても嫌な夢をみてすぐに目が覚めてしまう。動悸《どうき》や息切れが激しくなることもあるし、さっきみたいな会合でも、悪いとわかっていても無性に腹が立って、反発したくなる」

美由紀は冷静にきいてきた。「悪いことだっていう自覚はあるの?」

「当然だろ」伊吹は吐き捨てた。「でもようやくわかった。俺は正常じゃないんだって。いまはもう、おかしくなってる。それだけのことでしかない」

「そんなことないわ」美由紀はゆっくりと首を横に振った。「あなたは正常よ」

「気休めをいうな」もう歯止めはきかなかった。伊吹は無我夢中で喋《しゃべ》りつづけた。「自分がどうなったか、自分がいちばんよくわかってる。ひどく気だるくて、いつも無気力になってる。めまいや頭痛が起きるし、食欲もない。いらいらしてばかりで、災害やら戦争やら、世の中にあるいろんな災厄が恐ろしくてたまらなくなる。戦闘機乗りのくせに臆病者《おくびょう》だと思うならそう思えばいい。本当にそう思えるから仕方がない。俺は異常だ。少なくとも自律神経失調症ってやつには、確実になってると思う。おまえもいまじゃ専門家だから、わかるだろ？」

「さあね」と美由紀はあっさりと受け流した。「自律神経失調症ってのは内科医的な診立てだから。わたしが見るところでは、鬱《うつ》病や不安神経症的な症状を併発しているってことぐらいね」

「ほらみろ。どこが正常だってんだ。俺は異常だ」

「正常よ」美由紀は表情を険しくし、語気を強めた。「だいたい、正常と異常の違いってなんなの。心に強いストレスがあるときに、その危険性を知らせるためになんらかの症状が発症したからといって、どうしてそれが異常になるの。むしろ正常だと思えばいいの」

静寂が辺りを包んだ。クルマの往来はなく、ただ風だけが路上を駆け抜けた。地面を舞う新聞紙のかさかさという音、もの音はそれだけだった。

伊吹は深くため息をついた。「すっかりカウンセラーだな、美由紀」

「いいから聞いて」美由紀は厳しくいった。「あなたはいま事故を起こしたことに端を発する自罰傾向が強まって、心理面で不安定になってる。さまざまな症状はそのせい」

「自罰傾向？」

「子供を死なせてしまったのは自分のせいだと、過剰に自分を責めすぎてるってのよ」

「事実だからしょうがないだろう。俺は……」

「その自罰が強く表れるのは、あなたにもともとそういう素質があったから。自衛隊に入ったことも、戦闘機部隊のパイロットになったことも、そもそも自衛隊や戦闘機がこの世に存在することも、ぜんぶ過ちだと信じ、自分が罰せられるべき人間だと信じこむ下地ができあがってた。その矢先に、あの事故が起きた」

たしかにそうだ。美由紀の指摘はすべて的を射ていた。きっと俺は歩んできた人生に自信が持てず、その迷いから弱腰になっていたのだろう。

伊吹はつぶやいた。「やっぱり俺は臆病者か」

「いいえ」美由紀はまた首を振った。「勇気ある人なの。だから自分の判断を曲げられない。それゆえに苦しんでる」

静寂のなか、路上に放置した二台のクルマの合間に向かい合って立ち、伊吹と美由紀は見つめあっていた。時が静かに止まり、またゆっくりと流れだす。その繰りかえしに思えた。

「そうだとして」伊吹はつぶやきを漏らした。「俺はどうすればいい」

「自罰を強めるあらゆる物事について、ひとつずつ除去するしかない。まずは悠平君のお父さんの篠海昌宏さんに、きょうの非礼を詫《わ》びること」

「詫びるって」伊吹は焦燥感とともに苦笑した。「いまさら謝ってなんになる。俺はあの人の子供を殺したんだ。いくら謝罪しても意味はない。俺が処罰されるしか……」

美由紀は伊吹を遮って早口にいった。「まずはきょうの非礼について謝るべきなの。きょう、会合であなたは篠海さんと義父の峯尾さんを傷つける発言をした。精神的に不安定なせいで、感情が昂ぶり自制心が働かなくなったうえでそうなったんだから、ある意味でしょうがないけど、それがまたあなたのなかに新たな自罰を生む。だから篠海さんたちに事情を話して許してもらうことが重要なの。わかった?」

伊吹は押し黙った。どのように答えればいいのか、見当もつかなかった。

美由紀の言葉が正論なのはわかる。彼女の専門分野である、心理学的な見地からも正しい物の見方をしているのだろう。だが、仮にそうだとしても伊吹は躊躇《ちゅうちょ》せざるをえなかった。少年の父親に責められることを恐れているのではない。また自分を抑えきれずに暴走し、さらに相手を傷つけることになるかもしれない。そしてその直後から、罪の意識にさいなまれることになる。悪循環に陥りはしないか。それだけが不安だった。

クルマの走行音が響いてくる。各務原インター方面から二台のクルマが接近してきた。先頭のクルマはけたたましいクラクションを発しながら、路側帯に乗りあげてランエボとヴェイロンを避け、その場を通過していった。

「ここにいると邪魔ね」と美由紀はつぶやき、伊吹を見つめてうながした。「迷ってる場合じゃないわ。いきましょ」

戸惑いは長くはつづかなかった。美由紀がここまで言ってくれるのだ、二の足を踏むのは男らしくない。そうだな、と伊吹はうなずいた。「そうしよう」

美由紀は踵《きびす》をかえしてランエボに足早に向かっていった。伊吹もヴェイロンに戻りかけたが、ふと気になって足をとめた。

聞いておきたいことがあった。伊吹は呼びかけた。「美由紀」

ランエボに乗りこもうとしていた美由紀が振りかえり、伊吹をみた。「なに？」

「そのう」言葉を選びながら、伊吹は慎重にたずねた。「どうして俺に、そこまで構う？ 臨床心理士の義務ってやつか？ それとも……」

「それとも、なに？」

うまいタイミングで質問を切りかえす女だ、伊吹は困惑とともにそう思った。たったひとことで、尋ねる側から答える側へとまわされてしまった。

伊吹は苦い思いを嚙《か》みしめながらつぶやいた。「いや、べつに」

「ねえ」美由紀は微笑を浮かべた。「覚えてる？ 第四学年の空自の専門訓練実習」

美由紀がみずから防衛大の思い出を語りだすとは、珍しい。軽い驚きを感じながら伊吹はうなずいた。「ああ、西郷一尉がきみにちょっかいをだした後のことだな」

「そう。」美由紀はランエボの屋根に肘《ひじ》をついて寄りかかった。「あのときわたしを支えてくれたのは、伊吹先輩、あなただったでしょう？」

当惑を感じつつも、伊吹は当時の情景が蘇《よみがえ》ってくるのを感じた。朝方、空は雲に覆いつくされていたが、訓練が終わるころにはすっかり晴れ渡っていた。本気で自然が自分の心情と同調しているかのように思えたのは、あのとき一度きりだった。

記憶

美由紀は黙りこんだ伊吹を見つめながら、みずからも記憶のページを繰った。

熱に浮かされたような第二学年後期のあの日のことは、それほどよく覚えているわけではない。美由紀にしてみれば、ただ無我夢中で挑んだ勝負の日でしかなかった。結果はふたつ、成功か失敗か、そのいずれかでしかない。敗北に終われば、すべてを放棄して防衛大を辞めるしかなかったろう。そのままつづけたところで、専門訓練に身が入らぬまま単位の取得だけを頼りに卒業するのだ、幹部候補生学校に進むだけの価値がある人間になりえるとは思えない。

微風が漂い、秋の陽射しが降り注ぐ穏やかな日だった。第四学年の航空要員は、百里基地で卒業直前の飛行実習をおこなおうとしていた。この実習はパイロットたちの機種転換操縦課程も兼ねていて、航空総隊司令部の上級幹部たちも立ち会い、防衛大の卒業生のレベルに目を光らせることになっていた。当時の美由紀にとって、四万五千人が在籍する航空自衛隊のトップに位置する人々とは、あまりにも位が高すぎてその立場を理解するのも困難だった。当時の空将は如月《きさらぎ》といい、のちに空将に昇進する仙堂はこのとき将補だった。

実習には如月、仙堂のほか一佐から三佐までの幹部がずらりと顔を揃えていた。彼らはテントの下に並んだ折りたたみ椅子に腰を下ろし、雑談を交わすでもなく姿勢を正し実習のときを待っていた。あの階級になっても礼儀をわきまえることは忘れていないらしい。美由紀はその徹底ぶりに舌を巻いたのをいまでも覚えている。

実習は、教育飛行隊で訓練中のパイロット三人がF４型戦闘機で飛んだあと、特別に第四学年の優秀なパイロット五人がT４で飛ぶというものだった。防衛大に在籍中の学生がパイロット訓練を前倒しで受けること自体、その将来を嘱望されての優遇措置にほかならなかったが、第二学年の美由紀はそのなかには数えられていなかった。ただ、第二学年の見学者として出席しただけだった。実習の開始直前までは、であるが。

ふいに伊吹直哉三尉が、テントのなかの上級幹部に向かっていった。パイロット、ひとり増やしてもいいですか。

そのいまも変わらぬぞんざいな物言いに、上級幹部たちは困惑して顔を見合わせていたが、やがて仙堂将補がたずねかえした。誰が加わるんだね。

伊吹はいった。第二学年、航空要員学生。岬美由紀です。

真っ先に拒絶したのは西郷勝成一尉だった。そんなことはできん、彼女はたしかに第四学年の訓練課程に何度か参加したかもしれんが、きょうの実習は正式に第四学年だけに限られる。そもそも、彼女はこのところ訓練をさぼってばかりだったじゃないか。西郷はそういった。

なぜ西郷がそこまで強固に拒絶しようとするか、美由紀には理由がわかっていた。この実習は、パイロットらが将来F15DJイーグル主力戦闘機部隊に加わるだけの才能を持ち合わせているか否かを探り、もし優秀と認められる逸材がいれば、幹部候補生学校および教育飛行隊で特別訓練を受けることになる。いわば航空要員として最重要の試金石となる場だった。この実習に参加しただけで、空自の上級幹部たちはパイロットの顔と名を記憶するだろう。そのうえで美由紀が良好な結果をだせば、階級は西郷のほうが上でも立場は大きく逆転することになる。空自にとってF15DJのパイロットは、その高価な機体と同様に貴重な存在だからだ。そうなると、立場を危うくするのは西郷だった。あの夜のことを上級幹部に告げ口でもされたら、立つ瀬がなくなるどころか自衛隊内に居場所がなくなる可能性もある。

伊吹の提言は上級幹部たちのあいだでもしばしの議論を呼んだ。西郷が声高に反対しつづけたため、一時は提案が却下される雰囲気が漂ったが、長穂庸子教官がやってきたことで空気が変化した。私からもお薦めします、長穂が司令官にそう告げたのが、離れたところにいた美由紀の耳にも入った。いままで女性の戦闘機パイロットはいません、試してみる価値はあると思います。そういった。

どうやら、長穂のその売りこみ文句は功を奏したらしかった。女性にも均等に機会を与えんとな、司令官は将補にそういって微笑を浮かべた。ただし、と司令官は付け加えた。その腕前が男性パイロットに匹敵、あるいはそれ以上だったらの話だが。

五分で準備しろ。長穂教官にそう告げられ、美由紀は見学の第二学年のなかから立ちあがった。教官の先導でアラートハンガーへ走り、のちに何度も足を運ぶことになる第204飛行隊のロッカールームでフライトスーツに着替えた。

長穂が耐Gスーツの装着を手伝ってくれた。スーツといっても下半身のみに装着するもので、腹、太股《ふともも》、ふくらはぎの部分に空気袋を内蔵していて、機体とホースで接続してエンジンから抽出された空気で袋を膨らませ、身体を締めつける仕組みだった。空中での激しい機体の動きによって生じるGが、パイロットの血液を急激に下半身に集中させてしまうと、まず視覚に影響がでて、次に毛細血管が切れて内出血を起こし、失神に至る。耐Gスーツはそれを下半身を空気圧で締めつけることで防ぐための保護具だった。とはいえ、プラスGを一・五Gほど軽減してくれるだけで、マイナスGにはまるで効力がない。それでも経験の浅い美由紀にとっては、重要な命綱のひとつだった。

ありがとうございます、教官。そう告げた美由紀に、長穂庸子は微笑みかけた。わたしも以前は戦闘機のパイロットを目指してた。長穂はそういって、パラシュートを美由紀に背負わせた。さ、これでだいじょうぶ。わたしの夢を叶《かな》えて、岬。

装備品一式を身につけると、相当な重量になった。外にでるまでに体力を使い果たしてしまうのでは、そう思いながら足をひきずってハンガーの扉に向かっていった。その途中で、早園鮎香とあった。鮎香は美由紀に近づいてきて、潤んだ瞳《ひとみ》でじっと見つめてきた。

ごめんね、美由紀。鮎香はそうつぶやいた。あなたの気持ちが理解できていなかった。いちど反省したはずなのに、またこんなことをしでかして、わたしって愚かよね。

気にしないでと美由紀は笑いかけた。美由紀が西郷と朝帰りした日、鮎香がなぜあそこまで憤ったのか、美由紀にはよくわかっていた。鮎香も信頼を裏切られたと思ったのだ。鮎香の受けた衝撃は、裏を返せばそれだけ美由紀を信じてくれていた証《あかし》だった。誤解が解けたいま、その友情を妨げるものはなにもなかった。

ハンガーから外に足を踏みだしたとき、西郷が小馬鹿にしたようにいった。学生が乗るのはT４練習機だぞ、それはF４の装備品だろ。

だが、美由紀は西郷をじっと見つめかえしていった。ご心配なく、F４で飛びますから。

教育飛行隊の飛ばした三機のF４のなかで、あきらかに精彩を放っていたのは伊吹の機体だった。伊吹はたんなる水平飛行に飽き足りず、五、六秒に四回転のロール、それから垂直方向に高速でロールしながら急上昇というアクロバット飛行をやってのけた。どよめき、拍手を繰りかえす学生たちの反応はまるで航空祭の観客のようだった。やりすぎだが、すでに完成の域だな。二佐の階級章をつけた幹部がそうつぶやいているのが、近くに立った美由紀の耳にも届いた。

伊吹の飛行は単に今回の実習内容に沿っていないというだけでなく、パイロットとして義務づけられている安全確認の手順を省いているか、もしくは最小限度に削っているにちがいなかった。美由紀はそう思った。この場にいる上級幹部がそのことに気づいていないとは思い難いが、おそらく実戦になれば規定の手順が省略されることは自明の理、そう考えているのだろう。伊吹が後方確認をしたようすもなく宙返りに入ったときにも、誰も渋い表情をみせなかった。咎《とが》める気はないらしい。ということは、防衛大の訓練課程で教えている手順は自動車教習所の学習内容のようなものと考えていいのだろうか。初心者のために過剰な安全確認手段を義務づけているだけで、永久におこなわねばならないものではない、そういうことだろうか。美由紀にはわからなかった。理解するにはまだ、日が浅すぎた。

つづいて第四学年によるT4の飛行実習、これは形式どおりに離陸、上昇、空中で大きく旋回、着陸という単純なものだった。それらが一巡したあと、美由紀の番がやってきた。いまにして思い返せば、あのときの美由紀は緊張していたのだろう。機体の周りを時計回りに巡りながら翼と胴体の点検をおこなうという、パイロットに課せられた義務を忘れたまま梯子《ラダー》を昇ろうとしたため、初対面の教官に叱責《しっせき》された。これには上級幹部からも失笑が漏れたようだった。西郷がふんと鼻を鳴らすのが、美由紀の耳にも届いていた。失策をリカバーしようと焦ると、ミスは繰りかえされてしまう。通信コードや酸素ホースをヘルメットに接続する前にスイッチをいじろうとして、また後部座席の教官に注意を受ける。いつになったら飛ぶんだ、西郷のそんな冷やかしの言葉が響いてきた。それでも美由紀は、自分がいささかの動揺もなく平常心を保ちえていることにみずから驚きを覚えていた。コックピットは、美由紀にとって胎内のようだった。乗りこむ前よりもずっと安堵《あんど》を得られる、孤独なようで果てしなく巨大な組織の一員となる特殊な空間。ここがわたしの生きる場所か。そう実感したことを、いまでも覚えている。
離陸してからの記憶は、その後何度も経験した訓練や実際のスクランブル発進と混ざりあってしまっている。それだけ美由紀にとっては、のちの飛行とさほどの差を感じえない、いたってスムーズかつ自然体に身をまかせた上出来のフライトだった。専門訓練で学び得たこと、そして伊吹に教わったすべての知識、勘、コツが集約され、過不足のない安定した水平飛行をおこなうことができた。第二学年が、第四学年から選抜された学生パイロットに匹敵する飛行を果たしたというだけで、上級幹部たちが満足していることはあきらかだった。

だが、美由紀のなかにさらなる高みに挑戦したいという欲求が生じた。美由紀は教官の制止もきかず、伊吹と同じく水平飛行から高速ロールした。伊吹は五、六秒に四回、こちらはもっとやってみせる。スロットルで推力をあげて操縦桿《かん》を倒して機体を回転させた。教官が発した悲鳴に似た驚きの声が、いまも耳に残っている。約七、八秒に六回のロール。そして垂直上昇しながら高速ロール、これも伊吹よりも意識的に回数を多くひねった。さらに、伊吹の披露した技術に色をつけてみた。垂直ロールから操縦桿を手前にひいて宙返り、そのまま上下逆さまに背面飛行で基地上空を通過した。

いい加減にしろ、教官が怯《おび》えきった声でそう怒鳴った。美由紀は笑いを堪《こら》えるのに必死だった。Gは当然のごとくきつかったが、翻弄《ほんろう》されるほどではなかった。日々の鍛錬がものをいったのだろう。規定どおりのアプローチで滑走路に降り、指示された白線の枠内に

F4の機体をぴたりとつけて停めた。

キャノピーを開けて立ちあがったとき、大勢の拍手がきこえた。学生たちが笑顔で歓声をあげながら、機体を囲みはじめている。美由紀はその瞬間、理想として思い描いていたことが現実になったのを悟った。達成感があった。梯子を一歩ずつ降りていくと、真っ先に鮎香が抱きついてきた。よかった、美由紀。すごかったじゃない。鮎香は興奮して、涙を流しながら叫んでいた。ほかの学生たちも一様に高揚したようすで美由紀を祝福した。

実習の終わりに、上級幹部らの前に整列して敬礼したときのことが、記憶に残っている。空将は美由紀の前にやってくると、しげしげと顔を見つめてきた。女子学生、しかも第二学年か。空将はため息まじりにいった。「うちの娘と同じ歳だが、もしきみがうちの娘なら、私など立場がないよ。将来は幕僚監部だな」

自然に笑いが漏れた。失笑や嘲笑《ちょうしょう》ではない、穏やかな笑いの渦が周囲にひろがった。今後を期待する、そういって空将は敬礼した。美由紀も敬礼をかえした。

その後、西郷についてはどうなったか覚えてはいない。すごすごと退散したのかもしれない。専門訓練課程でも、二度と顔を合わせなかったと記憶している。ただ、その実習の直後には西郷のことなど眼中になかった、それだけかもしれなかった。

美由紀は自分を祝福しに近づいてくる人垣の向こうに、伊吹の姿をみとめた。美由紀は伊吹のもとに駆け寄ろうとしたが、周囲がそうさせてはくれなかった。伊吹も意地悪なことに、こちらを向いて笑っているだけだった。伊吹は自分の頭を人差し指で指した。あれはどういう意味だったのだろう。頭を使え、そういうアドバイスか。それとも、伊吹が考えた美由紀の復帰作戦は成功裏に終わった、そんな自画自賛だったのか。あるいは、いきなりあんな無茶なアクロバットしやがって、いかれてる。皮肉半分、祝福半分のゼスチャーだったのだろうか。

なぜか美由紀は、伊吹とはその後も何度となく会ったにもかかわらず、あのときのポーズの意味についてたずねなかった。詮索《せんさく》しても意味がない、そう思ったのかもしれない。美由紀にはもう、彼の心はよくわかっていた。互いに忙しい合間を縫って、美由紀は伊吹とできるかぎり一緒にいた。それでもふたりの関係はなぜか、編隊飛行のように一定の距離を保ちつづけたままだった。間合いが詰められることはない。それでもいい、美由紀は思った。いまという幸せはただ消費するしかない。より大きな希望を胸に抱いているのだ、彼との仲が深くなるのはそれが実現してからでいい。当時の美由紀はそう感じていた。満たされていたからこそ感じた、ある意味でその頃こそがふたりにとっての至福のときだったかもしれなかった。

伊吹は顔をあげた。迫り来る轟音《ごうおん》を聞きつけたからだった。夜の国道二十一号線を、バイクが駆け抜けていった。ランエボとヴェイロンが路上に不自然な形で駐車していても、通過する車両はほとんど減速しない。面倒に関わりたくない、そんなドライバーの心情が見え隠れしている。ただし、と伊吹は思った。この場にはトラブルなど存在していない。

ただひさしぶりに心の交流を感じる静かな時間に身を委《ゆだ》ねている、それだけでしかない。「防衛大のころの恩返しか？」と伊吹は美由紀にいった。「幹部候補生学校で別れたのに、義理堅いんだな」

「さあね」美由紀は穏やかな顔でつぶやいた。「義務とか、義理だけじゃないかも」

「ほかになにが？」

美由紀は遠い目を虚空に向けていたが、やがて微笑を浮かべていった。「なんでもないわ。さ、行きましょ」

ランエボに乗りこむ美由紀を、伊吹はその場にたたずんで眺めていた。エンジンがスタートし、排気筒から白い煙が立ち昇り、テールランプの灯《あかり》を受けて赤く染まる。ランエボはゆっくりと走りだした。その紅いろの煙のたなびきを、伊吹は長いこと見つめていた。

気づいてみれば、長い時間が流れていた。あれから何年も経つ。俺は変わった。世の中のすべても変わったと信じた。だが、と伊吹は思った。変わらないものもあるんだな、そうつぶやいた。

伊吹はヴェイロンに乗りこみ、イグニッションキーをひねった。心のなかの静かな戦いがある。俺はなによりも、その戦いに勝って生き残らねばならない。そう、戦場はいつも俺のなかにある。

（下巻につづく）

本書は小学館文庫より二〇〇五年四月に刊行された『ヘーメラーの千里眼』(上)に修正を加えたものです。

この物語はフィクションです。登場する個人・団体等はフィクションであり、現実とは一切関係がありません。

クラシックシリーズ8
ヘーメラーの千里眼《せんりがん》　完全版《かんぜんばん》　上
松岡圭祐《まつおかけいすけ》

平成20年 12月25日　初版発行
令和7年 6月10日　9版発行

発行者●山下直久

発行●株式会社KADOKAWA
〒102-8177　東京都千代田区富士見2-13-3
電話　0570-002-301（ナビダイヤル）

角川文庫 15478

印刷所●株式会社KADOKAWA
製本所●株式会社KADOKAWA

表紙画●和田三造

●お問い合わせ
https://www.kadokawa.co.jp/（「お問い合わせ」へお進みください）
※内容によっては、お答えできない場合があります。
※サポートは日本国内のみとさせていただきます。
※Japanese text only

ISBN978-4-04-383627-7　C0193

角川文庫発刊に際して

角川源義

第二次世界大戦の敗北は、軍事力の敗北であった以上に、私たちの若い文化力の敗退であった。私たちの文化が戦争に対して如何に無力であり、単なるあだ花に過ぎなかったかを、私たちは身を以て体験し痛感した。西洋近代文化の摂取にとって、明治以後八十年の歳月は決して短かすぎたとは言えない。にもかかわらず、近代文化の伝統を確立し、自由な批判と柔軟な良識に富む文化層として自らを形成することに私たちは失敗して来た。そしてこれは、各層への文化の普及滲透を任務とする出版人の責任でもあった。

一九四五年以来、私たちは再び振出しに戻り、第一歩から踏み出すことを余儀なくされた。これは大きな不幸ではあるが、反面、これまでの混沌・未熟・歪曲の中にあった我が国の文化に秩序と確たる基礎を齎らすためには絶好の機会でもある。角川書店は、このような祖国の文化的危機にあたり、微力をも顧みず再建の礎石たるべき抱負と決意とをもって出発したが、ここに創立以来の念願を果すべく角川文庫を発刊する。これまで刊行されたあらゆる全集叢書文庫類の長所と短所とを検討し、古今東西の不朽の典籍を、良心的編集のもとに、廉価に、そして書架にふさわしい美本として、多くのひとびとに提供しようとする。しかし私たちは徒らに百科全書的な知識のジレッタントを作ることを目的とせず、あくまで祖国の文化に秩序と再建への道を示し、この文庫を角川書店の栄ある事業として、今後永久に継続発展せしめ、学芸と教養との殿堂として大成せんことを期したい。多くの読書子の愛情ある忠言と支持とによって、この希望と抱負とを完遂せしめられんことを願う。

一九四九年五月三日

角川文庫ベストセラー

千里眼 キネシクス・アイ (上)(下) 松岡圭祐

千里眼の復活 松岡圭祐

千里眼 ノン＝クオリアの終焉 松岡圭祐

高校事変 松岡圭祐

高校事変 Ⅱ 松岡圭祐

突如、暴風とゲリラ豪雨に襲われる能登半島。災害はノン＝クオリアが放った降雨弾が原因だった!! 無人ステルス機に立ち向かう美由紀だが、なぜかすべての行動を読まれてしまう……美由紀、絶体絶命の危機!!

航空自衛隊百里基地から最新鋭戦闘機が奪い去られた。在日米軍基地からも同型機が姿を消していることが判明。岬美由紀はメフィスト・コンサルティングの関与を疑うが……不朽の人気シリーズ、復活！

最新鋭戦闘機の奪取事件により未曾有の被害に見舞われた日本。焦土と化した東京に、メフィスト・コンサルティング・グループと敵対するノン＝クオリアの影が……各人の思惑は？ 岬美由紀は何を思うのか⁉

武蔵小杉高校に通う優莉結衣は、平成最大のテロ事件を起こした主犯格の次女。この学校を突然、総理大臣が訪問することに。そこに武装勢力が侵入。結衣は、化学や銃器の知識や機転で武装勢力と対峙していく。

女子高生の結衣は、大規模テロ事件を起こし死刑になった男の次女。ある日、結衣と同じ養護施設の女子高生が行方不明に。彼女の妹に懇願された結衣が調査を進めると暗躍するJKビジネスと巨悪にたどり着く。

角川文庫ベストセラー

高校事変Ⅲ　松岡圭祐

平成最悪のテロリストを父に持つ優莉結衣を武装集団が拉致。結衣が目覚めると熱帯林の奥地にある奇妙な〈学校村落〉に身を置いていた。この施設の目的は？日本社会の「闇」を暴くバイオレンス文学第3弾！

高校事変Ⅳ　松岡圭祐

中学生たちを乗せたバスが転落事故を起こした。過酷な幼少期をともに生き抜いた弟の名誉のため、優莉結衣は半グレ集団のアジトに乗り込む。恐怖と暴力が支配する夜の校舎で命をかけた戦いが始まった。

高校事変Ⅴ　松岡圭祐

優莉結衣は、武蔵小杉高校の級友で唯一心を通わせた濱林澪から助けを求められる。非常手段をも辞さない公安警察と、秩序再編をもくろむ半グレ組織。新たな戦闘のさなか結衣はあまりにも意外な敵と遭遇する。

高校事変Ⅵ　松岡圭祐

クラスメイトからいじめの標的にされた結衣は、修学旅行中にホテルを飛び出した。沖縄の闇社会を牛耳る反社会勢力と、規律を失い暴走する民間軍事会社。いつしか結衣は巨大な抗争の中心に投げ出されていた。

高校事変Ⅶ　松岡圭祐

新型コロナウイルスが猛威をふるい、センバツ高校野球大会の中止が決まった春。結衣が昨年の夏の甲子園で、ある事件に関わったと疑う警察が事情を尋ねにきた。半年前の事件がいつしか結衣を次の戦いへと導く。